Carina Lund

Meeresdämmerung
Band 1 der Meerestrilogie

AF191023

Die Autorin

Carina Lund wurde 1968 in Rheine/Nordrhein-Westfalen geboren. Aufgewachsen ist die unter einem Pseudonym schreibende Autorin in einem kleinen Ort im südlichen Emsland in Niedersachsen, als jüngstes von sieben Kindern. Dort lebt sie noch heute. Mit dreiundzwanzig Jahren entdeckte sie ihre Leidenschaft für Genealogie sowie für die orts- und regionalgeschichtliche Forschung. Fast zeitgleich regte sich auch eine andere Passion, nämlich die des Schreibens. Von 1995 bis 1997 absolvierte sie ein Autorenstudium an der Fernuniversität Hamburg. 1998 erfolgte unter ihrem Klarnamen ihre erste Buchveröffentlichung zu einem regionalhistorischen Thema, der weitere Publikationen folgten. Daraufhin wurde auch ihr Wunsch, fiktive Geschichten zu schreiben, immer größer. Unter dem Namen Kate Dakota veröffentlich sie außerdem Liebesromane.

Carina Lund

Meeresdämmerung

Nordseekrimi

Bibliografische Information der Deutschen Nationalbibliothek:
Die Deutsche Nationalbibliothek verzeichnet diese Publikation in der Deutschen Nationalbibliografie; detaillierte bibliografische Daten sind im Internet über http://dnb.dnb.de abrufbar.

Coverdesign: Melissa Kalmer

Verlag: BoD · Books on Demand GmbH, In de Tarpen 42, 22848 Norderstedt, bod@bod.de

Druck: Libri Plureos GmbH, Friedensallee 273, 22763 Hamburg

ISBN: **978-3-7693-2519-5**

PROLOG

Wann immer ich daheim bin, komme ich hierher. Die Zeit dafür nehme ich mir, mag sie noch so knapp bemessen sein. Man könnte sagen, ich raube mir diese Minuten, doch das würde nicht der Wahrheit entsprechen. Ich komme gerne her, weil ich nur noch hier diese besondere Nähe spüren kann, die uns einmal verbunden hat. Weil nur hier jeder Moment wie eine Ewigkeit ist, jeder Augenblick ein Zeichen des immerwährenden Versprechens, das ich dir vor langer Zeit gegeben habe. Dieser Ort ist wie ein Magnet, dem ich mich nicht entziehen kann. Jener Ort, den ich so sehr liebe, so wie du ihn geliebt hast.

Auch heute hat mich mein Weg hergeführt. Ich sitze am Ufer und schaue auf den kleinen Fluss, dessen Oberfläche ab und an, wenn die vorbeiziehenden Wolken es zulassen, durch die Sonnenstrahlen in einen glitzernden Teppich verwandelt wird. Heile Welt, möchte man meinen. Der Gedanke lässt mich leise auflachen. Ein kehliges, leicht verbittertes Lachen, denn für die Erkenntnis, dass diese Welt alles andere als heil ist, muss ich mir nur ins Gedächtnis rufen, womit ich mich tagein, tagaus beschäftige. Oder die unzähligen Schreckensnachrichten, die im Minutentakt über die Bildschirme flattern und um den Erdball eilen wie eine nicht aufzuhaltende Feuersbrunst. Daran allein könnte man verzweifeln. Doch am schlimmsten sind die Schicksalsschläge, die du selbst erleidest. Die Tragödien, die dein eigenes Leben von einen Tag auf den anderen bis in die

Grundfesten erschüttern. Die dich zerstören können, wenn du nicht aufpasst. Nicht dagegen ankämpfst.

Nachdenklich grabe ich meine Zähne in die Unterlippe, um kurz darauf verärgert aufzuspringen. Ich habe mir vor vielen Jahren geschworen, diese dunklen Gedanken ein für alle Mal zu vertreiben. Mich trifft keine Schuld an dem, was geschehen ist. Jedenfalls keine unmittelbare. In gewisser Weise bin ich ebenfalls ein Opfer. So wie du. Nur, dass ich noch da bin. Während du … nein, kein Grübeln mehr, ermahne ich mich. Wenn ich schon an Vergangenes denken will, dann sollen es schöne Momente sein. Augenblicke einer sorglosen Kindheit und Jugend.

Links von mir mündet ein kleiner Bach in den Fluss. Dort tummelten sich im Frühjahr immer unzählige Kaulquappen. Ob es heute noch so ist? Keine Ahnung. Ich erinnere mich daran, wie du dich geekelt hast. Nicht so sehr vor den Kaulquappen selbst, sondern vielmehr vor den Fröschen, die mal aus ihnen werden sollten. Wie oft habe ich dich damit aufgezogen.

Ich schaue über meine Schulter. Hinter mir liegt die steile Böschung, von der ein kaum befestigter Weg herabführt zum Ufer. Zu dem Platz, an dem ich jetzt stehe. Wieder muss ich lachen. Doch diesmal ist es ein unbeschwertes Lachen. Weil in meinem Kopf Bilder aus einer Zeit auftauchen, in der es uns, dir und mir, herzlich egal war, ob dieser Pfad sicher war oder nicht. Mehr als einmal sind wir, obwohl die Eltern uns verboten hatten, an den Fluss zu gehen, hier heruntergestolpert. Ohne, dass wir uns etwas getan hätten. Wir waren Kinder und kannten keine Gefahr. Und wir hatten Schutzengel. Oh ja, die hatten wir. Nichts hätte uns etwas anhaben können. Das haben wir jedenfalls gedacht. Das Lachen bleibt mir in der Kehle stecken, als ich mich frage, wo dein Schutzengel an diesem Tag gewesen ist. An jenem verfluchten Tag.

Ich schaudere. Vielleicht sollte ich ein paar Schritte gehen. Ich muss ein paar Schritte gehen. Am Fuß der Böschung führt ein Weg vom Ufer des Flusses hinein in einen Laubwald. Nur eine kurze Strecke lege ich auf dem Pfad zurück, doch mit jedem Meter wird es dunkler um mich herum. Das Blätterdach über mir schluckt auch noch den letzten Sonnenstrahl. Bald schon bleibe ich stehen, denn der Weg vor mir ist bedeckt mit kniehohen Brennnesseln. Dazu Unmengen von Totholz, wohin ich auch schaue. Hinterlassenschaften der letzten großen Stürme, denke ich, weiß aber, dass das nicht allein der Grund sein kann. Alles zeugt davon, dass dieser Ort verlassen ist. Dass sich kaum noch jemand hierher verirrt. Außer mir von Zeit zu Zeit.

Ich setze mich auf einen abgebrochenen Ast und sehe mich im Dämmerlicht um. Mächtige Buchen und Kastanien, aber vor allem haushohe Eichen umgeben mich. Als ich meine Augen schließe, stellen sich prompt wieder die Bilder in meinem Kopf ein. Ich sehe uns beide zwischen den Bäumen umhertollen. Sehe uns im Herbst in den dichten Laubschichten Eicheln suchen, die uns der Förster kiloweise für einen Pfennigbetrag abkaufte. Pfennigbetrag? Herrje, das ist wirklich eine Ewigkeit her.

Ich schaue wieder auf. Durch die Bäume sehe ich einen winzigen grünen Zipfel der Wiese, die an den Wald und an den Fluss angrenzt. Bei Hochwasser wird sie regelmäßig überschwemmt, was wir früher im Winter geradezu herbeigesehnt haben. Frostige Temperaturen verwandelten die überschwemmte Wiese in ein eisiges Paradies, auf dem die Jungen Eishockey spielten und die Mädchen Pirouetten drehten und von einer olympischen Karriere auf Kufen träumten.

Ich stehe auf und gehe den Pfad zurück zum Fluss. Am gegenüberliegenden Ufer schnattern ein paar Enten aufgeregt, bevor sie ins Wasser watscheln und hektisch auf mich zuschwimmen. Lächelnd, aber auch bedauernd schaue ich ihnen entgegen. Sorry, ihr Lieben, ich habe leider kein Futter dabei. Vielleicht beim nächsten Mal. Denn natürlich werde ich wiederkommen, auch wenn mancher das nicht verstehen kann oder will. Wie oft haben meine Eltern mir schon geraten, nicht mehr herzukommen? Ich habe aufgehört zu zählen, aber ihre Worte schwirren mir, obwohl ich es nicht will, durch den Kopf. Dieser Ort würde mich zerbrechen. Trotz all der schönen Erinnerungen. Niemand würde daran zweifeln, dass wir hier glücklich gewesen waren. Als Kinder und auch als Heranwachsende. Doch was zählen tausend Momente voller Glück, wenn ein einziger sie ins Gegenteil verkehrt? Das sagen sie.

Energisch schüttele ich den Kopf, weil ich genau weiß, dass das nicht stimmt. Erlebtes Glück lässt sich nicht relativieren. Es war da, und im Herzen wird es immer bleiben. Ganz egal, was geschehen ist, niemand kann es mir nehmen. Und was den einen Moment angeht, der alles verändert hat, so weiß ich, dass er nicht den Schlusspunkt dieser Geschichte markiert. Sie ist noch nicht zu Ende erzählt. Entschlossen schaue ich auf meine Hände, die sich von allein zu Fäusten geballt haben. Ich werde nicht aufgeben. Niemals! Eines Tages werde ich an diesen Ort zurückkehren und seinen Namen kennen. Vorher werde ich nicht ruhen, das verspreche ich dir. Wie ich es dir schon damals versprochen habe.

Du musst loslassen! Wieder höre ich die mahnenden Stimmen meiner Familie in meinem Kopf. »Niemals«, zische ich laut genug, dass die Enten aufschrecken und zum anderen Ufer zurückschwimmen. Ich kann nicht loslassen. Denn wenn ich es täte, würde ich mich selbst verlieren.

»Da bist du ja«, höre ich plötzlich meinen Bruder Jasper neben mir sagen. Wie aus dem Nichts ist er aufgetaucht. »Wobei ich mir schon fast gedacht habe, dass du hier bist.«

Ich schaue ihn an. »Ich finde dieses Schwein, hörst du?«, sage ich fest entschlossen.

Mein Bruder seufzt, doch dann nickt er, und wir blicken gemeinsam auf das glitzernde Wasser des Flusses.

1

Geistesabwesend starrte Kriminalhauptkommissarin Elin Bertram aus dem Fenster der kleinen Teeküche in den grauen Innenhof, als das Klacken des Wasserkochers hinter ihr sie in die Gegenwart zurückholte. Eilig holte sie eine Tasse aus dem Schrank und griff nach der Schachtel mit den Teebeuteln.

»Echt jetzt?«

Elin drehte sich um und schaute in das angewiderte Gesicht ihres Kollegen Schulte. »Was meinst du?«, fragte sie mit einem aufgesetzten Lächeln. Viel lieber hätte sie die Augen verdreht, weil sie genau wusste, was jetzt kam.

»Ich verstehe nicht, wie man solche Mengen Kamillentee in sich hineinschütten kann.« Schulte griff um sie herum nach der Thermoskanne mit dem Kaffee. »Der riecht nicht nur eklig, sondern erfüllt auch keineswegs den Zweck, den er erfüllen sollte.«

»Der da wäre?« Elin gab heißes Wasser und einen Teebeutel in ihre Tasse und holte dann eine weitere aus dem Schrank, die sie ihrem Kollegen reichte.

Schulte blickte vielsagend auf die Thermoskanne. »Na, mich wachzuhalten. Denn ich muss unbedingt wachbleiben. Seit Tagen ackern wir rund um die Uhr, und es sind noch Hunderte von Aktenordnern zu sichten bis zum Wochenende. Ganz schön ermüdend, aber watt mutt, datt mutt. Weißt du, meine Leute und ich, wir sind an einer bedeutenden Sache dran. Steuerbetrug im ganz großen Stil. Am Ende müssen sich hoffentlich ein paar Persönlichkeiten aus Hamburgs High Society warm anziehen.« Schulte lachte auf, während er die Tasse auf die Anrichte stellte und mit Kaffee befüllte. »Warm anziehen passt in diesem Fall sogar im wahrsten Sinne des Wortes. Hast du's schon gehört? In Santa Fu ist mal wieder die Heizungsanlage ausgefallen.«

Elin strich sich eine Strähne ihres dunkelblonden Haars, das ihr in leichten Wellen bis auf die Schultern fiel, aus der Stirn. »Wir haben Sommer, Schulte, schon gemerkt? Eine ausgefallene Heizung dürfte für die Herrschaften dort wohl eher ein kleineres Problem darstellen.«

Schulte grinste. »Selbst ein Knacki möchte heiß duschen. Egal, ich find's top. Sollen sie sich ruhig die Eier abfrieren, verdient haben sie es. Die meisten sogar noch viel Schlimmeres.«

Elin verschränkte die Arme vor der Brust. »Es ist nicht unsere Aufgabe, darüber zu urteilen, was ein Straftäter verdient oder nicht. Wir sind nur dafür zuständig, dass überhaupt geurteilt werden kann. Indem wir Gesetzesbrecher verfolgen und überführen.«

»Boah, Bertram, du müsstest dich mal hören. Als wärest du nicht schon jahrelang im Geschäft, sondern gerade erst aus der Polizeischule entlassen worden.«

Elin zuckte mit den Schultern. »Ich sage nur, wie es ist. Und so gerne ich auch weiter mit dir über die Heizungsanlage der Justizvollzugsanstalt Fuhlsbüttel diskutieren würde, sollten wir beide genau das jetzt tun: verfolgen und überführen.« Sie wandte sich ab und wollte gehen, aber Schulte war noch nicht fertig.

»Dann wünsche ich dir viel Erfolg. Wirst du auch gebrauchen können, ne? So richtig kommt deine Soko ja offenbar nicht weiter. Man munkelt schon, dass man dir die Leitung entziehen wird.«

Elin drehte sich zu ihrem Kollegen um. In ihr brodelte es, aber sie ließ sich nichts anmerken. »Du solltest nichts auf das Gerede geben, Schulte«, riet sie ihm kühl. »Nur weil meine Leute und ich nicht mit den Fortschritten unserer Arbeit hausieren gehen, heißt das nicht, dass es sie nicht gibt. Hast du dich schon mal gefragt, warum man dich auf Steuerbetrüger ansetzt und Akten sichten lässt? Möglicherweise deshalb, weil du mit der Verfolgung eines brutalen Serienmörders überfordert wärst? Denk mal darüber nach. Eines kann ich dir auf jeden Fall sagen: Wenn ich mich mit diesem Mann beschäftige, ist das alles andere als ermüdend für mich. Ich brauche keinen Kaffee oder andere Aufputschmittelchen, um bei der Sache zu bleiben. In jeder einzelnen Sekunde donnert das Adrenalin durch meine Adern. So geht es nicht nur mir, sondern auch den anderen Kollegen der Sonderkommission. Das treibt uns an, und das wird uns auch zum Erfolg führen. Denk an meine Worte, wenn es so weit ist.«

Ohne dem verdrießlich schauenden Schulte die Chance einer Erwiderung zu lassen, verließ Elin die Teeküche und ging den langen Flur entlang, die Tasse mit dem dampfenden Tee in der Hand. Schultes Stichelei ärgerte sie, aber insgeheim musste sie ihm rechtgeben. Fast drei Jahre leitete sie nun schon als verantwortliche Kriminalhauptkommissarin die Soko Mondschein. Drei Jahre, in denen sie und ihre drei Kollegen nicht wirklich weitergekommen waren. Um das Kind beim Namen zu nennen: Sie hatten nach wie vor nicht die leiseste Ahnung, wer dieser Mann war, der nun schon fünf Frauen auf dem Gewissen hatte. Dass es sich bei allen fünf Fällen um ein und denselben Täter handelte, galt als sicher, möglicherweise gingen aber noch weitere Gewaltverbrechen auf sein Konto. Ausschließen konnte man das zum gegenwärtigen Zeitpunkt nicht. Elin glaubte nicht daran. Zu eindeutig war die Sprache des Mannes, vielmehr die seiner Verbrechen, zu signifikant seine Zeichen. Er wollte als Täter identifiziert werden. Wollte, dass man ihm seine Morde zuschrieb. Warum sonst tötete er, als wenn er einem Drehbuch folgen würde? Völlig im Dunkeln tappten sie allerdings, was das Motiv des Täters anging. Ob er seine Opfer gezielt aussuchte oder ob es sich um Zufälle handelte. Der einzige Anhaltspunkt, den sie momentan hatten, war, dass er immer nach dem gleichen Muster agierte. Die Opfer waren junge

Frauen, und die Morde geschahen in einem exakten zeitlichen Abstand bei Vollmond. Sie hatten etwas Rituelles, und es wurde ausnahmslos der gleiche Gegenstand am Tatort zurücklassen.

Doch das alles hatte die Soko im Großen und Ganzen schon unter Elins Vorgänger ermittelt. Und es hatte nicht verhindern können, dass eine weitere Frau sterben musste. Das fünfte Opfer, vor nun beinahe zwei Jahren.

Elin wusste, dass ihnen die Zeit davonlief. Schon bald konnte der Täter wieder zuschlagen, aber wo? Wieder und wieder waren sie und die Kollegen die Akten der fünf Fälle durchgegangen. Hatten sich ganze Tage und manchmal auch Nächte hindurch die Köpfe heiß diskutiert. Es fehlte einfach die entscheidende Idee, die so dringend benötigte Schlussfolgerung, die sie auf die richtige Spur bringen würde. Doch sie steckten fest. Sie war trotzdem nicht gewillt aufzugeben. Niemals. Das war sie den Opfern einfach schuldig. Ganz besonders … nein, Elin, ermahnte sie sich selbst. Sie, die Polizei, und das gesamte Rechtssystem waren es allen Opfern gleichermaßen schuldig, diese kranke Kreatur zu überführen und zu bestrafen. Das Problem war, dass ihr das Gerücht, sie könnte als Leiterin der Soko abgelöst werden, nun schon mehrfach zugetragen worden war. Bedauerlicherweise hatte solcher Bürotratsch oft einen wahren Kern. Doch falls es so kommen sollte, würde sie das nicht hinnehmen. Sie würde um diesen Job kämpfen. Mit allen Mitteln.

Während ihr diese Gedanken durch Kopf rasten, hatte sie unabsichtlich ihre Schritte beschleunigt, was prompt dazu führte, dass ein wenig Tee aus ihrer Tasse auf ihr T-Shirt schwappte.

Elin blieb stehen. »Verflixt und zugenäht«, fluchte sie, als sie auf den gelben Fleck starrte, der sich auf dem weißen Stoff verewigt hatte. Jemand kicherte. Elin sah auf. Corinna Ahrens, eine Kollegin in der Soko Mondschein, stand ein paar Meter weiter auf der Schwelle ihres gemeinsamen Büros.

Elin schenkte ihr einen bösen Blick. »Was gibt es zu lachen?«

»Gar nichts. Du bist nur manchmal so herrlich oldschool.«

»Weil ich mich mit Tee bekleckere?«, brummte Elin.

»Nein, weil heutzutage kein Mensch mehr ›verflixt und zugenäht‹ sagt.«

»Bei uns im Emsland schon.«

»Wo du seit Ewigkeiten nicht mehr lebst. Schwamm drüber. Hast du ein paar Minütchen? Ich müsste etwas mit dir besprechen.«

Elin schaute die Kollegin interessiert an. »Was gibt es? Bist du auf etwas gestoßen?«

»Was? Nein, es hat nichts mit der Arbeit zu tun. Also irgendwie doch, aber nicht so.«

Elin zog die Augenbrauen hoch, ging an Corinna vorbei ins Büro und setzte sich an ihren Schreibtisch. »Komm zu Potte, Mädchen. Willst du Urlaub haben?«

Corinna schloss die Tür hinter sich. »Auch das ist es nicht«, meinte sie und nahm an ihrem Schreibtisch Platz, der Elins gegenüberstand. »Ich … ich wollte dir sagen …«

»Jaaa?«

Corinna holte tief Luft. »Ich wollte dir sagen, dass ich schwanger bin.«

Elins Augen weiteten sich überrascht, dann strahlte sie übers ganze Gesicht. »Wow, das sind ja mal tolle Neuigkeiten! Herzlichen Glückwunsch. Warum hast du es so spannend gemacht? Kurz dachte ich, jetzt kommt eine schlechte Nachricht, aber das ist doch schön. Ich freu mich für dich und deinen Mann.«

»Ja«, murmelte Corinna. »Ich fürchte nur, nicht mehr lange.«

»Warum das denn?« Elin nippte an ihrem Kamillentee.

»Die Sache ist die: Patrick und ich haben schon lange versucht, ein Kind zu bekommen. Jetzt hat es endlich geklappt, und er, na ja, ehrlicherweise auch ich, also, wir beide sind der

Meinung, dass es nicht gut wäre, wenn ich weiter in der Soko tätig bin. Du weißt schon, zu viele negative Gedanken und so.« Corinna legte kurz die Hand auf ihren Bauch. Unter ihrem weiten Shirt war noch keine Wölbung zu erkennen.

Elin fasste sich an die Nasenspitze, was sie immer tat, wenn sie ein ungutes Gefühl hatte. »Negative Gedanken? Was meinst du? Ich fürchte, ich kann dir nicht ganz folgen.«

»Ist es nicht offensichtlich? Wir beschäftigen uns Tag für Tag mit den Taten eines brutalen Irren. Das lässt einen auch nach Feierabend nicht los. Das verfolgt einen bis in die Träume. Du hast selbst oft genug gesagt, dass es dir so geht, und bei mir ist es nicht anders. Das will ich nicht mehr, Elin. Ich muss jetzt an mich und das Baby denken.«

»Was genau heißt das?«

»Ich lasse mich versetzen. Zu Schulte in die Steuerfahndung. Habe ich mit dem Alten schon besprochen, und er ist einverstanden. Ab nächster Woche bin ich drüben.«

Elin schloss die Augen und öffnete sie erst wieder, als sie sicher war, nicht auf der Stelle einen Wutanfall zu bekommen. »Das kann nicht dein Ernst sein, Corinna«, sagte sie flehend. »Du kannst jetzt nicht gehen. Es sind nur noch vier Monate, bis er wieder zuschlagen könnte. Wie soll ich auf die Schnelle jemanden finden, der dich ersetzt? Du bist schon länger Teil der Soko als ich. Kennst jedes verdammte Detail aller Fälle. Das kannst du mir nicht antun! Bitte, Corinna.«

Ihre Kollegin senkte den Kopf. »Ich weiß, dass das kein günstiger Zeitpunkt ist, aber sei doch mal ehrlich: Wir haben derzeit absolut nichts in der Hand, womit wir den nächsten Mord verhindern könnten.« Sie sah wieder auf. »Deswegen fühlst du dich schlecht, deswegen fühlen wir alle uns schlecht. Würde es nur um mich gehen, wäre es kein Problem, doch ich habe jetzt die Verantwortung für einen anderen Menschen. Für mein Baby. Mein Entschluss steht, und ich lasse mich auch nicht davon abbringen. Ganz egal, was du sagst. Und außerdem bist du es, die jede noch so kleine Einzelheit kennt, nicht ich. Du wirst es auch sein, die eines Tages auf die richtige Spur stößt, davon bin ich überzeugt. Dazu brauchst du mich nicht, Elin! Das wirst du ganz allein schaffen.«

»Ich kann dich nicht umstimmen?«

»Nein, kannst du nicht.«

Elin seufzte tief. »Dann muss ich deine Entscheidung akzeptieren, so schwer es mir fällt. Aber willst du wirklich zur Steuerfahndung? Du wirst dich bald zu Tode langweilen, selbst wenn Schulte es immer so darstellt, als ob er die spannendste und wichtigste Abteilung des ganzen Präsidiums anführt.«

Corinna lachte. »Ein bisschen Langeweile nach der Aufregung der letzten Jahre wäre hochwillkommen. Wir schauen mal, wie es wird.«

»Wie du meinst.« Elin stand auf und begutachtete den Fleck auf ihrem T-Shirt. »Ich sollte versuchen, den halbwegs wegzubekommen. Sieht ja verboten aus.« Sie lächelte Corinna schief an und verließ den Raum.

Als sie den Waschraum ansteuerte, fuhr ihr plötzlich ein stechender Schmerz in den Bauch. Mit verzerrtem Gesicht musste sie stehen bleiben. Sie hatte schon immer einen empfindlichen Magen gehabt und Stresssituationen lösten in der Regel schlimme Krämpfe aus. So wie jetzt gerade.

»Komm schon, Bertram«, sprach sie sich leise selbst Mut zu. »Corinna ist nicht mehr im Stab, aber es wird auch ohne sie gehen. Es muss.« Sie atmete ein paarmal tief durch und der Schmerz ließ nach. Dann ging sie weiter, doch bevor sie im Waschraum verschwinden konnte, vernahm sie die Stimme ihrer Kollegin hinter sich.

»Warte mal, Elin«, rief Corinna. »Das Sekretariat des Alten hat gerade angerufen. Du sollst zu ihm kommen. Sofort! Es wäre dringend.«

Elin drehte sich zu ihr um. »Du weißt nicht, worum es geht?«

Corinna schüttelte den Kopf.

»Okay, dann werde ich es mal in Erfahrung bringen.«

Elin drehte sich um und ging zu den Fahrstühlen. Sie hatte Glück: Einer war gerade da, und sie trat ein. Als der Lift sich mit einem leisen Summen auf den Weg nach oben in die Chefetage machte, krampfte ihr Magen erneut, aber diesmal ignorierte Elin es. Nun würde es also geschehen? Der Polizeipräsident würde sie als Leiterin der Soko Mondschein ablösen? Elin fasste sich an die Nase. Warum sonst sollte er sie nach oben beordern? Doch leicht würde sie es dem Mann nicht machen. Um keinen Preis.

***

»Glauben Sie ja nicht, dass ich mich so einfach abservieren lasse«, schmetterte sie nur zwei Minuten später dem Alten, wie alle im Haus den Polizeipräsidenten nannten, obschon er kaum älter als Mitte Vierzig war, entgegen.

Polizeipräsident Delling starrte sie verdutzt an. »Sie haben da einen Fleck«, bemerkte er dann trocken und zeigte auf ihr T-Shirt.

»Ich weiß«, entgegnete Elin genervt. »Das spielt doch jetzt überhaupt keine Rolle. Warum wollen Sie mich loswerden? Ich weiß, der Erfolg der Soko lässt auf sich warten. Aber ich verspreche Ihnen, dass sich das ändern wird. Wir werden mit noch mehr Hochdruck an der Überführung des Täters arbeiten. Sicher, im Moment treten wir auf der Stelle, aber es ist nur eine Frage der Zeit bis …«

Delling hob die Hände. »Stopp, Kollegin Bertram. Ich habe keinen blassen Schimmer, warum Sie annehmen, dass ich Sie von der Soko abziehen will. Das müssen wir ein anderes Mal klären. Ich wollte Sie lediglich informieren, dass Sie in einer halben Stunde von einem unserer Hubschrauber nach Carolinensiel geflogen werden.«

Jetzt war es Elin, die verdutzt war. »Wieso das?«

»Dort wurde heute Morgen die Leiche eines jungen Mädchens aufgefunden, und die zuständige Kripo Aurich ist der Ansicht, dass es ein weiteres Opfer unseres Serientäters sein könnte.«

2

»Zu früh … viel zu früh.« Zum wiederholten Male schwirrten diese Worte durch Elins Gedanken, nur diesmal hatte sie sie unbemerkt laut ausgesprochen. Direkt in das Mikro ihres Kopfhörers.

Der Pilot, der rechts neben ihr saß, reagierte sofort. »Das können Sie laut sagen. Eine Schande ist sowas. Da steht ein blutjunger Mensch noch am Anfang seines Lebens, und plötzlich ist Feierabend. Einfach so. Es gibt zu viele Geistesgestörte auf dieser Welt, wenn Sie mich fragen.«

Elin nickte. »Zweifelsohne«, pflichtete sie ihm knapp bei und sah dann wieder schweigend zum Fenster hinaus. Sie überflogen gerade Bremerhaven. Das strahlende Weiß eines monumentalen Kreuzfahrtschiffes, das aus dem Hafen ins offene Meer navigierte, glitzerte in der mittäglichen Sonne. Als sie die Stadt hinter sich ließen, taten sich links von ihnen die grünen Wiesen und die gelben Kornfelder Ostfrieslands auf, während auf der rechten Seite das tiefe Blau der Nordsee dominierte. Bis nach Carolinensiel konnte es nicht mehr weit sein. Elin schloss die Augen. Ihr war, als wenn sie bereits die salzige Luft einatmen und das Geschrei der Möwen hören würde, was in der verschlossenen Helikopterkabine und unter dem ohrenbetäubenden Dröhnen des Motors natürlich Unsinn war. Allein die Vorstellung zauberte ihr jedoch ein leichtes Lächeln aufs Gesicht. Wenngleich der Grund ihrer Reise kein schöner war, freute sie sich auf die Zeit an der Küste, ob sie nun kurz oder lang sein würde.

Elin dachte an das, was der Pilot gesagt hatte, und das Lächeln verschwand so schnell, wie es gekommen war. Er hatte recht. Ein junger Mensch war viel zu früh auf grausame Art gestorben. Und doch hatte er ihre Worte falsch gedeutet. Sie hatte nicht an das Mädchen gedacht, das ermordet worden war, sondern an den Täter, der nicht derselbe sein konnte, den die Soko Mondschein verfolgte, da war Elin sicher. Der hatte nämlich immer im Abstand von zwei Jahren und vier Monaten gemordet. Die Zeitspanne hatte allenfalls um wenige Tage variiert. Elin hatte tage-, ja monatelang immer wieder über den Daten gebrütet, bis ihr ein weiteres Muster aufgefallen war: Die Morde waren durch die Bank weg in einer Vollmondnacht geschehen. Auf einmal hatte sie gemeint, dem Täter einen großen Schritt näher gekommen zu sein. Sie hatte den Namen »Mondschein« für die Soko etabliert und sich mit doppelter Kraft in die Arbeit gestürzt. Aber dann hatte sie feststellen müssen, dass die neue Erkenntnis sie kaum weiterbrachte, dass sie wieder auf der Stelle trat. Und doch: Sie wusste, dass bei dem aktuellen Mord schon zwei Dinge nicht gegeben waren: Seit dem letzten Tötungsdelikt des Serientäters waren erst zwei Jahre vergangen, und augenblicklich war Neumond. Das hatte sie auch Polizeipräsident Delling gegenüber betont, der dennoch darauf bestanden hatte, dass sie sich auf den Weg machte. Weil die Auffindesituation der Leiche eben doch Grund zur Annahme gäbe, dass das Mädchen ein weiteres Opfer sein könnte, und Ausnahmen nun mal die Regel bestätigen würden. »Schauen Sie sich das vor Ort an«, hatte Delling gemeint, »und danach urteilen Sie. Aber erst dann.« Seine Order war unmissverständlich gewesen, auch wenn er selbst nicht ganz überzeugt schien von der These des »nächsten Opfers«. Sonst hätte er sie doch nicht allein geschickt, ohne die Kollegen der Soko.

»Wir sind in circa zehn Minuten da«, hörte Elin die Stimme des Piloten in ihrem Kopfhörer. »Die Kripo Aurich hat mir die Koordinaten des Fundorts mitgeteilt. Er liegt außerhalb vom Ortskern Carolinensiels inmitten eines Kiefernwaldes. Dort kann ich leider nicht runtergehen. Ich werde ein gutes Stück entfernt auf einer Wiese landen müssen. Ein Streifenwagen wird Sie abholen.«

»Ist okay«, antwortete Elin und spürte, wie sich ihr Körper anspannte. Wie immer, wenn ihr die Besichtigung eines Tatorts bevorstand. An manche Dinge gewöhnte man sich eben nie. Doch sobald sie am Ort des Verbrechens war, würden die eigenen Befindlichkeiten Nebensache sein und die Spannung nachlassen. Dann würde sie ihre Arbeit als Polizistin routiniert und konzentriert in Angriff nehmen. So wie sie das schon elf Jahre lang tat.

**

Wenig später wurde Elin kräftig durchgeschüttelt, als ein äußerst wortkarger, uniformierter Polizist sie in einem Martinswagen älteren Baujahrs über einen unebenen Waldweg zum Tatort chauffierte.

»Ihr Einsatzort ist die Polizeistation Carolinensiel?« Elin versuchte zum wiederholten Male, den Mann am Steuer in ein Gespräch zu verwickeln.

»Nee, das Polizeikommissariat Wittmund.«

»Weil Carolinensiel zu klein ist für eine eigene Polizeistation?«

»Ja.«

»Dann betreuen Sie den Ort von Wittmund aus mit?«

»Genau.«

»Was ist mit dem toten Mädchen? Kannten Sie es?«

Der Mann schüttelte den Kopf und zeigte nach vorne. Sie fuhren auf eine Hütte zu, vor der fünf Polizeiwagen, zwei Zivilfahrzeuge und ein Leichenwagen standen.

»Sieht so aus, als wären wir da«, stellte Elin fest, und ihr Fahrer nickte mit stoischer Miene.

Elin verbat sich, das Gesicht zu verziehen. Blieb zu hoffen, dass die Kollegen und Kolleginnen vor Ort ein wenig umgänglicher waren, sonst würde das hier eine zähe Angelegenheit werden.

Das Auto hielt direkt neben zwei Männern in Zivil, die einige Meter von der Hütte entfernt standen. Elin löste ihren Sicherheitsgurt und stieg aus. Sie stöhnte leise auf, denn die Hitze, die ihr entgegenschlug, war nach der Fahrt in dem klimatisierten Wagen unerträglich. Seit Tagen ächzte Norddeutschland unter außergewöhnlich hohen Temperaturen, und die Wetterprognose besagte, dass es die nächsten Tage auch so bleiben würde.

»Frau Kollegin, da sind Sie ja endlich!«, rief einer der beiden Männer und kam auf sie zu. Er lächelte, als er ihr die Hand reichte. »Darf ich mich vorstellen? Ich bin Kriminaloberkommissar Arne Heckhuis von der Kripo Aurich.«

Elin erwiderte sein Lächeln. »Angenehm. Kriminalhauptkommissarin Elin Bertram von der Soko Mondschein aus Hamburg.«

»Ja, das ist mir bekannt.«

»Sie leiten die Ermittlungen, Kollege Heckhuis?«

»Nein, das mache ich«, meldete sich der andere Mann zu Wort, der zu ihnen getreten war. Er gab ihr ebenfalls die Hand. »Kriminalhauptkommissar Thees Conrads. Freut mich.«

Etwas an seinem Tonfall ließ Elin aufhorchen. Es hörte sich nicht so an, als ob er meinte, was er sagte. »Ebenso«, entgegnete sie zögerlich. »Obwohl der Anlass alles andere als ein freudiger ist.«

Conrads nickte, während Elin ihn musterte. Er trug wie sie selbst Jeans und ein schlichtes T-Shirt, war dunkelhaarig, hochgewachsen und einen guten Kopf größer als sein Kollege Heckhuis und sie selbst. Elin schätzte beide Männer auf Mitte bis Ende Dreißig, also nur unwesentlich älter als sie selbst.

Sie zeigte auf die Streifenwagen. »Ich hätte gedacht, dass das Polizeiaufkommen größer wäre.«

»Das war es auch bis vor einigen Minuten«, sagte Thees Conrads. »Die Spurensicherung ist bereits durch und gerade abgefahren. Es sind lediglich noch ein gutes Dutzend Beamte und Beamtinnen vor Ort, die die Hütte und die unmittelbare Umgebung sichern und absperren. Und der örtliche Bestatter, der den Leichnam des Mädchens abtransportieren wird, sobald Sie den Tatort gesichtet haben.«

Elin runzelte die Stirn. »Der Rechtsmediziner ist auch schon weg?«

»Rechtsmedizinerin«, korrigierte Thees Conrads sie. »Nein, die nicht. Sie sagt, sie kennt Sie.«

»Ach ja? Wie ist ihr Name?«

»Sina Mertens heiße ich«, erklang eine weibliche Stimme von der Eingangstür der Hütte. »Immer noch.«

Überrascht fuhr Elin herum und starrte die brünette Frau im hellblauen Einwegoverall an. »Sina? Du hier?« Sie konnte es kaum glauben. Dr. Sina Mertens war schon beim letzten Mord des Serientäters im Juli 2021 in Bordesholm zuständig gewesen. Damals arbeitete sie in Kiel.

»Da staunst du, was?« Dr. Mertens lächelte. »Ich brauchte eine Luftveränderung, und als die Stelle des leitenden Rechtsmediziners in der Medizinischen Hochschule Hannover frei wurde, habe ich nicht lange gezögert. Ich bin erst seit vierzehn Tagen im Dienst, und wer läuft mir gleich bei meinem ersten Mordfall über den Weg? Du. Wobei ich denke, dass du dich umsonst auf den Weg gemacht hast.«

»Du meinst, er war es nicht?«

»Mit Sicherheit kann ich das selbstverständlich nicht ausschließen, aber es gibt signifikante Abweichungen zu den anderen Fällen.«

»Das wundert mich nicht. Ich habe ebenfalls vermutet, dass dieser Mord nicht auf sein Konto geht.«

Thees Conrads räusperte sich. »Würde mir leidtun, Kollegin Bertram, wenn Sie sich umsonst herbemüht hätten. Ich bin im Bilde, was Ihre Arbeit angeht. Kollege Heckhuis und ich haben durch Zufall erst kürzlich an einer Weiterbildung des Bundeskriminalamts teilgenommen, bei der speziell auf die

Mondschein-Mordserie hingewiesen wurde, weil sie so auffällige Muster aufweist. Genau deshalb haben wir gleich nach der ersten Sichtung des Tatorts Kontakt zu Ihrer Dienststelle aufgenommen. Noch bevor wir im Polizeicomputer die Daten gegenchecken konnten. Als wir das eben taten, haben wir gesehen, dass der zeitliche Abstand zur letzten Tat nicht gegeben ist, aber die Auffindesituation ließ uns annehmen, dass …«

Elin winkte ab. »Kein Problem. Sie haben richtig gehandelt. Vor allem, wenn man bedenkt, dass das Tatmuster des Serienmörders in allen Details bislang nur den Kollegen der Soko und einigen wenigen anderen Personen aus dem Umfeld der Ermittler bekannt ist. Die Öffentlichkeit weiß nichts davon, und es wurde auch in keiner Polizeiakte festgehalten. Das haben wir mit Absicht so gehandhabt. Sie können sich denken, wie wertvoll ein solches Täterwissen unter Umständen sein kann?«

Conrads und Heckhuis nickten.

»Gut. Darum möchte ich Sie auch bitten, alles, was Sie in diesem Zusammenhang hören werden, unbedingt für sich zu behalten.«

»Selbstverständlich«, beteuerte Kommissar Heckhuis mit ernstem Gesicht.

»Ach, und noch eins. Ich schlage vor, dass wir uns duzen. Das erleichtert die Zusammenarbeit ungemein, wie ich finde. Einverstanden?«

»An mir soll's nicht scheitern«, murmelte Thees und sah erleichtert aus.

Elin schmunzelte. »Du hast gedacht, dass da eine eingebildete Frau Hauptkommissarin von der Hamburger Polizei kommt, um euch auf die Füße zu treten, nicht wahr? Das jedenfalls war deinem Gesichtsausdruck zu entnehmen, als wir uns die Hand reichten.«

Thees blickte verlegen zur Seite. »So etwas in der Art vielleicht.«

»Gut, dass wir das klären konnten. Okay. Bevor wir reingehen, erzählt mal, was ihr bislang habt.«

Thees warf Arne einen auffordernden Blick zu, worauf dieser zu sprechen begann: »Bei der Toten handelt es sich um ein siebzehnjähriges Mädchen namens Jonna Eilers. Sie wurde am heutigen Dienstagmorgen um sechs Uhr, also vor fünf Stunden, vom Besitzer der Hütte aufgefunden. Er hat seinen Hauptwohnsitz in Leer und das Gebäude bis vor einem Jahr regelmäßig für Wochenendaufenthalte genutzt. Aufgrund einer Erkrankung ist er seitdem nur noch sporadisch hierhergekommen. So wie heute. Zum Glück, muss man sagen, denn wer weiß, wann man das Mädchen sonst gefunden hätte. Er hat einen Schock erlitten und ist zur Sicherheit ins Krankenhaus nach Wittmund verbracht worden.«

Elin sah Thees an. »Was wisst ihr über die Tote?«

»Sie heißt, wie gesagt, Jonna und ist das einzige Kind von Angelika und Timo Eilers aus Carolinensiel. Die Eltern wurden bereits von Kollegen des Polizeikommissariats Wittmund und einem Notfallseelsorger über den Tod ihrer Tochter informiert.«

»Das einzige Kind, sagst du?« Elin lief ein Schauer über den Rücken. Es war genau wie damals. Wie bei Katja. Sie schluckte schwer.

»Ja, das einzige Kind«, bestätigte Thees. »Wir wollen gleich im Anschluss zu den Eltern fahren, um sie zu befragen.«

Elin nickte und sah Sina an. »Was kannst du mir vorab sagen?«

Die Ärztin wischte sich mit dem Handrücken ein paar Schweißperlen von der Stirn. Die Hitze dieses Julitages war trotz der sanften Brisen, die vom nahegelegenen Meer herüberwehten, kaum auszuhalten und musste unter dem luftdichten Overall noch unerträglicher sein. »Das Mädchen wurde erdrosselt. Mit einem Schal oder etwas Ähnlichem. Was genau es war, kann ich noch nicht sagen, das Tatwerkzeug wurde nicht zurückgelassen. Was den Todeszeitpunkt betrifft: Ohne mich genau festlegen zu wollen, schätze ich ihn wegen der fortgeschrittenen Starre und der Totenflecke auf etwa zwanzig Uhr am gestrigen Abend. Ziemlich sicher wurde sie vor ihrem Tod vergewaltigt. Sie hat massive Hämatome an den Innenseiten ihrer Schenkel und Verletzungen im Genitalbereich. Aber auch da will ich die Obduktion abwarten, bevor ich das abschließend beurteile.«

Elin wandte sich wieder an Thees. »Du hast von einer speziellen Auffindesituation gesprochen?«

»So ist es. Der Täter hat sie in der Kreuzigungsposition zurückgelassen. Flach auf dem Boden liegend, die Arme weit ausgebreitet, die Beine geschlossen.«

»Und Stigmata sind vermutlich auch da?«

»Ja, genau wie bei den anderen Fällen.«

Dr. Mertens hüstelte und zog so die Aufmerksamkeit der anderen wieder auf sich. »Eben nicht wie bei den anderen Fällen. Wollen wir nicht reingehen, Elin? Dann kannst du es dir selbst anschauen.« Ohne eine Antwort abzuwarten, drehte sie sich um und betrat die Hütte.

»Nach dir«, sagte Thees und ließ Elin den Vortritt, bevor auch er und Arne folgten.

Elin musste blinzeln, als sie den Raum betrat. Das grelle Licht eines Scheinwerfers leuchtete den Tatort aus und blendete sie. Als sie sich daran gewöhnt hatte, tat sich vor ihr eine gruselige Szene auf. Sie erschauderte, obwohl sie gewusst hatte, was sie erwartete. Auf dem Holzboden lag vor einem Metallbett der nackte Körper einer jungen Frau in der Position, wie Thees sie beschrieben hatte. Ihre zarte Haut war so weiß, dass sie wie edles Porzellan wirkte. An den Füßen und an den ausgebreiteten Händen wurde dieses Weiß durch das Rotbraun geronnenen Bluts unterbrochen, das aus den ihr zugefügten Wunden gesickert war. Elin sah weiter nach oben in das hübsche, aber unnatürlich verzerrte Gesicht der Toten, das von langen blonden Haaren umrahmt wurde. Ihre weitaufgerissenen blauen Augen spiegelten das Grauen wider, das sie in den letzten Minuten und Sekunden ihres Lebens erfahren haben musste. Jedenfalls kam es Elin so vor.

»Die Spusi ist durch, sagtet ihr?«, fragte sie leise, während sie sich zu dem Mädchen auf den Boden kniete.

»Ja«, antwortete Arne. »Wieso?«

Elin legte eine Hand auf das Gesicht der Toten und schloss mit einer sanften Bewegung deren Augen. »Deswegen. Dieses bisschen Würde sollte man ihr zurückgeben, findet ihr nicht?«

Die Männer schwiegen betreten, während Sina sich nun ebenfalls hinkniete und auf die Stigmata zeigte, die dem Mädchen beigebracht worden waren. »Der Unterschied ist offensichtlich, oder?«

Elin nickte. »Oh ja. Die Nägel fehlen.«

»Die Nägel?«, fragte Thees.

»Der Serientäter hat seine Opfer ebenfalls mit den Wundmalen Christi versehen, aber sozusagen originalgetreu«, erklärte Elin. »Er hat ihnen, nachdem er die Frauen vergewaltigt und erdrosselt hatte, Nägel durch Füße und Hände getrieben, und diese steckten noch in den Wunden, als die Leichen entdeckt wurden. Das ist eines der Details, die ich eben angesprochen habe. Die Öffentlichkeit weiß von den Stigmata, aber nicht, wie sie genau ausgesehen haben und wie sie entstanden sind.«

Thees runzelte die Stirn. »Na gut, aber er könnte die Nägel doch diesmal, aus welchem Grund auch immer, herausgezogen und mitgenommen haben. Wäre doch möglich.«

»Nein«, widersprach Sina. »Erstens konnte er nichts herausziehen, weil diese Wunden nur oberflächlich zugefügt wurden und nicht durchs Fleisch durchgehen. Und zweitens sind sie auch sicher nicht durch einen Nagel entstanden, sondern durch einen flachen Gegenstand mit einer aufgerauten Spitze. Ich tippe auf eine Nagelfeile, möchte aber erst die Leichenschau in meinem Institut abwarten, bevor ich mich endgültig festlege.«

»Hat die Spusi eine Feile gefunden?«, erkundigte sich Elin. »Oder etwas Vergleichbares?«

Arne schüttelte den Kopf. »Bisher nicht. Eventuell im Rucksack des Mädchens. Er wurde unter dem Bett entdeckt. Die Kollegen haben ihn zur kriminaltechnischen Untersuchung mitgenommen.«

»Was ist mit der Kleidung des Mädchens?«

»Konnte nicht aufgefunden werden«, erwiderte Arne. Das gleiche gilt für Fingerabdrücke. Nicht einen einzigen hat die Spusi in der gesamten Hütte nachweisen können. Der Täter muss gründlich aufgeräumt und sauber gemacht haben. Wenn er sich die Zeit dafür genommen hat, war er sich sicher, dass so schnell niemand zur Hütte kommen würde.«

Elin strich sich eine Strähne ihres Haares aus der Stirn. »Wenn er so gründlich war, dann erübrigt sich wohl die Frage nach DNA-Spuren?«

»Was das betrifft, war der Täter offensichtlich doch nicht so penibel«, antwortete Sina und zeigte auf das Bett in Kingsize-Größe, das neben einer Küchenzeile, einem Tisch und zwei Stühlen, das einzige Mobiliar der Hütte zu sein schien. »Dort hat er das Mädchen vergewaltigt. Auf dem Laken haben wir neben minimalen Blutspuren, die vermutlich dem Opfer zuzuordnen sind, auch Spermaflecken entdeckt. In ein paar Tagen wissen wir mehr.«

»Bitte?« Elin schaute ruckartig auf. »Spermaflecken? Warum sagst du das nicht gleich? Eine weitere Bestätigung, dass wir es hier mit einem anderen Täter zu tun haben müssen. Es wäre ein absolutes Novum, wenn er einen solchen Fehler begangen hätte. Sina, wir brauchen das Ergebnis des DNA-Tests so bald wie möglich. Ein paar Tage, das ist verdammt noch mal zu lang.«

»Mag sein, aber …«

»Kein Aber. Du weißt, dass jede Minute zählt. Wenn es ein Match in der Gendatenbank gibt, könnten wir Jonnas Mörder vielleicht fassen, bevor er untertauchen kann.«

»Ist mir bewusst, aber das Labor kann sich nun mal das Ergebnis nicht aus den Rippen schneiden. Die Analyse braucht ihre Zeit.«

Elin sagte nichts. Sie schaute Sina Mertens nur an, ohne zu blinzeln.

Die Ärztin stöhnte auf. »Meine Leute sind noch auf der Autobahn. Acht bis zehn Stunden, nachdem sie in Hannover eingetroffen sind. Frühestens. Und auch nur, wenn die Analytik glatt durchläuft.«

Elin lächelte zufrieden. »Na also, geht doch.«

»Ich verspreche nichts, damit das klar ist.«

»Ja, verstanden.« Elin sah in die Runde. »Sonst noch etwas? Was ist zum Beispiel mit Fußspuren draußen vor der Hütte?«

»Laut der Spusi nichts Verwertbares«, antwortete Arne. »Der Boden ist durch die langen Dürreperioden trocken und hart, zudem auch noch mit verdorrten Tannennadeln bedeckt und mit Baumwurzeln durchsetzt, da ist nicht viel mit Spuren. Zumindest keine aussagefähigen, wie es im Moment aussieht. Fragmente von Schuhabdrücken wurden zwar gesichert, aber ob die letztendlich einem bestimmten Schuh zugeordnet werden können, ist mehr als ungewiss. Sichergestellt werden konnte allerdings Erbrochenes, etwa zehn Meter von der Hütte entfernt.«

»Jemand hat sich übergeben?«, bemerkte Elin überrascht.

»Jep, hinter einem Baum. Und nicht zu knapp.«

Elin sah erneut Sina an, die abwehrend die Hände hob. »Komm mir jetzt nicht wieder mit ›as soon as possible‹. Ja, man kann auch DNA in Erbrochenem feststellen. Aber das dauert nun wirklich ein bisschen länger. Die kernhaltigen Zellen müssen aus dem Material isoliert werden, was ziemlich aufwendig ist, und …«

»Schon gut, Frau Doktor«, beruhigte Elin sie schmunzelnd. »Ich habe doch gar nichts gesagt.« Sie wandte sich wieder Arne zu. »Und vom Tatwerkzeug wirklich keine Spur? Kein Schal, kein Tuch, nichts?«

»Nein. Nicht hier und auch nicht in der näheren Umgebung. Ebenso wenig wurden die Handschellen gefunden.«

»Handschellen? Was für Handschellen?«

Sina hob vorsichtig den rechten Arm der Toten etwas an. »Schau dir das Handgelenk an. Das andere sieht genauso aus. Die Striemen und blauen Flecke deuten darauf hin, dass sie über einen längeren Zeitraum mit Handschellen gefesselt war. Wir nehmen an, am Gitter des Bettgestells, da die Metallstäbe Kratzspuren aufweisen. Mit ein bisschen Glück kann die KTU unsere Vermutung bestätigen.«

»Jonna wurde also am Bett fixiert, vergewaltigt und dort auch getötet?«

Sina nickte. »Letzteres dürfte schwer nachweisbar sein, aber wenn wir Fasern der Textilie, mit der Jonna erdrosselt wurde, auch auf dem Laken sicherstellen können, dann würde es diese These untermauern. Fakt ist, dass sie verzweifelt versucht haben muss, sich aus der Fesselung zu befreien. Der Zustand ihrer Handgelenke lässt keinen anderen Schluss zu.«

»Darüber hinaus irgendwelche Kampf- und Abwehrspuren?«

»Negativ.«

Elin rieb sich die Stirn. »Handschellen«, murmelte sie. »Wieder etwas, das nicht seinem Modus Operandi entspricht. Die hat der Serientäter noch nie benutzt.«

»Mag sein«, wandte Thees nachdenklich ein. »Auch wenn vieles dagegenspricht, er könnte es trotzdem gewesen sein.«

»Nein«, widersprach Elin und stand auf. »Denn es fehlt ein weiteres Merkmal. Eines seiner Markenzeichen, wenn nichts sogar *das* Markenzeichen«

»Und das wäre?«

»Eine Adlerkralle. Bei jedem seiner Opfer haben wir sie gefunden. Bei Jonna Eilers hingegen nicht.«

3

»Eine Adlerkralle?« Thees wirkte ebenso überrascht wie verwirrt. »Aber keine echte, oder? Ich verstehe das nicht. Wieso lässt er die da?«

Elin zuckte mit den Schultern. »Was glaubst du, wie oft die Kollegen der Soko und ich uns das schon gefragt haben? Der Moment, in dem wir eine Antwort darauf finden, dürfte uns der Auflösung des Falles ein gutes Stück näherbringen. Und ja, es handelt sich nicht um echte Krallen, sondern um Attrappen, die auch als Karnevalsaccessoires verwendet werden.«

»Wenn man sich zum Beispiel als Native American verkleidet«, ergänzte Sina, was einen weiteren ratlosen Blick von Thees zufolge hatte.

»Sie meint, als Indianer«, fügte Elin an. »Soll ja heute nicht mehr so gesagt werden, was auch richtig ist.«

Thees zog die Augenbrauen hoch. »Ich weiß durchaus, was ein Native American ist, Kollegin. Was mir aber weiter unklar ist: Warum lässt der Täter bei seinen Opfern ein Karnevalsspielzeug zurück?«

»Es als ›Zurücklassen‹ zu bezeichnen, würde dieses Detail stark verharmlosen«, hielt Elin bedrückt entgegen.

»Wie meinst du das?«, fragte Arne Heckhuis, der in den letzten Minuten das Gespräch schweigend verfolgt hatte.

»Er bohrt die Kralle in die linke Brust seiner Opfer. Direkt über dem Herzen. Und das auf eine unfassbar brutale Art und Weise.« Elins Blick schweifte über die unversehrten Brüste von Jonna Eilers. »Ihr wurde das nicht angetan, wobei das für das arme Mädchen keinen Unterschied macht. Leider.«

»Aber für dich macht es einen Unterschied«, räumte Thees ein. »Du wirst also abbrechen und direkt nach Hamburg zurückkehren? Wenn ja, wird der Streifenpolizist dich zurück zum Heli bringen.«

Elin fuhr sich mit der Hand durch ihr Haar. Sie hatte plötzlich wie aus dem Nichts eine Eingebung. »Warte, nicht so schnell. Mal ganz abgesehen davon, dass der Heli längst wieder abgeflogen ist, wäre es vielleicht doch eine gute Idee, wenn ich bleibe.«

»Obwohl du felsenfest davon überzeugt bist, dass Jonna Eilers kein Opfer des Serientäters ist?«

Elin nickte. »Mir kam gerade ein Einfall. Und meine Vergangenheit hat mich gelehrt, dass die spontanen Ideen stets meine besten sind.«

»Klärst du uns über diesen Einfall auch auf?«

»Gerne. Was, wenn wir der Öffentlichkeit gegenüber behaupten, Jonna wäre ein weiteres Opfer des Serientäters? Der wahre Mörder würde sich in Sicherheit wiegen, während wir an der Aufklärung des Falls arbeiten. Er könnte einen Fehler machen und uns damit in die Hände spielen. Und zum anderen könnte die Behauptung den Serientäter provozieren und aus seiner Deckung locken. Er führt seine Taten mit einer beispiellosen Akribie aus, die einer festgelegten Orchestrierung, einem minutiösen Plan zu folgen scheinen. Als würde er damit sein eigenes, krankes Kunstwerk erschaffen wollen. Es dürfte ihm gewaltig gegen den Strich gehen, wenn dieser Eindruck gestört wird. Möglicherweise wird er darauf reagieren, und wir können neue Anhaltspunkte gewinnen.«

»Das hört sich nach einem guten Plan an«, sagte Sina Mertens und Arne Heckhuis nickte zögerlich.

»Selbstverständlich müssten wir das zunächst mit unseren Vorgesetzten besprechen«, wandte sich Elin an Thees. »Ich schlage vor, dass wir sie umgehend kontaktieren und unsere Vorgehensweise mit ihnen abstimmen. Danach fahren wir wie angedacht zu den Eltern der Toten, okay?«

»Geht in Ordnung. Arne, du kannst dem Bestatter sagen, dass wir hier fertig sind, und er den Leichnam des Mädchens zur forensischen Untersuchung nach Hannover in die Medizinische Hochschule fahren kann.«

»Und ich werde ihm folgen«, fügte Sina an.

Elin fasste sie leicht an die Schulter. »Du meldest dich, sobald du neue Infos hast?«

Sina lächelte. »Was denn sonst?«

***

»Meinst du, dass Kollege Heckhuis sauer ist?«, fragte Elin eine halbe Stunde später, als sie dabei zusahen, wie Arne in einen der Streifenwagen stieg und das Fahrzeug sich in Bewegung setzte, nur wenige Minuten nachdem der Leichenwagen mit der toten Jonna und Sina Mertens in ihrem Auto den Ort des Geschehens verlassen hatten.

»Du meinst, weil unser Inspektionsleiter ihn abgezogen hat?« Thees sah sie achselzuckend an. »Glaube ich nicht. Unter normalen Umständen vielleicht, aber momentan dürfte er froh sein, wenn er Papierkram erledigen und jeden Abend pünktlich aus dem Büro nach Hause gehen darf.«

»Ach ja? Wieso das?«

»Nun, er ist vor knapp zwei Monaten Vater von Zwillingen geworden. Zwei Jungs. Die beiden halten ihn und seine Frau ziemlich auf Trab.«

Elin lachte. »Das kann ich mir vorstellen. Einer meiner Brüder hat ebenfalls Zwillinge. Zweijährige Mädchen. Wenn ich sie besuche, passe ich manchmal auf die beiden auf und bin jedes Mal schweißgebadet. Das ist Stress pur.«

»Genau. Deswegen wird er es verkraften, dass der Boss ihn nach Aurich zurückbeordert hat. Zwei Ermittler sind vorerst auch völlig ausreichend. Vor allem, wenn eine von ihnen ein solches Kaliber hat. Auch das LKA in Hannover ist laut meinem Vorgesetzten dieser Ansicht.«

»Mit dem ›Kaliber‹ kann unmöglich ich gemeint sein«, stritt Elin, plötzlich wieder ganz ernst, ab. »Ich leite immerhin seit drei Jahren eine Sonderkommission, die es bislang nicht geschafft hat, einen gefährlichen Mörder zu überführen.«

»Na, komm schon, dein Vorgänger hat es wie lange versucht? Ganze neun Jahre, wenn ich es richtig in Erinnerung habe. Du solltest dich nicht zu sehr unter Druck setzen. Für deine Arbeit wäre das nur kontraproduktiv. Denk doch lieber an die Erfolge, die du während deiner Laufbahn schon einheimsen konntest! Du bist fünfunddreißig Jahre alt, also sogar zwei Jahre jünger als ich, und deine Laufbahn bei der Kriminalpolizei hat viel später begonnen. Gleichwohl hast du bis hierher eine spektakuläre Karriere hingelegt. Chapeau, kann ich da nur sagen.«

Elin legte den Kopf leicht zur Seite. »Sag mal, kann es sein, dass du mich stalkst? Du kennst mein Alter und verfolgst meine Karriere? Muss ich Angst vor dir haben?«

Thees grinste. »Schon möglich. Nein, im Ernst. Dein Ruf eilt dir meilenweit voraus. Bei der Weiterbildung waren nicht nur die Taten des Serienmörders Thema, sondern auch du selbst. Dein Werdegang, deine aufgeklärten Fälle und so weiter.«

Elin schüttelte sich. »Oh nein, nicht wirklich, oder? Davon musst du mir bei Gelegenheit mehr erzählen. Aber jetzt zurück in die Gegenwart, wir haben schließlich einen Mord aufzuklären. Mein Boss ist mit der Vorgehensweise auch einverstanden. Er hat sich zusätzlich das Okay vom zuständigen LKA eingeholt. Zur Sicherheit. Ist nämlich manchmal schwierig, wenn es sich um eine länderübergreifende Angelegenheit handelt. Davon kann ich nach drei Jahren Soko Mondschein wahrlich ein Lied singen. Wir ermitteln in fünf Mordfällen in unterschiedlichen Bundesländern. In diesem Fall war es kein Problem, Hannover war sofort kooperativ. Also wird der Pressesprecher unserer Behörde in den nächsten Stunden kommunizieren, dass wir beim Mord an Jonna Eilers von einer weiteren Tat des

Serienmörders ausgehen. Meine Kollegen von der Soko habe ich allerdings über den wahren Sachverhalt aufgeklärt, die hätten sich sonst sehr gewundert, dass sie beim Opfer Nummer sechs nicht nach Carolinensiel gerufen werden. Aber sie fanden den Ansatz vielversprechend und wollen uns aus der Ferne unterstützen, wo sie können.«

»Fein. Dann machen wir uns jetzt auf den Weg zu Jonnas Eltern?«

»Ja, sofort. Ich muss noch kurz meine Tasche aus dem Streifenwagen holen. Hoffentlich finden wir später noch eine Unterkunft für die Nacht.«

»Bestimmt. Übrigens, der Polizist, der dich hergefahren hat, heißt Wilhelmsen. Er und ein weiterer Kollege vom Polizeikommissariat Wittmund werden uns bei den Ermittlungen assistieren.«

Elin seufzte. »Echt? Dann hoffe ich, dass er im Assistieren besser ist als im Kommunizieren.«

»Muss ich das verstehen?«

»Nein, vergiss, was ich gesagt habe. Ich hole jetzt meine Tasche und dann können wir los.«

***

Es war kurz nach vierzehn Uhr, als sie das Haus von Angelika und Timo Eilers erreichten. Vor der Doppelhaushälfte in einer Neubausiedlung in der Nähe der Kurklinik von Carolinensiel stand ein Streifenwagen, hinter dem Thees sein Auto parkte. Auf der anderen Straßenseite hatte sich eine Gruppe von Menschen angesammelt, die neugierig auf das Haus der Familie Eilers starrten.

»Schau dir diese Aasgeier an«, sagte Thees verärgert. »Werde ich nie verstehen, wie man sich an dem Leid anderer Menschen weiden kann.«

»Du kannst sie aber auch nicht alle über einen Kamm scheren«, gab Elin zu bedenken. »Einige haben Blumen dabei. Schau mal!« Sie zeigte auf den Bürgersteig vor dem weißen

Zaun, der den Vorgarten der Familie säumte. Dort lagen einige farbenfrohe Sträuße, ebenso war eine Handvoll brennender Grabkerzen zu sehen. »Es sind sicher auch Menschen dabei, die ihre Trauer und ihr Mitgefühl zeigen wollen, indem sie hierherkommen. Ich verstehe das schon.« Sie spürte, dass Thees sie ansah. »Was?«

»Du glaubst an das Gute im Menschen? Für eine Polizistin, die sich über Jahre hinweg mit den schlimmsten Verbrechen beschäftigt hat, ist das ungewöhnlich.«

»Glaub mir, das ist nicht an allen Tagen so. Doch ich versuche, mir einen Rest dieser positiven Einstellung zu bewahren. Sonst würde ich wahrscheinlich irgendwann an meinem Job zerbrechen.«

»Etwas anderes käme für dich nicht infrage?«

»Du meinst, ein anderer Beruf?« Elin schüttelte energisch den Kopf. »Nein. Nach dem Abi habe ich zunächst ein paar Semester Sozialpädagogik studiert, aber ich habe gemerkt, dass das nicht das Richtige für mich ist. Polizistin zu werden, war und ist die richtige Entscheidung. Außerdem könnte ich ohnehin nicht aufhören, solange …« Sie verstummte.

»Solange was?«

Elin holte tief Luft. »Solange wir den Mörder von Jonna Eilers nicht gefunden haben. Also Schluss mit dem Gequatsche und an die Arbeit, Kollege Conrads.«

Beide schnallten sich ab und stiegen aus dem Auto. Sie gingen Seite an Seite an den Blumen und den Grablichtern auf dem Bürgersteig vorbei, und Elin bemerkte erleichtert, wie ihr Herzschlag sich wieder beruhigte. Beinahe hätte sie Thees von Katja erzählt. Bislang hatte sie erfolgreich verbergen können, dass sie persönlich in den Fall des Serienmörders involviert war. Elin hatte keine Ahnung, was passieren würde, wenn das rauskäme. Ihr Bauchgefühl verriet ihr, dass sie Thees vertrauen konnte. Trotzdem! Es war besser, wenn sie es für sich behielt.

Sie betraten durch ein Tor den schmalen gepflasterten Weg, der durch den Vorgarten zur Haustür führte. Die Blumenbeete links und rechts waren mit zahlreichen, wunderschön blühenden Stauden geschmückt, denen man es nicht ansehen konnte, dass es in den vergangenen Wochen kaum geregnet hatte.

»Schmuckes Häuschen, weißer Zaun und akkurater Vorgarten. Das reinste Idyll«, stellte Thees fest.

Elin nickte betrübt. »Die Freude daran dürfte mit der bösen Nachricht dieses Tages auf einen Schlag zerstört sein. Für lange Zeit. Vielleicht für immer.«

An der Haustür angekommen, hob Thees die Hand, um zu klingeln, doch bevor er das tun konnte, wurde sie bereits geöffnet, und ein uniformierter Polizist stand vor ihnen.

»Da sind Sie ja, Herr Conrads«, begrüßte er Thees. »Ich hatte Sie viel früher erwartet.«

»Tut mir leid, Schlüter«, antwortete Thees. »Wir mussten noch die Ankunft von Kriminalhauptkommissarin Bertram aus Hamburg abwarten, die mit mir zusammen ermitteln wird. Mit Ihrer Hilfe natürlich.« Thees drehte sich zu Elin um. »Das ist Polizeiobermeister Schlüter vom Kommissariat in Wittmund, der uns gemeinsam mit Wilhelmsen assistieren wird.«

Elin lächelte den rothaarigen Mann, der etwa fünfundzwanzig Jahre alt war, freundlich an. »Auf gute Zusammenarbeit, Kollege Schlüter. Sie haben hier die Stellung gehalten?«

»Ja. Ich habe den Eltern heute Vormittag zusammen mit einem Kollegen und dem Notfallseelsorger die Todesnachricht überbracht. Kriminalhauptkommissar Conrads bat mich, bis zu seinem Eintreffen vor Ort zu bleiben.«

»Der Notfallseelsorger ist ebenfalls noch da?«, fragte Thees.

»Nein. Aber Pastor Meiners von der St. Nicolai-Kirche in Wittmund ist vor wenigen Minuten eingetroffen. Herr Eilers und Frau Eilers sind beide bei seiner Gemeinde angestellt, er ist Küster und sie verwaltet als Rendantin die Kirchenkasse.«

Thees nickte. »Hm, okay. Was meinen Sie, sind die Eltern in der Lage, mit uns zu sprechen?«

»Ich denke schon. Sie sind verständlicherweise sehr mitgenommen, besonders die Männer, aber die Frauen …«

»Moment mal«, unterbrach ihn Elin irritiert. »Von welchen Männern und Frauen reden Sie?«

»Ach so, das hatte ich noch nicht erwähnt. Der Bruder und die Schwägerin von Frau Eilers sind auch hier. Sie heißen Christian und Elke Rietmann und wohnen in der Doppelhaushälfte nebenan. Beide arbeiten ebenfalls für die Nicolai-Gemeinde in Wittmund. Herr Rietmann ist Organist und Kirchenmusikdirektor, seine Frau ist Gemeindereferentin.«

Elin sah ihn mit großen Augen an. »Alle arbeiten für ein und dieselbe Gemeinde? Ist das nicht ziemlich ungewöhnlich?«

Schlüter zuckte mit Schultern. »So etwas ähnliches ist mir auch rausgerutscht. Was ich aber zuvor sagen wollte, ist, dass sowohl der Vater des Mädchens als auch der Onkel die Nachricht von Jonnas Tod nicht gut verkraftet haben. Frau Eilers und Frau Rietman wirken deutlich gefasster, aber eventuell täusche ich mich da. Man kann den Menschen schließlich nicht in den Kopf schauen.«

»Nein, das kann man nicht«, pflichtete Thees ihm bei. »Was mich betrifft, ich bin auch gar nicht scharf darauf. Ich mag mir nicht ausmalen, wie es sich anfühlt, wenn man einen lieben Menschen auf diese Art und Weise verliert. Es muss die Hölle sein.«

»Es ist die Hölle«, bestätigte Elin mit bebender Stimme und ignorierte die fragenden Blicke der beiden Männer. »Wie auch immer, wir können den Eltern und den Angehörigen die Befragung nicht ersparen.«

»Natürlich«, stimmte Thees ihr zu. Er schaute Elin erwartungsvoll an. »Wollen wir dann?«

»Ja, nur eins noch: Schlüter, könnten Sie sich bitte Gedanken machen, wo man hier in Carolinensiel Quartier aufschlagen kann? Ich habe gehört, dass der Ort über keine eigene Polizeistation verfügt?«

»Das ist richtig. Carolinensiel ist ein Teil der Stadt Wittmund und wird darum von dortigem Polizeikommissariat, meiner Dienststelle, aus betreut.«

»Trotzdem will ich während der ersten Phase der Ermittlungen unbedingt hier vor Ort bleiben.«

»Heißt, Sie brauchen außer einem Büro auch eine Übernachtungsmöglichkeit?«

»Ja.«

Schlüter runzelte die Stirn. »Das dürfte nicht einfach werden. Es ist Hochsaison, die meisten Zimmer werden ausgebucht sein. Aber ich tue mein Bestes.«

»Sehr gut«, lobte ihn Thees. »Dann verdoppeln Sie bitte Ihre Anstrengungen, denn ich bleibe selbstverständlich auch hier.«

Elin schüttelte den Kopf. »Das ist nicht nötig, du kannst gerne abends zurück nach Aurich fahren. Ist ja nicht so weit.«

»Stimmt, aber es wartet dort niemand auf mich. Deswegen, Schlüter, bitte zwei Zimmer.«

Der junge Beamte wirkte alles andere als begeistert, aber er widersprach auch nicht.

»Ich danke Ihnen, Kollege«, sagte Thees. »Und jetzt bringen Sie uns bitte zu den Eltern.«

4

Das Wohnzimmer der Familie Eilers wurde durch eine ausgedehnte Fensterfront, die Ausblick auf eine Terrasse in mediterranem Stil gewährte, mit warmem Sonnenlicht geradezu geflutet. Doch die Atmosphäre, die in dem Raum vorherrschte, ließ Elin kalte Schauer über den Rücken laufen. Sie meinte, von einer unsichtbaren Dunkelheit umgeben zu sein. Einer Dunkelheit, die bis in den letzten Winkel des Inneren kroch und Herz und Seele umfing. Kein Ort, an dem man lange verweilen wollte.

Sie hatten sich im Vorfeld darauf verständigt, dass zunächst Thees das Gespräch führen würde. Das gab Elin Gelegenheit, die Angehörigen von Jonna Eilers, die sie allesamt auf ein Alter zwischen fünfundvierzig und fünfzig Jahre schätzte, in Ruhe zu studieren und sich ein Bild von ihnen und ihrem Verhalten zu machen. Das war eine Vorgehensweise, die sie sich vor sieben Jahren während einer vierwöchigen Hospitation beim New Yorker Police Department von den amerikanischen Kollegen abgeschaut und danach in ihre eigenen Ermittlungen übernommen hatte. Denn so bitter es auch war: Bei den meisten Verbrechen dieser Art handelte es sich um Beziehungstaten, und die Mörder gehörten nicht selten der Familie oder dem Freundes- und Bekanntenkreis an.

Während Thees mit sachlicher Stimme, aber nicht zu sehr ins Detail gehend, vortrug, wie und von wem das Mädchen aufgefunden worden war, studierte Elin die Mimik des Vaters. Das heißt, wenn sie die Möglichkeit dazu hatte, denn der mittelgroße, leicht untersetzte Mann mit Halbglatze stand neben der Polstergarnitur, auf der sie Platz genommen hatten, und wandte sich immer wieder von ihnen ab. Dann verbarg er sein tränenüberströmtes Gesicht in den Händen und schluchzte ein ums andere Mal hörbar auf. Er schien den Ausführungen ihres Kollegen kaum folgen zu können, versank regelrecht in seinem Schmerz.

Anders verhielt es sich mit Christian Rietmann, Jonnas Onkel, einem gutaussehenden, hochgewachsenen Mann mit vollem graumeliertem Haar. Er wirkte zwar ebenso zutiefst schockiert, und vereinzelt rann ihm eine Träne über die stoppelige Wange, aber er hörte Thees aufmerksam zu, klebte regelrecht an seinen Lippen. Genau wie seine Frau Elke, deren Gesicht im krassen Gegensatz zu ihrem pechschwarzen stoppelkurzen Haar so weiß wie die getünchte Wand hinter ihr war. Sie machte ansonsten einen gefassten Eindruck und streichelte ihrem Mann, neben dem sie auf dem Sofa saß, immer wieder beruhigend über die Hand. Eine sehr feingliederige Hand, wie Elin bemerkte. Hatte Schlüter nicht gesagt, der Mann sei Musiker? Das käme hin. Würde zu diesen feingliederigen Händen auch eine brutale Vergewaltigung und die Tötung eines Menschen passen? Elin ermahnte sich innerlich, wusste sie doch, dass das kein Ansatz war. Die Hände eines Menschen konnten viel aussagen, jedoch nicht, ob sie fähig wären zu morden. Ihr Blick wanderte zurück zu Rietmanns Gesicht, und sie zuckte kaum merklich zusammen. Denn für eine Sekunde hatte sich neben der Trauer und dem Schmerz noch etwas anderes in seinem Ausdruck gezeigt. Was genau, konnte Elin nicht zuordnen, dafür war der Moment zu kurz gewesen. Möglicherweise hatte sie Panik gesehen, sie war sich nicht sicher. Dennoch reichte dieser Augenblick, um Rietmann für sie verdächtig zu machen.

»Jonna hat das Haus also um fünfzehn Uhr dreißig verlassen?«, fragte Thees in diesem Moment und lenkte Elins Aufmerksamkeit auf Angelika Eilers.

»Ich weiß es natürlich nicht sicher, aber sie hat mir um diese Uhrzeit eine SMS geschrieben, dass sie zur Bücherei fährt.

Danach wollte sie zu ihrer Freundin Astrid, doch dort ist sie nie angekommen.«

»Woher wissen Sie das?«

»Nun, als unsere Tochter um dreiundzwanzig Uhr noch nicht zu Hause war, haben wir uns Sorgen gemacht und bei Astrid angerufen. Jonna war nicht da. Und Astrid selbst auch nicht. Ihre Mutter sagte mir, dass sie seit einer Woche im Zeltlager auf Norderney ist. Jonna schien das nicht gewusst zu haben, sonst hätte sie ihre Freundin ja nicht besuchen wollen.«

Thees räusperte sich kurz. »Okay. Was haben Sie dann unternommen?«

»Timo und ich haben in der Nachbarschaft herumgefragt, ob jemand Jonna gesehen hat. Elke und Christian haben mit Freunden und Bekannten telefoniert. Sie haben es auch bei Schulkameraden von Jonna versucht, aber bei den meisten ist niemand rangegangen. Um Mitternacht haben wir die Polizei in Wittmund kontaktiert und Jonna als vermisst gemeldet. Man hat uns gesagt, dass noch nichts unternommen werden könnte, da sie noch nicht lange genug verschwunden sei. Dabei war sie zu diesem Zeitpunkt schon längst tot.«

Elin hätte spätestens jetzt erwartet, dass die Mutter in Tränen ausbrechen würde, aber nichts dergleichen geschah. Ihre Miene spiegelte Trauer wider, das ja, aber insgesamt schien die Frau ungebrochen. Oder aber, sie hatte das, was geschehen war, noch gar nicht in vollem Umfang verstanden.

Elin signalisierte Thees mit einem kurzen Blick, dass sie sich nun in das Gespräch einschalten würde, und wandte sich direkt an Jonnas Mutter. »Frau Eilers, auch ich möchte Ihnen und Ihrer Familie mein tiefstes Mitgefühl aussprechen. Die richtigen Worte für Ihren Verlust zu finden, scheint unmöglich. Ich versichere Ihnen, dass wir alles, was in unserer Macht steht, unternehmen werden, um den Verantwortlichen zu finden und zur Rechenschaft zu ziehen.«

Die zierliche Frau, deren dunkles, mit vereinzelten grauen Strähnen durchzogenes Haar lose hochgesteckt war, nickte mit ernster Miene. »Davon bin ich überzeugt. Ich danke Ihnen, Frau Bertram. Was die richtigen Worte betrifft: Es ist schwer sie zu finden, und nicht immer gelingt es. Es zählt allein der Wille, Trost zu spenden, denn daraus entsteht neue Hoffnung.«

Elin fand diese Antwort für eine Mutter, die gerade ihr Kind auf die denkbar grausamste Art verloren hatte, unerwartet, wenn nicht sogar seltsam. Ein Eindruck, den sie offensichtlich nicht gut verbergen konnte.

»Ich weiß, dass sich das für Sie komisch anhören muss«, fuhr Angelika Eilers fort. »Denken Sie bitte nicht, dass es mir nicht das Herz zerreißt, was mit unserer Tochter geschehen ist. Doch unser Glaube wird uns die Kraft geben, diesen Schicksalsschlag zu überwinden. Wir dürfen nur nicht aufhören, dem Herrn zu vertrauen. Wir müssen darauf bauen, dass er weiß, was das Richtige ist, und unser Leben und alles, was dazugehört, unter seine Obhut stellen.«

»Du kannst nicht tiefer fallen als in Gottes Hand, die er zum Heil uns allen barmherzig ausgespannt«, ergänzte Pastor Meiners, der bis dahin stumm auf einem Stuhl in der Ecke gesessen hatte, die Worte seiner Rendantin.

Elin spürte, wie ihr Blutdruck in Bruchteilen von Sekunden bedrohlich anstieg. Sie glaubte, jeden Moment aus der Haut zu fahren. Diese tiefe Frömmigkeit begegnete ihr wahrlich nicht zum ersten Mal. Sie war quasi mit ihr groß geworden. Aber hier ging es um den Mord an einem jungen Menschen. An der eigenen Tochter. Wie konnte man da nur so denken?

»Ich merke, Sie verstehen uns nicht«, konstatierte Jonnas Mutter und nun konnte Elin doch ein leichtes Zittern in ihrer Stimme vernehmen. »Ich kann nur sagen, dass ich dankbar bin für meinen Glauben. Hätte ich ihn nicht, würde ich in diesem Moment zerbrechen wie dünnes Glas. Gott hat uns mit Jonna die größte Freude unseres Lebens geschenkt, aber ich war mir immer bewusst, dass … dass…«

»…der Herr gibt, und dass er wieder nimmt«, beendete Elke Rietmann den Satz ihrer Schwägerin.

Angelika nickte. »Niemand weiß das besser als du und Christian.«

Elin schaute die Frauen fragend an.

»Mein Mann und ich haben vor zwei Jahren unseren Sohn verloren«, erklärte Elke Rietman traurig. »Sven kam bei einem Autounfall ums Leben.« Sie streichelte erneut über die zitternde Hand ihres Mannes, der den Kopf nun tief gesenkt hielt und von einem lautlosen Weinkrampf geschüttelt wurde.

»Das tut mir leid«, bemerkte Elin betroffen. »Wie ist es passiert?«

»Er war allein unterwegs, daher wissen wir nicht genau, was zu dem Unfall geführt hat. Sein Wagen kam von der Straße ab«, antwortete Angelika Eilers für ihre Schwägerin. »Sven wurde herausgeschleudert und war sofort tot.«

Elke Rietmann vergrub ihr Gesicht in den Händen. Ihre Schultern bebten unkontrolliert. Offensichtlich weinte sie nun auch.

»War Sven ebenfalls ein Einzelkind?«, fragte Elin.

»Nein. Mein Bruder und meine Schwägerin haben noch eine Tochter. Maja studiert im Ausland.«

Elin räusperte sich. »Wie ich sehe, haben Sie, hat Ihre ganze Familie schon schwierige Zeiten hinter sich, das tut mir leid. Ich respektiere Ihren Umgang mit Jonnas Verlust, dennoch hoffe ich, dass Sie meinen Kollegen und mich bei der Aufklärung der Tat voll und ganz unterstützen werden.«

»Das versteht sich von selbst«, antworte Angelika Eilers. »Wir helfen, wo wir können.«

»Gut. Kollege Conrads hat Ihnen von unseren derzeitigen Erkenntnissen berichtet. Wir müssen die Ergebnisse der kriminaltechnischen Untersuchung und der Obduktion abwarten, um Genaueres sagen zu können. Der Todeszeitpunkt dürfte, wie Kollege Conrads bereits angeführt hatte, in etwa gestern Abend gegen 20 Uhr gewesen sein. Jonna starb durch Strangulierung. Womit, das wissen wir noch nicht.«

»Und dieses …Schwein hat sie … hat sie vorher vergewaltigt?«, meldete sich Timo Eilers unter Schluchzen zu Wort.

»Wir müssen davon ausgehen, ja«, antwortete Thees.

Timo Eilers drehte sich um, lief zur Tür und trat mit einem lauten Aufschrei dagegen. »Ich bring ihn um«, schrie er. »Ich bringe diesen Abschaum um.« Er trat noch mal gegen das Holz, und noch mal.

Angelika Eilers sprang auf, eilte zu ihrem Mann und versuchte, ihn zu beruhigen, was ihr nur mit Mühe und mit Unterstützung von Pastor Meiners gelang. Gemeinsam besänftigten sie ihn, und schließlich ließ Timo Eilers sich von seiner Frau zum Sofa führen, auf dem das Paar sich an den Händen haltend niederließ.

»Frau Bertram, Herr Conrads«, wandte sich Elke Rietmann, die sich wieder gefangen hatte, an Elin und Thees. »Wäre es vielleicht möglich, das Gespräch morgen fortzusetzen? Sie sehen ja, in welcher Verfassung mein Schwager ist, und ich muss mich auch dringend um meinen Mann kümmern. Wissen Sie, wir haben den Tod unseres Sohns kaum verkraftet, und jetzt das mit Jonna. Das Mädchen war wie eine zweite Tochter für uns. Es ist alles so schrecklich.«

»Sicher können wir morgen noch mal ausführlich sprechen«, entgegnete Elin. »Ich muss Sie trotzdem bitten, noch einige Fragen zu beantworten. Wir beeilen uns auch, versprochen.«

Elke Rietmann nickte zögerlich.

Elin wandte sich an Jonnas Mutter. »Frau Eilers, Sie erwähnten, dass Jonna zur Bücherei wollte?«

»Zu der in der Nähe des Museumshafen, ja, das hat sie mir geschrieben.«

»Könnte es sein, dass sie Sie angelogen hat? Dass Jonna ein ganz anderes Ziel hatte als die Bücherei? Und dass sie in Wahrheit nicht ihre Freundin Astrid treffen wollte, sondern jemand anderen? Da draußen in der Hütte?«

Jonnas Mutter schüttelte energisch den Kopf. »Ich wüsste nicht, wen. Außerdem wäre sie nie ohne weiteres in diese Hütte gegangen. Sie hat gewusst, dass das Privatbesitz ist und sie da nichts verloren hat. Angelogen hätte sie mich auf gar keinen Fall. Wir waren immer ehrlich zueinander.«

»Hatte Jonna einen festen Freund?«, warf Thees ein.

»Nein.«

»Und sie hatte auch mit niemandem Probleme oder einen Streit?«

»Nein. Das hätte ich gewusst.«

»Sind Sie sich da wirklich sicher?«, fragte Elin.

Angelika Eilers zeigte das erste Mal eine greifbare Emotion, als sie Elin wutentbrannt ansah. »Hören Sie, ich werde das Gefühl nicht los, dass Sie meiner Tochter etwas unterstellen wollen. Dabei ist sie das Opfer, schon vergessen? Jonna war das liebenswürdigste Geschöpf, das man sich nur denken konnte. Sie hatte keine Feinde, und sie war auch mit niemandem zerstritten. Alle mochten sie. Stimmt doch, Elke, oder?«

Ihre Schwägerin wischte sich eine Träne von der Wange. »Ja, das ist wahr«, raunte sie. »Jonna war überall beliebt. Bei ihren Mitschülern in der Gesamtschule in Wittmund, in der Nachbarschaft hier in Carolinensiel, einfach überall. Jonna war ein Engel. Sie war unser aller Sonnenschein.«

Elin stand auf. »In Ordnung. Bevor wir gehen, muss ich Sie alle routinehalber fragen, wo Sie sich gestern Abend gegen zwanzig Uhr aufgehalten haben.«

Sowohl das Ehepaar Eilers als auch die Rietmanns schauten sie entsetzt an, aber Elin konnte ihnen diese Frage nicht ersparen.

»Herr und Frau Eilers haben mit mir zusammen an einer Kirchenvorstandsitzung im Pastorat in Wittmund teilgenommen«, antwortete Pastor Meiners mit finsterer Miene.

»Ich war joggen«, sagte Elke Rietmann, ebenfalls mit unverkennbarem Missfallen. »Meine tägliche Strecke, die Harle entlang, direkt durch den Ort. Ich wurde sicher von vielen Leuten gesehen.«

»Und Sie, Herr Rietmann?«, fragte Elin und wandte sich an Jonnas Onkel, auf dessen Stirn sich dicke Schweißperlen gebildet hatten. »Wo waren Sie?«

»Ich, äh … ich saß ab circa achtzehn Uhr für rund drei Stunden an der Orgel.«

»In St. Nicolai in Wittmund?«

»Nein, in der hiesigen Kirche. In Carolinensiel.«

»Dafür gibt es Zeugen?«

Christian Rietmann wischte sich mit dem Handrücken über die glänzende Stirn. »Äh… ja, die gibt es. Die Reinigungskräfte der Kirche. Sie waren die ganze Zeit über da, als ich geprobt habe, und können das bestätigen.«

Elin biss sich nachdenklich auf die Lippen. Wenn sich das bewahrheiten würde, könnte sie Jonnas Onkel als Verdächtigen gleich wieder streichen. Sie gab Thees durch eine Kopfbewegung zu verstehen, dass es Zeit war aufzubrechen.

»Das soll es für heute sein«, sagte sie. »Falls Ihnen noch irgendetwas einfällt, dann können Sie mich oder Kollege Conrads zu jeder Tages- und Nachtzeit kontaktieren. Unsere Visitenkarten lassen wir hier. Oder Sie wenden sich an die Kollegen Schlüter und Wilhelmsen vom Polizeikommissariat Wittmund. Wir werden uns bei Ihnen melden, wenn es Neuigkeiten aus Hannover von der KTU und aus der Rechtsmedizin gibt.«

Elke Rietmann ließ die Hand ihres Mannes los und erhob sich vom Sofa. »In Ordnung. Bevor ich Sie nach draußen begleite: Gibt es denn noch gar keinen Hinweis, wer der Täter sein könnte? Er muss doch Spuren hinterlassen haben.«

Thees zuckte mit den Schultern. »Tut uns leid, Einzelheiten dürfen wir Ihnen aus ermittlungstechnischen Gründen leider nicht nennen.«

Elin atmete tief durch. Es war an der Zeit, das Raubtier aus dem Käfig zu lassen. »Der Kollege hat recht, wir müssen an und für sich schweigen«, hob sie angespannt hervor. »Doch Sie werden es so oder so aus den Medien erfahren. Wir gehen davon aus, dass Jonna Opfer eines Serienmörders geworden ist, der seit vielen Jahren in Norddeutschland sein Unwesen treibt. Vielleicht haben Sie schon mal von ihm gehört …«

»Der Mondscheinmörder?«, wurde sie von Angelika Eilers unterbrochen, die sie ungläubig anstarrte. »Das ist doch verrückt. Warum sollte er ausgerechnet unsere …«

Weiter kam sie nicht, denn in diesem Augenblick griff ihr Mann sich unter einem gequälten Aufschrei an die Brust und sackte in sich zusammen.

5

Elin blickte mit verkniffener Miene dem Rettungswagen nach, der mit Blaulicht und Martinshorn und unter den Augen vieler Schaulustiger vom Haus der Familie Eilers abfuhr, gefolgt vom Wagen der Rietmanns, in dem außer dem Paar auch Angelika Eilers und Pastor Meiners saßen.

»Glaubst du, es ist ein Herzinfarkt?«, fragte Elin.

»Keine Ahnung«, erwiderte Thees ernst und sah sie vorwurfsvoll an. »War das wirklich nötig?«

»Wovon redest du?«, erwiderte Elin verständnislos.

»Davon, dass du nach ihren Alibis gefragt hast.«

»Es ist Teil unserer Aufgabe.«

»Das weiß ich. Aber sie wissen erst seit ein paar Stunden, dass Jonna tot ist. Hätte das nicht Zeit bis morgen gehabt?«

»Schon möglich. Jetzt ist es eben, wie es ist.«

Thees schüttelte nur leicht den Kopf und schwieg.

»Willst du etwa andeuten, dass ich schuld am Zusammenbruch von Herrn Eilers bin?«

»Nein. Er hat sich ja auch schon vorher extrem aufgeregt.«

»Verständlicherweise. Seine Reaktion war normal, finde ich. Die Mutter hingegen …«

»Du bist nicht gläubig?«

»Doch, irgendwie schon. Aber auf meine Art.«

»Und wie ist sie, deine Art?«

»Ich weigere mich, in allem einen Sinn zu vermuten und alles mit einer höheren Macht in Verbindung zu bringen. Jedenfalls mit einer höheren Macht, die doch eigentlich eine gute sein soll. Gottes Plan kann unmöglich Vergewaltigung und Mord beinhalten, oder siehst du das anders?«

»Ehrlicherweise habe ich mir darüber noch keine Gedanken gemacht. Ich bin überzeugter Atheist, sorry.«

»Nichts, wofür du dich entschuldigen musst.«

»Frau Eilers hat gesagt, dass sie Kraft aus dem Glauben schöpft. Das ist doch keine schlechte Sache. Für mich würde das nicht funktionieren, aber wenn sie …«

»Klar ist das gut, wenn sie sich dadurch besser fühlt, dennoch …« Elin hielt inne, weil sie merkte, dass sie sich zu sehr in die Sache hineinsteigerte. Thees musste denken, sie wäre nicht ganz bei Trost.

»Warum beschäftigt dich das so?«, wollte er prompt wissen.

Elin wich seinem Blick aus. Sie hätte ihm erzählen können, was Katjas Eltern damals zu ihr gesagt hatten. Am Tag ihrer Beisetzung. Die Worte hallten noch jetzt in Elins Ohren nach. Damals wie heute klangen sie wie eine Kapitulation vor dem Mörder ihrer Tochter. Etwas, das Elin niemals akzeptieren würde.

»Hey, du!« Thees tippte ihr leicht auf die Schulter. »Was ist los?«

Sie winkte ab. »Nichts. Schluss jetzt mit diesem Thema. Wir sollten lieber überlegen, wie wir weiter vorgehen.« Elin zeigte auf Schlüter, der noch an der Haustür der Familie Eilers stand und eifrig telefonierte. »Was macht er?«

»Ich glaube, er bemüht sich immer noch um eine Unterkunft für uns in Carolinensiel. Wäre es nicht doch eine Alternative, in Wittmund zu übernachten? Dort dürfte sicher schneller etwas zu finden sein, und wir könnten vom Polizeikommissariat aus arbeiten. Außerdem werden wir so oder so spätestens morgen hinfahren müssen, um in Jonnas Schule ihre Klassenkameraden zu befragen.«

»Das wird nicht klappen, Kollege. Es sind Sommerferien, schon vergessen?«

»Mist, verdammter.«

»Wir werden eine andere Möglichkeit finden, mit ihren Mitschülern zu sprechen. Vielleicht hat Schlüter ja eine Idee, wenn er sein Telefonat beendet hat. Und nein, ich möchte nicht in Wittmund übernachten. Ich will in Carolinensiel bleiben, und zwar aus zwei Gründen.«

»Die du mir jetzt gleich verrätst?«

»Sicher doch. Zum einen ist das hier ein kleiner überschaubarer Ort, in dem jeder jeden kennt.«

»Das mag für die ständigen Bewohner gelten, es wimmelt hier aber auch von Touristen, die aus der ganzen Republik kommen.«

»Das bestreite ich nicht. Trotzdem hoffe ich auf das Gerede der Leute. Es wird mit Sicherheit viel getratscht werden. Ein Mord passiert schließlich nicht jeden Tag. Vielleicht können wir irgendwo etwas aufschnappen, was uns weiterbringt. Es geht darum, den Finger am Puls zu haben, verstehst du?«

Thees wirkte nicht überzeugt. »Den Finger am Puls?«

»Ja. Heute Abend haben wir noch die Chance, in den Kneipen des Ortes unerkannt ein paar Nachforschungen anzustellen. Das wird sich in den nächsten Tagen zweifelsohne ändern. Und da es noch dauern wird, bis wir etwas von Sina hören, haben wir auch die Zeit dafür.«

»Okay, wie du meinst. Was ist der zweite?«

»Bitte?«

»Du sagtest, es gibt zwei Gründe, in Carolinensiel zu bleiben. Also was ist der zweite?«

»Ach so, ja, natürlich. Der zweite Grund ist ganz einfach, dass Carolinensiel näher am Meer liegt als Wittmund. Ich kann in der Seeluft besser denken.«

Thees schmunzelte. »Ist das so?«

Elin nickte und auch ihre Mundwinkel wanderten nach oben. »Ja, das ist so.«

»Tut mir leid«, wurden sie von Schlüter unterbrochen, der sich zu ihnen gesellte und einen genervten Eindruck machte.

»Ich habe alles versucht und bei etlichen Hotels, Pensionen und Vermietern von Ferienwohnungen angerufen. Es ist nichts zu machen. Es gibt kein einziges freies Bett in Carolinensiel.«

Elin zog ein langes Gesicht. »Wirklich nicht? Und nun?«

Schlüter sah sie nachdenklich an. Plötzlich lächelte er. »Warum eigentlich nicht? Hätte mir auch gleich einfallen können. Ich wohne seit einigen Wochen hier in einem Haus, das ich von einer Tante geerbt habe. Wenn Sie wollen? Platz hätte ich genug.«

Elin strahlte. »Super, danke! Das wäre also geklärt. Von mir aus können wir gleich hin und uns ein wenig einrichten. Vorher würde ich aber noch bei der Bücherei vorbeischauen wollen, die Jonna ihrer Mutter zufolge gestern Nachmittag besucht hat.«

»Geht in Ordnung«, willigte Schlüter ein und deutete auf seinen Streifenwagen. »Ich fahre dann mal vor.«

»Hältst du das wirklich für eine gute Idee?«, wollte Thees wenig später wissen, als er den Motor seines Wagens anließ.

»Die Bücherei aufzusuchen?«

»Nein, bei Schlüter einzuziehen.«

Elin lachte. »Wir ziehen doch nicht bei ihm ein, sondern schlagen lediglich für ein paar Nächte unser Lager bei ihm auf. Das ist perfekt, wenn wir den Fin…«

»Komm mir jetzt nicht wieder mit ›den Finger am Puls haben‹.«

Elin hörte auf zu lachen. »Hör mal, wenn du ein Problem damit hast hierzubleiben, dann fahr zurück nach Aurich. Du hast doch sicher Familie dort, oder?«

»Außer drei verheirateten Schwestern mit jeder Menge Rotzlöffeln, niemanden mehr. Meine Eltern sind verstorben und momentan bin ich Single. Das ist also kein Problem und hierzubleiben schon mal gar nicht.«

»Dann ist es abgemacht, wir gehen zu Schlüter?«

Thees gab einen undefinierbaren Laut von sich, den Elin als Zustimmung wertete. Zufrieden lehnte sie sich im Beifahrersitz zurück.

***

Jonna Eilers war nicht in der Bücherei gewesen. In den umliegenden Geschäften hatte man das Mädchen in der infrage kommenden Zeit ebenfalls nicht gesehen. Hatte Jonna ihre Mutter also tatsächlich belogen, als sie das Haus verließ? War sie freiwillig zu der Hütte im Wald gegangen, oder war sie von ihrem Vergewaltiger und Mörder dorthin verschleppt worden? Wenn Letzteres zutraf, wie hätte das unbemerkt geschehen sollen? Thees hatte recht gehabt: In Carolinensiel waren saisonbedingt viele Leute unterwegs. Das hatte Elin im Ortskern und auf der Fahrt zu Schlüters Haus registriert. Viele Fußgänger, viele Radfahrer. Das Haus der Familie Eilers lag zentral, inmitten einer Siedlung. Der Weg zur Bücherei hätte Jonna durch belebte Straßen geführt. Unwahrscheinlich, dass der Täter sie dort aufgegriffen und niemand es gesehen hatte.

Elin runzelte die Stirn, während sie die wenigen Sachen, die sie für den Fall eines auswärtigen Einsatzes in ihrem Spind im Hamburger Polizeipräsidium deponiert hatte, aus ihrer Reisetasche nahm und in den altmodischen Kleiderschrank legte. Noch mal ging sie in Gedanken durch, was sie bislang wusste. Deprimiert musste sie sich eingestehen, dass es zu früh für Schlussfolgerungen war. Im Grunde genommen waren nur zwei Dinge zu diesem Zeitpunkt zweifelsfrei sicher: Jonna Eilers war einem schrecklichen Verbrechen zum Opfer gefallen, aber ER hatte es nicht begangen.

Sie griff noch mal in ihre Tasche und nahm einen Ordner heraus. Darin waren die Akten der fünf Mordopfer, die durch den Serientäter gestorben waren. Elin hatte diesen Ordner immer bei sich. Natürlich hätte sie auch jederzeit von ihrem Laptop oder jedem anderen Polizeicomputer aus die digitalen Fallakten einsehen können, doch das wäre nicht dasselbe gewesen. Wann immer sie den Ordner in der Hand hielt, in ihm blätterte und in die Gesichter der jungen Frauen sah, deren Leben er beendet hatte, fühlte sie die Schwere seiner Taten. Dann war sie sich der Verantwortung bewusst, die sie übernommen hatte. Es war an ihr, den Mann zu finden. Und das würde sie. Eines Tages.

Elin schaute auf ihre Armbanduhr. Es war kurz nach siebzehn Uhr. Die Pressemitteilung müsste raus sein. Sie legte den Ordner auf das Bett und zog ihr Handy aus der Gesäßtasche ihrer Jeans. Doch ihre Versuche, ein Nachrichtenportal aufzurufen, scheiterten. »Kein Netz, na toll.« Verärgert steckte sie das Handy wieder in die Hosentasche und verließ das Zimmer mit schnellen Schritten. Gleich nebenan würde Thees schlafen, doch der war zurück nach Aurich gefahren, um Wechselkleidung und seine Zahnbürste zu holen. Er würde spätestens um zwanzig Uhr wieder da sein, hatte er gesagt.

Die Holzdielen der Treppe knarrten unter ihren Füßen, als sie hinunter ins Erdgeschoss ging. Dieses war im Gegensatz zur oberen Etage frisch renoviert und mit modernen Möbeln ausgestattet. Im geräumigen Wohnzimmer traf sie auf Schlüter, der, in der Mitte des Raumes stehend, gebannt auf den überdimensionalen Flachbildfernseher an der Stirnwand des Zimmers starrte.

»Was gibt's?«, fragte Elin, obwohl sie es bereits ahnte.

Der junge Polizist zeigte auf den Bildschirm, auf dem der Anchorman einer bekannten Nachrichtensendung zu sehen war und hinter ihm ein Bild von Jonna Eilers. Das Bild einer sehr lebendigen und lächelnden Jonna Eilers. Elin hatte keine Ahnung, wie und wo die Kollegen von der Presseabteilung in Hamburg das Foto in der kurzen Zeit aufgetrieben hatten. Bei Gelegenheit würde sie sie fragen.

»Dass sie es in den Nachrichten bringen, hätte ich nicht gedacht«, murmelte Schlüter.

»Warum nicht? Es ist immerhin die sechste Tat eines Serienmörders.«

Schlüter nahm einen Schluck Wasser aus dem Glas, das er in der Hand hielt. »Ist das denn wirklich sicher? Ich meine, dass er es war?«

Elin und Thees hatten sich darauf verständigt, den Kreis der Personen, die wussten, dass Jonna aller Wahrscheinlichkeit nach eben nicht das sechste Opfer war, so klein wie möglich zu halten. Das bedeutete, dass es ohne Lügen nicht gehen würde. »Sicher ist es selbstverständlich noch nicht«, antwortete sie achselzuckend und vermied es, Schlüter direkt in die Augen zu sehen. »Aber bislang deutet alles darauf hin.«

»Aber der Zeitabstand zum letzten Mord stimmt nicht.« Schlüter zeigte noch mal auf den Fernseher. »Wurde da eben auch gesagt.«

»Ja, dafür passen andere Einzelheiten perfekt ins Täterbild. Ich denke, wenn am späten Abend oder morgen Früh die Erkenntnisse aus der KTU und der Rechtsmedizin vorliegen, werden sie unsere These untermauern. Bis dahin müssen wir uns wohl gedulden.«

Schlüter nickte, aber er wirkte keinesfalls überzeugt, wie Elin verwundert registrierte. Wieso zweifelte er? Auf den ersten Blick ähnelte der Mord an Jonna tatsächlich den anderen. Thees war schließlich auch davon ausgegangen, dass die Serie fortgesetzt worden war. Nur jemand, der über Detailwissen verfügte, konnte das ausschließen.

»Wollen Sie mir vielleicht etwas sagen, Schlüter?«, fragte Elin misstrauisch.

»Nein, nicht *sagen*«, antwortete der rothaarige Polizist. »Ich möchte Ihnen vielmehr etwas *zeigen*.« Er stellte das Glas auf den Couchtisch und bedeutete Elin, ihm zu folgen. Durch einen schmalen Flur gingen sie in das gegenüberliegende Zimmer. Elin blieb abrupt stehen. In dem Raum gab es neben einem Regal mit Büchern und Aktenordnern einen großen Tisch, auf dem zwei Laptops und ein Drucker standen. Neben den Computern lagen jeweils ein Schreibblock und Kugelschreiber in verschiedenen Farben. Auf einem Sideboard dahinter waren eine Kaffeemaschine und ein Wasserkocher aufgebaut, aber das war es nicht, was Elins volle Aufmerksamkeit auf sich zog. Es war die zusammengeklappte Tischtennisplatte, die rechts von ihr stand. Vielmehr das, was an ihr haftete. Ungläubig trat sie näher.

Schlüter gesellte sich zu ihr. »Ich dachte mir, wenn Sie und Kommissar Conrads von Carolinensiel aus agieren wollen, brauchen Sie so etwas wie ein Lagezentrum. Das hier ist mein Büro und kann für die nächsten Tage Ihres sein, wenn Sie möchten. Ich wollte noch eine große Pinnwand organisieren, aber auf die Schnelle war das nicht machbar, daher die Tischtennisplatte.«

Elin starrte die Bilder an, die mit Klebeband an der Tischtennisplatte befestigt waren und die tote Jonna aus verschiedenen Blickwinkeln zeigten. Sie konnte es nicht fassen. »Woher zur Hölle haben Sie die?«

Schlüter senkte schuldbewusst den Kopf. »Die habe ich heute Morgen gemacht. Wilhelmsen und ich waren die ersten Polizisten am Tatort. Der Kollege hat sich um den Mann gekümmert, der Jonna gefunden hat, während wir auf die nachrückenden Einheiten gewartet haben. Na ja, und ich habe Fotos gemacht. Mit meinem Handy.«

»Was ganz sicher nicht Ihre Aufgabe war«, tadelte Elin ihn kopfschüttelnd. »Sie sind im Streifendienst, nicht bei der Kripo und auch nicht bei der Spurensicherung.«

»Ja, natürlich. Aber wissen Sie, ich träume davon, eines Tages zu den Ermittlern zu wechseln. Auf Ihre Seite sozusagen. Darum habe ich die Bilder aufgenommen, gerade hier ausgedruckt und analysiert, wobei mir aufgefallen ist, dass …«

»Ihre Zukunftsträume in allen Ehren, Schlüter, aber das macht die Sache nicht besser. Eigentlich muss ich das Ihrem Vorgesetzten melden, das ist Ihnen schon klar, oder?«

Schlüter zuckte betrübt mit den Schultern, worauf Elin ihn beruhigend anlächelte. »Möglicherweise werde ich das aber nicht tun. Und jetzt raus damit: Was wollten Sie mir zeigen?«

Er wies auf ein Bild am rechten Rand der Tischtennisplatte, auf dem der Kopf und der Hals der Toten im Seitenprofil zu sehen war. »Das habe ich ganz aus der Nähe aufgenommen und dafür die Haare der Toten angehoben.«

Elin stöhnte auf. »Sie haben sie angefasst, Schlüter? Das geht nun wirklich nicht.«

»Hätte ich es nicht getan, wäre das Bild nicht so aussagekräftig gewesen.«

»Weil?«

»Schauen Sie genau hin.«

Elin ging näher an das Foto heran, kniff die Augen zusammen, nur um sie gleich darauf wieder weit aufzureißen. »Ist es das, wonach es aussieht?«

Schlüter nickte. »Ich denke, ja.«

6

Elin atmete mehrmals durch und pumpte die salzige Luft tief in ihre Lungen. Es konnte nicht mehr weit sein bis zum Meer. Beinahe glaubte sie schon, das Rauschen der Wellen zu vernehmen. Doch es war absolut windstill an diesem heißen Julitag und die Nordsee würde, wenn sie sie dann endlich zu Gesicht bekäme, ruhig vor ihr liegen. Als wenn sie schlafen würde. Davon war Elin überzeugt.

Sie unterdrückte ein Gähnen. Schlafen, ja, das würde sie nur zu gerne, obwohl es, wie ein Blick auf ihre Armbanduhr zeigte, noch nicht einmal neunzehn Uhr war. Aber es war ein ereignisreicher Tag gewesen, der an ihren Kräften gezerrt hatte. Hinzu kam, dass sie seit dem Frühstück nichts mehr gegessen hatte, sodass das vermeintliche Rauschen des Meeres wahrscheinlich ihr Magen war, der sich böse knurrend über den stundenlangen Nahrungsentzug beschwerte.

Obwohl sie müde und hungrig war, hatte sie den Spaziergang bis hierher sehr genossen. Von Schlüters Haus aus, das idyllisch direkt an der Harle lag, war sie an dem kleinen Flüsschen entlang in nördliche Richtung gelaufen. Einen kurzen Stopp hatte sie an der historischen Rettungsstation Friedrichsschleuse eingelegt. Das dort untergebrachte Museum, in dem man sich über die Historie des Rettungswesens an der Nordseeküste informieren konnte, war bereits geschlossen gewesen. Elin hatte auf einer Tafel an dem Gebäude nachlesen können, dass in der Station bis vor einigen Jahrzehnten ein Rettungsboot beherbergt worden war, und dass von hier aus zahlreiche Hilfseinsätze gestartet waren. Viele Menschen hatte man vor dem Ertrinken retten können. Elin liebte solche Geschichten, und sie hatte sich vorgenommen, noch mal herzukommen, wenn das Museum geöffnet war und ihre Zeit es zulassen würde.

Als sie weitergegangen war, hatte sie einen kolossalen Hotelkomplex und eine Segelschule passiert. Nach etwa einem halben Kilometer, vorbei an goldgelben Getreidefeldern, die von leuchtend blauen Kornblumen gesäumt waren, hatte sie schließlich die kleine Siedlung Harlesiel erreicht, die gemeinsam mit dem Nachbarort das Nordseeheilbad Carolinensiel-Harlesiel bildete.

Elin beschleunigte ihre Schritte, und ein strahlendes Lächeln legte sich auf ihr Gesicht, als sie endlich einen ersten Blick aufs Meer erhaschen konnte. Rechts von ihr legte gerade eine Fähre mit dem Ziel Wangerooge ab, und auf der linken Seite des Weges stauten sich mehrere Wohnmobile vor der Einfahrt eines Campingplatzes. Doch sie beachtete weder das eine noch das andere und ging zügig weiter. Nach wenigen Minuten gelangte sie zum Strand von Harlesiel, der, obwohl es schon Abend war, immer noch gut besucht war. Sie bückte sich, um ihre Schuhe auszuziehen, schrak aber im selben Moment heftig zusammen, weil direkt hinter ihr eine Hupe ertönte. Als sie sich wieder aufrichtete und umdrehte, erblickte sie das Auto von Thees. Er winkte ihr grinsend zu, bevor er seinen Wagen auf den Parkplatz lenkte, der zum Strand gehörte.

Als er kurz darauf mit einer Brötchentüte auf sie zukam, blickte Elin ihm neugierig entgegen. »Schon zurück? Woher wusstest du, wo ich bin?«, rief sie.

»Schlüter erwähnte, du wärst unterwegs, um frische Luft zu schnappen. Weil du mir erzählt hast, dass du am Meer besser denken könntest, hatte ich einen starken Verdacht, wohin du gegangen sein könntest. Et voilà.«

»Aha. Sonst hat Schlüter dir nichts gesagt?«

Thees schüttelte den Kopf. »Nein, hat er nicht. Hätte er denn sollen?«

»Unbedingt. Ich bringe dich sofort auf Stand, aber vorher ...«
Elin wies auf die Tüte. »Was ist das?«

»Krabbenbrötchen. Ich bin an einer Fischbude vorbeigekommen, und da dachte ich ...« Elins knurrender Magen stoppte ihn.

Elin errötete. »Äh, ich glaube, du bist meine Rettung.«

Thees lachte. »Das höre ich. Lass uns ein schönes Plätzchen suchen. Dann können wir essen und reden. Ich habe nämlich auch Neuigkeiten.« Er stapfte an ihr vorbei in den Sand, ohne seine Schuhe auszuziehen. Elin verzichtete ebenfalls darauf und folgte ihm.

***

»Es scheint dir zu schmecken«, stellte Thees wenig später augenzwinkernd fest, als Elin sich ein zweites Brötchen aus der Tüte nahm.

»Und wie.« Elin biss herzhaft zu. Sie hatten sich ganz in Ufernähe in den Sand gesetzt. Vor ihnen lag, wie Elin richtig vermutet hatte, die Nordsee glatt wie ein Spiegel, allerdings herrschte über ihren Köpfen ein ohrenbetäubendes Spektakel, verursacht durch einen Schwarm von Möwen, der kreischend ihren Imbiss ins Visier genommen hatte.

Thees wischte sich mit einer Serviette den Mund ab. »Dann schieß mal los.«

Elin schluckte den Bissen runter. »Du zuerst.«

»Okay. Ich habe von Aurich aus die Leiterin der Wittmunder Gesamtschule angerufen. Sie hatte bereits in den Nachrichten von Jonnas Ermordung gehört und hat uns ihre volle Unterstützung zugesagt. Nach dem Telefonat hat sie mir per Mail eine Liste mit den Namen von Jonnas Lehrern sowie der Schüler geschickt, die wie Jonna die Klasse 11 der gymnasialen Oberstufe besuchen. Sechs der Mitschüler kommen ebenfalls aus Carolinensiel, zwei aus Harlesiel. Ich habe Wilhelmsen beauftragt, die Mädchen und Jungen zu kontaktieren und zu einem gemeinsamen Gespräch im Beisein der Eltern einzuladen.

Er wird auch versuchen, die Lehrer von Jonna zu erreichen. Wir könnten natürlich Pech haben, dass aufgrund der Ferien einige in Urlaub sind, aber schauen wir mal. Wilhelmsen sagt Bescheid, sobald er mehr weiß.«

»Sehr gut«, lobte Elin und schob sich das letzte Stück Brötchen in den Mund.

»Warte, ich bin noch nicht fertig. Da ist noch etwas. Dr. Mertens hat mich kontaktiert, weil sie dich nicht erreichen konnte.«

Elin schaute verärgert auf. »Mist. Ich hatte in Schlüters Haus zeitweise kein Netz. Wir müssen ihr später noch seine Festnetznummer durchgeben.«

Thees verschränkte die Arme vor der Brust. »Das mit dem Netz wundert mich gar nicht, aber du wolltest ja unbedingt in Carolinensiel bleiben. In den ländlichen Gegenden ist es leider manchmal …«

»Jaja, schon klar«, unterbrach Elin ihn ungeduldig. »Was wollte Sina denn? Ist sie schon fertig mit der Untersuchung?«

»So gut wie. Aber sie hat etwas entdeckt, was sie uns vorab mitteilen wollte, weil sie es in Anbetracht der Umstände für sehr ungewöhnlich hält. Halt dich fest: Am Hals der Toten war …«

»… eine hypobare Sugillation, ich weiß«, vollendete Elin den Satz.

Thees sah sie verblüfft an. »Eine was?«

»Ein Knutschfleck, auf gut Deutsch gesagt.«

»Du weißt bereits davon?«

Elin nickte. »Von Schlüter. Das war das, was er auch dir hätte direkt berichten können. Hat er womöglich aus Angst vor einem Anpfiff nicht getan. Seine Dienststelle ist doch der Inspektion in Aurich unterstellt, oder?«

Thees runzelte die Stirn. »Ja. Was genau hat Schlüter angestellt?«

»Er hat vor dem Eintreffen der Spusi am Tatort Fotos von der Toten gemacht. Und hat sie dabei auch berührt. Genauer gesagt, hat er ihre Haare hochgehoben und dabei den Knutschfleck entdeckt.«

»Er hat bitte was?«, schimpfte Thees. »Was denkt der sich? So ein Idiot.«

»Das ist er ganz und gar nicht. Denn er hat mir auf den Kopf zugesagt, dass er nicht an die These glaubt, Jonna könnte ein weiteres Opfer des Serienmörders sein. Wegen des Knutschflecks. Das würde seiner Ansicht nach mehr für eine Beziehungstat sprechen.«

»Weil das nur Verliebte machen, oder wie?«

»Nicht nur, aber oft.«

»Sicher sein kann man sich da aber nicht.«

»Nein, aber in einer anderen Sache dafür sehr wohl.«

»Und zwar?«

»Der Knutschfleck muss entstanden sein, bevor Jonna mit den Handschellen ans Bett gefesselt worden ist. Ich habe mir die zerkratzten Stangen des Bettgestells in der Hütte genau angesehen, bevor wir zur Familie Eilers gefahren sind. Der Abstand zwischen ihnen war so gering, dass Jonnas Arme eng an ihrem Kopf gelegen haben müssen. Der Täter hätte so unmöglich seitlich an ihrem Hals saugen können.«

»Also denkst du das Gleiche wie Schlüter? Dass es eine Beziehungstat war?«

»Ist zumindest naheliegend, nach allem, was wir jetzt wissen. Vielleicht haben sich Jonna und der Mann in der Hütte zu einem intimen Date verabredet. Er wollte mehr als sie, es kommt zum Streit, er vergewaltigt und tötet sie.«

»Dann wäre der Mord aus einer sehr emotionsgeladenen Stimmung heraus geschehen. Dazu passt nicht, dass der Mann sich anschließend noch die Zeit genommen hat, das Szenario des Serienkillers zu kopieren.«

»Stimmt«, pflichtete Elin ihm bei. »Das passt in der Tat nicht ins Bild.« Sie stand auf und klopfte sich den Sand von der Hose.

»Wollen wir vielleicht bei einem Feierabendgetränk weiter darüber reden?«

Thees erhob sich ebenfalls. »Dann geht sie jetzt also los, die Aktion ›nah am Puls sein‹?«, feixte er.

»Kann man so sagen«, antwortete Elin verschmitzt und ging voran.

***

»Zufrieden siehst du nicht gerade aus«, meinte Thees ein paar Stunden später, als sie durch die sternenklare Nacht zurückgingen. Die Luft war immer noch warm, aber erträglicher als tagsüber. Im fahlen Licht der Straßenlaternen passierten sie dunkle Häuser, in deren Vorgärten Grillen zirpten. Alles wirkte so friedlich, aber das war es nicht. Nicht an diesem Tag.

Elin knirschte mit den Zähnen. »Nein, ich bin nicht zufrieden. Wundert dich das? Wie viele Kneipen haben wir jetzt abgeklappert? Drei oder vier? In keiner haben wir so richtig etwas erfahren können.«

»Was mich nicht überrascht hat. Wir Ostfriesen sind nun mal kein redseliges Völkchen. Und außerdem wusste bereits so ziemlich jeder, den wir angesprochen haben, dass wir von der Polizei sind.«

»Das ist mir auch aufgefallen. Hat sich schneller rumgesprochen, als ich gedacht hätte.«

»Was hast du erwartet? Ein Mord passiert nun mal nicht jeden Tag in Carolinensiel.«

»Zum Glück nicht. Trotzdem fand ich einige Reaktionen seltsam.«

Thees nickte zustimmend. »Erging mir ähnlich. Bei dem Wirt in der ersten Kneipe. Und ebenso bei der Kellnerin, die uns in der letzten Gastwirtschaft bedient hat.«

»Genau die meine ich. Sie haben beide gesagt, dass Jonna ein nettes Mädchen war, trotzdem hatte ich das Gefühl, dass das nicht ihre ehrliche Meinung war. Und die Kellnerin hat uns doch regelrecht abgewimmelt, um nicht länger mit uns sprechen zu müssen.«

»Vielleicht sollten wir die beiden morgen noch mal offiziell befragen. Am besten bei ihnen zu Hause. Der Wirt heißt Hemmer, den Namen der Kellnerin weiß ich nicht, aber Schlüter wird ihn sicher herausfinden können.«

»Was soll ich herausfinden?« Elin und Thees zuckten zusammen, als plötzlich Schlüters Stimme hinter ihnen erklang.

Als sie sich umdrehten, sahen sie im Licht einer Straßenlaterne ihren Kollegen, der seine Uniform gegen Zivilkleidung ausgetauscht hatte, nur wenige Schritte entfernt. Elin und Thees blieben stehen, bis er sie eingeholt hatte, dann gingen sie gemeinsam weiter.

»Sorry, ich wollte Sie nicht erschrecken«, beteuerte Schlüter. »Musste noch mal an die frische Luft. Im Haus ist es unerträglich warm, da ist an Schlaf nicht zu denken. Also? Worum geht's?«

»Wir müssen morgen noch mal mit zwei Personen sprechen«, antwortete Thees. »Mit dem Wirt Hemmer vom Möwennest und mit einer der Kellnerinnen von Eddis Pub am Museumshafen. Eine Frau mittleren Alters. Könnten Sie ihren Namen herausfinden und die private Adresse von den beiden?«

»Detlef Hemmer wohnt mit seiner Familie über der Kneipe. Um die Frau kümmere ich mich gleich morgen, versprochen.«

Elin sah Schlüter nachdenklich an. »Was sagten Sie noch, wie lange Sie in Carolinensiel wohnen? Ein paar Wochen?«

»Ja, etwas über einen Monat. Warum?«

»War Ihnen das Mordopfer bekannt?«

»Nein, ich habe Jonna Eilers heute Morgen in der Hütte das erste Mal gesehen. Aber Elke Rietmann, ihre Tante, die kenne ich. Sie stammt gebürtig aus Esens, wo ich auch herkomme. Unsere Familien haben in derselben Straße gewohnt. Elke war meine Babysitterin. Wir haben uns zwei oder dreimal auf einen

Kaffee getroffen, seitdem ich hier wohne. Dass sie mit dem Mordopfer verwandt ist, wusste ich nicht. Das habe ich erst erfahren, als ich der Familie die Todesnachricht überbracht habe.«

Thees räusperte sich. »Warum haben Sie das nicht schon früher erzählt?«

»Ich dachte nicht, dass das von Belang ist«, sagte Schlüter achselzuckend. »Aber ich hätte es Ihnen jetzt gleich gesagt, weil Elke mich vor einer Stunde angerufen hat. Timo Eilers hat zum Glück nur einen Schwächeanfall erlitten und konnte das Krankenhaus schon wieder verlassen. Sie hat gemeint, dass wir uns jederzeit bei der Familie melden können, wenn es noch Fragen gibt.«

»Die haben wir auf jeden Fall«, meinte Thees. »Vor allem, nachdem es nun so aussieht, als ob Jonna doch einen Freund hatte, was die Mutter heute Mittag konsequent verneint hat. Morgen versuchen wir aber zunächst, mit einigen Mitschülern zu sprechen. Vielleicht kann uns von ihnen jemand sagen, mit wem Jonna sich getroffen haben könnte. Oder ob sie verliebt gewesen ist.«

»Dann glauben Sie jetzt auch an eine Beziehungstat?«, fragte Schlüter. »Weil Sie den Knutschfleck hatte?«

Thees bedachte ihn mit einem strafenden Blick. »Wegen dieser Geschichte reden wir noch, Schlüter. Was die Beziehungstat betrifft: Das vermuten wir intern. Und nur intern. Nach außen kommunizieren wir weiter, dass Jonna ein mögliches Opfer des Serienkillers ist.«

»Aber warum?«, fragte Schlüter irritiert. »Muss ich das verstehen?«

»Lassen Sie uns reingehen, dann erkläre ich es Ihnen.«

Sie hatten das Haus von Schlüter erreicht, der in seiner Tasche nach dem Schlüssel kramte. Doch bevor er aufschließen konnte, bog ein Auto mit forschem Tempo in die Straße ein und hielt vor Schlüters Haus.

»Das ist Sina«, rief Elin überrascht.

Dr. Mertens stieg aus ihrem Wagen und kam mit einer Aktentasche in der Hand auf sie zu. »Hallo zusammen. Da ist ja die neue Wohngemeinschaft. Ich dachte, ich teile euch unsere bisherigen Ergebnisse persönlich mit.«

»Du kommst extra wieder aus Hannover dafür hierher?«, fragte Elin aufgeregt.

»So weit ist es nun auch wieder nicht, und wer kann schon schlafen bei dieser Hitze?«

»Habt ihr etwas Signifikantes feststellen können? Etwas, das uns weiterhilft?«

Sina schmunzelte. »Du hast dich kein Stück verändert, Elin Bertram. Immer mit der Tür ins Haus fallen, nicht wahr?«

»Nur, wenn es nötig ist. Also?«

»Nun gut, dann auf die Schnelle hier draußen. Ja, wir haben etwas Signifikantes festgestellt, und nein, es wird euch nicht weiterhelfen. Ich fürchte, das Gegenteil ist der Fall. Jonna Eilers ist definitiv vergewaltigt und anschließend mit einem blauen Seidenschal erdrosselt worden. Auf dem Bett, denn Fasern des Schals fanden sich auch auf dem Laken. Bei ihrem Tod stand sie unter dem Einfluss von Drogen. Wir konnten Substanzen in ihrem Blut nachweisen.«

»K.o.-Tropfen?«, fragte Elin angewidert.

Dr. Mertens schüttelte den Kopf. »Nein, MDMA. Das passt, denn die KTU hat in ihrem Rucksack Ecstasy-Tabletten gefunden. Eine ganze Menge von dem Zeug.«

»Sieh mal einer an«, bemerkte Thees. »Die Mutter hat das Mädchen einen Engel genannt. Scheint so, als ob der Engel auch eine andere Seite hatte.«

»Das kann und will ich nicht bewerten.«

Elin schaute Sina nachdenklich an. »Da ist noch mehr, oder?«

»Du hast recht, es gibt etwas, das für den Fall eine viel grö-ßere Rolle spielen dürfte als die Tatsache, dass das Mädchen Drogen genommen hat.«

»Nämlich?«

»Die Spuren auf dem Bettlaken waren, wie vermutet, Sper-mienflecke, aber …« Sie hielt inne.

»Aber?«, fragte Elin ungeduldig.

»… aber die Flecke stammen nicht von ein und demselben Mann. Es waren Spermien von zwei verschiedenen Männern.«

7

Elin drehte sich zum wiederholten Male um und sah auf die blauen Zahlen des Radioweckers, der neben dem Bett auf einer Konsole stand. Es war fünf Minuten nach drei, eine Viertelstunde war vergangen, seitdem sie das letzte Mal nach der Uhrzeit geschaut hatte.

Wie ärgerlich. Sie war so irrsinnig müde gewesen, als sie sich gegen Mitternacht hingelegt hatte, dass sie umgehend eingeschlafen war. Trotz der stickigen Luft in dem Zimmer und trotz der aufwühlenden Ereignisse des Tages. Innerhalb von Sekunden war sie weggewesen. Auch, weil die Matratze im Gegensatz zum Bettgestell neu und herrlich bequem war. Doch jetzt, nur ein paar Stunden später, war Elin hellwach und ihr schwante, dass die Nacht für sie vorbei war. Zu sehr beschäftigte sie das, was Sina Mertens berichtet hatte. Zudem hatte sie Hunger. Schon wieder. Sie hatte definitiv zu wenig gegessen. Das rächte sich jetzt.

Elin schaltete das Nachtlicht an, schlug die Decke zurück und stand auf. Kritisch beäugte sie sich. Neben ihren Schlafshorts trug sie ein ausgemustertes T-Shirt. Egal, es würde sie ja niemand so sehen. Sie griff nach dem Ordner, der neben dem Radiowecker lag, verließ leise ihr Zimmer und ging über die hölzerne Treppe nach unten. Die Taschenlampe ihres Handys wies Elin den Weg, doch als sie unten ankam, hielt sie inne und stellte sie eilig aus. Durch die nur angelehnte Tür zu Schlüters Büro fiel ein fahler Lichtschein in den ansonsten stockdunklen Flur. Als sie näherkam, hörte sie eine tiefe, bereits vertraute Stimme etwas murmeln. Sie war also nicht der einzige Gast des Hauses, der nicht schlafen konnte. Unumwunden stieß sie die Tür auf. Thees, der am Schreibtisch saß und gerade einen

Schluck aus einer Tasse nahm, erschrak dermaßen, dass er sich heftig verschluckte. Elin sprang schnell an seine Seite, um ihm auf den Rücken zu klopfen.

»Meine Güte, Kollege Conrads«, ermahnte sie ihn kopf-schüttelnd. »Ich bin's doch nur.«

»Musst du mich so erschrecken?«, japste Thees und rang um Atem.

»Das war bestimmt nicht meine Absicht.« Elin legte den Ordner auf den Tisch und setzte sich auf einen Stuhl neben Thees. »Was machst du?«

Ihr Kollege wies auf die zusammengeklappte Tischtennis-platte an der Wand gegenüber, auf der nun neben den Fotos von Schlüter auch die offiziellen hingen, die die Spurensiche-rung aufgenommen hatte. »Ich konnte nicht schlafen, da habe ich mir die noch mal angeschaut und natürlich den vorläufigen Bericht von Dr. Mertens. Nett, dass sie uns den persönlich ge-bracht hat. Hätte sie nicht müssen, es ist alles auch schon vom Polizeiserver abrufbar, wie ich festgestellt habe.« Er zeigte auf den Laptop vor sich.

»Sina ist immer mit vollem Einsatz dabei«, erklärte Elin. »So habe ich sie bei unserer letzten Zusammenarbeit kennen- und schätzen gelernt. Sie will nicht einfach nur die Rechtsmedizine-rin sein, die die Fakten präsentiert und dann wieder in ihren schaurigen Keller verschwindet. Sie will Teil des Ermittlungs-teams sein und ihre Meinung äußern. Ich hoffe, das ist kein Problem für dich?«

»Ganz und gar nicht«, antwortete Thees lächelnd. »Dir ist hoffentlich klar, dass ich ihr das mit dem schaurigen Keller bei Gelegenheit stecken werde.«

»Mach das. Es wird ihren Humor ganz genau treffen. Wollen wir wetten?«

»Lieber nicht.« Thees Lächeln verwandelte sich in ein Grin-sen, als er sie nun von oben bis unten ansah. »Nettes Outfit üb-rigens, Frau Kommisssarin.«

Elin wurde puterrot. Verdammt, daran hatte sie gar nicht gedacht. Verlegen zupfte sie an ihrem T-Shirt. »Sorry, ich habe nicht damit gerechnet, dass ich hier unten um diese Uhrzeit jemanden antreffe.«

Thees winkte ab. »Das muss dir nicht peinlich sein. Ich bin mit drei Schwestern aufgewachsen, da ist man so manches gewöhnt.«

»Ach ja, du erwähntest schon, dass du Schwestern hast. Älter oder jünger?«

»Allesamt älter. Und du?«

»Keine Schwester, dafür zwei ältere und zwei jüngere Brüder« Wie heißen deine Schwestern?«

»Carla, Miriam und Levke. Und deine Brüder?«

»Manchmal würde ›Nervensäge ein bis vier‹ völlig ausreichend sein. Aber sie hören auch auf Jasper, Ole, Torsten und Jan. Jasper ist der mit den Zwillingen.«

»Was ist mit deinen Eltern?«

»Sie leben und erfreuen sich bester Gesundheit. Zum Glück. Ich hänge sehr an ihnen.«

»Und in einer Beziehung bist du nicht?«

»Du bist ganz schön neugierig.«

»Wenn du nicht willst, musst du ja nicht antworten.«

»Stimmt. Ich tu's trotzdem. Im Moment bin ich wie du Single. Mein Job lässt derzeit einfach nicht mehr zu. Vielleicht irgendwann einmal.«

Thees nickte. »Das erhoffe ich mir für mich auch.«

Elin musterte Thees nun auch von oben bis unten. »Du siehst übrigens aus, als ob du noch gar nicht im Bett gewesen bist.« Er hatte noch die Jeans und das Oberteil vom Vorabend an, lediglich seine Füße waren nackt.

»Stimmt, ich habe noch gar nicht geschlafen. Weißt du, das hier ist mein erster Mordfall.«

Elin machte große Augen. »Was, echt?«

»Ja, ich war zuvor bei der Sitte.«

»Bei der Sitte? In Aurich?« Elin konnte sich das Grinsen nicht verkneifen.

»Jaja, mach dich nur lustig, du Stadtkind. Nicht nur bei euch in Hamburg ist etwas los, auch bei uns auf dem Land.«

»Schon gut, beruhige dich, ich wollte mich nicht lustig machen. Und wenn, dann nur ein bisschen. Außerdem bin ich kein Stadtkind. Ich bin Emsländerin, aus einem kleinen Dorf in der Nähe der Stadt Lingen.«

Jetzt war es Thees, der amüsiert wirkte. »Emsländerin, wirklich? Du hast mein tiefstes Mitgefühl.«

Elin hob warnend den Zeigefinger. »Vorsichtig, mein Freundchen. Wenn es um meine Heimat geht, verstehe ich keinen Spaß. Schon gar nicht, wenn er von einem Ostfriesen gemacht wird.«

Thees zwinkerte ihr zu. »Würde sagen, wir sind quitt. Was meinst du, wo wir jetzt beide wach sind, könnten wir auch arbeiten, oder?«

»Auf jeden Fall«, meinte Elin und zeigte auf die Tasse in Thees' Hand. »Was trinkst du da?«

»Kamillentee.«

Elin sah ihn verblüfft an. »Du trinkst Kamillentee?«

»Warum denn nicht? Willst du auch einen?«

»Gerne. Du wirst mir von Tag zu Tag sympathischer, Kollege Conrads.«

Thees verdrehte die Augen und stand auf. »Wenn man bedenkt, dass wir uns erst seit gestern kennen, ist das nicht gerade erwähnenswert, oder? Nun denn, ich stell mal den Wasserkocher an und hol noch ein paar Kekse aus der Küche, dann können wir loslegen.«

**

»Schon ein bisschen schräg«, spottete Elin wenige Minuten später, als Thees eine Tasse mit dampfendem Tee vor ihr auf den Tisch stellte. »Es ist zu warm, um zu schlafen, und wir sitzen hier und trinken heißen Tee. Finde den Fehler!«

»Das ist kein Fehler. Im Gegenteil, es ist sogar empfehlenswert, bei großer Hitze warme Getränke zu trinken, weil die Blutgefäße sich erweitern und die Flüssigkeit besser vom Blut aufgenommen werden kann.«

Elin schenkte ihm einen kritischen Blick. »Du bist ein ziemlicher Schlaumeier, kann das sein?«

Thees grinste. »Hättest auch ruhig Klugscheißer sagen können, das wäre kein Problem gewesen. Ich bin das gewohnt.«

»Okay, Klugscheißer, dann wollen wir mal sehen, ob uns deine Talente im Fall Jonna Eilers weiterhelfen. Lass uns zusammenfassen, was wir bislang wissen: Jonna hat ihrer Mutter am Montag um halb vier nachmittags eine Nachricht geschrieben, dass sie das Haus verlässt, um zur Bücherei zu fahren. Danach wollte sie zu ihrer Freundin Astrid fahren, ist aber nie dort angekommen.«

»Und ebenso wenig ist sie in der besagten Bücherei gewesen«, ergänzte Thees.

»Genau. Wir können nicht mal mit Sicherheit sagen, dass sie wirklich um fünfzehn Uhr dreißig aufgebrochen ist, denn laut Frau Eilers hat niemand von den Nachbarn gesehen, dass sie weggegangen ist oder abgeholt wurde.«

»Was nichts heißen muss. Du schaust doch auch nicht den ganzen Tag aus dem Fenster, um zu sehen, was deine Nachbarn so treiben, oder?«

»Das ist doch was ganz anderes. Ich wohne in der Hamburger City, da kennt man seine Nachbarn nicht mal. Auf dem platten Land bekommt man häufig mit, was nebenan so läuft. War bei uns zu Hause jedenfalls so.«

»Mag sein. Wir können die Anwohner der Straße erneut dazu befragen, wenn du möchtest.«

»Das müssen wir sogar. Nehmen wir aber mal an, Jonna hat tatsächlich zur angegebenen Zeit das Haus verlassen. Was könnte danach passiert sein?«

»Sie könnte ein Date mit dem Täter gehabt haben. Besser gesagt mit den Tätern.«

Elin rieb sich den Nacken. »Du denkst, sie hat sich mit gleich zwei Männern getroffen?«

»Natürlich. Du etwa nicht, nach dem, was wir von Dr. Mertens erfahren haben? Es waren die Spermien von zwei Männern auf dem Laken. Vielleicht haben alle drei gemeinsam Tabletten genommen. Dann kam es im Drogenrausch zu einer Auseinandersetzung, die völlig aus dem Ruder lief. Die beiden Männer vergewaltigten Jonna, und einer von ihnen erdrosselte sie.«

»Nö!«

»Nö? Warum nö?«

»Es ist doch gar nicht erwiesen, dass Jonna von beiden Männern vergewaltigt wurde.«

»Du hast Dr. Mertens gehört. Jonna hat an den Innenseiten der Oberschenkel und auch im Vaginalbereich erhebliche Verletzungen erlitten, von denen man nicht sagen kann, ob sie von einem oder von zwei Männern verursacht worden sind. Der Lage der Dinge nach muss man aber davon ausgehen, dass …«

»Muss man keinesfalls. Denk an den Knutschfleck.«

»Ach der. Der kann entstanden sein, bevor die Sache eskalierte.«

Elin nahm einen Schluck Tee. »Das ist möglich, ja. Trotzdem, irgendetwas ist nicht stimmig an dieser Theorie. Du bist davon ausgegangen, dass die beiden Täter ebenfalls Drogen genommen haben. Glaubst du, dass sie dann in der Lage gewesen wären, das Mordszenario unseres Serienkillers aufzugreifen? Das zeugt für mich von einem sehr klaren Verstand.«

»Meinetwegen, dann haben sie eben kein Ecstasy eingeworfen.« Thees sprang auf und begann, ruhelos in dem kleinen Zimmer auf und ab zu wandern. »Herrje, ich weiß es doch auch nicht. Was meinst du denn, was passiert ist?«

Elin seufzte. »So richtig habe ich dazu noch keine Idee. Ich bin mir nicht mal sicher, ob Jonna den oder die Täter gekannt haben könnte. Dafür wissen wir einfach zu wenig aus ihrem Umfeld.«

Thees blieb stehen. »Das wird sich morgen, das heißt heute, hoffentlich ändern, wenn wir ein paar von ihren Lehrern und Mitschülern befragen.«

Elin nickte. »Weißt du, was mir extrem seltsam vorkommt?«

»Nein. Was?«

»Es wurde kein einziger Fingerabdruck in der Hütte gefunden, richtig?«

»Ja, das stimmt.«

»Da hat jemand einen Heidenaufwand betrieben und sämtliche Oberflächen akribisch abgeputzt, und dann vergisst er ein Bettlaken mit Spermaflecken? Das passt doch nicht zusammen.«

»Du hast recht. Nur bringt uns diese vermeintliche Unachtsamkeit der Täter auch nicht weiter. Leider gab es beim Abgleich der DNA-Spuren kein Match in der Datenbank, weder für den einen noch für den anderen Mann.«

»Und eine Verwandtschaft der Männer zu Jonna ist laut Sina ebenfalls auszuschließen, womit ihr Onkel endgültig raus ist.«

Thees klappte die Kinnlade runter. »Du hattest den Rietmann in Verdacht? Warum?«

»Nur so ein Gefühl. Ein falsches, wie wir jetzt wissen.«

Thees zuckte deprimiert mit den Schultern. »Tja, Frau Kollegin, wie es aussieht, ist eine Aufklärung des Verbrechens noch nicht mal annähernd in Sicht.«

»Kein Grund, den Kopf hängen zu lassen, wir sind immerhin noch ganz am Anfang. Auf alle Fälle müssen wir später erneut mit den Eltern sprechen. Jonnas Handy war laut Sina nicht in ihrem Rucksack. Eventuell hat sie es zu Hause liegen lassen. Außerdem hat sich der Verdacht bestätigt, dass die Stigmata an Jonnas Händen und Füßen durch eine Nagelfeile verursacht wurden. In einem Seitenfach des Rucksacks befand sich ein Maniküre-Set, bei dem eine Feile fehlte.«

»Ärgerlich, dass die Untersuchung des Rucksacks ansonsten nichts ergeben hat.«

»Stimmt. Keinerlei Hinweise darauf, ob sie sich mit jemandem hat treffen wollen.«

»Die Theorie, dass sie nicht freiwillig in der Hütte war, sondern dorthin verschleppt wurde, ist also noch nicht vom Tisch?«

»Zur Gänze können wir auch das noch nicht ausschließen, fürchte ich.«

Thees starrte schweigend auf seine Tasse. »Was ist mit dem Erbrochenem hinter dem Baum?«, fragte er schließlich.

»Gute Frage. Vielleicht hat sich einer der Täter so vor sich selbst geekelt, dass er sich übergeben musste, oder …?«

»Oder was?«

»Oder eine dritte Person hat die Vergewaltigung und den Mord beobachtet.«

»In diesem Fall hätten wir einen unbeteiligten Augenzeugen?«

»Das wäre zu schön, um wahr zu sein. Mal schauen, was die Analyse ergibt. Bedauerlicherweise wird es ja ein bisschen länger dauern, die DNA zu isolieren. Passt sie zu einer der anderen, können wir diese Hypothese gleich wieder vergessen.«

»Abwarten und Tee trinken ist so lange unsere Devise? Apropos, möchtest du noch einen?«

Elin schüttelte den Kopf und schaute auf den Ordner, den sie aus ihrem Zimmer mit nach unten gebracht hatte. »Wenigstens ist das Bettlaken ein weiterer Beweis, dass der Serienmörder auf gar keinen Fall etwas mit dem Verbrechen an Jonna zu tun hat. Ein solcher Fehler wäre ihm niemals unterlaufen.«

»Was ist das für ein Ordner?«, fragte Thees, der ihrem Blick gefolgt war.

»Das ist seine Akte«, antwortete Elin. »Die habe ich immer dabei. Und ja, ich weiß, dass ich alle Details auch vom Server abrufen kann, aber ich muss manchmal in diesem Ordner blättern, das Papier zwischen den Fingern spüren, damit ich weiß, …«

»… dass das alles real ist?«, beendete Thees ihren Satz.

Elin nickte.

Thees setzte sich wieder zu ihr an den Tisch. »Darf ich?«

Sie nickte erneut, und ihr Kollege nahm die Akte zur Hand. Als er sie aufschlug, musste Elin schlucken, denn sie wusste nur zu gut, wessen Bild er dort als erstes sah.

»Das ist Katja Niemann«, erklärte sie stockend. »Sie wurde im März 2012 in Hamburg-Altona nach einer Party vergewaltigt, erdrosselt und anschließend im Hinterhof eines Wohnblocks abgelegt.«

»Sie ist das erste Opfer des Killers?«

»Nach unserem derzeitigen Kenntnisstand, ja. Sie ist jedenfalls die erste, bei der er den Mord auf seine typische Art inszeniert hat.«

»Du meinst die Kreuzigungsmale und die Adlerkralle?«

»Ja.«

»Was glaubst du, hat es mit dieser Kralle auf sich?«

»Das hast du mich schon mal gefragt, und meine Antwort ist dieselbe. Wenn wir das wüssten, wären wir ein ganzes Stück weiter. Ich vermute, dass der Täter damit seine Macht demonstrieren will.«

»Hm, könnte sein. Ich habe vorhin gegoogelt: Der Adler steht für Stärke, Mut und ewiges Leben. Vielleicht ist das aber auch viel zu weit gedacht. Die Krallen, die man bei den Opfern gefunden hat, waren doch Attrappen, nicht wahr? Etwas, das man für Verkleidungen verwendet. Oder als Spielzeug.«

»Ja, aber ich verstehe nicht, was du damit andeuten willst.«

»Ich weiß, das ist jetzt reine Spekulation. Aber was wäre, wenn er die Adlerkralle aus seiner Kindheit kennt? Möglicherweise will er damit auf etwas hinweisen, das ihm als Kind passiert ist. Dieser zeitliche Abstand von zwei Jahren und vier

Monaten könnte symbolisch sein. Vielleicht ist ihm etwas geschehen, als er zwei Jahre und vier Monate alt gewesen ist.«

»Puh, das waren ganz schön viele Konjunktive hintereinander. Abgesehen davon, wenn ihm in diesem Alter etwas zugestoßen wäre, würde er sich wohl kaum daran erinnern.«

»Wenn es etwas wirklich Schlimmes war, vielleicht schon. Oder jemand hat ihm später davon erzählt, und er will sich rächen.«

Elin schüttelte den Kopf. »Indem er fünf junge Frauen ermordet, die nichts miteinander zu tun haben? Wo soll da der Sinn sein?«

»Bist du denn sicher, dass sie nichts miteinander verbindet?«

»Glaub mir, die Kollegen der Soko und ich sind das Material zu den Opfern wieder und wieder durchgegangen. Wir haben die Familien der Frauen durchleuchtet, ihren Freundes- und Bekanntenkreis, und nicht zuletzt das Leben der Ermordeten bis ins kleinste Detail auseinandergenommen. Es gibt keinen gemeinsamen Nenner.«

»Es muss ihn geben.«

»Dann handelt es sich aber um einen, der kaum aufzudecken ist.«

»Glaube ich sofort. Der Täter scheint Gefallen an seinem Spiel zu haben.«

»Du meinst, er spielt mit uns?«

»Irgendwie schon. Deshalb ist es gut, dass du jetzt auch mit ihm spielst.«

»Weil wir die Öffentlichkeit glauben lassen, dass er wieder zugeschlagen hat? Keine Ahnung, ob ihn das juckt. Bislang hat er sich jedenfalls noch nicht gemeldet.«

»Das wird er. Jemanden, der sich so penibel an seinen Plan hält, wird es nerven, wenn etwas anderes behauptet wird. Warte nur ab.« Thees schaute wieder auf das Bild von Katja und auf die Zeilen, die darunter standen. Seine Augen verengten sich plötzlich. »Ich sehe gerade, dass diese Katja zwar in

Hamburg ermordet wurde, aber eigentlich in der Nähe von Lingen im Emsland wohnte. Aus der Ecke kommst du doch auch, hast du gesagt. Ist das ein Zufall?«

Elin befeuchtete mit der Zunge ihre trockenen Lippen. Okay, sie würde es ihm sagen. Es fühlte sich richtig an. »Nein, es ist kein Zufall. Katja und ich …«

Weiter kam sie nicht, denn plötzlich waren aus dem Flur laute Geräusche zu hören. Sekunden später platzte Schlüter ins Zimmer. »So eine Scheiße«, fluchte er mit verbissener Miene. »Elke Rietmann hat mich gerade noch mal angerufen. Wir müssen sofort zum Haus der Familie Eilers. Ich habe bereits Verstärkung angefordert.«

8

Elin tastete im Halbdunkeln des Streifenwagens nach ihrer Dienstwaffe, während sie mit Blaulicht und Martinshorn durch die engen Straßen Carolinensiels rasten. Der Kunststoffgriff, dessen aufgeraute Oberfläche dafür sorgte, dass die Walther P99 Q rutschfest und sicher in ihrer Hand lag, fühlte sich kalt an. Mit sorgenvoller Miene ließ sie ihn wieder los und rückte den Gürtel zurecht, an dem das Pistolenholster hing. Hoffentlich würde es nicht nötig sein, die Waffe zu benutzen.

Sie war in Windeseile in ihre Kleidung geschlüpft. Danach hatten sie sich unverzüglich auf den Weg gemacht. Draußen begann es bereits zu dämmern, aber das nahm Elin nicht wahr. Sie war fokussiert auf das, was sie erwartete. Bereitete sich auf jedes nur denkbare Szenario vor. Und war trotzdem überrascht, was sie sah, als sie das Haus der Familie Eilers erreichten.

Auf das rote Backsteingebäude waren mehrere große Scheinwerfer gerichtet. Hinter einer Vielzahl von Autos, die aufgereiht wie eine Perlenkette entlang der Straße parkten, waren Dutzende von Menschen zu erkennen, die dort, am Boden kauernd, Schutz suchten. Die meisten von ihnen trugen eine Fotokamera um den Hals. Elin biss sich in die Oberlippe. In erster Linie ärgerte sie sich über sich selbst. Sie hätte wissen müssen, dass das passieren würde! Dass die Meute sich in Bewegung setzen würde, sobald es ein vermeintliches neues Opfer des Massenmörders gäbe. Warum nur hatte sie nicht daran gedacht?

»Diese Hyänen«, klagte Schlüter erbost, als er den Motor des Wagens abstellte. »Was denken die sich nur? Mitten in der

Nacht das Grundstück einer gebeutelten Familie zu belagern und auch noch Sturm zu klingeln? Ich fasse es nicht.«

»Das ist sicher nicht schön«, stimmte Thees ihm zu. »Es rechtfertigt nur leider nicht diese Reaktion.« Er deutete auf das Haus, wo ein zorniger Mann mit einem Jagdgewehr herumfuchtelte. »Jonnas Vater muss verrückt geworden sein.«

Elin scannte weiter die Umgebung. In etwa fünfzig Meter Entfernung entdeckte sie einen Übertragungswagen. Das Fernsehen war also auch vor Ort. Nicht gut.

»Was machen wir jetzt?«, fragte Schlüter. »Rausgehen oder auf die Verstärkung warten?«

»Wir warten natürlich«, ordnete Thees von der Rückbank des Autos an.

Aber Elins Entschluss stand fest. Sie löste den Sicherheitsgurt, schnallte den Gürtel mit dem Pistolenholster ab und legte ihn in den Fußraum vor sich. Dann öffnete sie die Beifahrertür.

»Elin, was machst du? Bleib sitzen!«

»Kein Grund zur Beunruhigung, Thees. Ich weiß, was ich tue.« Sie stieg aus dem Wagen und näherte sich dem Vorgarten der Familie Eilers. Den Reportern, die sie dabei passierte, flüsterte sie zu, dass sie in Deckung bleiben sollten. Als Elin die Pforte erreichte, stand sie im vollen Scheinwerferlicht. Timo Eilers musste sie jetzt sehen. Und das tat er auch.

»Sie da!«, schrie er wutentbrannt und richtete das Gewehr auf Elin. »Verschwinden Sie von meinem Grundstück! Sie haben kein Recht, hier zu sein. Reicht es denn nicht, dass wir unser Kind verloren haben? Doch das schert Sie einen Dreck, nicht wahr? Ihnen geht es nur um die Schlagzeile. Dass eine Familie eine unfassbare Tragödie durchleidet, ist Ihnen scheißegal!«

»Timo, hör endlich auf«, hörte Elin Angelika Eilers aus dem Inneren des Hauses flehen. »Du machst doch alles nur noch schlimmer. Siehst du denn nicht, wer da steht? Das ist …«

»… einer von diesen Aasgeiern, wer denn sonst? Aber nicht mit mir. Sie sollen uns in Ruhe lassen.«

Elin fasste all ihren Mut zusammen und ging langsam weiter. »Herr Eilers, ich bin keine Reporterin«, rief sie. »Ich bin Kriminalhauptkommissarin Elin Bertram, erinnern Sie sich? Wir haben heute Nachmittag miteinander gesprochen.« Aus dem Augenwinkel erkannte sie das Ehepaar Rietmann, das durch eines der Fenster der anderen Doppelhaushälfte schaute.

»Bleiben Sie stehen!«, schrie Timo Eilers, und Elin kam dieser unmissverständlichen Aufforderung sofort nach.

Besänftigend hob sie die Hände. »Herr Eilers, ich kann mir denken, dass Sie aufgebracht sind. Es ist absolut nicht in Ordnung, dass Sie auf diese Art und Weise belästigt werden. Ich verspreche Ihnen, dass wir alles Nötige veranlassen werden, damit Sie in Ruhe gelassen werden. Nur müssen Sie jetzt zur Vernunft kommen. Niemandem ist geholfen, wenn Sie sich jetzt eines Verbrechens schuldig machen. Am allerwenigsten Jonna.«

»Jonna ist nicht mehr zu helfen!«, krächzte Timo Eilers verzweifelt. »Sie ist tot.«

»Ich weiß. Und ich kann nachempfinden, wie schlimm das für Sie ist. Wie schmerzhaft. Doch das macht es nicht besser, wenn Sie einem dieser hirnlosen Idioten eine Ladung Schrot verpassen. Vielleicht kann es Ihren Schmerz lindern, wenn wir Jonnas Mörder finden. Darauf sollten wir uns konzentrieren.«

Timo Eilers schluckte schwer. »Was, wenn Sie ihn nie finden?«

Elin ging vorsichtig weiter. »Ich möchte Sie nicht anlügen. Zum jetzigen Zeitpunkt kann ich nicht versprechen, dass wir den Täter überführen können. Aber was ich Ihnen versprechen kann, ist, dass meine Kollegen und ich alles dafür tun werden. Wenn man uns in Ruhe arbeiten lässt.«

Jonnas Vater sah sie schuldbewusst an, gleich darauf senkte er langsam das Gewehr.

»Gute Entscheidung, Herr Eilers«, meinte Elin erleichtert. »Bitte gehen Sie zurück ins Haus, ich komme gleich nach. Ich brauche noch einen Augenblick mit den Leuten hier.«

Mit hängenden Schultern verschwand Timo Eilers durch die Haustür, die hinter ihm mit einem dumpfen Geräusch ins Schloss fiel.

Elin drehte sich um und klatschte laut in die Hände. »So, meine Damen und Herren von der Presse, dann kommen Sie mal hervor.«

Nach und nach erhoben sich die Reporter und applaudierten. Doch der Beifall hielt nur wenige Sekunden an, dann fand Elin sich unversehens in einem Blitzlichtgewitter wieder. Sie wedelte mit den Händen und versuchte, dem Spektakel Einhalt zu gewähren, aber ohne Erfolg. Was das Fass zum Überlaufen brachte.

»Jetzt hören Sie mir mal zu, Herrschaften!«, brüllte Elin nun fast. »In wenigen Minuten wird es hier vor Streifenwagen wimmeln. Ich würde Ihnen dringend empfehlen, diesen Ort vorher freiwillig zu verlassen. Sonst wird es mir und meinen Kollegen ein Vergnügen sein, jeden einzelnen von Ihnen in Arrest zu nehmen. Es wird Anzeige erstattet werden wegen Hausfriedensbruch, wegen Belästigung der Familie Eilers und wegen nächtlicher Ruhestörung. Also überlegen Sie gut, wie Sie sich verhalten.«

»Sie können uns nicht von hier verjagen«, rief jemand. Elin konnte nicht genau orten, aus welcher Richtung der Ruf gekommen war. »Wir haben ein Recht, hier zu sein, um über den Fall zu berichten.«

»Wenn Sie das im Sinn hätten, wäre es in Ordnung«, erwiderte Elin. »Doch Sie sind hier, um sich am Elend einer Mutter und eines Vaters zu weiden, die auf furchtbare Weise ihre Tochter verloren haben. Schämen Sie sich! Allesamt! Und jetzt verschwinden Sie. Bevor ich mich vergesse.«

»Der Typ hat uns mit einer Waffe bedroht«, hörte sie erneut die Stimme. »Wir könnten *ihn* anzeigen.«

Elin blinzelte, geblendet vom hellen Scheinwerferlicht, doch plötzlich konnte sie den Mann sehen, der gerufen hatte. Ein Boulevardreporter mit zurückgekämmtem, stark gegeltem Haar, der ihr im Zusammenhang mit ihrer Arbeit schon öfter begegnet war. Ein widerlicher Mensch. Elin ging langsam auf ihn zu. »Herr Eilers befindet sich in einem emotionalen Ausnahmezustand«, herrschte sie ihn an, als sie direkt vor ihm stand. »Was ist Ihre Entschuldigung für Ihr unsagbares Benehmen?«

»Sag du's mir, Mäuschen«, höhnte der Mann mit einem spöttischen Grinsen.

Elin trat noch ein Stück näher. »Wie war das?«, fragte sie mit eisiger Miene.

Als Antwort zeigte der Mann ihr den Mittelfinger.

Elin nickte. »Okay, das reicht.« Sie wandte sich ab und ging zurück zur Haustür. »Schlüter«, rief sie über die Schulter. »Nehmen Sie die Personalien des Mannes auf, er bekommt eine Anzeige wegen Beamtenbeleidigung und einen sofortigen Platzverweis. Einen solchen erhält auch jede weitere Person, die nicht in den nächsten fünf Minuten den Ort hier freiwillig verlassen hat. Weitere Maßnahmen behalten wir uns vor. Verstanden, Schlüter?«

Die Antwort von Schlüter, der wie Thees schon längst aus dem Streifenwagen ausgestiegen war, ließ nicht lange auf sich warten: »Verstanden, Frau Kriminalhauptkommissarin Bertram.«

»Jaja, machen Sie nur auf dicke Hose, Frau Kommissarin«, nörgelte der Boulevardreporter, dessen Name Elin partout nicht einfallen wollte. »Aber wir kommen wieder, und wir werden herausfinden, ob es stimmt, was die Leute sagen.«

Elin hielt inne und drehte sich noch mal um. »Was sagen die Leute denn?«

»Sie sagen, dass Jonna Eilers eine Schlampe war.«

Für einen Augenblick war es totenstill. Doch dieser Augenblick währte nur kurz.

»Schlüter!«, brüllte Elin, außer sich vor Wut. »Schaffen Sie mir endlich diesen Abschaum aus den Augen.«

***

»Meinst du, die da drinnen haben gehört, was der Kerl gefaselt hat?«, wollte Thees wissen, als sie gemeinsam vor der Haustür der Familie Eilers standen und auf Einlass warteten.

»Ich hoffe, nicht«, erwiderte Elin bedrückt. »Noch viel mehr hoffe ich, dass an diesem Gossip nichts dran ist.«

»Der wollte sich doch nur wichtigmachen.«

»Oder aber, er hat sich beim Aushorchen der Bewohner Carolinensiels geschickter angestellt als wir beide.«

»Kann ich mir nicht vorstellen. Der ist nur auf der Suche nach irgendeinem Dreck, mit dem er um sich werfen kann. Um die Verkaufszahlen seines Schmierblatts zu steigern.«

»Könnte durchaus sein. Trotzdem kann ich nicht ignorieren, was der Mann gesagt hat. Nach der ersten Befragung der Familie hätten wir beide nicht gedacht, dass Jonna etwas mit Drogen zu tun haben könnte. Die Obduktion hat uns eines Besseren belehrt.«

»Bitte was?«, meldete sich eine Frau in unmittelbarer Nähe zu Wort. »Jonna soll Drogen genommen haben? Das kann nicht sein.«

Elin sah über ihre Schulter. Elke und Christian Rietmann standen direkt hinter ihnen. »Nicht so laut«, warnte sie Frau Rietmann. »Noch sind nicht alle Reporter abgezogen. Wir sollten reingehen und uns dort weiter unterhalten. Haben Sie vielleicht einen Schlüssel? Frau und Herr Eilers reagieren nicht auf unser Klingeln.«

»Wen wundert's?«, meinte Christian Rietmann missmutig und zog einen Schlüsselbund aus seiner Hosentasche.

»Nachdem sie und auch wir über Stunden von dieser Meute terrorisiert wurden.« Er schloss die Tür auf und sie betraten das Haus.

»Wir sind oben«, rief Angelika Eilers.

»Ich werde mal nach den beiden sehen«, sagte Christian Rietmann und eilte mit schnellen Schritten die Treppe hinauf.

Elke Rietmann ging weiter, und Elin und Thees folgten ihr ins Wohnzimmer.

»Also?«, fragte sie aufgewühlt, als sie die Tür zum Flur geschlossen hatte. »Was war das jetzt mit den Drogen? Jonna hätte nie …«

Elin fiel ihr ins Wort. »Doch, sie hat. Man hat in der Rechtsmedizin die Einnahme von Ecstasy einwandfrei nachweisen können. Es tut mir leid.«

Elke Rietmann schnappte nach Luft. »Unglaublich. Das hätte ich nie gedacht.« Sie setzte sich in einen der Sessel und konnte nicht verbergen, dass ihre Hände bebten. »Wäre es vielleicht möglich, dass sie diese Information vorerst nicht an Jonnas Eltern weitergeben? Sie konnten sich ja eben selbst überzeugen, in welcher Verfassung Timo ist. Mein Mann will ihn überreden, sich für ein paar Tage im Krankenhaus stationär aufnehmen zu lassen. Es ist momentan einfach alles zu viel für meinen Schwager.«

»Das scheint mir auch so«, bekräftigte Elin mit ernstem Gesicht. »In Ordnung. Es ist nicht nötig, dass die zwei das mit den Drogen heute Nacht noch erfahren, aber auf Dauer werden wir es ihnen sagen müssen. Ebenso werden wir Herrn und Frau Eilers eine weitere Befragung nicht ersparen können.«

Elke Rietmann nickte. »Selbstverständlich.«

Elin nahm aus dem Augenwinkel wahr, dass Thees eine Reihe von gerahmten Fotografien an der Wand betrachtete. Sie trat zu ihm. Die meisten Bilder zeigten Jonna. Als kleines Mädchen, als heranwachsenden Teenager. Mal mit ihren Eltern, mal allein. Auf einem anderen Bild waren sowohl die Familie Eilers als auch die Familie Rietmann mit ihren Kindern zu sehen.

»Ist das Ihr Sohn?«, fragte Elin und zeigte auf einen gutaussehenden jungen Mann am rechten Bildrand.

Elke Rietmann stand auf und kam zu ihnen. »Ja«, bestätigte sie mit zitternder Stimme. »Das ist unser Sven. Links neben ihm steht unsere Tochter Maja.«

»Sie studiert im Ausland, haben Sie gesagt?«

»Ja, in Vancouver in Kanada.«

»Das ist weit weg.«

Elke Rietmann nickte. »Sehr weit, leider. Doch man muss die Kinder ziehen lassen, wenn sie flügge werden, nicht wahr?«

Elins Blick fiel auf ein weiteres Bild, dass Angelika Eilers in jüngeren Jahren mit einem älteren Paar zeigte. »Sind das Jonnas Großeltern?«

»Ja, das sind meine Schwiegereltern. Beide sind bereits vor Jahren verstorben.«

»Warum ist Ihr Mann nicht mit auf dem Foto?«

Elke Rietmann zuckte mit den Schultern. »Kann ich Ihnen nicht sagen, das war vor meiner Zeit.« Sie verstummte, doch dann schien ihr etwas einzufallen. »Warten Sie, das Bild wurde, glaube ich, in dem Sommer aufgenommen, als Angelika Abitur gemacht hat. Da war Christian für ein paar Monate mit dem Rucksack in Australien und Neuseeland unterwegs. Sprechen Sie ihn bitte nicht darauf an, er hört sonst nicht auf, davon zu erzählen.«

Elin dachte kurz nach. »Frau Rietmann, können wir Sie um etwas bitten?«

»Natürlich, worum geht's?«

»Kollege Conrads und ich würden uns gerne Jonnas Zimmer anschauen. Würden Sie es uns zeigen? Oder hätten Ihre Schwägerin und Ihr Schwager etwas dagegen?«

»Nein, das ist kein Problem«, versicherte Elke Rietmann. »Suchen Sie denn etwas Bestimmtes?«

»Nun, Jonnas Handy war nicht in ihrem Rucksack und konnte auch in der Hütte und deren unmittelbarer Umgebung nicht gefunden werden. Vielleicht hat sie es zu Hause liegen lassen.«

»Das würde mich wundern. Wie alle jungen Leute hatte sie ihr Smartphone immer bei sich.«

»Könnten wir trotzdem in ihrem Zimmer nachsehen?«

»Wie Sie möchten. Bitte folgen Sie mir in den Keller.«

»In den Keller?«

»Ja, dort haben Timo und Angelika ein paar Zimmer zu einer kleinen Wohnung für Jonna ausgebaut.«

Im Haus war es bis auf leises Gemurmel, das aus der oberen Etage zu hören war, still, während sie die Stufen zum Keller herabstiegen. Doch in dem Moment, als Elke Rietmann die Tür zu Jonnas Wohnung öffnete, hörten sie dahinter ein klirrendes Geräusch. Elin fasste reflexartig nach ihrer Pistole, aber sie griff ins Leere, hatte sie sie doch im Streifenwagen zurückgelassen. »Thees«, flüsterte sie eindringlich, ohne dass es nötig gewesen wäre. Er hatte seine Dienstwaffe längst gezogen.

9

Ein gewaltiger Donnerschlag riss Elin aus dem Schlaf. Für einen kurzen Moment wusste sie nicht, wo sie sich befand. Sie setzte sich auf und blinzelte müde. Es war hell im Zimmer, aber das war es bereits gewesen, als sie sich schlafen gelegt hatte. Schlagartig wurde ihr bewusst, wo sie war, und sie schaute panisch auf den Radiowecker auf dem Nachtschränkchen. Nicht zu fassen, es war bereits nach zehn Uhr. Mit einem Satz sprang sie aus dem Bett und schlüpfte leise schimpfend in ihre Kleidung. Deutlich hörbar stapfte sie die knarrende Treppe hinunter und geradewegs in die Küche. Thees, Wilhelmsen und Schlüter saßen vor dampfenden Kaffeetassen.

»Sagt mal, seid ihr von allen guten Geistern verlassen?«, fauchte sie ihre Kollegen an. »Warum hat mich keiner geweckt? Habt ihr mal auf die Uhr geschaut?«

Thees stand auf, kam auf sie zu und umfasste ihr Handgelenk. »Warum so grummelig, Frau Kommissarin?« Er führte sie zum Tisch und drückte sie auf einen freien Stuhl. »Auch einen Kaffee?«

»Nein danke, ich bleibe bei Kamillentee. Und nur eine kleine Tasse. Wir sind schließlich nicht zum Vergnügen hier.«

Alle drei Männer sahen sie kopfschüttelnd an, aber nur Thees reagierte. »Das hat auch niemand behauptet«, meinte er mit ernstem Gesicht, während er den Wasserkocher am Spülbecken befüllte. »Mal abgesehen davon, dass wir erst in einer Stunde losmüssen, erinnerst du dich schon daran, dass Schlüter, du und ich noch vor ein paar Stunden im Einsatz waren, oder? Das zählt auch als Arbeit.«

Elin sah ihn missmutig an. »Kann sein, aber es war keinesfalls gute Arbeit.«

Thees seufzte, während er den Tee aufgoss. »Ja, dumm ge-laufen, dass wir den Einbrecher in Jonnas Wohnung nicht fas-sen konnten.« Er stellte die Tasse vor Elin auf den Tisch und setzte sich wieder.

»Dumm gelaufen? Nett ausgedrückt. Außerdem kannst du nicht von einem Einbrecher sprechen. Schließlich haben wir keine Spuren für ein gewaltsames Eindringen feststellen kön-nen. Jonnas Kellerwohnung kann man über eine Außentreppe betreten und genau durch diese Tür muss die Person gekom-men sein. Heißt, er oder sie muss einen Schlüssel gehabt ha-ben… Trotzdem! Ist doch irre, oder? Wie dreist kann man sein? Auf dem Grundstück wimmelt es von Menschen, darunter mehrere Polizisten. Im Haus sind auch zwei von ihnen, und je-mand schleicht sich seelenruhig in Jonnas Wohnung? Und kann dann ungehindert fliehen und in der Dunkelheit ver-schwinden? Unfassbar! Ich könnte mich echt aufregen.«

Die Männer wechselten belustigte Blicke.

»Was?«, brummte Elin.

»Du könntest dich aufregen?«, wiederholte Thees. »Tust du das nicht schon die ganze Zeit? Wow, ich hätte nicht gedacht, dass du ein solcher Morgenmuffel bist.«

Elin schaute ihn verdutzt an und senkte dann schuldbe-wusst den Blick. »Sorry«, bekannte sie kleinlaut. »Vielleicht fehlt mir der Schlaf.«

»Ganz sicher sogar. Deswegen haben wir dich auch nicht ge-weckt. Wenn es dich tröstet, Schlüter und ich haben auch bis eben in der Falle gelegen. Bis Wilhelmsen mit Neuigkeiten ge-kommen ist.«

Elin nahm einen Schluck Tee und sah den wortkargen Poli-zisten mit dem schütteren Haar an. »Was für Neuigkeiten?«

Wilhelmsen öffnete den Mund, doch Thees kam ihm zuvor: »Jonnas Eltern haben sich die Wohnung genau angeschaut. Sie sagen, dass nichts gestohlen wurde. Na ja, außer vielleicht Jonnas Laptop.«

»Was heißt das, vielleicht? Sind sie sich nicht sicher?«

»Nein. Jonna hat das Gerät oft mitgenommen. In ihrem Rucksack.«

»Wo er definitiv nicht drin war«, ergänzte Elin murmelnd. »Das heißt also, Jonnas Handy und ihr Laptop sind weg. Da möchte jemand offensichtlich digitale Spuren verschwinden lassen.«

»Du glaubst also, Jonnas Mörder ist der Eindringling von heute Nacht?«, fragte Thees.

»Könnte sein.«

»Was ist mit dem zweiten Mann? Es waren doch zwei Männer, die Jonna …«

»Wie gesagt«, unterbrach Elin ihn. »Ich kann mir momentan noch kein Bild machen, was genau in der Hütte passiert ist. Wir brauchen mehr Hinweise, mehr Details. Wilhelmsen, was hat die Befragung der Reporter ergeben? Hat jemand die flüchtige Person gesehen?«

»Nein.«

»Aber wie Sie schon sagten, es wimmelte vor Leuten auf dem Grundstück«, warf Schlüter ein. »Da ist es wenig verwunderlich, dass die Person unbemerkt verschwinden konnte… Und noch was, wo Sie gerade den Schlüssel ansprachen. Könnte sein, dass der Eindringling gar keinen gebraucht hat. Das hat Wilhelmsen herausgefunden.«

Elin und Thees starrten Wilhelmsem erwartungsvoll an, doch er schwieg.

»Verdammt, jetzt lass dir doch nicht jedes Wort aus der Nase ziehen, Alter«, fluchte Schlüter und versetzte seinem Kollegen einen leichten Stoß. »Sag ihnen, warum kein Schlüssel nötig war.«

Wilhelmsen nickte. »Weil das Mädchen die Außentür in der Regel nicht abgeschlossen hat.«

Elin kräuselte die Stirn. »Das haben ihre Eltern aber nicht gesagt, als wir sie direkt nach dem Vorfall befragt haben.«

»Vielleicht wussten sie es nicht«, sagte Wilhelmsen. »Ihre Tante und ihr Onkel aber schon. Die haben es mir gesteckt.«

Thees rieb sich nachdenklich den Nacken. »Okay, wenn das nicht mal die Eltern gewusst haben, heißt es im Umkehrschluss, dass der Eindringling mit Jonna sehr vertraut gewesen ist.«

»Oder aber, er hat es auf gut Glück versucht«, widersprach Elin ihm.

»Inmitten diesem Gewusel von Menschen? Wohl kaum.«

»Womit wir wieder beim Thema wären«, stellte Elin fest. »Schlüter, rufen Sie nachher die Fernsehstation an, deren Team heute Nacht vor Ort war. Die haben doch mit Sicherheit die Kamera laufen lassen, als der Eilers die Reporter mit dem Jagdgewehr vertreiben wollte. Vielleicht kann man auf den Aufnahmen etwas erkennen.«

»Gute Idee!« Schlüter zog einen kleinen Block aus der Brusttasche seines Hemdes. »Sonst noch was?«

»Vielleicht hören Sie sich noch mal in der Nachbarschaft der Familie Eilers um, ob jemand das Theater heute Nacht verfolgt hat. Eventuell gibt es ein Handy-Video, oder jemand hat etwas Auffälliges beobachtet.«

Schlüter nickte und schrieb eifrig mit. Dann sah er auf. »Fällt mir gerade ein: Ich sollte doch den Namen der Bedienung aus Eddis Pub herausfinden. Ist mir gelungen. Die Frau heißt Anna Hoferland.«

»Sehr gut, Schlüter«, sagte Thees anerkennend.

»So schwierig war das nicht. Sollen wir die Frau zu Jonna befragen?«

Thees schüttelte den Kopf. »Vorläufig nicht, aber danke.«

Elin nippte ein weiteres Mal an ihrer Tasse. »Okay, was also liegt als Nächstes an? Thees, du hast angedeutet, dass wir in einer Stunde aufbrechen? Sagst du mir auch, wohin?«

»In das hiesige Gemeindehaus. Wilhelmsen hat dort einige der Mitschüler und Lehrer von Jonna zur Befragung hinbestellt. Mal schauen, ob sie uns weiterhelfen können«

»Hoffentlich. Was machen wir bis dahin?«

Thees grinste. »Na ja, wir Männer würden noch ein paar Happen essen und du solltest vielleicht …« Er hielt inne.

»Ja?«

»Äh, ich glaube, duschen wäre keine schlechte Idee.«

Elin wurde rot, während sie plötzlich den muffigen Geruch ihres T-Shirts wahrnahm, das sie gestern schon getragen hatte. »Okay, dann mache ich das mal«, verkündete sie und stand eilig auf. »Wärt ihr so gut, und lasst mir ein paar Happen über?«

***

Außer Elin, Thees und den beiden Streifenpolizisten Schlüter und Wilhelmsen hatten sich an diesem Mittwochmorgen zwölf Personen im Gemeindehaus in Carolinensiel versammelt. Fünf Mitschüler von Jonna Eilers – drei Mädchen und zwei Jungen, jeweils in Begleitung eines Elternteils –, die Leiterin der Gesamtschule und der Englischlehrer. Elin und Thees hatten im Vorfeld abgesprochen, dass sie genauso wie bei der ersten Begegnung mit der Familie verfahren würden. Thees würde das Gespräch führen und Elin beobachten.

»Guten Morgen zusammen«, begrüßte Thees mit ernster Miene die Anwesenden, die auf den schlichten Stühlen des Gemeindehauses Platz genommen hatten. »Sind wir vollzählig?« Er schaute Wilhelmsen an, der mit verschränkten Armen neben Schlüter und Elin seitlich an der Fensterfront des großzügigen Raumes stand.

»Nicht ganz«, antwortete Wilhelmsen. »Ich hatte acht Mitschüler kontaktiert, von denen zwei aber noch mit ihren Familien in Urlaub sind. Die anderen Sechs haben für diesen Termin zugesagt.«

»Es fehlt also noch jemand?«

»Ja, ein Junge namens Moritz Hoferland.«

Elin horchte auf, da der Name Hoferland unlängst erst gefallen war. Noch interessanter aber fand sie die Reaktion des blondhaarigen, jungen Mannes, der direkt in ihrem Blickfeld

92

saß. In seinem aschfahlen Gesicht spiegelten sich tiefe Verachtung und Abscheu wider. Der hochgewachsene, kräftige Teenager schien keine gute Meinung von seinem Mitschüler zu haben. »Hoferland?«, wiederholte sie leise und lehnte sich zu Wilhelmsen hinüber. »Hat der etwas mit der Kellnerin aus dem Pub zu tun?«

Wilhelmsen nickte. »Er ist der Sohn.«

»Haben Sie versucht, diesen Moritz anzurufen?«

»Ja.«

»Und?«

»Mailbox.«

»Und die Mutter?«

»Geht nicht ran.«

Elin verdrehte die Augen. Der Kollege Wilhelmsen verlor wirklich nicht viele Worte.

»Na gut«, fuhr Thees fort. »Nutzt ja nichts. Wir fangen an, würde ich sagen.« Er nahm sich einen Stuhl und setzte sich. »Sie alle wissen, warum wir Sie heute Morgen hergebeten haben. Vorgestern Abend wurde die Ihnen bekannte siebzehnjährige Jonna Eilers aus Carolinensiel vergewaltigt und ermordet aufgefunden. In einer Hütte in einem Wald, etwas außerhalb der Ortschaft.« Er setzte kurz aus, weil zwei der Mädchen zu weinen begannen. »Ich weiß, dass das schockierende Nachrichten sind«, wandte er sich direkt an Jonnas Mitschüler, »trotzdem möchte ich euch ein paar Fragen stellen.«

»Was soll das?«, mischte sich eine der Mütter erbost ein. »Was haben unsere Kinder damit zu tun?«

»Erst mal gar nichts«, beruhigte Thees die aufgebrachte Frau. »Es geht darum, dass wir uns ein Bild von Jonna machen möchten. Wie sie war, wer ihre Freunde waren. Mit wem sie sich außerhalb der Schule getroffen hat und so weiter. Ich verstehe, dass es eine emotionale Ausnahmesituation für alle Beteiligten ist. Trotzdem, ich …«

Elin wurde erneut abgelenkt. Wieder war es der blonde Hüne vor ihr, der ihre Aufmerksamkeit auf sich zog. Er saß mit verkniffener Miene und geballten Fäusten auf seinem Stuhl und machte den Eindruck, als ob er jeden Moment aus der Haut fahren würde. Ein paar Sekunden wartete sie noch, dann entschloss sie sich, entgegen der Absprache mit Thees, schon jetzt in das Gespräch einzusteigen.

»Hey du«, sprach sie den blonden Jungen direkt und mit lauter Stimme an. Sie spürte den irritierten Blick ihres Kollegen auf sich, aber darauf konnte sie keine Rücksicht nehmen. Sie musste diesen Augenblick nutzen. Unbedingt. »Du siehst aus, als ob du uns etwas zu sagen hättest. Vielleicht verrätst du uns erst einmal, wie du heißt?«

Der Junge sah sie mit großen Augen an. Elin hörte seinen schweren Atem, aber er blieb stumm.

»Das ist mein Sohn Klaas«, antwortete die Frau, die sich kurz zuvor echauffiert hatte. »Klaas Hemmer.«

»Hemmer?«, fragte Elin verblüfft. »Gehört Ihrer Familie das Möwennest?«

»Was dagegen?«, meinte die Frau schnippisch.

»Nein, absolut nicht.« In Elins Kopf arbeitete es. Was war das für ein merkwürdiger Zufall? Bei ihrem Streifzug durch den Ort waren ihnen gestern zwei Personen durch ihre verhaltenen Aussagen zu Jonna aufgefallen, deren Söhne beide mit Jonna zur Schule gingen. Und während der eine dieser Mitschüler der Einladung ins Gemeindehaus von vornherein ferngeblieben war, benahm sich der andere äußerst merkwürdig.

»Könnte ich alleine mit Klaas sprechen?« Elin wusste, dass ihr Vorpreschen ein Fehler sein konnte, aber sie musste ihrer Eingebung folgen.

»Warum das?« fragte Thees. Elin konnte ihm seine Verärgerung ansehen.

»Das wird nicht passieren«, schimpfte die Mutter. »Ich werde nicht zulassen, dass mein Junge wie ein

Schwerverbrecher behandelt wird. Er hat nichts getan. Es ist dieses Mädchen. Dieses verdammte Mädchen. Sie ist doch selbst schuld, dass …«

»Halt den Mund, Mama«, rief Klaas zornig und sprang von seinem Stuhl auf. »Du wirst diese Lügen über Jonna nicht weiterverbreiten.«

»Welche Lügen?«, fragte Elin.

»Na, dass sie eine Bitch war, die es mit jedem getrieben hat. Das ist nicht wahr. So war Jonna nicht. Hoferland, dieses Arschloch, hat die Gerüchte in Umlauf gebracht. Weil er verknallt war in Jonna und sie nichts von ihm wissen wollte. Das hat er nicht ertragen. Darum hat er diese Scheiße überall herumerzählt.«

»Klaas, Ruhe jetzt!«, herrschte ihn seine Mutter an.

»Nein! Jonna war ein klasse Mädchen. Klar, sie hatte ihre Probleme. Wer hätte die nicht gehabt, wenn er das Gleiche durchgemacht hätte wie sie. Hoferland, dieser Wichser, hat sie gestalkt, sie verfolgt, bedroht und jedem gesteckt, dass Jonna leicht zu haben ist. Er hat ihren Ruf ruiniert und sie systematisch fertiggemacht.« Seine Augen blitzten, als er sich direkt an Elin wandte. »Sie suchen Jonnas Mörder? Meiner Meinung nach können Sie damit aufhören. Es ist Moritz Hoferland.«

»Du bist sauer«, stellte Elin fest, als sie eine knappe Stunde später das Gemeindehaus von Carolinensiel verließen und Thees mit großen Schritten sein Auto auf dem nahegelegenen Parkplatz ansteuerte.

»Sauer?«, schnaubte Thees. »Ich? Warum sollte ich sauer sein?«

Elin fasste ihn am Arm und zwang ihn stehen zu bleiben. »Es tut mir leid, Thees. Ich habe nicht beabsichtigt, dir in die Parade zu fahren, aber ich konnte dem Jungen ansehen, dass er etwas loswerden wollte.«

»Mit dem Erfolg, dass seine Mutter ihn aus dem Gebäude gezerrt hat, bevor wir die Chance hatten, ihn näher zu befragen.«

»Die Gelegenheit werden wir schon noch bekommen.«

»Wie kannst du dir da sicher sein? So wie seine Mutter drauf war, kann ich mir gut vorstellen, dass sie alles tun wird, damit ihr Sohn künftig die Klappe hält.«

Elin schüttelte den Kopf. »Wird er nicht. Was mit Jonna geschehen ist, hat ihn sehr bewegt. Ich glaube, dass er verliebt in sie war. Möglicherweise waren sie sogar zusammen. Er wird uns weiter unterstützen, damit wir den Schuldigen überführen. Jede Wette.«

»Nach wetten ist mir nicht zumute, sorry. Dafür ist die Sache zu ernst.«

Elin stöhnte innerlich auf. Thees wollte offensichtlich weiter beleidigt sein. Sie entschloss sich, die Spannungen zwischen ihnen auf ihre Art zu lösen. »Soll ich dir einen Schokoriegel kaufen?«, fragte sie mit dem unschuldigsten Gesichtsausdruck, den sie in petto hatte.

Thees' Augen verengten sich zu Schlitzen. »Was soll der Scheiß?«, knurrte er.

»Ist kein Scheiß. Es gab da doch mal so einen Fernsehspot, in dem es darum ging, dass schlechte Laune gerade bei einer Diva mit einem Schokoriegel ganz leicht vertrieben …«

»Spinnst du?«, fiel Thees ihr ins Wort. »Du vergleichst mich ernsthaft mit einer Diva? Wer ist hier wohl die Diva und startet Alleingänge? Ich fasse es nicht. Frechheit.«

Ohne sie eines weiteren Blickes zu würdigen, lief er weiter, um nach wenigen Metern erneut stehen zu bleiben, als Elin in schallendes Gelächter ausbrach. Das hatte noch immer geklappt, weil ihr Lachen unwiderstehlich und absolut ansteckend war, wie man ihr oft genug bestätigt hatte.

Thees drehte sich wie in Zeitlupe zu ihr um. Er verharrte kurz, bevor sich sein Gesicht verzog und er erst zögerlich, dann aus vollem Halse in ihr Lachen einfiel. »Du bist mir vielleicht eine Marke«, prustete er und wischte sich eine Träne aus dem Augenwinkel.

»So sind wir Emsländer halt«, sagte Elin grinsend. »Komm mit, Conrads, ich lade dich auf einen Snack ein.«

»Aber bloß keinen Schokoriegel.«

»Nein, keine Sorge, ich brauche etwas Deftiges.«

***

Die Currywurst, die sie kurze Zeit später an der Imbissbude im Museumshafen verzehrten, war zum Niederknien.

»Hm, lecker«, meinte Elin, nachdem sie den letzten Bissen zu sich genommen hatte.

»Ja, das war es.« Thees warf das Pappschälchen in die Abfalltonne neben der Bude.

»Also noch mal«, sagte Elin mit einem verschmitzten Lächeln. »Sorry für eben. So bin ich nun mal: viel zu ungeduldig und impulsiv.«

Thees erwiderte ihr Lächeln. »Schon gut, ich muss mich entschuldigen. Letztendlich wollen wir doch beide das Gleiche:

den Mord an Jonna aufklären. Gut möglich, dass wir diesem Ziel durch dich ein ganzes Stück näher gekommen sind.«

Elin zog die Augenbrauen hoch. »Moment mal. Bevor wir diesen Moritz Hoferland verdächtigen, sollten wir zunächst mal mit ihm sprechen, oder?«

»Warum sollte Klaas Hemmer diese ungeheure Anschuldigung gegen ihn vorbringen, wenn da nicht irgendetwas dran wäre? Nachdem er und seine Mutter gegangen sind, haben uns die anderen Klassenkameraden von Jonna doch auch bestätigt, dass Moritz es war, der die Gerüchte über Jonna verbreitet hat. Die Schulleiterin hat ebenfalls davon gewusst, weil es eine offizielle Beschwerde in dieser Angelegenheit gegeben hat. Von Jonna.«

»Aber warum haben uns ihre Eltern nichts davon gesagt, als wir sie gefragt haben, ob Jonna Probleme hatte?« Elin runzelte die Stirn.

»Stimmt, das ist merkwürdig. Dazu müssen sie auf jeden Fall noch mal Stellung nehmen.«

»Weißt du, was mir auch nicht aus dem Kopf geht?«

»Was denn?«

»Klaas hat angedeutet, dass Jonna viel durchgemacht hätte. Was hat er damit gemeint?«

»Hm, vielleicht den Unfalltod ihres Cousins? Wie hieß er noch gleich? Sven?«

Elin nickte kaum merklich. »Ja, das könnte sein.«

Thees' Handy summte. Er zog es aus seiner Tasche und schaute auf das Display. Dann steckte er es wieder weg und zeigte auf sein Auto, das wenige Meter weiter auf einem Parkstreifen stand. »Wollen wir los?«

»Klar. Gibt es was Neues von Schlüter und Wilhelmsen?«

»Sie haben Moritz Hoferland immer noch nicht erreichen können. Ebenso wenig seine Mutter. Zu Hause bei den Hoferlands haben sie auch niemanden angetroffen. Jetzt sind sie unterwegs zu Eddis Pub, in der Hoffnung, dass Frau Hoferland dort ist.«

»Okay, und was machen wir jetzt?«

»Wir fahren zum Haus der Hoferlands.«

»Da ist doch niemand, hast du gerade gesagt.«

»Wir befragen die Nachbarn, vielleicht hat jemand etwas gesehen oder gehört.«

***

Es war nicht weit bis zu der Straße, in der Anna Hoferland wohnte. Sie war geschieden, wie Elin und Thees von Jonnas Mitschülern erfahren hatte, und lebte dort allein mit ihrem Sohn Moritz.

»Du glaubst also eher nicht, dass es Moritz Hoferland war. Warum?«, fragte Thees, als sie aus dem Auto ausstiegen. »Ich meine, es ist doch möglich, dass er etwas mit Jonnas Tod zu tun hat, wenn er so besessen von ihr war.«

»Zweifelsohne. Aber denk an sein Alter. Traust du einem Siebzehnjährigen eine so brutale Tat zu?«

Thees lachte zynisch auf. »Es sind schon schlimmere Dinge passiert, die man sich hat nicht vorstellen können.«

»Da hast du sicher recht. Aber wir haben es hier mit einer durchdachten Tat zu tun. Ein siebzehnjähriger Teenie, der ein Mädchen stalkt, okay, das kann ich mir vorstellen. Sogar noch, dass er sie vergewaltigt und vielleicht im Affekt ermordet. Aber dass er anschließend nicht einfach das Weite sucht, sondern stattdessen den Tatort reinigt und die Taten eines Serienmörders nachstellt, das erscheint mir nicht realistisch.«

»Du vergisst den zweiten Mann. Was, wenn er es war, der die Nerven behalten hat und saubergemacht hat, während Moritz hinter den Baum gekotzt hat?«

»Könnte sein. Oder aber auch nicht.« Elin lief auf das Haus der Hoferlands zu. »Ich schlage vor, dass wir Moritz jetzt erst mal kennenlernen und dann weiter spekulieren.«

99

»Was machst du denn?«, rief Thees ihr verdutzt nach. »Da ist keiner zu Hause, vergessen?«

»Die Gardine hat sich bewegt«, erklärte Elin. »Das tut sie in der Regel nicht von alleine.«

Sie hatten die Haustür noch nicht mal erreicht, da öffnete sie sich schon. Vor ihnen stand Anna Hoferland mit rot unterlaufenen Augen.

»Bitte, kommen Sie herein«, flüsterte sie. »Ich habe Sie schon erwartet.«

»Waren Sie die ganze Zeit daheim, Frau Hoferland?«, fragte Thees, als sie sich in einer tadellos aufgeräumten Küche an den Tisch setzten.

»Nein«, antwortete die attraktive Frau in den Vierzigern und strich sich eine Strähne ihres brünetten Haares aus der Stirn. »Ich war bis eben unterwegs. Ich habe ihn gesucht. Moritz, mein Sohn, er ist …«

Elin sah sie alarmiert an. »Was ist mit Ihrem Sohn?«

»Er … er ist seit gestern Abend weg. Ich weiß nicht, wo er ist.«

»Moritz ist die ganze Nacht nicht nach Hause gekommen?«

Anna Hoferland schüttelte den Kopf und brach in Tränen aus. »Ich wusste, dass es so enden wird«, schluchzte sie, »dass ihn dieser Wahnsinn eines Tages in den Abgrund reißen wird.«

Elin stand auf, ging zur Spüle, nahm ein Glas aus einem Regal darüber, und befüllte es mit Wasser. Dann setzte sich wieder. »Trinken Sie«, forderte sie die Frau auf und reichte ihr das Glas. »Und dann erzählen Sie mal.«

Anna Hoferland nahm einen Schluck. Sie zitterte so stark, dass ihr das Glas fast aus den Händen rutschte, doch bevor das geschehen konnte, hatte Elin es ihr schon wieder abgenommen. Beruhigend strich sie ihr über den Arm.

»Wissen Sie, der Junge hat es nie leicht gehabt«, begann Anna Hoferland stockend. »Meine Ehe ist früh gescheitert, und ich stand mit den Kindern alleine da.«

»Mit den Kindern?«, fragte Thees. »Moritz hat Geschwister?«

Anna Hoferland nickte traurig. »Ja. Zwei jüngere Schwestern. Zwillinge. Zwölf Jahre alt. Tessa und Marlen kamen viel zu früh auf die Welt und sind gehandicapt. Beide. Sowohl körperlich als auch geistig.«

Thees und Elin tauschten einen betroffenen Blick.

»Ich musste die Mädchen weggeben. Vor etwa zwei Monaten. Es ging einfach nicht mehr. Ihre Pflege hat mich immer mehr beansprucht. Dafür war die Zeit nicht da. Ich muss doch Geld verdienen. Von meinem Ex kommt schon lange nichts mehr, er ist seit Jahren arbeitslos. Es hat mir das Herz gebrochen, dass ich meine Töchter in einem Heim unterbringen musste, aber ich war am Ende meiner Kräfte.«

»Niemand wird Ihnen deswegen Vorwürfe machen«, beruhigte Elin sie. »Und Sie selbst sollten das auch nicht.«

»Aber das tue ich. Auch wegen Moritz. Ich habe ihn all die Jahre, seitdem Tessa und Marlen geboren waren, vernachlässigt. Das wusste ich, aber ich konnte es nicht ändern. Ich dachte mir, dass er schon irgendwie klarkommen wird. Doch das ist er nicht, wie ich jetzt weiß. Erst habe ich mich so gefreut, als er sich verliebt hat. In Jonna. Ich wusste ja nicht, dass die Liebe einseitig war. Dass sie nicht normal war. Das habe ich erst vor wenigen Tagen erkannt.« Sie stockte.

»Bitte fahren Sie fort. Wir sind nicht hier, um Sie oder Moritz zu verurteilen«, sagte Thees.

Anna Hoferland nickte langsam. »Detlef Hemmer hat mir einen Besuch abgestattet und erzählt, was er von seinem Sohn erfahren hatte. Daraufhin habe ich das Zimmer von Moritz durchsucht. Als ich die Mappe gefunden habe, musste ich es mir eingestehen. Mein Junge hätte mich gebraucht. Meine Zuneigung, meine Liebe. Dann hätte er nicht so kranke Fantasien entwickelt. Niemals.« Sie weinte wieder.

Elins Nacken schmerzte plötzlich. Als sie ihn anfasste, wusste sie warum. Er fühlte sich steinhart an. »Von welchen Fantasien reden Sie?« fragte sie, den Schmerz und die Anspannung mit größter Anstrengung wegatmend.

»Ich zeige es Ihnen. Einen Moment.« Anna Hoferland stand auf und verließ die Küche. Es war kaum eine Minute vergangen, da kehrte sie zurück. Mit einem dunkelgrünen Schnellhefter in ihren Händen.

»Bevor ich Ihnen das hier gebe, versprechen Sie mir eins. Finden Sie meinen Jungen. Finden Sie ihn, bevor er etwas Falsches tut. Bevor er … wieder etwas Falsches tut.«

»Sie glauben, dass Moritz es gewesen ist?« Elins Nacken schmerzte noch mehr. »Dass Moritz Jonna vergewaltigt und getötet hat?«

Anna Hoferland legte den Hefter auf den Tisch und vergrub ihr Gesicht in den Händen. »Ja«, schluchzte sie.

»Sind Sie davon auch gestern schon ausgegangen, als wir in Eddis Pub mit Ihnen gesprochen haben?«

Die Frau sah wieder auf. »Ich habe es befürchtet, aber gleichzeitig gedacht, dass es nicht sein kann. Nicht sein darf. Doch jetzt, wo Moritz verschwunden ist ...«

Thees räusperte sich. »Würden Sie uns nun diese Mappe zeigen, Frau Hoferland?«

Sie nickte und schob den Schnellhefter über den Tisch. Ihre Hände zitterten dabei noch mehr als zuvor.

Elin beobachtete Thees, als er den Hefter öffnete. Sie registrierte, wie sich seine Augen weiteten. Wie sich in ihnen Unglauben und Ekel spiegelten, während er sich Bilder, Zettel, Zeitungsausschnitte und Notizen anschaute. Nach einer gefühlten Ewigkeit reichte er ihr die Mappe samt Inhalt, und nur Sekunden später wusste Elin, warum Thees so reagiert hatte.

»Heilige Scheiße«, stieß sie schockiert aus und unterdrückte den Würgereflex, der in ihr aufstieg, als sie die Fotografien und Papiere in ihren Händen betrachtete.

Thees zog sein Mobiltelefon aus der Hosentasche. »Schlüter?«, sagte er, nachdem er eine Nummer gewählt hatte. »Moritz Hoferland muss zur Fahndung ausgeschrieben werden.
Jetzt sofort!«

11

»Es passt nicht«, murmelte Elin, als sie sich zum wiederholten Mal den Inhalt der Mappe ansah, die Anna Hoferland in Moritz' Zimmer gefunden hatte. Elin saß in Schlüters Büro, ihrem Hauptquartier in Carolinensiel, während Thees telefonierend im Flur auf und ab lief. Es waren Stunden vergangen, seitdem sie Moritz wegen des dringenden Verdachts, an der Vergewaltigung und Ermordung seiner Mitschülerin Jonna Eilers beteiligt gewesen zu sein, zur Fahndung ausgeschrieben hatte. Bislang ohne Erfolg.

»Nicht zu fassen«, schimpfte Thees, der in diesem Moment zu ihr ins Büro kam. »Das war Wilhelmsen. Er sagt, dass die Kollegen in Carolinensiel jeden Stein umgedreht und die Umgebung rund um den Ort akribisch abgesucht haben. Keine Spur von dem Burschen. Als wäre er vom Erdboden verschluckt.«

»Wundert mich nicht. Er ist ja schon seit gestern verschwunden und könnte inzwischen sonst wo sein.«

»Ohne Kohle? Wir haben seine Geldbörse in seinem Zimmer gefunden. Mitsamt EC-Karte.«

»Er könnte per Anhalter gefahren sein.«

»Vielleicht, aber hätte sich in dem Fall nicht schon ein Zeuge gemeldet? Das Foto von Moritz ist heute Abend in allen Nachrichtensendungen gezeigt und auch in den sozialen Medien veröffentlicht worden. Wenn jemand den potenziellen Mörder eines jungen Mädchens in seinem Auto mitgenommen hätte, dann hätte die Person uns doch verständigt, denkst du nicht?«

»Zu viele ›hätte‹, das denke ich.«

Thees zuckte mit den Achseln und setzte sich zu Elin an den Tisch. Er folgte ihrem Blick zur zusammengeklappten

Tischtennisplatte, an der jetzt auch ein Bild von Moritz Hoferland hing, einem schwarzhaarigen, hageren jungen Mann.

»Traurig«, meinte er. »Ein so junger Mensch, der sein Leben komplett gegen die Wand gefahren hat.«

Elin sah ihren Kollegen an. »Wie viele unserer Leute sind im Einsatz?«

»Das weißt du doch. Hannover hat eine Hundertschaft geschickt, dazu zehn Kollegen aus dem PK Wittmund und weitere 20 aus der Inspektion in Aurich. Warum?«

»Hm«, entgegnete Elin nachdenklich. »Ganz schön viel Aufwand für die Suche nach dem Falschen.«

Thees schaute sie entgeistert an. »Dem Falschen? Was zu Hölle meinst du? Ich dachte, wir wären uns einig, dass …«

»Dass Moritz mit Jonnas Tod etwas zu tun hat? Stimmt, dieser Meinung war ich anfangs auch, nachdem ich diesen Dreck gesehen habe.« Sie zeigte auf den grünen Schnellhefter vor ihnen auf dem Tisch. »Aber je länger ich darüber nachdenke, desto mehr komme ich zu dem Schluss, dass wir uns irren. Dass Moritz zwar Gewaltfantasien hegt, aber wir einer falschen Spur folgen.«

Thees schüttelte verärgert den Kopf. »Wir wissen, dass Hoferland regelrecht besessen von Jonna war. Dass er sie gestalkt hat. Die Beweise dafür sind hier in dieser Mappe. Er hat sie offenbar überall hin verfolgt und fotografiert. Das alleine würde noch nicht unbedingt für seine Täterschaft sprechen. Aber was ist mit der Madsen-Scheiße?«

Elin stand auf, ging ans Fenster und starrte auf die Straße. Wegen der fortschreitenden Dämmerung und der noch nicht eingeschalteten Straßenbeleuchtung konnte man nur noch wenig erkennen. Thees Einwand war berechtigt. Moritz hatte in seinem Hefter dutzende von Zeitungsartikeln über Peter Madsen gesammelt, jenem dänischen Konstrukteur, der vor einigen Jahren in seinem selbstgebauten U-Boot die schwedische Journalistin Kim Wall gefoltert, brutal ermordet und zerstückelt hatte. Elin lief wieder ein Schauer über den Rücken, als sie daran dachte. Sie hatte in ihrer bisherigen Laufbahn bei der Kripo viel sehen und erleben müssen, aber Madsens Verbrechen hatte sie bis ins Mark erschüttert. Auch wenn sie diesen Fall nur über die Medien mitverfolgt hatte.

»Denk an Hoferlands Zeichnungen«, ergänzte Thees lautstark und holte sie zurück in die Gegenwart. »Zerstückelte Frauenkörper. Auf jedem einzelnen verdammten Blatt. Abgetrennte Köpfe mit Gesichtern, die stark an Jonna Eilers erinnern. Von seinen Notizen, in denen er seine abartigen Gedanken festgehalten hat, will ich gar nicht erst reden. Kein Zweifel, der Junge ist völlig irre.«

Elin drehte sich um und lehnte sich gegen die Fensterbank. »Das streite ich nicht ab. Wenn er gefunden wird, benötigt er dringend psychiatrische Hilfe. Aber ich muss mich wiederholen: Ich glaube nicht, dass er Jonna ermordet hat. Es passt einfach nicht.«

»Geht das auch ein bisschen genauer?«

»Madsen hat sein Opfer gequält, ermordet und anschließend zerstückelt. Vorher hat er, wie wir wissen, jahrelang genau diese Fantasie gehabt, bevor er sie dann schließlich Realität werden ließ. In Moritz' Kopf ist ähnliches vorgegangen, wie wir aus den Zeichnungen schließen können. Aber Jonna wurde weder gefoltert noch in ihre Einzelteile zerlegt.«

»Eine Frau zu vergewaltigen, fällt für dich nicht unter Folter?«

»Leg mir nicht in den Mund, was ich niemals gedacht, geschweige denn gemeint habe. Vergewaltigung ist auch Folter, natürlich, aber eine andere als die, die Madsen im Kopf hatte. Ihn hat es erregt, sein Opfer mit einem Messer bestialisch zu quälen, bevor er es getötet hat. Das war bei Jonna nicht der Fall.«

»Stimmt. Aber es geht hier nicht um Peter Madsen, sondern um Moritz Hoferland.«

»Nein, es geht hier um jemanden, der die Taten eines anderen nachgestellt hat. Und zwar die Taten des Mondscheinmörders. Nicht die Ermordung Kim Walls durch Peter Madsen.«

»Und das soll der Beweis sein, dass er es nicht getan hat? Steht auf ziemlich wackligen Füßen, meiner Meinung nach. Was glaubst du, wie viele Personen, die diese Art von Fantasien hegen, kann es in einem kleinen Ort wie Carolinensiel geben? Für mich ist es plausibel, dass Moritz sich nicht nur mit Madsen beschäftigt hat, sondern auch mit dem Mondscheinmörder. Vielleicht gibt es ja noch mehr Hefter im Haus der Hoferlands? Einen blauen, einen gelben, eine roten, was weiß ich? Fakt ist, dass wir hier einen Jungen haben, der unglücklich in Jonna verliebt war. Der von ihr zurückgestoßen, vielleicht sogar ausgelacht worden ist. Moritz ist offensichtlich massiv gestört und eine Gewalttat ist ihm zuzutrauen. Zudem ist er seit gestern spurlos verschwunden. Warum sollte er abtauchen, wenn er nicht Dreck am Stecken hätte? Also sorry, wenn ich anders darüber denke als du. Denn für mich passt es sehr wohl.«

Elin setzte sich wieder zu Thees an den Tisch. »Ich weiß doch auch nicht. Mein Gefühl sagt mir, dass wir auf der falschen Fährte sind. So oder so müssen wir abwarten, was die Analyse der Haare ergibt, die die Kollegen seinem Kamm entnommen haben. Wenn er es war, wird der Abgleich der DNA das bestätigen. Wenn nicht, stehen wir wieder am Anfang.«

Jemand räusperte sich. Es war Schlüter, der im Türrahmen stand und etwas in der Hand hielt, das Elin noch nicht identifizieren konnte.

»Habt ihr ihn?«, fragte sie und erkannte gleichzeitig, dass der Gegenstand, den Schlüter hielt, eine Tablethülle war.

»Nein«, klagte Schlüter. Er hörte sich so müde an, wie er aussah. »Jedenfalls nicht, dass ich wüsste. Ich war allerdings auch nicht bei den Jungs, die im Ort und auf den Straßen nach Moritz gesucht haben. Ich bin den Kollegen der KTU zur Seite gestellt worden, die das Haus der Hoferlands durchsucht haben.«

»Aha!« Elin deute auf die Hülle. »So wie es aussieht, sind Sie fündig geworden.«

»Sind da etwa weitere Mappen drin?«, mischte Thees sich aufgeregt ein.

»Mappen? Was für Mappen?« Schlüter sah ihn ratlos an.

»Herrje, Mappen wie die, die uns seine Mutter gegeben hat. In denen eventuell noch weiteres belastendes Material ist.«

»Nein, keine weiteren Hefter, tut mir leid.«

»Schade«, grummelte Thees enttäuscht.

»Belastendes Material aber schon.«

Elin kräuselte die Stirn und wartete, dass der Polizist weitersprach, aber das tat er nicht.

»Himmel noch mal, Schlüter«, fuhr sie ihn ungeduldig an. »Machen Sie jetzt hier auf Wilhelmsen, oder was? Heraus mit der Sprache! Was für belastendes Material?«

Schlüter kam zu ihnen und zog das Tablet aus der Hülle. »Das hier haben wir in Moritz' Kleiderschrank zwischen seinen Sportklamotten entdeckt. Jetzt gucken Sie mich nicht so kritisch an, Frau Kommissarin, die Fingerabdrücke auf dem Teil wurden längst gesichert. Als die KTU damit fertig war, haben wir geschaut, was sich darauf so findet.«

»Das Tablet war nicht kennwortgeschützt?«

»Doch, aber das war kein Problem für die Kollegen. Die hatten das Teil in Nullkommanix geknackt. Faszinierend.«

Elin rollte mit den Augen. »Freut mich, wenn Sie Spaß hatten, Schlüter, aber bitte hören Sie auf, es spannend zu machen. Was haben Sie gefunden?«

»Unzählige Bilder von Jonna. Er hat sie überall hin verfolgt, soviel ist klar. Aber das ist noch nicht alles.« Er wischte ein paarmal über das Display des Geräts. Dann reichte er es Elin.

Thees rückte seinen Stuhl näher heran und gemeinsam betrachteten sie das, was auf dem Display zu sehen war. »Was ist das für eine Aufnahme?«, fragte er.

»Erkennen Sie es nicht?«

Elin kniff die Augen zusammen. »Ist das die Wohnung von Jonna?«

»Ja. Moritz war in jedem Raum und hat alles gefilmt. Die Aufnahme ist rund zwei Wochen alt.«

»Was ist mit Jonna?«

»Ist nirgendwo zu sehen. Die Wohnung war zu dem Zeitpunkt leer.«

Elin strich sich eine Haarsträhne hinters Ohr. »Moritz war also in Jonnas Wohnung. Gut möglich, dass er wusste, dass die Tür selten verschlossen ist. Er könnte also auch derjenige gewesen sein, der heute Nacht dort eingedrungen ist und Jonnas Laptop gestohlen hat.«

Thees nickte. »Das Bild vervollständigt sich weiter. Wahrscheinlich ist auf dem Computer etwas, das niemand sehen darf. Etwas, was ihn noch mehr belasten würde. Er holt sich das Ding und ist auf und davon damit.«

»Kann sein«, sagte Elin. »Aber warum riskiert er es, in Jonnas Wohnung auf frischer Tat ertappt zu werden, lässt aber den grünen Hefter und sein Tablet in seinem Zimmer zurück, bevor er sich aus dem Staub macht? Ist doch seltsam, oder?«

Thees rieb sich die Augen. »Okay, das ist wirklich merkwürdig. Dabei fällt mir ein: Haben die Leute vom Fernsehsender sich schon gemeldet, Schlüter? Wissen wir, ob heute Nacht am Haus der Familie Eilers gedreht worden ist?«

»Das haben sie. Und ja, es wurde gedreht. Das Material liegt auf dem Polizeiserver, und ich habe es auch schon gesichtet.«

Elin sah ihn überrascht an. »Was? Wann denn?«

»Eben gerade. Über mein Handy. Gleich nachdem ich das andere Video auf dem Tablet gesehen hatte.«

»Schlüter, Sie machen mich wahnsinnig! Welches andere Video?«

Der junge Kollege wischte noch mal über das Display des Tablets und nicht nur Elin stockte der Atem, als er den Film startete.

»Das ist die Hütte«, raunte Thees heiser.

»Ja.« Auch Elin versagte die Stimme beinahe. »Er hat durchs Fenster gefilmt und man sieht ein Pärchen, das …«

»… Sex hat«, vollendete Schlüter ihren Satz. »Man kann leider nicht allzu viel erkennen.«

»Stimmt.« Elin runzelte die Stirn. »Im Grunde genommen sieht man nur vier Beine und einen nackten Hintern.«

»Warten Sie«, bat Schlüter. »Ich spule mal etwas vor. Da, in dieser Sequenz sieht man den Kopf der Frau. Es ist eindeutig Jonna Eilers. Das Gesicht des Mannes ist leider nicht zu erkennen. Allem Anschein nach war es aber einvernehmlicher Verkehr. Diese Aufnahme wurde am Montag vergangener Woche gemacht.«

»Am Montag vergangener Woche?«, wiederholte Elin langsam. »Genau eine Woche später ist Jonna gestorben.«

Schlüter nickte. »Kam mir auch in den Sinn.«

»Ihr glaubt, dass Jonna sich regelmäßig mit jemandem in der Hütte getroffen hat?«, fragte Thees.

»Den Eindruck kann man bekommen«, meinte Elin. »Was ist mit den Aufnahmen des Fernsehsenders von heute Nacht, Schlüter?«

»Ich habe das Material nur im Schnelldurchlauf gecheckt, bin aber trotzdem fündig geworden. Moritz Hoferland ist tatsächlich darauf zu sehen, aber jetzt kommt's: Ich konnte einen weiteren Mitschüler identifizieren. Klaas Hemmer war gestern Nacht ebenfalls am Haus der Familie Eilers. Ich habe ihn zweifelsfrei erkannt.«

»Das gibt es nicht«, stieß Thees aus. »Was hatte der denn da zu suchen? Wir müssen ihn dazu befragen. Am besten sofort.«

Schlüter seufzte. »Den Weg können Sie sich sparen.«

»Ach ja? Warum?«

»Ich habe mir gedacht, dass Sie ihn noch mal sprechen wollen. Darum bin ich bei ihm zu Hause vorbei, um ihn mit hierherzunehmen. Doch er war nicht da, und seine Eltern waren, gelinde gesagt, in hellem Aufruhr.«

»Warum?«

»Weil Klaas nach dem Gespräch im Gemeindehaus heute Morgen wütend abgerauscht ist, so hat seine Mutter es ausgedrückt. Seitdem ist er weg. Sein Handy ist ausgestellt, und er war heute Nachmittag nicht beim Judotraining, was seine Eltern richtig in Sorge versetzt hat. Sie haben gesagt, das wäre noch nie vorgekommen. Sein Sport wäre ihm heilig.«

Elin schüttelte irritiert den Kopf. »Was in drei Teufels Namen geht hier ab? Erst verschwindet Moritz Hoferland, dann Klaas Hemmer?«

»Ja, und komischerweise taucht Klaas ab, nachdem er Moritz schwer belastet hat«, fügte Thees nachdenklich hinzu.

»Was hat das deiner Ansicht nach zu bedeuten?«, fragte Elin.

»Klaas könnte in der Sache mit drin hängen. Wir haben die Sperma-Spuren von zwei Männern am Tatort gefunden. Moritz und Klaas waren beide am Haus der Familie Eilers letzte Nacht. Wer weiß, vielleicht sind sie auch gemeinsam in Jonnas Wohnung eingedrungen, um Spuren zu beseitigen. Danach hat Moritz das Weite gesucht, während Klaas sich entschlossen hat, seinem Kumpel die alleinige Schuld zuzuweisen, bevor auch er von der Bildfläche verschwindet.«

Elin konnte sich ein Grinsen nicht verkneifen. »Wow, da hast du dir ja eine schöne Geschichte zusammengebastelt.«

»Machst du dich über mich lustig?« Thees untermalte seine Frage mit einem bitterbösen Blick, der Elin sogleich wieder ernst werden ließ.

»Keinesfalls, sorry, wenn es den Anschein erweckt hat. Aber denk mal daran, was wir eben im Video gesehen haben. Moritz hat Jonna beim einvernehmlichen Sex mit jemanden gefilmt, und es könnte Klaas Hemmer gewesen sein. Das würde auch erklären, warum er heute Morgen bei dem Gespräch so extrem emotional war. Er ist verliebt in Jonna … ich meine, er *war* verliebt in sie. Und er hasste Moritz dafür, dass er sie verfolgt hat. Warum also sollte Klaas mit ihm gemeinsame Sache gemacht und dem Mädchen Gewalt angetan haben?«

»Das heute Morgen kann reine Show gewesen sein. Und selbst, wenn du recht hast und Klaas derjenige war, den wir auf dem Video gesehen haben, kann er trotzdem an ihrem Tod beteiligt gewesen sein. Einvernehmlicher Sex kann sich auch ins Gegenteil verwandeln. Denk an die Drogen, die im Spiel waren: Wir haben doch schon früher überlegt, dass in der Hütte etwas aus dem Ruder gelaufen sein könnte.«

»Ich bin von dieser Theorie nicht überzeugt. Irgendwie …«

»… passt es nicht, ich weiß, dass du das sagen willst. Nur im Moment haben wir leider keinen anderen Ansatzpunkt, oder? Es nutzt nichts, wir müssen die Jungen finden. Beide! Dann werden wir sehen, ob die Puzzleteile sich zu einem endgültigen Bild zusammenfügen lassen. Schlüter, würden Sie sich bitte kümmern?«

»Natürlich. Klaas Hemmer soll also auch zur Fahndung ausgeschrieben werden?«

»Ja, bitte. So schnell wie möglich. Und besorgen Sie etwas von ihm, was sich für eine DNA-Analyse eignet. So schnell wie möglich!«

***

»Hey du!« Elin spürte eine Hand auf ihrer Schulter, die sie mit sanftem Druck aus dem Schlaf rüttelte. Müde hob sie den Kopf, der auf ihren Armen gelegen hatte. »Mist, ich bin eingenickt. Tut mir leid.« Verlegen rieb sie sich die Finger, die kribbelten, weil nun wieder Blut durch sie floss.

Thees lächelte sie beruhigend an. »Kein Grund, sich zu entschuldigen. Du hast ja letzte Nacht kaum Schlaf bekommen. Ich konnte nur nicht länger mitansehen, wie du da über dem Tisch hängst. Darum habe ich dich geweckt. Du solltest nach oben gehen und dich hinlegen.«

»Wie spät ist es?«

»Gleich Mitternacht. Ich werde mich auch aufs Ohr hauen. Es gibt für uns beide momentan nichts weiter zu tun.«

»Nichts Neues von Moritz und Klaas?«

»Nein, aber Schlüter hat versprochen, sofort Bescheid zu geben, wenn sich das ändert.«

Elin quälte sich von ihrem Stuhl hoch und streckte die schmerzenden Knochen. »Der Arme. Wann bekommt er eigentlich seine Nachtruhe?«

»Mach dir keine Sorgen um Schlüter. Der kann das ab. Ist ja noch jung.«

»Du meinst, im Gegensatz zu uns alten Leuten?« Elin kicherte.

»Du hast es erfasst. Und jetzt ab mit dir.« Thees schob Elin in Richtung Tür. »Ach ja.« Er blieb stehen. »Fällt mir gerade noch ein: Morgen Vormittag findet um elf Uhr ein Gedenkgottesdienst für Jonna in der Wittmunder Nicolaikirche statt. Wollen wir da hin?«

»Auf jeden Fall«, antwortete Elin. »Zumal wir dringend noch mal mit der Familie sprechen müssen. Wir müssen ihnen wegen Klaas Hemmer auf den Zahn fühlen. Sie werden bestimmt über Social Media erfahren haben, dass wir auch nach ihm suchen. Mal schauen, ob sie ihre Aussage, Jonna hätte keinen Freund gehabt, jetzt revidieren. Ich kann mir nicht vorstellen, dass keiner etwas mitbekommen hat, wenn Jonna und Klaas wirklich in einer Beziehung waren.«

»Was wir selbst noch gar nicht sicher wissen. Es könnte auch ein anderer Mann gewesen sein.«

Elin gähnte. »Genug ›hätte, könnte und vielleicht‹ für heute. Ich gehe in die Falle.«

»Tu das. Nur eins noch: Einen negativen Effekt hat unsere Suche nach den beiden Jungs leider.«

»Ach ja? Welchen denn?«

»Der Mondscheinmörder weiß jetzt, dass er nicht länger verdächtigt wird. Er wird sich also kaum noch aus der Reserve locken lassen.«

»Das war ohnehin unwahrscheinlich. Gute Nacht, Thees.«

»Gute Nacht, Elin. Schlaf gut.«

Nur zwei Minuten später stand Elin in Unterwäsche vor ihrem Bett. Sie hatte weder die Kraft, ihre Schlafsachen anzuziehen, noch sich die Zähne zu putzen, so erledigt war sie. Doch als sie die Bettdecke zurückschlug, war jede Müdigkeit auf einen Schlag verflogen. Wie von selbst öffnete sich ihr Mund und ein markerschütternder Schrei hallte durch das Haus von Polizeiobermeister Schlüter.

1 2

»Oh, bitte, derart viel Aufhebens zu machen, ist absolut unnötig. Das Haus ist bis in den letzten Winkel durchsucht worden. Außerdem bin ich hier von Polizisten umgeben, was soll ich da mit Personenschutz? Und nicht zuletzt: Ich kann selbst auf mich aufpassen, ich bin nämlich schon ein großes Mädchen. Sie können also beruhigt zurück nach Hamburg fahren. Es berührt mich sehr, dass Sie heute Morgen den weiten Weg gemacht haben, aber Sie hätten nicht herkommen müssen, Herr Delling. Es ist alles gut.«

Elins Vorgesetzter, Polizeipräsident Delling, rückte die Brille auf seiner Nase zurecht. »Nichts ist gut, Kriminalhauptkommissarin Bertram. Alles deutet darauf hin, dass ein Serienmörder in dieses Haus eingedrungen ist und Ihnen eine unmissverständliche Botschaft hinterlassen hat. Mich persönlich würde es nicht überraschen, wenn sich tatsächlich bewahrheitet, dass er dahintersteckt. Seit Jahren ist es mir schon ein Dorn im Auge, dass Sie als die leitende Ermittlerin der Sonderkommission immer wieder in die Öffentlichkeit gezerrt werden. In Zeiten, in denen die Sozialen und die herkömmlichen Medien allgegenwärtig sind und die allgemeine Sensationslust gefühlt von Tag zu Tag zunimmt, ist das aber wohl unvermeidlich. Erst die Tage lief im Fernsehen wieder eine Doku über die Fälle des Mondscheinmörders, in der Sie erwähnt und auch mehrfach im Bild gezeigt wurden. Kein Wunder also, dass der Täter kein Problem hatte, Sie aufzuspüren. Sie sind das Gesicht dieser Mordermittlung, Bertram, und Sie sind in Gefahr. Entweder, Sie sind mit dem Personenschutz einverstanden, oder ich ziehe Sie mit sofortiger Wirkung von diesem Fall ab. Mehr noch, ich versetze Sie zur Steuerfahndung. Kollege Schulte würde sich bestimmt über eine Verstärkung seines Teams freuen.«

Elin bedachte Delling mit einem giftigen Blick. »Das betrachte ich als eine ernsthafte Drohung. Soll ich den Personalrat einschalten?«

Delling grinste kurz, wurde dann aber sofort wieder ernst. »Mensch, Bertram, ich möchte doch nur, dass Sie sich den Ernst der Lage vor Augen führen. Sie sind hier nicht mehr sicher! Wie Sie schon sagten, es wimmelt in diesem kleinen Ort vor Polizisten, da kommt es doch auf ein paar mehr nicht an. Die Personenschützer sind speziell für diesen Job ausgebildet, das wissen Sie. Also entweder, Sie stimmen zu, oder Sie steigen in mein Auto und fahren mit mir zurück nach Hamburg.«

»Dass Sie so knallhart sein können, hätte ich gar nicht gedacht.«

»Was glauben Sie, wie ich es auf den Stuhl des Polizeipräsidenten geschafft habe?«

»Das weiß ich. Nicht, weil Sie sich durch Härte auszeichnen, sondern weil Sie ein guter Polizist sind. Einer der besten, den ich kenne.«

Delling lachte und zwinkerte ihr zu. »Nur *einer* der besten? Nicht *der* beste?«

Elin zwinkerte zurück. »Ja, meinetwegen auch das.«

»Und Sie wiederum sind mein bestes Pferd im Stall, das auch zukünftig für mich auf die Rennbahn gehen soll.«

»Na toll«, schmollte Elin. »Ich mache Ihnen Komplimente, und Sie vergleichen mich mit einem Pferd.«

»Dann will ich es mal anders ausdrücken, Kommissarin Bertram«, sagte Delling. »Ich will und kann nicht auf Sie verzichten. Also? Ja oder Nein?«

Elin stöhnte innerlich auf, doch sie kannte Delling viel zu gut, um zu denken, dass er in diesem Punkt nachgeben würde. »Gut, Sie haben gewonnen. Lassen Sie die Personenschützer kommen.«

Delling stand auf und griff nach seiner Jacke, die er über die Stuhllehne gehängt hatte. »Geht doch. Ich muss die Jungs übrigens nicht kommen lassen, sie stehen bereits vor der Tür.«

Elin verdrehte die Augen. »Warum haben Sie mich dann überhaupt gefragt?«

»Reine Formalie. Nehmen Sie's mir nicht krumm. Ich muss dann mal zurück. Wir beide bleiben in Kontakt. Und noch was, Bertram.«

»Ja?«

»Auch wenn die beiden jetzt da sind, passen Sie trotzdem auf sich auf.«

»Das werde ich, versprochen.«

Elin begleitete den Polizeipräsidenten zur Tür und sah seinem Auto nach, als es davonfuhr. Dann winkte sie den beiden Polizisten in Zivil zu, die in einem Wagen vor Schlüters Haus saßen. Sie kannte die Männer flüchtig und würde sie später noch persönlich begrüßen. Aber zunächst hatte sie etwas anderes zu erledigen.

Entschlossen stapfte sie durch den Flur in die Küche, wo Thees am Tisch saß und frühstückte.

»Schon fertig?«, fragte er überrascht.

»Sowas von«, teilte Elin ihm schnippisch mit.

»Oje, du bist verärgert.«

»Verärgert? Das trifft es nicht annähernd. Sag mal, musste das wirklich sein?«

»Was denn?«

»Dass du meinen Boss auf mich hetzt?«

Thees schob seinen Teller mit einem angebissenen Brötchen von sich weg und lehnte sich zurück. »Das habe ich nicht getan«, widersprach er ruhig, aber bestimmt. »Ich habe lediglich meinen Vorgesetzten über das informiert, was heute Nacht hier vorgefallen ist. Dass der dann deinen Chef verständigt, habe ich nicht gewusst. Ich bin davon ausgegangen, dass du das selbst erledigst.«

»Sicher nicht! Weil klar war, dass der Alte ein Riesentheater darum machen würde.«

Thees rieb sich das Kinn. »Delling hat zu Recht ein Riesentheater gemacht. Elin, der Mondscheinmörder war in diesem Haus! Er war in deinem Zimmer, verdammt.«

»Das ist nicht erwiesen.«

»Nicht? In deinem Bett lag eine Adlerkralle in einer Blutlache. Hast du mir nicht versichert, dass außer dem Täter nur ganz wenige Personen von diesem besonderen Markenzeichen wissen? Hältst du es für möglich, dass jemand aus diesem erlesenen Kreis dir einen fiesen Streich gespielt hat?«

»Natürlich nicht.«

»Dann bleibt doch nur noch eine Möglichkeit übrig, nicht wahr?«

»Aber warum sollte er sich jetzt aus seiner Deckung trauen? Er muss doch mitbekommen haben, dass wir nach Moritz Hoferland und mittlerweile auch nach Klaas Hemmer suchen.«

»Nicht unbedingt. Und wenn doch, wird es ihm egal gewesen sein. Ich denke, er hat von Anfang an durchschaut, dass wir ihn nicht wirklich verdächtigen.« Thees zeigte auf den Stuhl neben sich. »Komm, setz dich.«

Sie folgte seiner Aufforderung. »Weiß man inzwischen, wie er hier reingekommen ist?«

»Durch ein Kellerfenster. Es stand noch offen.«

»Verwertbare Spuren?«

»Leider nicht, aber das war zu erwarten.«

»Was ist mit dem Blut? Stammt es wirklich von einem Tier?«

»Der Schnelltest der Spurensicherung hat das ergeben, ja. Das Laken ist zur genaueren forensischen Untersuchung nach Hannover gebracht worden. Wir werden informiert, wenn die Analyse durch ist.«

Elin schüttelte sich. Der Anblick des frischen Blutes in ihrem Bett stand ihr noch lebhaft vor Augen. »Woher wusste er, dass wir uns hier einquartiert haben?«

»Ich fürchte, das wird er schnell herausgefunden haben. Jeder in Carolinensiel wird es mittlerweile mitbekommen haben. Er musste sich nur umhören.«

»Und mein Zimmer? Woher …?«

»Das war nun wahrlich kein Kunststück. Da du die einzige weibliche Person im Haus bist, brauchte er nur das Zimmer mit den Mädchensachen suchen.«

»Mädchensachen?« Elin hob warnend den Zeigefinger. »Ich geb' dir gleich Mädchensachen.«

Thees gluckste belustigt. »Soll ich dir einen Tee kochen?«

»Nein, danke. Mir reicht ein Orangensaft.«

Er nahm die Karaffe mit dem Saft und schenkte ihr ein. »Etwas essen musst du aber auch.«

»Ja, Papa«, sagte Elin schmunzelnd und nahm sich ein Croissant.

»Kennst du die Redewendung vom Blut, das einem in den Adern gefriert?«, fragte Thees mit plötzlich ernster Miene.

»Na klar, wer nicht?«

»Ich hätte nicht gedacht, dass es so etwas wirklich gibt. Aber als du heute Nacht geschrien hast, hat es sich einen Moment lang so angefühlt. Als ob kein Tropfen Blut mehr in mir fließt, als ob mein Herz einfach aufgehört hätte zu schlagen. So erschrocken war ich.«

Elin schluckte das Stück Croissant, das sie gerade abgebissen hatte, eilig herunter. »Oh Mann, das tut mir echt leid. Ich habe völlig überreagiert. Es kam nur so überraschend.«

»Du musst dich nicht entschuldigen. Deine Reaktion ist mehr als verständlich, wenn man sich auch nur ein bisschen mit den Taten dieses Irren beschäftigt hat.«

»Hört sich so an, als ob du das getan hättest.«

Thees wich ihrem Blick aus. Dann stand er auf und ging aus dem Raum. Elin sah ihm verwirrt nach.

Als er wiederkam, hielt er den Ordner mit den Akten des Mondscheinmörders in den Händen. »Reiß mir nicht den Kopf ab, aber als du heute Nacht endlich eingeschlafen warst, habe ich den Ordner von deinem Nachtschränkchen genommen und ein wenig darin geblättert, bis mir selbst die Augen zugefallen sind. Als ich heute Morgen aufgewacht bin, habe ich ihn mit nach unten genommen und weiter darin gelesen.«

Elin antwortete nicht.

»Super, jetzt bist du schon wieder sauer.«

»Nein, bin ich nicht. Wie kommst du darauf?«

»Weil dein Blutdruck jenseits von Gut und Böse sein muss. Dein Gesicht ist so rot, dass es im Dunkeln leuchten würde.«

Elin gab einen gequälten Laut von sich. »Ja, aber nicht, weil ich mich über dich ärgere, sondern weil ich mich schäme.«

»Du schämst dich?«, fragte Thees überrascht. »Wofür denn?«

»Bis eben hatte ich erfolgreich verdrängt, dass du die ganze Nacht neben meinem Bett gewacht hast. Das ist so peinlich, verdammt. Ich meine, ich bin Polizistin. Und dann mache ich mir bei erster Gelegenheit ins Hemd, nur weil …«

»… ein brutaler Killer dir einen Besuch abgestattet hat? Ist es da nicht normal, dass man zu Tode erschrickt?«

»Trotzdem hätte es nicht passieren dürfen. Denn genau das hat er im Sinn gehabt: Er wollte mir Angst einjagen.«

»Du warst todmüde und standest unter Schock. Wenn es dich beruhigt, ich hatte die Hosen auch gestrichen voll. Erst, als die Kollegen das Haus von oben bis unten durchsucht und gesichert hatten, konnte ich wieder klar denken. Du kannst dich also locker machen. Ich werde auch niemandem erzählen, dass ich heute Nacht dein Schutzengel war.«

Elin verschluckte sich bei den Worten ihres Kollegen. Sie hustete, während sie gleichzeitig lachen musste. »Mein Schutzengel?«, brachte sie unter größter Anstrengung hervor. »Willst du mich umbringen? Wie kannst du so etwas sagen, während ich esse?«

»Wenigstens lachst du wieder.«

»Notgedrungen, nach diesem Spruch.« Elin atmete tief durch und nahm einen Schluck Orangensaft. »Danke, Thees«, sagte sie leise.

»Dass ich dich zum Lachen gebracht habe?«

»Dafür und auch für alles andere.«

»Gern geschehen.«

Sie schwiegen eine Weile.

»Elin?«, fragte Thees schließlich.

»Ja?«

»Die Kralle und das Blut in deinem Bett, damit wollte er dir Angst einjagen, meinst du?«

»Das ist doch wohl offensichtlich.«

»Was, wenn er noch eine andere Botschaft übermitteln wollte?«

Elin sah ihn verwirrt an. »Wovon sprichst du?«

»Es könnte auch eine Ankündigung gewesen sein.«

»Wofür? Für seine nächste Tat? Warum sollte er die ankündigen? Wir wissen doch, wann er wieder zuschlagen wird. In ungefähr vier Monaten.«

»Ich meine auch nicht den Zeitpunkt, sondern sein anvisiertes Opfer.«

In Elins Kopf arbeitete es. Dann verstand sie endlich, was Thees ihr sagen wollte. »Du meinst, er hat es auf mich abgesehen?«

»Könnte doch sein.«

»Nein, könnte es nicht.«

»Warum nicht?«

»Ich bin zu alt. Seine Opfer waren alle zwischen zwanzig und dreißig Jahre alt.«

»Hast du mir nicht gesagt, dass es keine Gemeinsamkeiten zwischen den toten Frauen gäbe?«

»Jedenfalls keine, die uns unmittelbar zum Täter führen würde. Dass die Frauen in einem ähnlichen Alter waren, scheint mir aber schon einem Muster zu entsprechen. Einem, in das ich nicht hineinpasse. Du irrst dich also, wenn du glaubst, ich könnte die Nächste sein.«

»Nicht so schnell, Frau Kommissarin.« Thees schlug den Ordner auf. »Ich sehe da nämlich ein anderes Muster: Katja Niemann, 22 Jahre, ermordet in Hamburg am 8. März 2012«, las er vor und blätterte dann weiter. »Lara Keller, 24 Jahre, ermordet auf Borkum am 12. Juli 2014. Johanna Bohland, 25 Jahre, umgebracht am 14. November 2016 in Oldenburg. Ricarda Menotti, 27 Jahre, getötet am 21. März 2019 in Cuxhaven und …«

»… und Joline Maibaum, ermordet am 24. Juli 2021 in Bordesholm, ich weiß.«

»Sie war 28 Jahre alt.«

»Auch das ist mir bekannt. Ebenso diese Namen und Daten. Sie spuken Tag und Nacht in meinem Kopf herum. Warum liest du sie mir vor?«

»Die Opfer haben ein aufsteigendes Alter.«

»Was?«

»Sie werden immer älter. Hast du das nicht bemerkt?«

»Doch, aber ich denke, das ist ein Zufall. Das genaue Alter nur am Aussehen zu erkennen, ist unmöglich. Und der Mörder wird seine Opfer wohl kaum nach ihrem Personalausweis gefragt haben, bevor er sie vergewaltigt und umgebracht hat.«

»Musste er vielleicht auch nicht. Wenn er nämlich seine Opfer und damit auch ihr Alter vorher gekannt hat.«

»Noch mal, Herr Kollege: Wir haben das Umfeld der Frauen penibel auseinandergenommen. Es gibt keine Verbindung zwischen ihnen.«

»Noch mal, Frau Kollegin: Es muss eine Verbindung geben. Der Mörder will uns mit seinen Taten etwas vermitteln. Etwas Bestimmtes sagen. Nur leider verstehen wir seine Sprache noch nicht.«

Elin nickte. »Gut erkannt. Aber hier und jetzt sollten wir auch gar nicht versuchen, seinen Code zu entschlüsseln, schließlich haben wir einen anderen Fall aufzuklären.«

»Du lenkst ab.«

»Das tue ich nicht. Ich sage nur, dass …«

»Du würdest in sein Schema passen.«

»Weil ich 35 Jahre alt bin und damit älter als das letzte Opfer?«

»Ja.«

»Quatsch.« Elin stand auf. »Ich gehe kurz nach oben in mein Zimmer. Bis wir nach Wittmund zu dem Gedenkgottesdienst fahren, dauert es ja noch ein bisschen.«

Thees streckte seinen Arm aus und hielt sie fest. »Warte! Eine letzte Frage: Was verbindet dich mit Katja Niemann? Sag es mir.«

Elin stockte für einen kurzen Augenblick der Atem. Sie schloss die Augen, und als sie sie wieder öffnete, stellte sie sich Thees' prüfendem Blick. Sie wich ihm nicht aus, wie sie auch der Antwort auf seine Frage nicht auswich. Die Worte sprudelten aus ihrem Mund, als hätten sie darauf gewartet, ausgesprochen zu werden: »Katja war die Nachbarstochter und meine beste Freundin seit unserer Kindheit, obwohl sie zwei Jahre jünger war als ich. Im März 2012 besuchte sie mich für eine Woche in Hamburg, wo ich auf der Polizeiakademie war. Es war eine völlig neue Welt für sie, denn so oft hatte sie das Emsland bis dahin noch nicht verlassen. Darum wollte sie auch jeden Abend in Clubs oder auf Partys und feiern. Auch an diesem einen verdammten Abend. Ich stand kurz vor den Abschlussprüfungen und hatte keine Zeit und Lust, deswegen ist sie alleine los. Und ist gestorben in dieser Nacht. Ich hätte bei ihr sein müssen. Dann würde sie heute noch leben.«

Thees hatte ihr mit aufgerissenen Augen zugehört. Jetzt strich er ihr mitfühlend über den Arm. »Das weißt du nicht, Elin. Niemandem ist geholfen, wenn du dir die Schuld gibst. Das bringt deine Freundin nicht zurück.«

»Dessen bin ich mir bewusst. Es gelingt mir auch meistens, mein schlechtes Gewissen zu verdrängen. Aber nicht immer.

Dann geht mir nicht aus dem Kopf, dass ich Katja im Stich gelassen habe. Das Einzige, was mir dann hilft, ist meine Arbeit.
Ich kann die Zeit nicht zurückdrehen, aber was ich tun kann,
ist, Katjas Mörder zu finden, und das werde ich auch.«

»Davon bin ich überzeugt. Mich wundert allerdings, dass
man dich überhaupt in die Soko berufen hat.«

»Es wissen nur wenige, wie nahe ich Katja wirklich gestanden habe. Mein Boss gehört nicht dazu. Ich wäre dir also dankbar, wenn du das für dich behältst.«

»Sicher, kein Problem. Aber was, wenn er …«

Elin und Thees zuckten zusammen, als ein Auto mit quietschenden Reifen vor dem Haus hielt. Sie sahen aus dem Fenster. Schlüter sprang aus dem Streifenwagen, rannte durch den
Vorgarten und stürmte nur Sekunden später schweratmend in
die Küche.

»Schlüter, was ist los?«, rief Elin. »Gibt es etwas Neues?«

»Ja«, japste der Polizist. »Kann man wohl sagen.«

13

»Ihr Ostfriesen seid manchmal echt schräg drauf«, sagte Elin, als Thees seinen Wagen startete und zügig anfuhr.

»He, Vorsicht, junge Frau«, gab Thees zurück. »Nur, weil Schlüter ab und an etwas crazy ist, kannst du uns doch nicht alle über einen Kamm scheren. Es gibt auch ganz normale Ostfriesen. Schau mich an.«

Elin lachte. »Na ja, das muss erst noch bewiesen werden. Die derzeitige Faktenlage lässt kein endgültiges Urteil zu.«

»Du bist ganz schön frech, weißt du das?«

»Nicht frech, nur ehrlich. Und Schlüter ist wirklich crazy. Himmel, so wie der ins Haus gestürmt ist, musste man annehmen, dass beide Verdächtige geschnappt wurden und bereits hinter Schloss und Riegel sitzen. Doch welch sensationelle Nachricht überbringt er stattdessen? Dass der Gottesdienst eine Stunde eher beginnt als gedacht! Das waren echte Breaking News, würde ich sagen.« Sie lachte erneut.

»Ach, komm, er hat es nur gut gemeint. Der Junge ist schwer in Ordnung.«

»Das bezweifele ich gar nicht. Ich frage mich nur, wie er reagieren wird, wenn wir den Fall tatsächlich lösen. Brennt er dann vor lauter Euphorie sein Haus ab?«

»Werden wir sehen, wenn es so weit ist.«

Elin sah in den Seitenspiegel. Sofort verfinsterte sich ihre Miene, was auch Thees nicht verborgen blieb.

»Was ist?«

»Nichts. Ich sehe nur gerade, dass Zeus und Apollo uns folgen.«

»Wer?«

»Die beiden Personenschützer, die mein Boss mir aufgedrückt hat.«

»Du solltest dich nicht beschweren. Es dient deiner Sicherheit.«

»Du hörst dich an wie Delling.«

»Damit habe ich kein Problem, denn er hat recht. Und warum bitte gibst du den beiden Götternamen?«

Elin sah ihn fragend an. »Götternamen?«

»Zeus und Apollo. Das sind griechische Götter.«

»Und die Namen zweier Wachhunde aus der amerikanischen Krimiserie ›Magnum‹. Kennst du die? Die ist toll. Allerdings nur das Original, das Remake finde ich schrecklich.«

»Ich kenne weder Original noch Remake.«

»Einen Fernseher hast du aber schon?«

»Ey, sag mal«, brummte Thees. »Das war schon wieder frech.«

»Ich meine ja nur. Am Ende sind vielleicht doch alle Ostfriesen schräg drauf.«

»Der schräge Ostfriese zeigt dir jetzt mal, was er draufhat.«

»Indem er was tut?«

»Indem er Zeus und Apollo abhängt und pünktlich zum Gottesdienst vorfährt.« Mit diesen Worten trat er das Gaspedal durch und Elin wurde in ihren Sitz gedrückt.

* * *

Sie schafften es nicht ganz rechtzeitig, aber fast. Als sie die Nicolai-Kirche, ein rotes Backsteingebäude im barocken Baustil, betraten, in der alle Sitzreihen bis auf den letzten Platz besetzt waren, wurden sie von Orgelmusik empfangen. Elin erkannte das Stück sofort. Es war das Präludium und Fuge in g-Moll von Johann Sebastian Bach, an dem sie sich selbst schon mal versucht hatte und kläglich gescheitert war. Sie verzog das Gesicht, als sie an den Orgelunterricht dachte, den sie als Zwölfjährige bekommen hatte. Von Beginn an war ihr bewusst gewesen, dass das nichts für sie war, aber ihre Eltern hatten darauf bestanden. Nicht mal ein Jahr hatte es der Musiklehrer mit ihr ausgehalten, dann hatte er aufgegeben und Elin für absolut untalentiert erklärt. Erst danach hatte sie ihrer eigentlichen Leidenschaft nachgehen dürfen, und die hatte nichts mit Musik zu tun, sondern drehte sich um einen Ball und zwei Tore.

Elin und Thees blieben unter der Orgelempore stehen und lauschten. Derjenige, der da oben am Spieltisch saß, war ein Meister seines Fachs. Seine Finger glitten über die Tasten und entlockten ihnen Töne, die sich zu einer einfühlsamen Melodie zusammenfügten. Elin wurde warm ums Herz, doch schon bald fiel ihr wieder ein, welch trauriger Grund sie hierhergeführt hatte. Ihr Blick schweifte durch die Kirche, deren rosa getünchten Wände ungewöhnlich erschienen, und über die Bänke. Ganz vorne in der ersten Reihe saßen Angelika Eilers und neben ihr ihre Schwägerin Elke Rietmann. Jonnas Vater konnte Elin nicht entdecken und ebenso wenig ihren Onkel Christian Rietmann. Sie vermutete, dass Timo Eilers sich von seinen Angehörigen zu einem Krankenhausaufenthalt hatte überreden lassen und Christian Rietmann der Könner an der Orgel war. Elin suchte weiter nach bekannten Gesichtern und entdeckte die Schulleiterin der Wittmunder Gesamtschule und zwei von Jonnas Mitschülern, die am Tag zuvor am Gespräch im Gemeindehaus in Carolinensiel teilgenommen hatten. Es waren noch deutlich mehr Jugendliche anwesend, die Elin nicht kannte. Vermutlich waren das ebenfalls Klassenkameraden. Sie würde nach dem Gottesdienst versuchen, mit dem einen oder anderen zu sprechen.

Ihr Blick wanderte wieder zu Angelika Eilers und Elke Rietmann, als das Orgelstück endete und Pastor Meiners seine Eröffnungsworte sprach. Jonnas Mutter saß aufrecht mit hocherhobenem Kopf da, während Elke Rietmann ihren Kopf gesenkt hielt. Ihre Schultern bebten leicht, woraus Elin schloss, dass die Frau weinte, während Angelika Eilers wie versteinert wirkte.

Elin musste sich selbst ermahnen, dieses Verhalten nicht als verdächtig zu bewerten. Jeder Mensch trauerte anders, und vielleicht war es so, wie Angelika Eilers gesagt hatte. Vielleicht gab ihr der Glaube so viel Kraft, dass sie nicht am Tod ihrer Tochter zerbrechen würde. So wie Katjas Eltern nicht am Tod ihrer Tochter zerbrochen waren.

Katja! Es war richtig gewesen, dass sie Thees eingeweiht hatte. Es hatte etwas Befreiendes gehabt. Bei Thees würde ihr Geheimnis gut aufgehoben sein. Obwohl Elin ihn erst seit zwei Tagen kannte, war sie sich in diesem Punkt absolut sicher. Sie konnte Thees Conrads vertrauen. Ein sanftes Lächeln legte sich auf ihr Gesicht, als sie an die vergangenen achtundvierzig Stunden dachte, die trotz des schrecklichen Anlasses auch Gutes hervorgebracht hatten. Sie arbeitete gerne mit Thees zusammen. Selbst, wenn er mit seinen Theorien manchmal ein bisschen übers Ziel hinausschoss. Elin erschien es völlig abwegig, dass Moritz Hoferland und Klaas Hemmer das Mädchen gemeinschaftlich ermordet haben sollten. Und auch Thees Verdacht, sie selbst könnte das nächste Opfer des Mondscheinmörders sein, war gewagt. Nur weil sie älter war als die letzte Frau. Dann müsste man streng genommen Millionen von Frauen in Deutschland als potentiell gefährdet einstufen – denen der Killer allerdings keine Adlerkralle ins Bett gelegt hatte, das musste Elin sich eingestehen. Trotzdem. Sie glaubte nicht daran, dass der Typ sie ins Visier genommen hatte. Er spielte mit ihr, ja, aber umbringen würde er sie nicht.

Elin versuchte, den Worten des Pastors zuzuhören. Er sprach nicht direkt über Jonnas Tod, sondern über das Böse allgemein und von der Gabe, vergeben zu können. Im Nu schweiften Elins Gedanken wieder ab, und sie dachte über das aufsteigende Alter der Opfer des Mondscheinmörders nach. Sie hatte nicht gelogen, als sie Thees sagte, sie hätte das bemerkt. Ebenso nicht, dass sie das als zufällig eingestuft hatte. Doch eventuell sollte sie sich das noch mal genauer durch den Kopf gehen lassen. Nur nicht jetzt. Vorerst musste sie sich auf den gegenwärtigen Fall konzentrieren und Jonnas Mörder dingfest machen.

Wieder begann die Orgel zu spielen, dieses Mal wurde sie durch eine Trompete begleitet. Es war die Interpretation eines älteren Liedes der Kelly Family. Elin meinte, sich erinnern zu können, dass es ›David's Song‹ hieß. Ein melancholisches Stück, wunderbar vorgetragen, wie zuvor das von Bach. Die Trompete schien fast zu klagen, während die Orgel sie sanft begleitete. Elin ging ein paar Schritte nach vorne, um auf die weißgestrichene, hölzerne Empore schauen zu können. Es überraschte sie nicht, dass Christian Rietmann diesmal die Trompete spielte. Elin wandte den Blick wieder ab. Als die Musik verstummte und sie erneut nach oben schaute, war Rietmann verschwunden, um nur Sekunden später auf der Treppe, die von der Orgelempore nach unten führte, wieder aufzutauchen. Elin nahm an, dass er nach vorne zu seiner Familie gehen wollte. Aber das tat er nicht. Christian Rietmann ging zur Eingangstür und verließ das Gotteshaus.

»Bin gleich wieder da«, flüsterte Elin Thees zu. »Ich erklär's dir später«, fügte sie noch hinzu, dann folgte sie Jonnas Onkel nach draußen.

Drückende Luft schlug ihr entgegen. Obwohl es erst kurz nach zehn Uhr war, konnte man die Hitze kaum ertragen. Wieder einmal. Elin sah hilfesuchend in den Himmel, aber es war keine Wolke zu erkennen.

Rietmann saß auf einer Bank vor der Kirche und steckte sich eine Zigarette an. Elin trat zu ihm. Er sah auf und zuckte sichtbar zusammen.

»Entschuldigung, ich wollte Sie nicht erschrecken«, versicherte Elin und setzte sich zu ihm. »Sie haben wundervoll gespielt.«

»Die Trompete, meinen Sie?«

»Ja, aber auch die Orgel. Das erste Stück, das waren doch Sie, oder? Es war perfekt.«

Christian Rietmann zuckte mit den Schultern und zog an seiner Zigarette.

»Sind Sie denn schon durch?«

»Mit dem Spielen? Nein, es kommen noch ein paar Stücke. Das dauert aber noch. Im Moment spricht meine Schwester, das wollte ich mir nicht antun.«

Elin blickte überrascht zu ihm. »Warum?«

»Es wird wieder die gleiche Leier sein. Dass es Gottes Wille war, und wir uns dem fügen müssen. Sie haben selbst mitbekommen, wie sie tickt.«

»Sie denken anders?«

»Das tue ich. Verstehen Sie mich bitte nicht falsch, ich bin ein gläubiger Mensch. Das sage ich nicht nur, weil ich ein Angestellter unserer Kirche bin. Gott hat mir durch viele schwierige Phasen meines Lebens geholfen, die ich sonst womöglich nicht gemeistert hätte.«

»Wie zum Beispiel den Tod Ihres Sohnes?«

Ihre Blicke trafen sich, und Elin sah unendliche Trauer in Rietmanns Augen.

»Stimmt«, sagte er leise. »Das hat alles verändert. Svens Tod hat unsere Familie auseinandergerissen. Vorher waren wir so glücklich, wie man nur sein kann. Aber danach …«

Elin legte eine Hand auf seinen Arm. »Bitte, sprechen Sie weiter.«

»Danach war alles ein einziger Scherbenhaufen. Elke und ich konnten uns plötzlich nur noch anschweigen, obwohl wir doch zuvor alles miteinander besprochen haben. Unsere Liebe zueinander ist nicht erloschen, das nicht, aber es fühlte sich plötzlich an, als wenn sie in einem dunklen Raum eingesperrt wäre, diese Liebe. Ohne Hoffnung auf Tageslicht. Maja, unsere Tochter, hatte schon genug mit dem Verlust ihres Bruders zu tun. Sie konnte dieses Schweigen zwischen ihren Eltern nicht länger ertragen. Eigentlich wollte sie in Kiel zu studieren, ganz in der Nähe. Doch wo ist sie jetzt? In Kanada. Weit weg von uns.«

»Das tut mir leid für Sie.«

Rietmann zog noch mal an seiner Zigarette. »Ist hart für meine Frau und mich, ohne Zweifel. Gerade hatten wir noch zwei Kinder, jetzt haben wir keines mehr. Aber das ist unsere Schuld. Zumindest, was Maja betrifft.«

»Und wem geben Sie die Schuld für den Tod Ihres Sohnes?«

Rietmann stand auf und trat seine Zigarette aus. »Niemandem«, antwortete er mit grimmiger Miene. »Sven war zur falschen Zeit am falschen Ort. That's it.«

»Es war nicht Gottes Wille, meinen Sie?«

»Nein, ganz sicher nicht. Auch wenn meine Schwester uns das immer wieder gebetsmühlenartig gepredigt hat.« Wieder sah Elin etwas in seinen Augen, doch diesmal war es keine Trauer. Es war Verachtung.

»Sie haben recht«, erriet er ihre Gedanken. »Meine Schwester und ich haben kein gutes Verhältnis. Hatten wir noch nie. Hätte Elke nicht immer wieder zwischen uns geschlichtet, würden wir wahrscheinlich schon seit Jahren kein Wort mehr miteinander reden.«

»Was ist der Grund dafür?«

»Es gibt viele Gründe, aber der wichtigste dürfte sein, dass wir völlig anders ticken. Sie kann mich nicht verstehen, und ich sie noch viel weniger. Meistens jedenfalls.« Er fuhr sich durch die Haare. »Herrje, ich weiß gar nicht, warum ich Ihnen das alles erzähle.«

»Was ist mit Ihrem Schwager?«

»Sie meinen, wie ich zu Timo stehe? Wir kommen gut miteinander aus. Zum Glück. Sonst hätte ich ihn wohl kaum überzeugen können, für ein paar Tage ins Krankenhaus zu gehen.«

»Und Jonna? Wie war Ihr Verhältnis zu Ihrer Nichte?«

Christian Rietmann schüttelte aufgewühlt den Kopf. »Was soll die Frage? Das haben wir Ihnen doch schon beim ersten

Gespräch gesagt. Das Mädchen war wie eine zweite Tochter für mich und meine Frau. Dass wir sie jetzt auch noch verloren haben, ist eine Tragödie. Ich kann nicht glauben, dass jemand diesem wunderbaren Mädchen so etwas Furchtbares angetan hat. Wenn ich daran denke, reißt es mir den Boden unter den Füßen weg.« Seine Augen füllten sich mit Tränen.

»Es tut mir leid«, sagte Elin und stand ebenfalls auf. »Ich wollte Sie nicht aufregen.«

Christian Rietmann schluckte schwer. »Ich muss jetzt wieder an die Orgel«, raunte er heiser.

»Eins noch, Herr Rietmann. Sie haben gehört, dass wir nach zwei jungen Männern fahnden?«

»Das habe ich in der Tat. Sollten Sie sich nicht besser darum kümmern, anstatt hier zu sein und unsere Trauer zu stören?«

»Es wird mit Nachdruck nach den beiden gesucht, keine Sorge. Kennen Sie Moritz Hoferland und Klaas Hemmer?«

»Nicht persönlich. Nur vom Sehen. Carolinensiel ist nicht so groß, da begegnet man sich zwangsläufig das eine oder andere Mal.«

»Moritz Hoferland hat Jonna gestalkt. Wussten Sie das?«

»Nein, das höre ich zum ersten Mal.«

Elin sah, dass Rietmann die Hände zu Fäusten ballte, als er ihr antwortete. In seinem Gesichtsausdruck lag keine Überraschung. Sie ahnte, dass er log. Aber warum? »Können Sie mir dann vielleicht sagen, ob Jonna in einer Beziehung mit Klaas Hemmer war?«

»Jonna und Klaas Hemmer?« Nun wirkte Rietmann irritiert, hatte sich aber Sekunden später wieder im Griff. »Tut mir leid, davon weiß ich nichts. Vielleicht waren die beiden befreundet, aber eine Beziehung? Wenn es so war, hat meine Nichte es gut verheimlicht. Das würde mich nicht wundern. Angelika hätte das sicher nicht in den Kram gepasst.«

»Warum nicht?«

»Weil sie sich für Jonna mit Sicherheit einen anderen Mann gewünscht hat, als den Sohn eines Kneipiers. War's das denn jetzt? Ich muss wirklich wieder rein.«

»Klar. Nur eine letzte Frage noch. Wir konnten mit Klaas Hemmer sprechen, bevor er verschwand. Er behauptete, dass Jonna ziemlich viel durchgemacht hätte. Haben Sie eine Idee, was er damit gemeint haben könnte?«

»Natürlich. Jonna hat unseren Sven abgöttisch geliebt. Die beiden waren so eng miteinander, dass kein Blatt dazwischen passte. Nachdem er gestorben ist, brach auch für sie eine Welt zusammen. Nach außen hin konnte sie das gut verstecken. Es wussten nur wenige, wie schlecht es ihr ging. Sie muss diesem Klaas sehr vertraut haben, wenn sie mit ihm darüber gesprochen hat.«

»Kann es sein, dass Jonna aufgrund ihrer Trauer Drogen genommen hat?«

»Jetzt fangen Sie schon wieder damit an! Jonna hat mit Sicherheit keine Drogen genommen. Wenn man bei der Autopsie etwas in ihrem Blut nachgewiesen hat, muss etwas anderes dahinterstecken. Es tut mir leid, ich muss jetzt wirklich gehen.«

»In Ordnung, wir können später weiterreden.«

Jonnas Onkel nickte, drehte sich um und eilte davon. Als sich die schwere Eingangstür der Kirche hinter ihm geschlossen hatte, setzte Elin sich wieder auf die Bank und dachte über das Gespräch nach. Christian Rietmann hatte ihr offen Rede und Antwort gestanden, und dennoch hatte sie dieses komische Gefühl, dass etwas mit ihm nicht stimmte. Ihr Instinkt hatte sich geregt, als sie zwei Tage zuvor mit ihm im Haus der Familie Eilers zusammengetroffen war, und jetzt war es wieder so. Etwas, das sie nicht länger ignorieren wollte. Sie würde Schlüter später damit beauftragen, den Mann zu durchleuchten.

Elin schreckte auf, als ein Streifenwagen mit hoher Geschwindigkeit auf die Kirche zufuhr. Mit quietschenden Reifen kam er direkt vorm Portal zum Stehen. »Wenn man vom Teufel spricht«, murmelte Elin. »Besser gesagt, wenn man an ihn denkt.« Sie stand auf. »Wieder so ein dramatischer Auftritt, Schlüter?«, rief sie dem Kollegen entgegen, der aus seinem Wagen gesprungen war und auf sie zulief. »Wo kommen Conrads und ich diesmal zu spät?«

»Ich weiß nicht, was Sie meinen«, erwiderte Schlüter verwirrt. »Aber ist jetzt auch egal. Ich wollte Sie informieren, dass Jonnas Mörder sich gestellt hat. Er ist geständig.«

14

Elin hätte noch Stunden so weitermachen können. Einfach durch den klammen Sand stapfen und die nackten Füße vom Wasser der Nordsee umspielen lassen. Sie holte tief Luft und ließ den Atem langsam wieder entweichen. Es war vermutlich nur ein Hirngespinst, nein, ganz sicher war es das, aber ihre Lunge fühlte sich an, als ob sie gewachsen wäre. Als hätte sie auf einmal vier statt zwei Flügel und könnte doppelt so viel Sauerstoff aufnehmen wie zuvor, obwohl der Tag, wie die beiden vorherigen, lang und anstrengend gewesen war. Dieser Widerspruch wunderte Elin nicht. Von klein auf hatte jeder Aufenthalt am Meer, und wenn er noch so kurz gewesen war, den gleichen Effekt auf sie gehabt. Sie fühlte sich wacher und stärker. In gewisser Weise unbesiegbar. Sie brauchte dieses Gefühl, ahnte jedoch, dass sie und Thees immer noch am Anfang waren, und der Kampf noch längst nicht zu Ende.

Sie lief weiter entlang der Wasserkante durch die kommenden und gehenden Wellen. Meter um Meter, den Blick immer wieder dem Horizont zuwendend, wo die Sonne sich anschickte, als glühend rote Kugel in der Nordsee zu versinken. Wie viel Zeit war wohl vergangen, seitdem sie aus Wittmund zurückgekehrt war? Elin hatte keine Ahnung, und es spielte auch keine Rolle. Hier, in dieser wunderbaren Umgebung zählten die Minuten und Sekunden nicht, die Stunden hingegen, die sie in Wittmund auf dem Polizeikommissariat verbracht hatte, umso mehr. Denn diese Zeit war vergeudet gewesen. Schade drum.

Elins Blick schweifte über den noch immer gut besuchten Strand von Harlesiel und blieb an einem Mann hängen, der mit hochgekrempelten Hosenbeinen und Schuhen in den Händen auf sie zusteuerte.

»Na klar, wo auch sonst?«, rief Thees, noch ein gutes Stück von ihr entfernt.

»Was willst du?«, rief Elin zurück. »Du störst mich beim Brainstormen.«

»So nennt man das also, wenn man sich ohne Erklärung aus dem Staub macht und sich vor der Arbeit drückt.« Er hatte Elin erreicht und lief nun an ihrer Seite durch die anlandenden Wellen.

»Welche Arbeit meinst du? Etwa Teil dieser Farce von heute Nachmittag zu sein?«

»Du nennst es eine Farce?«

»Ich hätte noch mehr Bezeichnungen dafür. Märchenstunde zum Beispiel.«

»Und das hättest du mir nicht schon in Wittmund sagen können? Stattdessen haust du einfach aus dem Verhörraum ab?«

»Ich brauchte frische Luft. Hier denkt es sich besser.«

»Du glaubst also, Detlef Hemmer hat gelogen, als er die Vergewaltigung und den Mord an Jonna zugegeben hat?«

»Was sonst? Er taucht wie aus dem Nichts auf, haut den Kollegen im PK Wittmund ein paar Sätze um die Ohren, und danach kommt nichts mehr. Rein gar nichts. Erst ein Geständnis und dann das große Schweigen im Wald. Findest du das normal?«

»Nun, zunächst einmal finde ich, dass das Geständnis eines Täters immer ein Meilenstein für eine polizeiliche Ermittlung ist, ganz egal, was danach kommt. Und wenn es nur Schweigen ist.«

»Ein Geständnis ist dann ein Meilenstein für die Polizei, wenn es echt ist. Und was das Schweigen betrifft, es hätte meiner Ansicht nach nicht lärmender sein können.«

»Du sprichst mal wieder in Rätseln.«

»Ist doch ganz einfach. Er schweigt, weil es nichts mehr für ihn zu sagen gibt. Ihm ist bewusst, dass jedes weitere Wort von ihm ein Fehler sein könnte, der seine Lüge offenbaren würde. Darum hält er den Mund und verkauft uns für doof. Aber nicht mit mir, sorry.«

»Du bist dir also absolut sicher, dass er nicht der ist, den wir suchen?«

»So sicher, dass ich, statt ihn weiter zu befragen, lieber hier am Wasser laufe und darüber nachdenke, wer es tatsächlich gewesen ist.«

»Das hast du getan?«

Elin errötete. »Okay, erwischt. Die letzte halbe Stunde nicht, das gebe ich zu. Ich musste einfach mal durchatmen.«

»Tut mir leid, wenn ich dich dabei gestört habe.«

»Kein Ding. Kommst du jetzt erst aus Wittmund zurück?«

»Jep.«

»Und er hat weiter geschwiegen?«

»Haha! Wissen willst du es doch, was? Zu deiner Beruhigung, ja hat er. Wie ein Grab.«

»Siehst du!«

»Aber es kam noch eine Info über ihn rein. Es wurde schon mal Anzeige gegen ihn erstattet. Wegen sexueller Belästigung.«

»Na ja, wenn ihn allein diese Tatsache verdächtig macht, würde dieses Land von Verdächtigen nur so wimmeln.«

»Es wäscht seine Hände aber auch nicht gerade rein.«

Elin blieb stehen. »Herrgott noch mal, Conrads. Es ist doch offensichtlich, was Hemmer da tut.«

»Ist es das?«

»Absolut. Er will seinen Sohn schützen.«

»Weil er glaubt, dass Klaas der Mörder ist?«

»Ja, verdammt.«

Thees, der ebenfalls stehen geblieben war, schmunzelte. »Reg dich ab, Bertram. Ich habe wie du keine Sekunde lang geglaubt, dass an dem Geständnis etwas dran ist.«

»Hast du nicht?«

»Nein.«

»Und warum nicht?«

»Weil ich Wilhelmsen schon gestern die Alibis aller Personen aus Jonnas Umfeld habe checken lassen. Auch das von Detlef Hemmer. Er hat sich bei unserem Gespräch in seiner Kneipe so merkwürdig verhalten, dass ich gedacht habe, es kann nicht schaden, ihn zu überprüfen. Er hat an dem Abend, als Jonna ermordet wurde, nachweislich von achtzehn Uhr bis Mitternacht im Möwennest hinter dem Tresen gestanden. Ohne Unterbrechung. Dafür gibt es Dutzende von Zeugen.«

»Du hast das checken lassen? Warum sagst du nichts davon?«

»Ich habe, ehrlich gesagt, nicht mehr daran gedacht, weil es uns in dem Moment nicht weitergebracht hätte. Alle Alibis sind hieb- und stichfest.«

»Auch das von Christian Rietmann?«

»Ja. Er hat den ganzen Abend in der Kirche von Carolinensiel an der Orgel gesessen, das hat das Reinigungspersonal bestätigt. Und er kommt doch ohnehin nicht infrage, weil der DNA-Abgleich eine Verwandtschaft des Täters ausgeschlossen hat. Darüber waren wir uns doch einig. Warum fragst du?«

»Weil ich immer noch ein komisches Gefühl habe, was ihn betrifft. Keine Ahnung, warum. Hast du etwas dagegen, wenn wir ihn trotz Alibi durchleuchten?«

»Können wir machen. Solange wir dadurch nicht die Suche nach Moritz Hoferland und Klaas Hemmer vernachlässigen.«

»Versteht sich von selbst. Apropos DNA-Abgleich: Die Speichelprobe, die man Detlef Hemmer entnommen hat, wird sein Geständnis früher oder später endgültig als Lüge entlarven.«

»Nicht so ganz, Frau Kommissarin. Die DNA wird beweisen, dass er Jonna nicht vergewaltigt hat. Dass er sie nicht getötet hat, leider nicht. Das wäre nach wir vor noch denkbar, wenn …«

»… wenn er nicht so ein unkaputtbares Alibi hätte«, beendete Elin seinen Satz mit hochgezogenen Mundwinkeln.

»Hemmer muss uns für ziemlich beschränkt halten, wenn er meint, dass wir sein Geständnis nicht widerlegen können«, spottete Thees.

»Ich glaube, so weit hat er gar nicht gedacht. Er ist ein verzweifelter Vater, der annimmt, dass sein Sohn etwas Furchtbares getan hat.«

»Aber warum denkt er das? Weil Klaas verschwunden ist? Oder hat er noch andere Anhaltspunkte? Vielleicht sollten wir uns im morgigen Verhör darauf konzentrieren, ihm etwas in dieser Richtung zu entlocken.«

»Im morgigen Verhör? Sag bloß, ihr habt ihn nicht laufen lassen?«

»Warum hätten wir das tun sollen?«

»Weil er schon jetzt nachweislich unschuldig ist, mein Freund?«

»Ja, aber das wissen außer dir zurzeit nur Wilhelmsen und ich. Kann ja nicht schaden, den Hemmer über Nacht noch wegzusperren. Dann ist er morgen vielleicht weichgekocht und bereit zum Plaudern.«

Elin schüttelte mit strafendem Blick den Kopf. »In Ordnung ist das nicht, Kollege.«

Thees zwinkerte ihr zu. »Du kannst mich ja anzeigen, wenn du möchtest.«

»Das mache ich eventuell auch. Aber erst, nachdem ich etwas gegessen habe. Und wer zahlt, dürfte jetzt wohl klar sein.«

»Kein Problem. Solange ich nicht auch noch für das Essen von Zeus und Apollo blechen muss.«

Elin drehte sich um, und erblickte die Personenschützer, die ihnen in einer Entfernung von etwa dreißig Metern folgten. »Die hätte ich beinahe vergessen.«

Thees lächelte. »Wenn das so ist, machen die beiden einen guten Job.«

***

»Was starrst du mich so an?«, fragte Elin zwei Stunden später, als sie mit einer Serviette ihren Mund abtupfte und sie anschließend auf den leeren Teller vor sich legte.

»Ich kann nicht fassen, was ich da gerade miterlebt habe«, sagte Thees ungläubig.

»So? Was denn?«

»Du hast ein Cordon Bleu gegessen. Mit Pommes.«

»Ich weiß. Ich war dabei.«

»Davor hattest du ein Jägerschnitzel. Mit Bratkartoffeln.«

»Stimmt. Gut beobachtet, wenngleich es auch kein Kunststück war. Du hast ja die ganze Zeit auf der anderen Seite des Tisches gesessen.«

»Wie kann eine halbe Portion wie du solche Unmengen essen?«

»Halbe Portion? Pass auf, was du sagst. Ich hatte Hunger. Großen Hunger. In den letzten Tagen sind die Mahlzeiten wahrlich zu knapp ausgefallen. Außerdem hattest du einen Nachtisch. Auf den habe ich verzichtet. Passt also.«

»Es ist ein Unterschied, ob man ein Hauptgericht und ein Dessert verputzt oder zwei ganze Mahlzeiten. Zumal du eine …«

»Nenn mich noch einmal eine halbe Portion, und ich muss wohl oder übel zu meiner Dienstwaffe greifen.«

»Nur zu. Bin gespannt, wie du das bewerkstelligen willst.«

Elin fühlte nach dem Holster und griff ins Leere. Mist, sie hatte den Gürtel mit der Pistole abgelegt. In der Nacht, als es den Presserummel vor dem Haus der Familie Eilers gegeben hatte. Und seitdem nicht wieder an ihn gedacht. Das bedeutete, dass er noch immer in Schlüters Streifenwagen lag.

Thees erriet ihre Gedanken. »Im Auto ist das Schätzchen nicht mehr. Ich habe die Waffe in Verwahrung genommen, du kannst also beruhigt sein. Doch in Anbetracht dessen, dass irre

Typen dir bizarre Souvenirs im Bett hinterlassen, solltest du sie wieder anlegen. Und dauerhaft tragen.«

»Das mache ich«, beteuerte Elin erleichtert. »Danke, du bist mein Held. Unverzeihlich, dass ich so unachtsam mit der Pistole war. Ich habe sie nicht einmal vermisst. Nicht zu glauben. Verrate es bitte nicht meinem Chef.«

»Du hast ganz schöne viele Geheimnisse vor deinem Boss.«

»Du spielst darauf an, dass ich ihm nie gesagt habe, wie eng ich mit Katja befreundet war?«

»Ja. Du sagtest, es wissen nur wenige davon?«

»Innerhalb der Soko nur Corinna, eine Kollegin, mit der ich auch privat öfter etwas unternommen habe.« Elin seufzte. »Das wird wahrscheinlich zukünftig nicht mehr so oft der Fall sein.«

»Warum?«

»Sie bekommt ihr erstes Kind und scheidet aus der Soko aus. Also wird sie bald andere Prioritäten haben als ich.«

»Hm, okay, du hast doch aber bestimmt noch andere Freunde.«

»Nicht wirklich. In den letzten Jahren zählte nur die Arbeit für mich. Die Suche nach Katjas Mörder.«

Thees nickte und nahm einen Schluck Bier aus dem Glas, das vor ihm auf dem Tisch stand. »Erzähl mir von ihr.«

»Da gibt es nicht viel zu erzählen. Wir sind zusammen aufgewachsen, waren Sandkastenfreundinnen, wenn man so will. Sie war im Gegensatz zu mir ein Einzelkind, deshalb war sie oft bei uns daheim. Meine Brüder und ich, wir waren sozusagen ihre Ersatzgeschwister. Meine Eltern nannten Katja immer Sonnenscheinchen. Damit wollten sie mir wohl eins auswischen, weil ich, anders als Katja, eine Rebellin war. Ich lag ständig mit jemandem im Clinch, habe Blödsinn gemacht, wo ich nur konnte. Statt ein Instrument zu erlernen, bin ich lieber auf den Bolzplatz gegangen, um den Jungs in die Hacken zu grätschen. Vorzugsweise meinen eigenen Brüdern.«

»Katja war anders?«

»Komplett. Sie war brav, gab nie Widerworte. Die Schule hat sie mit links gemeistert, und sie war eine vorbildliche Tochter. Es gab nichts an ihr auszusetzen. Sie war … makellos.«

»Hat dich das nicht genervt?«

Elin winkte die Kellnerin herbei. »Du trinkst doch auch noch ein Bier, oder?«

»Sicher.«

Sie gab die Bestellung auf und wandte sich dann wieder Thees zu. »Nein, Katja hat mich nie genervt. Im Gegenteil, ich habe sie sehr lieb gehabt. Und ich wusste, dass sie auch ein klein wenig in ihrer perfekten Welt, in ihrem goldenen Käfig gefangen war. Ich habe immer gehofft, dass sie eines Tages versuchen würde auszubrechen. Als das in Hamburg endlich passiert ist, habe ich mich für sie gefreut. Es war schön mitanzusehen, wie sie flügge wurde und das Leben da draußen für sich entdeckte. Katja war glücklich in diesen Tagen. So glücklich …« Elins Stimme brach und sie war dankbar, dass die Kellnerin an den Tisch kam und zwei Gläser mit frisch gezapftem Bier brachte.

»Ich habe übrigens noch mal über das nachgedacht, was du gesagt hast«, fuhr Elin fort, als die Kellnerin wieder gegangen war.

»Über was genau?«

»Über das aufsteigende Alter der Opfer. Wie gesagt: Die Kollegen der Soko und ich haben dem keine große Bedeutung beigemessen und es als zufällig erachtet, aber …«

»Aber?«

»Je länger ich darüber nachdenke, desto mehr bin ich deiner Ansicht, dass es sehr wohl ein Hinweis sein könnte. Ein sehr wichtiger sogar. Ich greife mal den Faden auf, den du vor Kurzem gesponnen hattest: Nehmen wir an, der Täter will sich wirklich für ein ganz bestimmtes Ereignis in seinem Leben rächen, das, auch rein hypothetisch, sagen wir zwanzig Jahre zurückliegt. Etwas, das in seinen Kindertagen passiert ist und an dem gleichaltrige Kinder beteiligt waren. Dann ist es völlig logisch, dass die Opfer immer älter werden. Weil er diesen Abstand zwischen den Taten einhält. Verstehst du, was ich meine?«

»Klar.«

»Ist wie gesagt nur eine Theorie, die auch gleich wieder zu bröckeln beginnt.«

»Warum?«

»Wie schon gesagt, wir haben das Leben der Opfer detailliert durchleuchtet. Auch deren Kindheit, in Bezug auf Ferienfreizeiten, Familienurlaube und so weiter und so fort. Auf eine Gemeinsamkeit sind wir nie gestoßen. Diese Frauen sind einander nie begegnet. Natürlich können wir uns geirrt oder etwas übersehen haben, und ich werde das noch mal checken lassen, aber, ganz ehrlich, ich sehe schwarz. Aus gutem Grund.«

»Und der wäre?«

»Katja. Ich weiß einfach alles über sie. Da ist nichts, was diese Theorie erhärten könnte. Es gab keine Situation, in der Katja einem anderen Kind, einem anderen Jungen Leid zugefügt hat.«

»Niemand weiß wirklich alles über einen anderen Menschen, Elin.«

»Ich muss dir leider widersprechen. Katja war ein offenes Buch für mich, wie ich eins für sie war. Ich habe eben gesagt, dass wir unsere Kindheit miteinander verbracht haben, und das war wortwörtlich gemeint. Wir waren immer zusammen. Auch in den Ferien, weil ihre Eltern, genau wie meine, nicht das Geld hatten, in den Urlaub zu fahren. Es gab keine Zeltlager, keine Kuren, nichts. Ich kannte alle ihre Freunde.«

»Was ist mit Klassenfahrten? Du hast gesagt, sie wäre zwei Jahre jünger als du gewesen. Dann warst du doch bei solchen Ausflügen nicht dabei.«

»Stimmt. Aber mein jüngerer Bruder Torsten, der mit Katja in dieselbe Klasse gegangen ist. Glaub mir, wenn irgendetwas vorgefallen wäre, hätte er es mitbekommen. Mal abgesehen davon, dass Katja es mir selbst erzählt hätte, egal, was es gewesen wäre.«

»Vielleicht sprichst du trotzdem mal mit deinem Bruder darüber.«

Elin nickte. »Das mache ich bei nächster Gelegenheit.« Das Handy in ihrer Gesäßtasche vibrierte und sie zog es hervor.

»Es ist Sina«, informierte sie Thees, bevor sie das Gespräch annahm. »Hey, Sina! Thees ist bei mir, ich stell mal auf laut, okay?«

»Hallo, ihr zwei.« Sinas Stimme klang gedämpft aus dem Handy. Thees lehnte sich gespannt nach vorne.

»Hast du was Neues für uns? Etwa zu dem Erbrochenen?«

»Sorry, die Analyse dauert noch an. Dafür kann ich bestätigen, dass das Blut in deinem Bett ganz sicher von einem Tier stammt, und zwar von einer Katze. Tut mir übrigens leid, dass dir das passiert ist. War bestimmt ein Schock für dich.«

»Das war es. Zum Glück habe ich mich schnell wieder gefangen.«

»Ich fasse es nicht, dass der Kerl das Risiko eingegangen ist, in das Haus eines Polizisten einzusteigen.«

»Er wollte seine Macht demonstrieren, und das ist ihm auch gelungen. Aber lass uns lieber über etwas anderes reden: Was ist mit den DNA-Analysen der Haarproben von Moritz Hoferland und Klaas Hemmer?«

»Die sind durch. Das hätte ich euch als Nächstes gesagt.«

»Und?«, fragte Elin ungeduldig. »Was ist dabei herausgekommen?«

»Wir haben ein Match.«

»Bei beiden?«

»Nein, nur bei einem.«

15

Stickige Luft schlug Elin am nächsten Morgen entgegen, als sie mit dem Ellbogen die Tür zum Verhörraum öffnete, in dem Thees und Detlef Hemmer saßen.

»Hier ist ein ganz schöner Mief drin«, meinte sie mit gerümpfter Nase, während sie das Tablett auf den Tisch abstellte. »Jemand was dagegen, wenn ich kurz das Fenster öffne?«

»Was soll das bringen?«, jammerte Thees. »Draußen ist es schon wieder brütend heiß, und es weht kein Lüftchen. Aber mach nur, wenn du meinst.«

Elin riss die Fensterflügel weit auf.

»Haben Sie keine Angst, dass ich fliehe?«, spottete Detlef Hemmer mit einem unsympathischen Grinsen im Gesicht.

»Na, da, schau her, er kann ja doch reden!«, erwiderte Elin trocken. Sie ging zurück zum Tisch, nahm eine Tasse vom Tablett und setzte sie vor ihm ab. »Schwarzer Kaffee für Sie, Kamillentee für den Kollegen und mich. Und dann beginnen wir noch mal von vorne, Herr Hemmer. Jetzt, wo Sie die Sprache wieder gefunden haben. Ich würde Ihnen übrigens nicht empfehlen zu fliehen. Wir befinden uns im ersten Stock, das würde sehr schmerzhaft für Sie ausgehen. Abgesehen davon, können Sie gerne die Tür nehmen, denn wir wissen, dass Ihr Geständnis nichts weiter als Schall und Rauch ist.«

»Ach ja?«

»Ja. Als Jonna Eilers zu Tode kam, standen Sie im Möwennest hinter der Theke. Mehrere Gäste können das bezeugen.«

Detlef Hemmer strich sich über sein schütteres Haar. Dann lehnte er sich zurück und verschränkte stumm die Arme vor seinem Oberkörper.

Elin verdrehte die Augen. »Schon wieder Funkstille? Wie Sie wollen. Ich werde Ihnen sagen, was wir sonst noch so alles herausgefunden haben, und dann schauen wir mal, wie Sie darauf reagieren.«

Thees sah sie fragend an, doch Elin ließ sich nicht aufhalten. Seit Stunden hatte Detlef Hemmer sie nun schon wieder hingehalten. Sie hatte genug davon. Jetzt musste etwas her, mit dem sich die Sturheit des Mannes brechen ließ.

»Sie sind in dieses Polizeikommissariat gekommen und haben etwas eingestanden, was Sie nicht getan haben. Die Vergewaltigung und den Mord an der Mitschülerin Ihres Sohnes. Was sind Ihre Beweggründe, haben wir uns natürlich gefragt. Nun, seit gestern Abend wissen wir es. Wir haben Ihnen das vorenthalten, in der Hoffnung, dass Sie von alleine sagen, was Sie über das Verbrechen wissen. Aber da Sie es vorziehen, weiter zu mauern, geben wir unseren Plan auf. Wir müssen hier ja irgendwie weiterkommen. Also: Die Rechtsmedizin hat uns informiert, dass die Sperma-Flecken, die auf dem Laken in der Hütte gefunden wurden, eindeutig ihrem Sohn Klaas zuzuordnen sind. Er war es, der Jonna Eilers vergewaltigt und getötet hat.«

Elin beobachtete Detlef Hemmer genau und sah, wie seine Augen zu flackern begannen und sein Gesicht jegliche Farbe verlor. Die nächsten Sekunden sollten zeigen, ob er den Köder schlucken würde oder nicht.

Sie zeigten jedoch etwas völlig anderes. Nämlich, dass ihr Kollege Thees mehr Temperament hatte, als Elin vermutete. Er packte sie beim Handgelenk, und ehe sie sich versah, befand sie sich in dem schmalen Korridor vor dem Büro wieder.

»Bin ich im falschen Film?«, fragte Thees wütend. »Oder bist du von allen guten Geistern verlassen? Was zum Teufel laberst du da? Klaas war es, der Jonna Eilers vergewaltigt und getötet hat? Diese Behauptung entbehrt jeglicher Grundlage. Wir haben lediglich den Beweis, dass eine der Sperma-Spuren von

Klaas Hemmer stammt, ja. Hätte Hemmer von seinem Recht Gebrauch gemacht und einen Anwalt zu diesem Gespräch hinzugezogen, dann müssten wir uns jetzt warm anziehen, weil wir absolut keinen Beweis haben. Denn dass Klaas und Jonna Sex hatten, ist keiner, verdammt, solange die Möglichkeit besteht, dass das Mädchen freiwillig mit ihm geschlafen hat. Außerdem ist seit gestern klar, dass noch ein anderer Mann im Spiel war, über den wir bislang nichts wissen. Nämlich der, von dem der zweite Sperma-Fleck stammt. Wir sollten uns darauf konzentrieren, statt hier irgendwelche Räuberpistolen zu erzählen.«

Elin befreite sich aus seinem Griff. »Willst du nicht mal Luft holen, Conrads? Nicht, dass du am Ende noch blau anläufst und kollabierst.«

»Das ist nicht witzig, Elin.«

»War auch nicht als Witz gemeint. Heiliger Strohsack, ich hätte nie gedacht, dass du so explodieren kannst! Ich hätte dich vorher einweihen sollen, sorry.«

»Einweihen? In was denn einweihen, verflixt noch mal?«

»Kannst du bitte mal runterkommen, Thees? Es gibt nämlich keinen Grund sich aufzuregen. Ich glaube weder, dass Klaas Hemmer Jonna vergewaltigt hat, noch, dass er sie ermordet hat. Das, denke ich, war der Unbekannte, auf dessen Suche wir uns bald konzentrieren werden, versprochen.«

»Und warum hast du gegenüber Detlef Hemmer gelogen?«

»Um aus ihm herauszukitzeln, warum er meint, seinen Sohn schützen zu müssen. Wäre doch möglich, dass wir daraus Rückschlüsse ziehen können. Wo Klaas sich aufhält, zum Beispiel. Und Moritz.«

»Und Moritz? Ich kann dir echt nicht mehr folgen, Elin. Die beiden sollen gemeinsam abgetaucht sein? Merkst du selber, nicht?«

Elin stöhnte leise auf. »Mann, Conrads, du stehst echt auf der Leitung. Wenn du in ein Mädchen verliebt wärst, das vergewaltigt und umgebracht wurde, und du wärst dir sicher, den Täter zu kennen, was würdest du tun?«

»Die Polizei verständigen?«

»Sehr gut. Aber was, wenn du in diese kein Vertrauen hättest?«

Thees blieb stumm, aber man sah, dass es in seinem Kopf arbeitete. »Klaas hat sich Moritz geschnappt und hält ihn irgendwo fest, denkst du das?«

»Halte ich zumindest für sehr wahrscheinlich.«

»Um was mit ihm zu tun?«

»Das weiß ich nicht, und ich möchte es mir auch gar nicht vorstellen. Ich hoffe, dass er keine Dummheiten macht. Wenn er Jonna wirklich geliebt hat, ist leider alles möglich.«

»Sie glauben, Mike hat Moritz Hoferland gekidnappt?«

Elin und Thees fuhren herum. Vor ihnen stand eine junge Frau mit langem rötlichem Haar und verweinten Augen.

»Wer bist du?«, fragte Elin verwundert. »Und von welchem Mike redest du?«

»Ich bin Astrid Meier, Jonnas beste Freundin. Gestern bin ich aus dem Zeltlager zurückgekommen. Die Polizisten haben meiner Mutter gesagt, dass ich mich bei Ihnen melden soll, wenn ich wieder daheim bin. Ich bin zum Haus von dem Schlüter, weil es hieß, dass Sie da Ihr Büro haben, aber da waren Sie nicht. Darum bin ich mit dem Bus nach Wittmund gefahren. Unten bei der Anmeldung haben Sie mir gesagt, dass ich Sie hier finde.«

»Ah ja, Astrid, ich erinnere mich«, sagte Elin. Sie atmete tief durch. Wie viel hatte das Mädchen mitgehört? »Schön, dass du gekommen bist. Wir würden uns gerne in Ruhe mit dir unterhalten. Du müsstest allerdings ein wenig warten, weil wir noch ein anderes Gespräch weiterführen müssen. Aber eins müssen wir sofort wissen: Wer ist Mike, und wie kommst du darauf, er hätte Moritz Hoferland gekidnappt?«

»Das haben Sie selbst gesagt. Ich bin gerade die Treppe hinaufgekommen, da haben Sie gemeint, dass der, der Jonna geliebt hat, Moritz gefangen hält. Mike ist Jonnas fester Freund.«

Elin sah Thees an, der völlig perplex war. So wie sie selbst auch.

»Mike, sagst du?«, fragte er atemlos. »Wie lautet sein Familienname?«

»Das weiß ich nicht«, antwortete Astrid achselzuckend. »Jonna hat ein ziemliches Geheimnis um ihn gemacht. Ich weiß nur, dass er älter ist als sie und als Kellner auf Wangerooge arbeitet. Sie ist immer zu ihm rübergefahren, meistens montags.«

Elin rieb sich die Schläfen, hinter denen es gefährlich pochte. »Du kennst diesen Mike nicht persönlich?«

»Nein. Wie gesagt, Jonna hat mir nur sehr wenig über ihn erzählt. Außer mir wusste niemand von ihm, auch nicht ihre Familie.«

»Warum diese Heimlichtuerei?«

»Wegen ihrer Mutter. Frau Eilers kann sehr speziell sein. Besonders, was ihre Tochter betrifft. Jonna hatte Angst, dass ihre Mutter ihr den Umgang mit Mike verbieten würde. Sie war sehr verliebt in ihn. Geradezu geschwärmt hat sie von ihm.«

»Weißt du, wie dieser Mike aussieht? Hat Jonna dir vielleicht mal ein Bild von ihm gezeigt?«

»Nein, ich weiß nur, dass er groß sein muss. Ein gutes Stück größer als Jonna es ist.« Astrid stockte und ihre Augen füllten sich mit Tränen. »Als Jonna es war«, fügte sie mit zitternder Stimme hinzu.

Thees legte ihr eine Hand auf die Schulter. »Es ist schwer für dich, das wissen wir. Aber kannst du uns sagen, woher du weißt, dass er groß sein muss?«

Astrid schluckte und wischte die Tränen beiseite. »Jonna hat sich vor ein paar Wochen High Heels zugelegt. Mit wahnsinnig hohen Absätzen. Sie konnte kaum darauf laufen. Das hat sie bei mir zu Hause geübt, weil Frau Eilers nicht mitbekommen sollte, dass sie solche Schuhe trägt. Ich habe sie gefragt, was das Ganze soll. Jonna hat gemeint, sie würde nicht immer wie ein Zwerg neben Mike aussehen wollen.«

Thees strich ihr noch mal über die Schulter. »Okay, danke erst mal. Ich möchte dich bitten, im hinteren Bereich des Korridors auf einem der Stühle Platz zu nehmen. Die Kollegin und ich sind noch anderweitig beschäftigt. Wäre es in Ordnung für dich zu warten?«

Astrid nickte stumm. Dann drehte sie sich um und ging mit hängenden Schultern den Gang hinunter.

»Würde sagen, der Unbekannte ist kein Unbekannter mehr«, stellte Thees fest.

Elin rieb sich erneut die Schläfen, da das Pochen unerträglich wurde. »Aber wenn dieser Mike Jonnas Freund war und nicht Klaas, dann …«

»Dann?«

Elin schüttelte den Kopf. »Ach, ich weiß doch auch nicht. Langsam aber sicher verstehe ich gar nichts mehr.«

»Lass uns wieder reingehen und erst die Baustelle Detlef Hemmer abarbeiten. Danach sehen wir weiter. Bin gespannt, ob deine Methode funktioniert und er was Brauchbares ausspuckt. Künftig informierst du mich aber bitte vorher über solche Aktionen.«

»Sicher. Ich will schließlich nicht riskieren, dass du dich noch mal so aufregen musst und einen Herzinfarkt bekommst. Oder zu einem Werwolf mutierst, so wie eben.«

Thees gab ihr einen Schubs. »Zügele deine Worte, Bertram«, knurrte er, aber seine Augen lachten.

»Wollen wir dann?«

»Unbedingt.«

Elin drückte die Türklinke zu dem Verhörraum herunter, doch als sie das Zimmer betrat, wäre sie es beinahe gewesen, die einen Herzinfarkt erlitten hätte. Detlef Hemmer saß nicht mehr auf seinem Stuhl, sondern stand auf dem Sims zwischen den weit geöffneten Flügeln des Fensters. Elin überlegte nicht, beruhigend auf den Mann einzureden. Sie erwog auch nicht, sich mit Thees auszutauschen, was am besten zu tun wäre. Sie dachte ehrlicherweise gar nichts, als sie einen Satz nach vorne machte und Detlef Hemmer mit einem Ruck vom Fenstersims herunterriss. Der Mann landete mit einem lauten Schmerzensschrei direkt vor ihr auf den Knien.

»Sind Sie wahnsinnig?«, schnauzte sie Hemmer an. »Was soll der Unsinn?« Sie fasste ihn am Ellenbogen, um ihm aufzuhelfen, aber er schob ihre Hand beiseite. Mühsam rappelte er sich hoch und ließ sich wieder auf seinen Stuhl nieder. »Sie hätten mich springen lassen sollen«, raunte er. Dann schlug er die Hände vors Gesicht und schluchzte hörbar.

Thees lehnte sich vor ihn an die Tischkante. »Was ist los, Herr Hemmer?«, fragte er sanft. »Wollen Sie uns nicht sagen, was Sie bedrückt?«

Detlef Hemmer nahm die Hände wieder nach unten. »Kommissarin Bertram … sie … sie hatte recht«, stammelte er.

»Sie hatte recht? Womit?«

»Klaas. Mein Sohn. Er hat Jonna Eilers vergewaltigt.«

»Wie bitte?«, fragten Elin und Thees wie aus einem Munde.

»Er hat sie vergewaltigt. Das weiß ich von ihm selbst, aber …«

»Aber was?«, hakte Thees nach.

»Aber er hat sie nicht getötet. Hat er jedenfalls behauptet. Ich weiß bloß nicht, ob man ihm das glauben kann.« Er senkte den Kopf. »Was, wenn er lügt? Wenn er es doch war? Ich wollte ihn schützen. Auch wenn ich meine Kneipe verloren hätte. Eigentlich habe ich das so oder so. Ich kann einpacken in Carolinensiel. Niemand wird mehr einen Fuß ins Möwennest setzen. Mein Sohn ist ein Vergewaltiger und vielleicht auch ein Mörder, das ist … das ist…« Hemmers Stimme brach und er vergrub erneut das Gesicht in seinen Händen.

Elin und Thees sahen sich an, und in seinem Blick fand Elin ihre eigenen Gefühle wieder. Verwirrung und Fassungslosigkeit.

»Es ist amtlich«, murmelte Elin. »Jetzt verstehe ich wirklich nichts mehr.«

1 6

»Alles in Ordnung, Elin?«, fragte Thees, als die Tür sich hinter Detlef Hemmer und den Sanitätern geschlossen hatte, die den Mann zur Sicherheit ins Krankenhaus bringen würden. Elin glaubte zwar nicht, dass er noch mal versuchen würde, seinem Leben ein Ende zu setzen, aber man konnte nie wissen.

»Elin?«, sprach Thees sie erneut an. »Ich habe gefragt, ob alles in Ordnung ist?«

Sie nickte, obwohl ihr übel war. Dermaßen übel, dass sie am liebsten zum nächsten Klo gerannt wäre und sich übergeben hätte.

»Man muss das erst einmal sacken lassen, was der Mann uns gerade erzählt hat«, sagte Thees.

Im wahrsten Sinne des Wortes

, dachte Elin, und versuchte angestrengt, ihren krampfenden Magen zu ignorieren.

»Was geht in deinem Kopf vor? Du siehst verärgert aus.«

Elin rieb sich über den Nasenrücken. »Ich sehe nicht verärgert aus, sondern wie jemand, der gnadenlos gescheitert ist. Aber da will ich im Moment noch nicht drüber nachdenken. Wir müssen Jonnas Freundin befragen. Würdest du sie holen?«

»Natürlich.« Thees stand auf und ging zur Tür. Bevor er den Raum verließ, drehte er sich noch einmal um. »Sei nicht so streng mit dir, Elin. Damit tust du dir und der Lösung des Falls keinen Gefallen.« Damit ging er und ließ Elin in dem kargen Büro zurück.

Elin wusste, dass er recht hatte. Trotzdem war es für sie schwer zu verdauen, dass sie sich so in Klaas Hemmer geirrt hatte. Wenn es einem Siebzehnjährigen gelang, sie derart zu täuschen, wie um Himmels willen sollte sie dann eines Serienkillers habhaft werden?

Sie ballte die Fäuste. Nein, diese Zweifel durfte sie nicht zulassen. Nicht jetzt. Das Gespräch mit Jonnas Freundin war einfach zu wichtig. Astrid hatte eine neue Figur ins Spiel gebracht, die von immenser Bedeutung für den Tathergang sein könnte. Daher hatte Elin sich jetzt gefälligst auf diese Befragung zu konzentrieren. Sie zählte in Gedanken bis zehn, um sich zu beruhigen. Dann wartete sie, bis sich die Tür wieder öffnete und Thees mit dem Mädchen im Schlepptau zurückkehrte.

»So, da bringe ich dir Astrid Meier, Jonnas Freundin«, verkündete der Kollege und lächelte. »Ich dachte, ich lasse euch Mädels alleine, damit ihr in Ruhe reden könnt. In der Zwischenzeit schlage ich mich mit dem Papierkram rum, den Hemmers kurzzeitiger Aufenthalt hier mit sich gebracht hat.«

Es war nicht abgesprochen gewesen, dass nur Elin das Mädchen befragte, aber ein Blick auf Astrid Meier genügte, um zu erkennen, dass sie nervös war. Als hätte sie der Mut vor der eigenen Courage verlassen. Man würde einfühlsam vorgehen müssen, was Thees wohl eher ihr, Elin, zutraute. Sie nahm sich vor, ihn nicht zu enttäuschen.

»Ist okay«, stimmte sie zu. »Geh ruhig. Astrid und ich werden das auch allein hinbekommen, nicht wahr?«

Das Mädchen nickte.

Für eine Weile war es totenstill im Zimmer, nachdem Thees gegangen war. Schließlich brach Elin das Schweigen. »Setz dich doch, bitte!«

Das Mädchen nahm auf der anderen Seite des Tisches Platz, dort, wo eben noch Detlef Hemmer gesessen hatte.

»Wissen deine Eltern, dass du hier bist?«

»Meine … äh, meine Mutter weiß es«, antwortete Astrid zögerlich. »Mein Vater ist tot. Er ist letztes Jahr an Krebs gestorben.«

»Das tut mir leid«, sagte Elin. »Möchtest du, dass ich deine Mutter anrufe? Sie sollte an diesem Gespräch teilnehmen. Du bist noch nicht volljährig.«

»Meine Mutter ist bei der Arbeit. Es ist okay, ich … ich kann das hier auch ohne sie machen.«

»Sicher?«

»Ja.«

»Okay, wie du möchtest.« Elin schlug das Notizheft auf, das vor ihr auf dem Tisch lag, und nahm einen Kugelschreiber zur Hand. »Ist es in Ordnung, wenn ich mir ein paar Notizen mache?«

»Ja, aber eigentlich habe ich Ihnen schon alles gesagt, was ich weiß.«

»Sicher. Aber ich möchte mit dir nicht nur über diesen Mike sprechen. Erzähl mir etwas von Jonna.«

Astrid schluckte und ihre Augen füllten sich mit Tränen. »Was wollen Sie denn wissen?«, flüsterte sie kaum hörbar.

»Wie war sie? Ich habe schon vieles über sie gehört. Gute, aber auch schlechte Dinge. Wie würdest du sie beschreiben?«

»Jonna war … sie war ein sehr lieber Mensch. Der liebste, den ich hatte. Neben meiner Mutter.«

»Ihre Familie meinte, dass sie wie ein Engel war. Würdest du das auch so sagen?«

»Engel ist vielleicht ein bisschen too much. Jonna hatte auch ihre Schwächen. Sie konnte sehr launisch sein. Das hat sie dann gerne an anderen ausgelassen.«

»Auch an dir?«

Astrid nickte.

»Hatte sie eine solche Phase nach dem Tod ihres Cousins?«

»Ja. Als Sven verunglückt ist, war sie am Boden zerstört. Eine Zeit lang war sie völlig verändert. An manchen Tagen unausstehlich, an anderen tieftraurig und dann wiederum beinah apathisch. Erst, als sie eine Therapie gemacht hat, wurde es besser.«

»Astrid, es fällt mir nicht ganz leicht, aber ich muss dich das fragen. Es gibt Gerüchte, dass Jonna ziemlich freizügig war. Stimmt das?«

Das Mädchen sah sie fragend an. »Freizügig? Wie meinen Sie das?«

»Nun, sie soll leicht zu haben gewesen sein.«

»Das ist Bullshit«, stieß Astrid mit funkelnden Augen aus. Ihre Nervosität schien mit einem Schlag verflogen. »Ich kenne diese Gerüchte, und ich bin so wütend deswegen. Vielleicht ist dieses Gerede der Grund, dass Jonna vergewaltigt und umgebracht wurde. Wenn das so ist, dann hat einer ganz sicher Schuld auf sich geladen. Und zwar Hoferland, dieser Psycho.«

»Wir haben auch schon von einer anderen Person gehört, dass Moritz Hoferland für diese üble Nachrede verantwortlich war.«

»Sie meinen Klaas Hemmer?«

Elin sah sie überrascht an.

»Na ja, die Polizei sucht überall nach Moritz und Klaas, da war das nicht schwer zu erraten. Außerdem kam der Vater von Klaas doch eben gerade aus diesem Büro.«

»Gut beobachtet.«

»Warum waren Rettungssanitäter bei ihm?«

»Eine reine Vorsichtsmaßnahme, nichts weiter.«

»Haben die Hemmers etwas damit zu tun? Ich meine, mit Jonnas Tod?«

»Tut mir leid, dazu darf ich dir nichts sagen. Ich möchte dich aber fragen, was du von Klaas hältst. Er ist doch ebenso wie Moritz ein Klassenkamerad von dir, oder?«

»Ja«, antwortete Astrid verächtlich. »Und er ist eine genauso miese Ratte wie Hoferland, das können Sie mir glauben. Eigentlich noch schlimmer. Moritz kann man relativ schnell durchschauen, Klaas hingegen hat ein wahnsinniges Talent, sich zu verstellen. Er macht auf Kumpel und wanzt sich an, dabei ist das alles nur Taktik.«

»Er wanzt sich an? Hat er das auch bei Jonna gemacht?«

»Ja, und ob. Ich habe sie oft vor ihm gewarnt, aber sie wollte davon nichts wissen. Hat das, was ich über ihn gehört hatte, als Schwachsinn abgetan.«

»Was hast du denn gehört?«

»Na, dass er auf Partys Mädchen etwas ins Getränk gibt.«

»Um sie wehrlos zu machen?«

Astrid nickte stumm, und Elins Magen drehte sich erneut, weil sie wieder daran erinnert wurde, dass sie sich in Klaas geirrt hatte. Schrecklich geirrt.

»Wobei ich schon denke, dass er wirklich etwas für Jonna übrighatte.« Astrid riss sie aus den Gedanken.

»Du glaubst, er hatte Gefühle für sie?«

»Ja. Aber er hätte niemals eine Chance bei ihr gehabt. Dazu war sie viel zu sehr verliebt.«

»In diesen Mike?«

»Genau.«

»Bevor wir zu ihm kommen, möchte ich noch mal Jonnas Familie ansprechen. Du hast gesagt, dass Jonnas Verhältnis zu ihrer Mutter sehr speziell war?«

»Frau Eilers hat sie geradezu krankhaft bemuttert. Sie war irgendwie immer da. Wenn Jonna nicht zu Hause war, hat sie sie pausenlos angerufen. Wollte über jeden ihrer Schritte Bescheid wissen. Es war die totale Kontrolle. Das sind nicht meine Worte, so hat Jonna es selbst mal genannt.«

»Und trotzdem hat sie es geschafft, die Beziehung zu ihrem Freund vor ihrer Mutter zu verheimlichen?«

»Das hat sie. Und darauf war sie stolz.«

»Wie stand Jonna zu ihrem Vater?«

»Im Großen und Ganzen war sie okay mit ihm, glaube ich. In der letzten Zeit gab es den einen oder anderen Streit. Jonna hat mir nicht gesagt, weswegen, aber ich konnte es mir denken.«

»So?«

»Jonnas Eltern haben schon seit Längerem Probleme. Herr Eilers … nun, er hat seine Frau betrogen.«

»Er ist fremdgegangen?«, fragte Elin verdutzt.

»Ja. Das hat Jonna ihm ziemlich übelgenommen, und ihre Mutter selbstverständlich auch. Als Frau Eilers es herausgefunden hat, wollte sie ihren Mann sogar aus dem Haus werfen. Wissen Sie, es gehört nämlich ihr. Hat sie geerbt. Von ihren Eltern.«

»Du meinst die eine Doppelhaushälfte? Die andere gehört sicher ihrem Bruder, Christian Rietmann?«

»Nee, soviel ich weiß, gehören beiden Haushälften der Eilers.«

»Hm, okay. Noch mal zum Seitensprung von Jonnas Vater.« Astrids Mundwinkel wanderten nach oben.

»Was ist?«, fragte Elin irritiert.

»Sorry, aber dieses Wort ist echt ein bisschen schräg.«

»Welches Wort?«

»Na, Seitensprung. Finden Sie nicht?«

Elin schmunzelte ebenfalls. Das Mädchen hatte recht.

»Nenn es, wie du möchtest. Kannst du mir sagen, wer die Frau war, mit der Timo Eilers angeblich etwas hatte?«

Astrid schwieg.

»Oder war es ein Mann?«

»Nein«, sagte das Mädchen hastig. »Es war eine Frau. Jonna hat mir erzählt, wer es war. Mir fällt es nur nicht leicht, ihren Namen zu nennen. Die Frau hat es sowieso schon nicht leicht, da braucht es nicht noch weiteres Gerede.«

Elin lehnte sich zurück und schlug ein Bein übers andere. »Wer ist es, Astrid?«

»Es ist … es ist Frau Hoferland.«

Elin schnappte nach Luft. »Anna Hoferland, die Mutter von Moritz?«

»Ja. Es war nur eine kurze Affäre, aber als sie zu Ende war, ging es Frau Hoferland wohl sehr schlecht. Jonna dachte, dass das auch der Grund dafür war, dass Moritz Gerüchte über sie verbreitet hat. Weil er auf alle einen Hass hat, die Eilers heißen.«

»Wie stand Jonna zu den Rietmanns?«

»Nun, mit ihrer Tante Elke war sie richtig dicke. Wenn Jonna etwas bedrückt hat, ist sie meistens zu ihr, um sich auszuheulen. Elke ist mein Anker in stürmischer See, hat sie mal gesagt.«

»Und Christian Rietmann? War er auch so etwas wie ein Anker für sie?«

»Er für sie und sie für ihn, ja. Ihm ging es nach Svens Tod genauso schlecht wie ihr. Sie haben sich gegenseitig Kraft gegeben.«

»Hört sich für mich an, als ob Jonna den Rietmanns wesentlich nähergestanden hätte als ihren eigenen Eltern.«

»Das war so, keine Frage.«

Elin starrte auf das weiße Papier vor sich. Sie hatte noch kein einziges Wort geschrieben, zu vertieft war sie in dieses Gespräch gewesen. Zu überraschend war einiges gewesen, das sie gehört hatte.

Sie räusperte sich. »Du hast eben gesagt, dass Moritz einen Hass auf die Familie Eilers gehabt haben könnte. Meinst du, dass er fähig gewesen wäre, Jonna zu töten?«

»Nicht wirklich. Er ist zwar ein kranker Nerd, aber auf mich macht er immer den Eindruck, dass er ein Hund ist, der bellt, aber nicht beißt. In seinem Kopf gehen bestimmt viele schlimme Dinge vor, aber eben nur in seinem Kopf.«

Elin dachte an den Hefter aus Moritz' Zimmer mit den abartigen Zeichnungen und den Zeitungsartikeln über den bestialischen Mord an der Journalistin Kim Wall, und sie erschauderte.

»Was weißt du über die schlimmen Dinge, die in seinem Kopf vorgehen?«

»Zum Glück nicht viel. Irgendwann hat er einmal damit geprahlt, dass er jemanden kalt machen würde. Wahrscheinlich eine Frau. Und vorher würde er sie foltern.«

»Das hast du ihm nicht geglaubt?«

»Wie soll jemand eine Frau foltern und ermorden, der schon umfällt, wenn ein Mitschüler Nasenbluten hat? Das war nur dummes Geschwätz.«

»Traust du es Klaas zu? Eine Vergewaltigung und einen Mord?«

»Eine Vergewaltigung ganz sicher. Aber einen Mord? So ohne Weiteres, ehrlich gesagt, nicht. Allerdings hat Klaas nicht nur anderen Drogen untergejubelt, er ist selbst oft genug stoned. Keine Ahnung, ob er dann zu einem Mord fähig wäre. Man hat ja schon oft gehört, dass Leute im Drogenrausch durchdrehen. Vielleicht er auch, wer weiß.«

Elin legte den Kugelschreiber nun endgültig weg. Es war nicht nötig, etwas zu notieren. Jedes Wort von Astrid hatte sich in ihr Gehirn eingebrannt. Nichts davon würde sie vergessen.

»Okay«, sagte sie. »Kommen wir nun zu Mike. Du hast dem, was du uns auf dem Flur erzählt hast, nichts hinzuzufügen?«

Astrid nickte. »Ich habe Ihnen alles gesagt, was ich über ihn weiß.« Sie sah plötzlich nachdenklich aus.

Elin bemerkte, dass das Mädchen etwas beschäftigte. »Da ist doch noch etwas, habe ich recht? Ich sehe es dir an. Was ist es? Sag es mir, Astrid.«

Jonnas Freundin seufzte. »In Ordnung. Aber nur, wenn Sie mir versprechen, nicht schlecht von Jonna zu denken. Denn sie war nicht schlecht. Sie war verliebt, das ist alles.«

»Einverstanden.« Elin sah Astrid erwartungsvoll an.

Ein paar Sekunden vergingen, dann sprach das Mädchen weiter.

»Wasser? Cola? Apfelsaft?« Schlüter stand vor dem offenen Kühlschrank in der Küche seines Hauses und sah Elin an.

»Nichts davon. Ich brauche jetzt was anderes. Haben Sie einen Schnaps?« Sie setze sich und ignorierte den strafenden Blick von Thees.

»Elin, ich weiß, wie du dich fühlst. Mir geht es ganz ähnlich. Aber schau mal auf die Uhr! Es ist drei Uhr nachmittags und wir sind noch im Dienst.« Thees wandte sich an Schlüter. »Sie trinkt ein Wasser.«

»Trinkt sie nicht«, widersprach Elin. »Schlüter, holen Sie einen Schnaps! Bitte. Kollege Conrads und die Dienstvorschriften werden das verkraften. Ich brauche etwas, damit ich wieder klar denken kann. In diesem Fall ist ein Schnaps also quasi Medizin.«

Schlüter grinste. »Zu Befehl, Frau Kommissarin. Einen Moment.« Er verließ die Küche.

»Was soll denn das?«, sagte Thees kopfschüttelnd und setzte sich zu ihr an den Tisch.

Elin rollte mit den Augen. »Wie alt bist du, Conrads? Hundert? Ich habe nicht gesagt, dass ich mich sinnlos betrinken möchte, aber ich habe echt daran zu knacken, dass ich mich in Klaas Hemmer zu hundert Prozent getäuscht habe. Keine Ahnung, wann mir das das letzte Mal passiert ist. Ich ärgere mich so. Bei dem Gespräch im Gemeindehaus … ich meine, da hat er uns voll verarscht. Vor allem mich.«

»Ich hatte dir doch gesagt, dass er eine Show abgezogen haben könnte.«

»Das hast du, und ich wollte es nicht hören. Weil ich ja eine ach so geniale Ermittlerin bin.«

»Das bist du auch.«

»Eben nicht. Ich hätte niemals auf ihn reinfallen dürfen. Weißt du was? Am besten, ich fahre zurück nach Hamburg, und du machst hier alleine weiter. Oder mit deinem Kollegen aus Aurich. Wie hieß der noch gleich? Heckhuis?«

»Ja, Heckhuis. Den lassen wir mal schön bei seiner Frau und den Babys, und du bleibst gefälligst hier. Die geniale Ermittlerin hatte einen kleinen Rückschlag, das stimmt, aber das wird sie nicht daran hindern, zur Höchstform aufzulaufen. Schon bald.«

Elin winkte mit finsterer Miene ab.

In diesem Moment kehrte Schlüter in die Küche zurück. Er hatte zwei Flaschen in der Hand. »Was darf es sein, Frau Kommissarin? Küstennebel oder Friesengeist?«

»Geben Sie ihr einen Friesengeist«, riet Thees. »Ob ihr das helfen wird, klarer zu denken, weiß ich nicht. Aber aufmuntern wird es sie zweifellos.«

Schlüter grinste. »Da bin ich ganz Ihrer Meinung.« Er holte aus einem der Küchenschränke drei Schnapsgläser und ein kleines Kupferpfännchen hervor.

»Was wird das?«, fragte Elin misstrauisch.

»Wenn wir schon Friesengeist trinken, dann muss es auf die traditionelle Weise sein.«

»Die da wäre?«

»Lassen Sie sich überraschen.«

»Ich hasse Überraschungen.«

Schlüter lachte. »Höre ich da Feigheit vorm Feind, Frau Kommissarin?«

»Ganz schön vorlaut, Kollege. Also gut, überraschen Sie mich.«

Schlüter schenkte die klare Flüssigkeit in die drei Gläser ein und zündete sie mit einem Feuerzeug, das er aus seiner Hosentasche zog, an. Ein paar Sekunden ließ er den Schnaps brennen, dann löschte er, unter Elins argwöhnischer Beobachtung, die Flammen mit dem Kupferpfännchen.

»Das war sie jetzt, die Tradition?«, fragte sie.

»Noch nicht ganz.« Schlüter reichte ihr und Thees jeweils eines der Schnapsgläser und erhob dann sein eigenes. »Es fehlt der Trinkspruch: ›Wie Irrlicht im Moor, flackert's empor, lösch aus, trink aus, genieße leise auf echte Friesenweise, den Friesen zur Ehr vom Friesengeist mehr.‹ Und jetzt runter damit.«

Er leerte das Glas mit einem Schluck, und Elin tat es ihm gleich. »Verflixt noch mal«, fluchte sie hustend und um Luft ringend. »Das ätzt einem ja die Speiseröhre weg.«

Thees, der ebenfalls getrunken hatte, setzte sein Glas wieder auf den Tisch. »War klar, dass sie das umhaut«, stellte er amüsiert fest. »Emsländer können eben nichts …«

Elin versetzte ihm einen Stoß. »Hältst du wohl die Klappe, Conrads? Statt zu lästern, solltest du dich auf die Arbeit konzentrieren. Wir haben einen Fall zu lösen.«

Thees klappte die Kinnlade herunter. »Du bist unglaublich, weißt du das? Gerade eben wolltest du noch hinschmeißen, und nun das?«

Elin grinste. »Ich glaube, es liegt an diesem Gesöff. Muss ich mir merken. Okay, Schlüter, spitzen Sie die Ohren. Conrads wird Sie auf den neusten Stand bringen.«

Der junge Kollege lehnte sich zurück und schlug ein Bein über das andere. »Ich bin gespannt. Da ist man mal einen Tag nicht im Dienst, und schon passiert etwas, das die Kommissare nach Alkohol rufen lässt.«

»Sie haben mitgetrunken, Schlüter«, erinnerte Thees ihn streng. »Doch genug davon. Kollegin Bertram hat recht, wir müssen schauen, dass wir die neusten Infos auswerten. Also: Das Geständnis von Detlef Hemmer können wir vergessen. Er hat mit dem Verbrechen an Jonna Eilers nichts zu tun. Sein Sohn Klaas hingegen schon.«

»Bitte?«, stieß Schlüter erstaunt aus. »War Kommissarin Bertram nicht der Ansicht, dass …«

»Das war sie«, unterbrach ihn Elin. »Sie lag falsch. Bitte sprich weiter, Thees.«

»Klaas Hemmer hat seinem Vater nach dem Gespräch, das wir mit ihm im Gemeindehaus geführt haben, offenbart, dass er das Mädchen vergewaltigt hat. Er stand, laut seinem Vater, zum Tatzeitpunkt unter Drogen, hatte Ecstasy intus und hat auch Jonna gezwungen, etwas zu nehmen. Die Tabletten, die wir in ihrem Rucksack gefunden haben, waren demnach vermutlich von Klaas Hemmer. Zwischenzeitlich hat uns auch Dr. Mertens davon in Kenntnis gesetzt, dass Jonna zwar Substanzen im Blut hatte, als sie starb, dass sie aber keinesfalls über einen längeren Zeitpunkt Drogen konsumiert hat.«

»Klaas hat Jonna das Ecstasy untergeschoben?«, fragte Schlüter.

Thees nickte. »Sieht so aus, ja.«

»Das passt zu dem, was Astrid Meier über ihn gesagt hat«, fügte Elin hinzu.

»Astrid Meier?«, fragte Schlüter. »Die Freundin von Jonna?«

Elin nickte. »Sie ist zu uns ins PK Wittmund gekommen. Aber dazu später mehr. Entschuldigung, Thees, ich wollte dich nicht unterbrechen.«

»Kein Problem. Klaas hat also seinem Vater die Vergewaltigung gebeichtet. Hat ihm sogar gesagt, warum er Jonna das angetan hat. Weil sie ihm vorgetäuscht hätte, dass sie seine Gefühle erwidert. Nichts davon wäre echt gewesen, das hätte er erkannt, als er sie auf frischer Tat ertappt hat. Beim Sex mit einem anderen Mann. Einen Namen hat er nicht genannt. Er hatte einen Tipp bekommen, dass die beiden sich in der Hütte treffen, und hat sie dort beobachtet. Und sich geekelt bei dem Anblick. Dann sei der Mann gegangen und habe Jonna zurückgelassen. Klaas sind die Sicherungen durchgebrannt. Er ist in die Hütte und hat das Mädchen zur Rede gestellt. Und schließlich die Nerven völlig verloren und sie vergewaltigt. Danach ist er abgehauen und hat sie dort liegen lassen. Mit Handschellen ans Bett gefesselt, aber lebend. So hat er es seinem Vater berichtet.«

Schlüter fuhr sich durchs Haar. »Okay, dann wissen wir jetzt, warum Klaas abgetaucht ist. Aber was ist mit Moritz Hoferland? Er kann nicht derjenige sein, der mit Jonna zuvor intim war. Das beweisen die DNA-Spuren.«

»Stimmt. Detlef Hemmer hat uns aber gesagt, dass Klaas überzeugt ist, dass nur Moritz Jonna getötet haben kann. Deswegen nehmen wir an, dass Klaas Moritz irgendwohin verschleppt hat, um ein Geständnis von ihm zu erpressen. Und zwar in der Nacht, als beide am Haus der Familie Eilers waren. Also noch vor dem Gespräch mit den Mitschülern im Gemeindehaus.«

»Ich weiß nicht«, widersprach Schlüter. »Ist das wirklich denkbar, dass Klaas Moritz gekidnappt hat? Er hätte doch zur Polizei gehen können.«

Elin schüttelte den Kopf. »Würde ich in seiner Haut stecken, wäre mir das zu riskant. Wer glaubt schon einem Vergewaltiger, dass er das Mädchen nicht auch getötet hat?«

»Okay, das erschließt sich mir. Bleibt die Frage, wer der ominöse Mann war, den Klaas beim Sex mit Jonna beobachtet hat.«

»Diese Frage können wir Ihnen beantworten, Schlüter«, entgegnete Thees. »Er heißt Mike und lebt und arbeitet wohl auf Wangerooge.«

»Haben Sie das auch von Detlef Hemmer?«

»Nein.«

»Sondern?«

»Von Astrid Meier. Sie hat uns gesagt, dass Jonna einen Freund namens Mike hatte. Elin, machst du hier weiter?«

Sie nickte. »Ich habe mich sehr ausführlich mit Astrid unterhalten. Leider konnte sie uns keine detaillierten Hinweise zur Identität von diesem Mike geben. Sie kennt weder seinen vollständigen Namen noch sein genaues Alter, geschweige denn seine Adresse. Sie weiß auch nicht, wie er aussieht, weil sie ihn nie getroffen und Jonna ihr auch nie ein Bild von ihm gezeigt hat.«

»Warum hat das Mädchen so ein Geheimnis um den Typen gemacht?«, fragte Schlüter.

»Weil sie nicht wollte, dass ihre Mutter davon erfährt. Laut Astrid hatten Angelika Eilers und ihre Tochter ein schwieriges Verhältnis. Frau Eilers soll Jonna geradezu zwanghaft kontrolliert haben, wollte über jeden ihrer Schritte Bescheid wissen und so weiter.«

»Eine Helikoptermutter also?«

»Könnte man vermuten, Schlüter. Aber wäre eine Helikoptermutter nicht vollständig durchgedreht, wenn ihr einziges Kind stirbt? Angelika Eilers hingegen ist gefasst und ruhig. Sie sagt, dass sie Kraft aus ihrem Glauben schöpft. Ich bin keine Psychologin, aber wenn es stimmt, was Astrid mir erzählt hat, dann passt das Verhalten von Frau Eilers vor Jonnas Tod nicht zu dem danach. Es muss einen anderen Grund gegeben haben, warum sie ihre Tochter kontrollieren wollte. Einen anderen als pure Mutterliebe.«

»Woran denkst du?«, fragte Thees.

»Ich weiß auch nicht. Wir sollten das aber auf dem Schirm behalten. Eventuell würde mir ein Gespräch mit Elke Rietmann weiterhelfen. Laut Astrid hatte sie ein sehr inniges Verhältnis zu Jonna.«

Schlüter lächelte. »Das kann ich mir gut vorstellen. Elke ist ein besonderer Mensch. Ich habe sie früher abgöttisch geliebt, sie war meine Babysitterin.« Das Lächeln verschwand wieder aus seinem Gesicht. »Furchtbar, dass sie so viel mitmachen muss. Erst ihr Sohn, jetzt ihre Nichte …«

»Stimmt, das wünscht man niemandem. Das Schicksal kann ein mieser Verräter sein, leider.« Elin fasste sich an den Hals. Der Höllenschnaps brannte ihr immer noch in der Kehle. »Okay, zwei Dinge habe ich noch für euch aus dem Gespräch mit Astrid. Da ist zum einen Timo Eilers, Jonnas Vater. Er soll eine Affäre mit Anna Hoferland gehabt haben.«

»Was?«, riefen die Männer fast zeitgleich.

»Ja, mich hat das auch überrascht. Astrid vermutet, dass Moritz Jonna aus Rache gestalkt haben könnte, weil ihr Vater seine Mutter hat fallen lassen. Schlüter, es muss zunächst geprüft werden, ob an dieser Sache überhaupt etwas dran ist. Kümmern Sie sich darum? Aber bitte diskret, ja?«

Der Polizist nickte.

»Die zweite Info, die Astrid mir gegeben hat, betrifft diesen Mike. Zu ihm ist ihr nämlich am Ende unserer Unterhaltung doch noch etwas eingefallen.«

Thees sah sie neugierig an. »Und zwar?«

»Nun, er stand wohl auf Spielchen.«

»Auf Spielchen?«

»Conrads, damit meine ich nicht Minigolf oder Uno. Ich meine Sexspielchen. Details wusste Astrid nicht, aber sie sprach davon, dass er Jonna ans Bett gefesselt habe, und dass sie das gerne mit sich hat machen lassen, weil es, ich zitiere, ›weird, aber aufregend‹ gewesen wäre.«

»Die Handschellen«, warf Thees ein.

»Ganz genau. Wir müssen diesen Mike finden. So schnell wie möglich.«

»Dann sollten wir schleunigst Kontakt zur Polizeistation Wangerooge aufnehmen, würde ich sagen.«

Thees lächelte. »Läuft schon, Schlüter. Wilhelmsen ist bereits auf der Insel. Er und die Kollegen von der örtlichen Polizeistation sind dran. Mal schauen, ob sie schnell fündig werden. Laut Astrid Meier soll Mike als Kellner arbeiten. So viele wird es davon auf Wangerooge bestimmt nicht geben. Sollte man ihn heute schon finden, fahren Bertram und ich sofort rüber. Sonst morgen Früh. Schlüter, Sie bleiben dann hier und beteiligen sich an der Suche nach Klaas Hemmer und Moritz Hoferland. Als unser Mann vor Ort sozusagen, okay?«

Der Polizist nickte. »Klaro, kein Problem. Wie sieht's aus, noch einen Friesengeist?«

Elin verzog das Gesicht. »Nein, danke. Ich wollte einen klaren Kopf, und es hat sich auch angefühlt, als ob ich den bekommen würde. Jetzt habe ich eher das Gefühl, ich falle gleich vom Stuhl.«

»Sie wären nicht die Erste. Das Zeug hat einen Alkoholgehalt von 56 Prozent. Na ja, ein bisschen wird ja weggefackelt, aber das, was bleibt, reicht um …«

Elin stöhnte. »Hören Sie auf, Schlüter. Mir wird sonst schlecht. Ich glaube, ich drehe noch eine Runde. Ein bisschen frische Luft wird mir guttun.«

Sie stand auf und Thees erhob sich ebenfalls. »Ich komme mit. Wobei man nicht wirklich von frischer Luft sprechen kann. Die Hitze ist zum Verrücktwerden.«

»Dann such dir lieber ein laues Plätzchen, Thees. Ich gehe allein.»

»Wirklich? Aber Zeus und Apollo nimmst du mit, oder?«

»Es hat einen Schichtwechsel gegeben. Jetzt sind Kevin und Costner dran.«

»Kevin und Costner?«, wiederholte Thees stirnrunzelnd.

»Kevin Costner. Wegen Bodyguard, du weißt schon.«

Thees lachte. »Herrschaftszeiten, erst die Hunde und jetzt das? Wie kommst du nur auf sowas?«

Schlüter sah irritiert zwischen ihnen hin und her. »Muss ich das gerade verstehen?«

»Nein«, antworteten Elin und Thees wie aus einem Munde.

»Fein, dann eben nicht«, sagte der Polizist beleidigt. »Ich werde dann mal den Rest meines freien Tages genießen.«

***

Elin brauchte keine zehn Minuten, um Kevin und Costner abzuschütteln. Sie wollte allein sein. Ohne Thees an ihrer Seite und ohne die Personenschützer im Nacken. Damit sie in Ruhe über alles nachdenken konnte. An welcher Stelle ihr dieser Fall entglitten war und was sie tun konnte, um ihn wieder greifen zu können. Ihn begreifen zu können.

Zehn Minuten später bereute sie es, die Wachhunde nicht in der Nähe zu haben. Sie bummelte durch die Ortsmitte von Carolinensiel, wo außer ihr noch unzählige Menschen unterwegs waren. Sie war sich dennoch sicher: Jemand folgte ihr. Jemand beobachtete sie. Einmal glaubte sie sogar, einen älteren Mann in der Menschenmenge entdeckt zu haben, der sie unverhohlen anstarrte. Doch ehe sie auf ihn zugehen und ihn zur Rede stellen konnte, war er wieder verschwunden. Elin entschloss sich, auf dem schnellsten Weg wieder zu Schlüters Haus zurückzukehren. Als sie an der Kirche vorbeieilte, hörte sie, dass darin die Orgel gespielt wurde. Die Töne schienen mühelos dahinzufließen. Elin vermutete, dass Christian Rietmann an der Orgel saß. Sie dachte nicht lange nach und steuerte auf das Kirchenportal zu. Wenn ihr tatsächlich jemand auf den Fersen war, wäre sie da drinnen ja nicht allein.

Kühle Luft schlug ihr entgegen, als sie das Gotteshaus betrat. Sie ging weiter und blieb unter der Orgelempore stehen, so, wie sie es auch in Wittmund getan hatte. Dabei ließ sie nicht eine Sekunde lang die Eingangstür aus den Augen. Angespannt lauschte sie den Klängen der Orgel. Die leuchtenden Buchstaben einer Projektion im Chorraum zeigten ihr, dass es der Canon in D von Johann Pachelbel war. War das hier so etwas wie ein Konzert? Und wenn ja, wo waren die Zuhörer? Außer ihr war scheinbar nur der Organist da. Vielleicht war es eine Generalprobe. Ja, so musste es sein.

Als die Musik verstummte, applaudierte Elin. »Herr Rietmann?«, rief sie laut, und ihre Worte hallten in der leeren Kirche wider. »Das sind Sie doch, oder? Sie haben wieder wunderbar gespielt.« Sie lauschte, doch es kam keine Antwort. »Hallo? Haben Sie etwas dagegen, wenn ich zu Ihnen nach oben komme? Ich würde gerne noch einmal …«

Noch bevor Elin zu Ende gesprochen hatte, setzte die Musik wieder ein. Ein Blick nach vorne zeigte ihr, dass sie nun ein Stück von Georg Friedrich Händel hörte. Wieso hatte Rietmann nicht auf sie reagiert? Er musste sie doch gehört haben. Seltsam. Sie dachte kurz nach, bevor sie zur Treppe ging, die auf die Empore führte. Noch einmal hielt sie inne. Was, wenn dort oben gar nicht Christian Rietmann saß? Das könnte ziemlich peinlich für sie werden. Elin verdrängte ihre Zweifel und stieg die Stufen hinauf. Oben angekommen ging sie an der Rückwand des gewaltigen Instruments entlang, um es schließlich zu umrunden. Was sie sah, bestätigte den Verdacht, der sich während ihrer letzten Schritte eingestellt hatte. Trotzdem rieb sie sich die Augen, als ob sie ihnen nicht trauen könnte.

Als die Musik erneut verstummte, zog sie ihr Handy aus der Tasche, um Thees anzurufen. Bevor sie das tun konnte, hörte sie, wie unten die schwere Kirchentür ins Schloss fiel. Da war es wieder: dieses Gefühl, dass sie jemand verfolgt hatte. Elin schaute auf das Smartphone in ihren Händen. Sie musste Hilfe rufen. Jetzt! Aber sie konnte nicht. Sie war wie erstarrt. Was, wenn er es war?

1 8

»Ich danke Ihnen für die Auskunft, Frau Sievering, und wünsche Ihnen noch einen schönen Tag.« Elin beendete das Gespräch und steckte ihr Smartphone zurück in die Hosentasche.

»Frau Sievering?«, erklang die Stimme von Thees hinter ihr. Er hatte die Karten für die Überfahrt nach Wangerooge besorgt und gesellte sich jetzt wieder zu ihr in den Wartebereich. Das Fährterminal war erstaunlich leer an diesem Samstagmorgen, und so hatte Elin die Chance genutzt, um die Frage zu klären, die ihr seit dem gestrigen Nachmittag auf der Seele gebrannt hatte. Eine der Fragen.

»Ja, du hast richtig gehört: Sievering«, antwortete sie.

»Sie arbeitet als Reinigungskraft in der Kirche von Carolinensiel, oder?«

»Sie ist eine der Reinigungskräfte, stimmt. Und die Einzige, die ich bislang erreichen konnte.«

Thees sah sie neugierig an, aber Elin schwieg.

»Wenn du mir nicht bald erzählst, was los ist, werde ich dich Wilhelmsen Zwei nennen«, neckte Thees sie mit einem verschmitzten Grinsen. »Nun sag schon, warum hast du sie angerufen?«

»Weil ich etwas entdeckt habe. Gestern Nachmittag, als ich im Ort spazieren gegangen bin. Ich habe jemanden in der Kirche Orgel spielen gehört. Dachte ich jedenfalls. Also bin ich rein. Doch die Kirche war leer und die Musik nicht live. Sie kam vom Band.«

»Vom Band? Meinst du ein Tonband? So etwas gibt es noch?«

Elin gab einen Laut von sich, der alles andere als wohlwollend war. »Boah, Conrads, nerv mich nicht. Du weißt ganz genau, was ich meine. Es hat niemand an der Orgel gesessen, die Musik wurde eingespielt, von was oder wo auch immer.«

»Und das ist von Belang, weil?«

»Du willst mich ärgern, oder? Das ist sogar von großem Belang, denn es könnte das Alibi von Christian Rietmann crashen. Der hat, wie du weißt, behauptet, am Abend, an dem Jonna ermordet wurde, an der Orgel gesessen zu haben.«

»Was die Reinigungskräfte, unter anderem Frau Sievering, auch bestätigt haben.«

»Siehst du. Und genau deswegen habe ich sie angerufen. Sie hat mir erzählt, dass während der Hochsaison an jedem Nachmittag für ein paar Stündchen geistliche Musik eingespielt wird, falls sich ein Tourist in die Kirche verirrt. Daraufhin habe ich sie gefragt, ob es möglich sei, dass am Tatabend die Musik ebenfalls vom Band kam, und Rietmann gar nicht an der Orgel gesessen hat. Das hat sie verneint.«

»Okay, dann ist das Alibi von Rietmann bestätigt. Ein weiteres Mal. Wobei ich sowieso nicht weiß, warum …«

»Warte doch mal, nicht so schnell. Frau Sievering hat gesagt, dass sie und ihre Kolleginnen Rietmann um achtzehn Uhr gesehen haben, als er das Gotteshaus betreten hat und sie angefangen haben zu putzen. Danach nicht mehr, weil die Orgelempore von unten aus nicht einsehbar ist. Er könnte kurz selbst an der Orgel gesessen und dann die Musik angeschaltet haben. Vielleicht sogar per Handy. Könnte mir gut vorstellen, dass das geht.«

»Du glaubst also, dass Rietmann die Kirche wieder verlassen hat? Ohne, dass eine der Frauen es bemerkt hätte?«

»Es wäre nicht unmöglich gewesen.«

»Selbst, wenn es so war, spielt es keine Rolle. Er scheidet als Täter aus.«

»Als Vergewaltiger, ja. Sowieso, nachdem wir nun wissen, dass Klaas es war. Aber Rietmann könnte Jonnas Mörder sein.«

»Der Gedanke, dass er etwas mit der Sache zu tun hat, lässt dich einfach nicht los, was?«

»Ich kann mir denken, dass dir das seltsam vorkommt. Zumal ich meinen Verdacht nicht mal gescheit begründen kann. Meiner Ansicht nach hat sich Rietmann bei unserem ersten Gespräch im Haus der Familie Eilers auffällig verhalten, ich könnte mich diesbezüglich aber auch irren. Ein falsches Alibi hingegen spricht schon eine sehr deutliche Sprache, oder meinst du nicht? Wenn Rietmann uns nicht sagen kann, wo er am Montagabend um zwanzig Uhr gewesen ist, dann kommt er als Mörder infrage.«

»Du vergisst nur eins dabei.«

»Was denn?«

»Das Motiv. Welchen Grund sollte Rietmann gehabt haben, seine Nichte zu töten? Nach allem, was wir wissen, standen die beiden gut miteinander. Astrid sagte doch, dass sie nach Svens Tod füreinander da waren.«

»Ach, keine Ahnung. Rietmann verachtet seine Schwester. Vielleicht deswegen.«

»Ich finde meine Schwestern auch manchmal zum Abgewöhnen. Deswegen bringe ich nicht ihre Kinder um.«

»Oder eine Art von Ehrenmord? Weil Jonna Schande über die Familie gebracht hat? Könnte doch sein. Wenn er zum Beispiel herausgefunden hat, dass Jonna mit diesem Mike auf der Sadomaso-Schiene unterwegs war.«

Nun gab Thees einen gequälten Laut von sich. »Sadomaso-Schiene? Elin, bislang wissen wir nur, dass sie Handschellen benutzt haben. Das würde ich persönlich nicht als pervers einstufen, wenn du darauf hinauswillst. Haben wir nicht alle schon mal so etwas ausprobiert? Ich jedenfalls …«

Elin hielt sich die Ohren zu. »Stopp, ich will das nicht hören.«

Thees prustete los. »Kann es sein, dass du verklemmt bist, Bertram?«

»Ganz und gar nicht. Ich möchte nur nicht wissen, was mein Kollege alles so in seinem Schlafzimmer treibt, das ist alles.«

»Momentan leider nicht viel. Aber zurück zu deiner These, es könnte eine Art von Ehrenmord gewesen sein. Das ist kompletter Bullshit. Du glaubst nicht wirklich, was du da von dir gibst, oder?«

Elin seufzte. »Nein. Du hast recht, es ist Blödsinn. Entschuldige. Ich weiß doch selber nicht, warum ich den Rietmann so auf dem Kieker habe. Es ist nur so, dass ich dieses Bauchgefühl …«

»Wie du es auch bei Klaas Hemmer hattest?«

»Autsch«, gestand Elin ein und senkte schuldbewusst den Kopf.

»Sorry, das musste jetzt sein. Ich halte dich nach wie vor für eine herausragende Ermittlerin. Aber auch du kannst mal falschliegen.«

»Ja. Wir sind uns aber einig darüber, dass wir dem nachgehen müssen, oder? Wenn Rietmann nicht in der Kirche war, hat er uns angelogen. Dafür muss es einen Grund geben.«

»Den wir ganz sicher herausfinden werden. Zufrieden?«

Elin nickte und lächelte Thees verhalten an. »Ich finde, dass wir ein gutes Team sind.«

»Ach ja? Obwohl ich dir Widerworte gebe?«

»Ich würde es anders bezeichnen: Du erdest mich da, wo es nötig ist. Dafür danke ich dir.«

Thees lächelte nun auch. »Kein Ding. Macht sogar einen Höllenspaß, dich zu erden.«

Elin stieß ihn leicht gegen die Schulter. »Das kann ich mir denken, Conrads.«

»Eines ist mir jedoch nicht ganz klar«, bemerkte Thees und wurde wieder ernst.

»Ja?«

»Warum hast du mir nicht schon gestern von deinen Zweifeln an Rietmanns Alibi erzählt? Du hast kaum ein Wort gesagt und dich sofort auf dein Zimmer verdrückt, als du von deinem Spaziergang zurück warst.«

»Schlüter und du wart so in euer Schachspiel versunken, da wollte ich nicht mit einer Theorie um die Ecke kommen, an der wahrscheinlich wieder nichts dran ist. Außerdem war da noch etwas anderes, das ich mit mir ausmachen musste.«

»Und zwar?«

Wortlos griff Elin in die Tasche ihrer Windjacke und zog einen Gegenstand hervor. Thees starrte auf die Kralle, dann sah er sie aufgewühlt an. »Was hat das zu bedeuten?«

»Als ich gestern unterwegs war, hatte ich das Gefühl, dass mir jemand folgt und mich beobachtet. In der Kirche auf der Orgelempore habe ich dann gehört, wie jemand hereinkam. Ich konnte nicht sehen, wer, aber als ich mich wieder die Treppe heruntergetraut habe, lag sie auf der untersten Stufe.«

Thees wurde blass. »Ach du Scheiße. Was ist mit den Personenschützern? Haben die den Typen nicht gesehen, wie er sie hingelegt hat?«

Elin wich seinem Blick aus und schwieg.

Thees runzelte die Stirn. »Elin? Antworte mir! Was war mit den beiden?«

»Ich bin ihnen entwischt«, gab Elin kleinlaut zu.

»Nicht dein Ernst, oder?«, schimpfte Thees. »Wie kann man nur so dumm sein?«

»Meine Güte, es war mitten am Tag und in Carolinensiel wimmelte es von Leuten. Was hätte schon passieren sollen?«

»Er hat dir ungesehen eine weitere Botschaft hinterlassen. Genauso gut hätte er dich ungesehen abmurksen können.«

»Hat er aber nicht. Es ist also alles in bester Ordnung.«

»Ist es nicht, verdammt noch mal. Die Frage ist nämlich, warum hat er es schon wieder getan? Was bezweckt er damit?«

»Er spielt Katz und Maus, und ich bin selbst schuld, weil ich damit angefangen habe.«

»Du hast keine Angst?«

»Nein. Meine Wachhunde folgen mir wieder auf Schritt und Tritt.« Sie zeigte auf die beiden Personenschützer, die keine zehn Meter von ihnen entfernt standen. »Und du bist ja auch noch da. Ich bin also so sicher, wie man nur sein kann.«

»Apropos Wachhunde. Ich gehe mal kurz rüber, um ihnen ihre Fahrkarten zu geben.«

»Ach ja? Nicht vielleicht, um ihnen einen Einlauf zu verpassen?«

Thees nickte grimmig. »Darauf kannst du Gift nehmen.«

»Lass sie leben, okay?«, bat Elin und schaute ihrem Kollegen lächelnd nach.

***

Es war gerade erst kurz nach neun Uhr, als sie an Bord der Fähre gingen. In den letzten Minuten hatte sich noch eine größere Menschenmenge im Fährterminal eingefunden, sodass nun doch mehr Personen auf das Schiff strömten als gedacht. Zum Glück standen Thees und Elin ganz vorne in der Schlange, sodass sie im Rennen um die begehrten Plätze auf dem Außendeck die besten Karten hatten.

»Puh«, stieß Elin aus, als sie sich auf einen Sitz in der Nähe der Reling fallen ließ. »Ist das schon wieder warm. Ich muss erst mal die Jacke ausziehen.«

Thees setzte sich ebenfalls. »Wenn die Fähre ablegt, wirst du sie ganz schnell wieder überziehen. Es ist zugig hier draußen.«

»Kann sein, aber im Moment habe ich das Gefühl, mein Blut ist kurz davor, den Siedepunkt zu erreichen.«

»So schlimm?«

»Schlimmer. Wärst du so lieb und holst mir etwas zu trinken?«

»Einen Kamillentee?«

»Nein, ein Wasser wäre mir jetzt lieber.«

Thees stand auf. »Ganz wie die Lady wünscht. Bin gleich wieder da. Aber pass auf, dass niemand meinen Platz kapert.«

»Ich werde mit Argusaugen darüber wachen.«

Thees hob den Daumen, dann eilte er davon.

Elin sah sich um und entdeckte die beiden Personenschützer ganz in der Nähe. Der eine warf ihr einen Blick zu, für den es einen Waffenschein gebraucht hätte. Der andere schaute so kühl, dass es Elin trotz der Hitze fröstelte. Die beiden waren verärgert, und sie konnte es ihnen nicht mal verdenken. Erst büxte sie ihnen aus, und dann kassierten sie noch eine Standpauke von Thees. Sie würde später mit ihnen reden und sich entschuldigen.

Als sie wieder nach vorne schaute, fiel ihr eine Frau ins Auge, die direkt vor ihr an der Reling stand. Das war doch … Elin überlegte nicht lange, stand auf und ging zu ihr.

»Moin, Frau Rietmann«, sprach sie die andere Frau an, die merklich zusammenzuckte. »Sorry, ich wollte Sie nicht erschrecken.«

»Schon gut«, erwiderte Elke Rietmann. Sie sah müde und erschöpft aus.

»Sie fahren nach Wangerooge?«

»Ist das nicht offensichtlich? Die Fähre hat nur dieses Ziel.«

»Sicher. Das war eine dumme Frage. Haben Sie auf der Insel zu tun?«

»Zu tun? Was meinen Sie?«

»Nichts Bestimmtes.«

Elke Rietmann seufzte: »Nichts Bestimmtes, ja, das ist es, was ich auf Wangerooge tun möchte. Einfach mal raus, was anderes sehen, verstehen Sie?«

Elin nickte mitfühlend. »Sie durchleben schwere Zeiten.«

»Ja«, antwortete die andere Frau leise. »Schon wieder.«

»Es tut mir sehr leid für Sie.«

»Danke.«

»Ich habe Sie bei dem Gedenkgottesdienst für Jonna an der Seite Ihrer Schwägerin gesehen.«

»Mein Schwager Timo ist im Krankenhaus, und mein Mann saß an der Orgel. Daher wollte ich Angelika beistehen. Am Ende war es eher so, dass sie mich trösten musste.«

»Frau Eilers ist eine sehr starke Frau.«

»Das ist sie. Ich fürchte nur, dass Angelika noch gar nicht begriffen hat, was geschehen ist. Als mein Junge damals gestorben ist, wollte ich über Tage hinweg nicht wahrhaben, dass er nicht mehr da ist. Als es mir klar wurde, ist meine bis dahin heile Welt wie in Zeitlupe in winzig kleine Splitter zersprungen. Viele davon konnte ich aufsammeln und wieder zusammenkleben, aber es wird nie wieder so sein wie vor Svens Tod. Noch hat meine Schwägerin keine Ahnung, wie es sich anfühlt, jeden Morgen auf den leeren Stuhl zu starren, auf dem das geliebte Kind gesessen hat. Tag für Tag, Monat für Monat. Ob sie dann immer noch so stark sein wird, muss sich zeigen.«

»Werden Sie ihr helfen?«

»Natürlich werde ich das. Wir sind eine Familie.«

»In welcher der eine den anderen sehr gut kennt?«

»Das will ich meinen.«

»Dann können Sie mir vielleicht auch sagen, ob es stimmt, dass Ihre Schwägerin ein sehr spezielles Verhältnis zu ihrer Tochter hatte?«

»Zweifelsohne. Jonna war ihr ein und alles.«

»Sie hatten nie den Eindruck, dass Jonna sich, ich sage es mal vorsichtig, von dieser Art der Mutterliebe bedrängt fühlte?«

Elke Rietmann zog die Augenbrauen hoch. »Sie können das Kind ruhig beim Namen nennen: Jonna fühlte sich nicht nur bedrängt, sondern kontrolliert. Wir haben oft darüber gesprochen, und ich habe auch immer wieder versucht, in dieser Sache auf Angelika einzuwirken. Leider ohne Erfolg.«

»Aber wenn Frau Eilers dermaßen auf Jonna fokussiert war, warum …?«

»Warum ist sie dann nach ihrem Tod nicht völlig zusammengebrochen? Das ist es doch, was Sie wissen wollen. Ich kann mich nur wiederholen. Solange die Nachricht noch nicht wirklich in ihrem Kopf angekommen ist, wird sie glauben, was sie sagt. Dass Jonnas Tod ein gottgegebenes Schicksal ist, das sie eben tragen muss. Doch der Tag wird kommen, an dem sie anders darüber denken wird. Sie wird trauern. Ganz sicher. Und ich werde dann da sein.«

»Die Bindung zwischen Ihnen beiden ist viel enger, als die zwischen Ihrem Mann und Frau Eilers, habe ich recht?«

»Wie kommen Sie darauf?«

»Er selbst hat mir gesagt, dass er kein gutes Verhältnis zu seiner Schwester hat.«

Elke Rietmann winkte ab. »Das ist halb so wild. Zwischen Geschwistern gibt es nun mal ab und an Reibereien.«

»Es gibt also keinen konkreten Anlass für die Unstimmigkeiten?«

»Nicht, dass ich wüsste.«

»Ihr Mann erzählte mir, dass Sie immer wieder zwischen ihm und Frau Eilers vermitteln.«

»Christian war ziemlich geschwätzig, wie mir scheint, aber ja, ich versuche hin und wieder, die Wogen zu glätten, wenn es zu arg wird zwischen den beiden.«

»Wie sieht es denn aus, wenn es zu arg wird?«

Elke Rietmanns Miene verfinsterte sich. »Was sollen all diese Fragen? Haben Sie nichts Besseres zu tun, Frau Bertram? Da draußen läuft der Mörder meiner Nichte frei herum. Wer war es denn nun? Moritz Hoferland oder Klaas Hemmer?«

»Dazu kann ich Ihnen aus ermittlungstechnischen Gründen nichts sagen. Ich hoffe, Sie verstehen das?«

»Natürlich. Entschuldigen Sie, wenn mein Ton übergriffig war. Unser aller Nerven liegen blank in diesen Tagen.«

»Kein Problem, Frau Rietmann. Ihr Mann hat behauptet, dass er die beiden Jungen nicht persönlich kennt?«

»Das ist wahr«, bestätigte Elke Rietmann. »Im Gegensatz zu mir. Ich kenne beide sehr gut, weil sie bei mir im

Konfirmandenunterricht waren. Es ist furchtbar, dass sie mit Jonnas Tod zu tun haben sollen. Eigentlich kann ich es mir auch gar nicht vorstellen, aber Sie werden schon einen Grund haben, warum Sie nach Moritz und Klaas suchen.«

»Den haben wir in der Tat. Eine Frage noch, Frau Rietmann, dann lasse ich Sie in Ruhe.«

»Ja?«

»Wir haben aus sicherer Quelle erfahren, dass Jonna in den Wochen vor ihrem Tod in einer Beziehung war und sehr verliebt gewesen ist.«

»Eine sichere Quelle? Wer soll das sein?«

»Das spielt keine Rolle. Ich frage mich nur, wie es möglich ist, dass niemand in der Familie das mitbekommen hat. Müsste nicht wenigstens Ihre Schwägerin davon gewusst haben, wenn sie Jonna so akribisch überwacht hat?«

»Das müssen Sie sie selbst fragen. Ich zumindest hatte keine Ahnung.«

»Dann wird Ihnen der Name von Jonnas Freund vermutlich auch nichts sagen.«

»Sie haben einen Namen?«

»Nur den Vornamen. Der Mann soll Mike heißen.«

»Mike?« Elke Rietmann stutzte kurz, schüttelte aber dann den Kopf. »Tut mir leid, ich kenne niemanden, der so heißt.«

»Hätte ja sein können, nichts für ungut.«

»Wenn Sie mich dann entschuldigen würden? Ich möchte in die Cafeteria gehen.«

»Tun Sie das.«

Elke Rietmann hob die Hand zum Gruß, drehte sich um und ging davon. Dabei wäre sie beinahe mit Thees zusammengestoßen.

»War das nicht die Rietmann?« fragte er, als er sich mit zwei kleinen Flaschen Wasser in den Händen zu Elin gesellte.

Sie nickte nachdenklich, schreckte dann aber auf, als Thees neben ihr zu schimpfen begann.

»Mit Argusaugen passt du auf, Bertram, ja?«, grummelte er und zeigte auf die beiden Plätze, auf denen sie zuvor gesessen hatten, und die nun von zwei anderen Reisenden belegt waren.

»Man muss im Leben manchmal Prioritäten setzen, Conrads«, meinte Elin achselzuckend. »Wirst du auch noch lernen.«

»Es kommt wirklich niemand auf dieser kleinen Insel infrage, Wilhelmsen?« Elin wollte sich mit der enttäuschenden Information des Polizisten nicht so schnell abfinden.

»Nein.«

»Sie sind ganz sicher?«

»Das bin ich.« Wilhelmsen schaute schuldbewusst zu Boden. »Tut mir leid.«

»Schon gut«, beschwichtigte Thees. »Was nicht ist, ist eben nicht. Wie sieht's aus, Wilhelmsen? Könnten Sie bei den Kollegen für Kommissarin Bertram und mich ein Heißgetränk organisieren? Gerne einen Kamillentee, wenn sie haben.«

»Kamillentee?«, fragte Wilhelmsen verdutzt.

»Ja, Kamillentee.«

Der Polizist nickte und verließ das Zimmer, das wohl so etwas wie den Aufenthaltsraum der Wangerooger Polizeistation darstellte.

»Bringt der Mann am Tag mehr als fünf zusammenhängende Sätze zusammen?«, murmelte Elin verstimmt.

»Lass Wilhelmsen mal laufen. Er kann auch nichts dafür, dass dieser Mike nicht aufgespürt werden konnte.«

»Vielleicht sollten wir uns noch mal selbst kümmern.«

»Komm schon, Bertram, hast du so wenig Vertrauen in die Arbeit der Kollegen? Wilhelmsen und die beiden Inselpolizisten haben seit gestern Mittag sämtliche Männer namens Mike oder Michael, die auf Wangerooge gemeldet sind, aufgesucht. Siebenundzwanzig an der Zahl in allen Altersstufen. Abgesehen davon, dass keiner von ihnen als Kellner tätig ist, kannte auch niemand Jonna Eilers.«

»Wenn der, den wir suchen, unter ihnen war, kann er auch gelogen haben.«

»Möglich. Ich traue den Kollegen allerdings zu, dass sie es bemerkt hätten, wenn einer der Befragten sich verdächtig benommen hätte. Die beiden Wangerooger Inselpolizisten ganz gewiss. Sie dürften die Einheimischen kennen wie ihre Westentasche.«

»Ja, aber was ist mit denen, die noch nicht so lange hier wohnen oder nur während der Saison auf der Insel sind?«

»Ich merke schon, du willst noch nicht aufgeben. Gut, ich mache dir einen Vorschlag. Wir warten, bis Wilhelmsen zurück ist, und gehen dann alle befragten Personen noch mal durch. Wenn uns etwas Spanisch vorkommt, überprüfen wir es, einverstanden?«

Elin nickte. Sie stand auf und ging zum Fenster. Vor ihr tat sich der Blick auf die Nordsee auf. »Kein schlechter Dienstort, so nah am Wasser.«

»Eine schöne Aussicht ist auch nicht alles.«

»Was meinst du damit?«

»Ich war selbst mal Inselpolizist. Auf Baltrum. Etwa ein Jahr lang, nachdem ich mit der Polizeischule fertig war. Zuerst habe ich gedacht, dass ich das große Los gezogen hätte, aber schon nach ein paar Wochen ist mir dort die Decke auf den Kopf gefallen. Es gab so gut wie nichts zu tun für den Kollegen und mich. Hin und wieder ein kleiner Diebstahl oder mal eine Prügelei in einer der Kneipen, das war es aber auch schon. Für einen motivierten, jungen Polizisten ist das pures Gift. Damals habe ich tatsächlich darüber nachgedacht, mir einen anderen Beruf zu suchen. Etwas völlig Neues anzufangen.«

»Bis dann die Sitte in Aurich kam?«

Thees grinste. »Dazwischen gab es noch ein paar andere Stationen, aber ja, spätestens dort habe ich gemerkt, dass ich mit meiner Berufswahl doch nicht so ganz danebengelegen habe.«

»Inselpolizist auf Baltrum«, unkte Elin mit hochgezogenen Mundwinkeln. »Du bist immer wieder für Überraschungen gut, Conrads.«

»Nicht wahr?«

»Und deswegen bist du überzeugt davon, dass die Wangerooger Kollegen die Einheimischen in- und auswendig kennen?«

»Ja. Ich zumindest wusste damals alles über meine Pappenheimer. War gar nicht zu vermeiden.«

»Heißt, wir müssen uns auf einen zugereisten Mike konzentrieren.«

»Oder auf keinen. Astrid könnte sich geirrt haben. Mit dem Namen und auch mit der Insel.«

»Du zweifelst aber nicht an, dass es überhaupt jemanden gegeben hat, oder?«

»Nein. Astrid sagte, dass ihre Freundin sehr verliebt gewesen ist. Das kann man doch schwerlich vortäuschen. Warum auch? Ich kann mir keinen Grund dafür denken.«

»Hm«, murmelte Elin, kehrte zu ihrem Stuhl zurück und setzte sich wieder.

»Hm? Was heißt hier ›Hm‹? Bezweifelst du etwa, dass es einen Mann in Jonnas Leben gab?«

»Nein. Klaas Hemmer hat seinem Vater erzählt, dass er Jonna mit einem anderen Mann beim Sex beobachtet hat. Und wir haben das Video gesehen. Wer, wenn nicht dieser Mike, soll das gewesen sein? Was mir nur absolut nicht in den Kopf will, ist, dass niemand in der Familie bemerkt haben will, wie Jonna Gefühle für jemanden entwickelt hat. Ihre Tante hat mir das erneut bestätigt.«

»Du hast sie darauf angesprochen?«

»Ich wollte von ihr wissen, ob ihr der Name Mike etwas sagt. Sie hat verneint.«

»Die Eltern müssen wir aber auch noch mal dazu befragen.«

»Ich glaube nicht, dass das etwas bringt. Astrid war sich sicher, dass Jonnas Mutter nichts mitbekommen hat. Außerdem stand Elke Rietmann ihrer Nichte sehr nah, und wenn selbst sie nichts wusste …«

»Vielleicht der Vater?«

»Dem würde ich eher noch mal zu seiner Affäre mit Anna Hoferland auf den Zahn fühlen wollen. Ich finde, davon hätte er uns spätestes erzählen müssen, nachdem bekannt wurde, dass wir Moritz Hoferland im Zusammenhang mit dem Mord an seiner Tochter suchen. Die ganze Familie wird mir von Tag zu Tag suspekter. Allen voran Christian Rietmann.«

»Ständig kommst du auf Rietmann zurück. Hast du Elke Rietmann auf der Fähre etwa gesagt, dass du vermutest, das Alibi ihres Mannes könnte Fake sein?«

»Natürlich nicht, wo denkst du hin? Wenn Rietmann wirklich nicht in der Kirche war, ist es möglich, dass seine Frau davon nichts weiß. Aber wenn doch, könnte sie ihn vorwarnen. Darum habe ich schön den Mund gehalten.«

»Okay. Wollen wir vielleicht unsere Theorie des Tathergangs aktualisieren? Wilhelmsen scheint den Tee vom Festland zu holen, wir sollten die Wartezeit nutzen.«

Elin verzog das Gesicht. »Ich habe überhaupt keine Lust mehr aufs Spekulieren, nachdem ich mit Klaas Hemmer dermaßen falschgelegen habe.«

»Mensch, Bertram, kannst du das nicht mal abhaken? Du hörst dich wie eine leiernde Schallplatte an.«

Elin verschränkte die Arme vorm Oberkörper. »Also gut, ich höre.«

»Jonna hat an jenem Nachmittag ihre Mutter belogen und ist nicht zur Bücherei in den Ortskern von Carolinensiel gefahren, sondern zur Hütte in dem kleinen Wald. Dort war sie mit ihrem Freund verabredet.«

»Warum da und nicht hier auf Wangerooge? Astrid hat gesagt, dass Jonna immer hergefahren wäre, um ihn zu treffen.«

»Weiß Astrid das auch sicher? So wenig, wie sie uns zu diesem Mike berichten konnte, halte ich das für fragwürdig. Und denk an das Video. Jonna war darauf in der Hütte zu sehen. Wir gehen jetzt einfach mal davon aus, dass sie am letzten Montag erneut dahin ist, um sich mit ihrem Freund zu treffen. Sie sind intim und werden dabei von Klaas Hemmer beobachtet.«

»Woher weiß der, dass Jonna in der Hütte ist?«

»Da gibt es für mich nur eine Möglichkeit: von Moritz Hoferland. Hoferland hat Jonna gestalkt, und er wollte ihr schaden. Darum hat er Gerüchte über sie in die Welt gesetzt, und deswegen hat er Klaas zu der Hütte geschickt. Klaas sollte mit eigenen Augen sehen, dass Jonna eine Bitch war.«

»Was redest du denn da?«, fuhr Elin ihn an. »Sie ist doch keine Bitch, nur weil sie Sex mit dem Jungen hatte, in den sie verliebt war.«

»Das ist doch nicht meine Meinung, herrje! Ich versuche nur, mich in Hoferland und Hemmer hineinzuversetzen. In ihre Denkmuster. Also: Klaas ist wütend und frustriert, als Jonnas Freund schließlich geht. Außerdem steht er wie so oft unter Drogen. Er geht in die Hütte und stellt das Mädchen zur Rede. Ein Wort gibt das andere. Er rastet aus, fesselt das Mädchen mit den Handschellen, die dort von ihren Spielchen mit Mike noch herumliegen, wieder ans Bett und vergewaltigt sie.«

«Und setzt sie zwischenzeitlich ebenfalls unter Drogen?«

»Ja.«

»Um sie gefügig zu machen?«

»Wahrscheinlich.«

»Okay. Was geschieht deiner Meinung nach dann?«

»Nun, Hemmer verschwindet nach der Vergewaltigung. Hoferland kommt in die Hütte, sieht die wehrlose Jonna auf dem Bett liegen und vollendet seine Rache an der Familie Eilers, indem er sie tötet.«

Elin verdrehte die Augen. »Wow, Conrads, gratuliere. Der Fall ist gelöst. Jetzt müssen wir nur noch die Beteiligten aufspüren. Alle drei. Das wird ein Kinderspiel.«

»Du kannst dir deine Ironie sparen. Wenigstens mache ich mir Gedanken, was passiert sein könnte, während du weiter in Selbstmitleid badest.«

Elin senkte schuldbewusst den Blick. »Sorry, Thees. Das sollte nicht arrogant rüberkommen. Ich gebe dir recht, es könnte so gewesen sein. Zumal das mögliche Motiv Hoferlands auf der Hand liegt. Es gibt nur etwas, das für mich immer noch nicht passt.«

Thees nickte. »Ich weiß. Die Parallelen zu den Taten des Mondscheinmörders. Du glaubst, dass ein Siebzehnjähriger nicht die Nerven gehabt hätte, den Tatort in aller Ruhe zu reinigen und das Opfer dann so zu drapieren, wie es geschehen ist. Ich will das nicht ausschließen. Nicht, nach alldem, was wir mittlerweile über Hoferland wissen.«

»Gewissheit werden wir erst haben, wenn wir ihn dazu verhören können. Wir müssen ihn dringend finden und auch die beiden anderen, um die Wahrheit ans Licht zu bringen.«

»Wohl wahr.«

Elin blickte auf ihre Armbanduhr. »So allmählich fürchte ich auch, dass Wilhelmsen die Insel verlassen hat. Willst du mal nach ihm schauen?«

»Gib ihm doch noch ein paar Minuten.«

»Fein, dann genieße ich noch ein wenig die sensationelle Aussicht.«

»Wir können später noch einen Spaziergang am Strand machen, was meinst du?«

»Dafür bin ich immer zu haben, das weißt du doch.«

»Wangerooge ist sehenswerter, als man vermuten könnte.«

»Wieso?«

»Naja, die Insel war im 2. Weltkrieg von hoher strategischer Bedeutung für die Nazis Deshalb wurde Wangerooge in den letzten Kriegstagen von den Alliierten völlig platt gebombt. Die meisten der alten Inselhäuser wurden zerstört, und manche der Gebäude, die man danach aufbaute, waren nicht geeignet, einen Schönheitspreis zu gewinnen. Aber man hat daraus gelernt und vieles zum Positiven verändert. Mittlerweile hat die Insel ihren ganz eigenen Charme.«

»Dann freue ich mich darauf, diesen Charme zu entdecken.«

Thees sah sie nachdenklich an. »Du, Elin?«

»Ja?«

»Ich habe mir auch noch mal Gedanken zum Mondscheinmörder gemacht.«

»Oje, Conrads. Machst du nie eine Pause?«

»Na komm, dieses Monster beschäftigt dich doch auch Tag und Nacht, gib es zu.«

Elin nickte betrübt.

»Da sind zum einen die Adlerkrallen, von denen wir nicht wissen, was er damit sagen will. Aber was ist mit den Stigmata? Warum bringt er seinen Opfern die Wundmale Christi bei? Das habe ich mich gefragt.«

»Wie meine Kollegen von der Soko und ich unzählige Male. Ich habe dazu eine Idee, die aber so gar nicht zu unserer Arbeitsthese passt. Der Mörder könnte seine Opfer gekannt haben und sich persönlich für etwas rächen, was ihm in der Kindheit durch sie passiert ist.«

»Aber diese These hattest du doch selbst schon wieder verworfen. Weil du ausgeschlossen hast, dass etwas Schreckliches in Katjas Kindheit oder Jugend vorgefallen sein könnte, von dem du nichts gewusst hast.«

»Verworfen habe ich es noch nicht. Ich wollte noch mal mit meinem Bruder Torsten darüber reden. Solange ich das nicht getan habe, bleibt es auf dem Zettel.«

»Und deine Idee zu den Wundmalen widerspricht dieser These, sagst du?

»Definitiv.«

»Erklärst du es mir?«

Elin schmunzelte. »Da du Atheist bist, werde ich das wohl müssen.«

»Haha, sehr witzig. Nun sag schon.«

»Also: Der christliche Glaube lehrt uns, dass Jesus Christus alle Sünden der Menschheit auf sich genommen und für sie Buße getan hat. Er ist stellvertretend für alle Sünder am Kreuz gestorben. Darum ist mein Gedanke, dass die Opfer des Mondscheinmörders gar nicht sein eigentliches Ziel waren, sondern dass sie stellvertretend für jemand anderen gestorben sind. Weil sie vielleicht Ähnlichkeit mit jemandem aus dem Umfeld des Täters hatten.«

Thees fuhr sich durchs Haar. »Deswegen diese Inszenierungen? Was hat er davon, mit der Polizei und seinen Opfern dieses kranke Spiel zu spielen? Warum sagt er nicht einfach, was er sagen möchte, und gut ist?«

»So funktionieren Serienmörder nun mal nicht, Thees. Inszenierung trifft es ganz gut, das ist bei dieser Art von Gewaltverbrechen oft der Fall. Die Täter sehen ihre Morde als Kunstwerke an, als geniale Schöpfungen ihres Hirns, die nicht nachzuahmen sind. Wenn es trotz allem jemand versucht, dann reagieren sie verstimmt.«

»Und legen der Kommissarin eine Adlerkralle ins Bett?«

»Ja, du Scherzkeks. Im Ernst: Das Profil des Mondscheinmörders, sein Vorgehen bei seinen Taten, lässt erkennen, dass er sich für unfehlbar hält. Bislang hat er leider auch noch keinen Fehler begangen. Es macht mich fertig, daran zu denken, dass er erst wieder morden muss, damit wir eine neue Chance bekommen, ihn irgendeinen Fehler machen zu sehen.«

»Es sei denn, dein gutaussehender und hochintelligenter Kollege hilft dir vorher, ihn zu finden.« Thees strahlte sie an.

»Wenn Schlüter das könnte, wäre ich sehr dankbar«, sagte Elin und streckte ihm die Zunge raus.

»Frech!«, brummte Thees.

189

»Komm schon, Conrads, wenn du nicht willst, dass ich ein Tor schieße, darfst du mir nicht solche Steilvorlagen geben.«

»Ich werde künftig daran denken. Und jetzt mache ich mich auf die Suche nach dem verschwundenen Wilhelmsen.«

»Nicht nötig, bin schon da«, erklang die Stimme des Polizisten von der Tür. Er sah verstört aus, was Elin aufmerken ließ. Sie hatte noch nie eine Regung im Gesicht dieses Mannes gesehen, schon gar nicht eine solche.

»Was ist denn?«, fragte sie beunruhigt und hörte staunend, wie Wilhelmsen Wort um Wort aneinanderreihte.

»Es kam eine Meldung über den Polizeiticker. Ich wollte es gegenchecken, bevor ich Sie informiere, darum war ich so lange weg.«

Auch Thees war nun alarmiert. »Was ist es, Wilhelmsen? Reden Sie!«

Wilhelmsen schluckte und wischte sich mit dem Handrücken ein paar Schweißperlen von der Stirn. »Man hat Klaas Hemmer aufgefunden.«

20

»Wenn diese ganze Sache hier einmal ein Ende hat, dann erinnere mich bitte daran, dass ich sowohl Schlüter als auch Wilhelmsen gewaltig in den Hintern trete«, schimpfte Elin, als sie über die hölzernen Planken des Steges mit großen Schritten auf das Motorboot zusteuerten, das sie zurück zum Festland bringen sollte.

»Warum?«, fragte Thees.

»Das fragst du noch? Wegen ihres Hanges zur Theatralik, verdammt noch mal. So wie Wilhelmsen sich eben benommen hat, dachte ich, dass Klaas tot ist. Du etwa nicht?«

»Doch. Drei Sekunden lang. Dann hat Wilhelmsen ja gesagt, dass er lebt.«

»Super. Drei Sekunden, in denen mein Herz stehen geblieben ist, weil ich dachte, wir hätten es mit der nächsten Leiche zu tun.«

»Erst ist der Mann dir zu einsilbig, jetzt auf einmal zu theatralisch. Was denn nun?«

»Ein gesundes Mittelmaß wäre schön.«

»Krieg dich mal wieder ein, Elin. Denn es ist ehrlich gesagt noch nicht raus, ob wir es nicht mit dem nächsten Toten zu tun bekommen. Hemmer ist zwar noch nicht gestorben, aber er schwebt in Lebensgefahr! Nicht umsonst haben sie ihn direkt nach Hannover in die Uniklinik geflogen. Die nächsten Stunden werden zeigen, ob er überleben wird. Wilhelmsen wusste, wie kritisch Hemmers Zustand ist.«

»War klar, dass du zu ihm hältst.«

»Du meinst, wir vernünftigen Ostfriesen gemeinsam gegen die merkwürdige Emsländerin?«

»Etwa nicht?«

Thees lachte. »Doch, unbedingt.«

»Damit werdet ihr kein Erfolg haben, glaub mir.«

»Abwarten.«

Sie hatten das Ende des Stegs erreicht. Misstrauisch beäugte Elin das Boot, mit dem sie nach Harlesiel übersetzen wollten.

»Willst du doch lieber mit der Fähre fahren?«, fragte Thees belustigt.

»Bis die ablegt, dauert es doch noch Stunden. Es wird schon gehen, obwohl ich es alles andere als prickelnd finde, in dieser Nussschale übers Meer zu schwimmen.«

»Das ist keine Nussschale, sondern ein Motorboot. Und es schwimmt nicht, sondern es fährt, du Landei.«

»Wie du meinst. Können wir dann an Bord gehen?«

»Aye, aye, Captain.«

***

Keine zehn Minuten später legte das Motorboot ab. Elin und Thees hatten auf der schmalen Sitzbank hinter dem Mann Platz genommen, der das Boot sicher aus dem Hafen von Wangerooge lenkte. Er nahm direkt Kurs auf das Festland, das in der Ferne schon zu sehen war.

»Ärgerlich, dass wir die Insel jetzt vorschnell verlassen müssen«, meinte Elin und kramte aus ihrer Handtasche eine Tube Sonnencreme hervor. »Trotzdem dürfen wir die Suche nach Jonnas Freund Mike nicht vernachlässigen.«

»Tun wir auch nicht«, sagte Thees. »Ich habe Wilhelmsen und die beiden Kollegen von der Inselpolizei noch mal genau instruiert. Sie werden alle siebenundzwanzig Männer erneut checken und ihr Hauptaugenmerk auf die richten, die zugereist sind.«

»Könnte er rein theoretisch auch ein Tourist sein? Die müssten doch über die Kurtaxe namentlich erfasst sein, oder?«

»Ja, aber kaum ein Tourist ist länger als zwei Wochen auf der Insel. Ich hatte Astrid Meier so verstanden, dass die Beziehung zwischen Jonna und dem Jungen oder Mann schon länger andauerte.«

»Explizit gesagt hat sie es nicht. Wir sollten sie dazu noch mal kontaktieren.«

Thees nickte. »Mache ich, sobald wir in Carolinensiel sind.«

»Oder später. Ich würde gerne sofort weiterfahren, wenn es dir recht ist.«

»Natürlich. Du weißt aber schon, dass wir noch knappe drei Stunden bis Hannover brauchen?«

»Ja, kann man wohl nicht ändern. Ich hoffe nur, dass Klaas durchhält. Du hast doch noch mal mit Schlüter telefoniert. Wusste er Einzelheiten?«

»Nicht viel mehr als das, was uns Wilhelmsen berichtet hat. Klaas wurde von einem Landwirt auf einem Feldweg nahe der Ortschaft Werdum aufgefunden. Die liegt südwestlich von Carolinensiel. Er hat eine Schusswunde im Bauch und offensichtlich sehr viel Blut verloren. Als der Bauer ihn fand, war er noch bei Bewusstsein. Leider nicht mehr, als Polizei und Rettungskräfte eintrafen.«

»Dann ist nicht klar, ob er noch etwas gesagt hat?«

»Doch. Noch ein einziges Wort, meinte der Bauer.«

»Und zwar welches?«

»›Moritz‹.«

Elins Augen weiteten sich. »Warum hast du mir das nicht sofort erzählt?«

»Ich tue es doch jetzt.«

»Was heißt das nun? Dass Moritz Klaas entführt hat und nicht umgekehrt? Dass Moritz auf Klaas geschossen hat?«

»Wenn Klaas überlebt, wird er uns hoffentlich bald sagen können, was genau passiert ist.«

»Aber wenn Moritz auf ihn geschossen haben sollte, wie zur Hölle wäre der an eine Waffe gekommen? Er ist erst siebzehn Jahre alt.«

»Eine weitere Frage, die wir im Moment nicht beantworten können. Aber du weißt genauso gut wie ich, dass alles denkbar ist, wenn nur genügend kriminelle Energie vorhanden ist.«

»Kriminelle Energie«, wiederholte Elin bedrückt. »Diese Bezeichnung konnte ich noch nie leiden. Hört sich an, als ob es eine Eigenschaft wäre, mit der man zur Welt kommt. Niemand wird böse oder mit dem Hang zum Bösen geboren. Es sind die Umstände oder das Umfeld, die den Boden für das schaffen, was man kriminelle Energie nennt.«

»Da gebe ich dir zu hundert Prozent recht. Nur leider sind das weitere Punkte, die nicht gerade für Moritz sprechen. Die Ehe seiner Eltern ist gescheitert, und seine Mutter konnte sich aufgrund ihrer kranken Töchter nicht so sehr um ihn kümmern, wie sie es hätte tun sollen. Zumal sie auch arbeiten musste, um die Familie durchzubringen. Das hört sich für mich an, als wäre er stark vernachlässigt worden.«

»Leider, ja«, pflichtete Elin ihm bei. »Ach, verdammt, es ist alles so deprimierend. Da waren drei junge Menschen, die das ganze Leben noch vor sich hatten. Das Mädchen ist tot, das Leben eines der Jungen hängt an einem seidenen Faden und das des anderen dürfte auf immer zerstört sein. Was ist das für eine Welt, in der wir leben?«

Thees sah sie schweigend an. Dann zog er sein Handy aus der Tasche.

»Was hast du vor?«, fragte Elin.

»Nun, ich will nicht sagen, dass das hier dich aufmuntern soll, weil die Sache dafür zu ernst ist, aber ich habe hier etwas, das Moritz Hoferland entlasten könnte. Nicht, was den potenziellen Schuss auf Klaas Hemmer betrifft, dafür aber in Bezug auf Jonnas Ermordung.«

»Jetzt machst du mich aber neugierig. Zeig her!«

Thees wischte ein paarmal mit dem Finger über das Display seines Smartphones, dann gab er es Elin.

Gebannt verfolgte sie das Video, das Thees gestartet hatte. »Das ist Christian Rietmann«, stellte sie überrascht fest.

»Ganz richtig«, bestätigte Thees. »Er verlässt, wie du siehst, die Kirche in Carolinensiel. Und nun schau mal auf das Datum und die Uhrzeit, die links oben eingeblendet sind.«

Elins Augen weiteten sich. »Der Tag, an dem Jonna ermordet wurde.«

»Genau. Rietmann verlässt die Kirche um achtzehn Uhr fünfzehn, womit sein Alibi hinfällig ist. Du hattest recht. Er war nicht ehrlich zu uns.«

»Das ist unglaublich. Woher hast du das?«

»Vom Pastor der Gemeinde in Carolinensiel. Er hat es gerade geschickt. Mir war eingefallen, dass die Kirchen in Ostfriesland in den letzten Jahren mit Vandalismus an und in den Gebäuden zu kämpfen hatten und vielerorts Überwachungskameras installiert wurden. Ich dachte mir, ich versuche mal mein Glück und frage an. Und bingo.«

Elin gab ihm das Handy zurück. »Wieder etwas, was du mir verschwiegen hast«, sagte sie mit einem strengen Unterton, jedoch mit einem Lächeln im Gesicht. »Doch ich verzeih dir gerne, wenn deine Geheimnistuerei so produktiv ist wie in diesem Fall.«

»Ich wollte dir nichts verheimlichen. Es hätte doch auch sein können, dass meine Anfrage bei dem Pastor im Sand verläuft, darum habe ich sie für mich behalten. Um keine schlafenden Hunde zu wecken.«

»Tja, jetzt sind sie putzmunter, die Hunde. Und was nun?«

»Ich habe Schlüter eben angewiesen, umgehend die Vita von Christian Rietmann zu durchleuchten. Er wird sich aus der Suche nach Moritz Hoferland ausklinken und das sofort in Angriff nehmen. Bist du damit einverstanden?«

»Mehr als das. Ehrlich gesagt, wollte ich Schlüter schon gestern bitten, das zu tun. Doch nach den aufschlussreichen

Gesprächen mit Detlef Hemmer und Astrid Meier hatte ich es als zweitrangig eingestuft.«

»Heute werden wir wohl in Hannover übernachten müssen, weil es sicher spät wird. Morgen hat Schlüter dann vielleicht schon etwas für uns.«

»Er fährt aber noch nicht zu Rietmann und befragt ihn wegen des falschen Alibis, oder?«

»Nein, auf keinen Fall. Das werden wir selbst machen, wenn wir zurück sind. Rietmann hat keine Ahnung, dass wir ihn im Visier haben, also wird er in den nächsten vierundzwanzig Stunden schon nicht ausbüxen.«

»Mein Bauchgefühl hat mich also nicht getäuscht, was ihn betrifft.«

»Das muss ich zugeben, gratuliere. Aber es sind noch viele Fragen offen. Wenn Rietmann zur Hütte gefahren ist, nachdem er die Kirche verlassen hat, woher wusste er überhaupt, dass Jonna sich dort aufhielt? Und wenn er sie tatsächlich getötet haben sollte, liegt sein Motiv nach wie vor noch völlig im Dunkeln. Komm mir jetzt aber bitte nicht wieder mit einer ›Art von Ehrenmord‹, das scheint mir nun wirklich zu weit hergeholt.«

»Ist es auch. Vergiss bitte, dass ich es jemals angedacht habe. Wir schauen mal, was Schlüter über ihn herausfindet, dann sehen wir weiter.«

»Aye, aye, Captain.«

Elin verdrehte die Augen und gab Thees einen kleinen Klaps aufs Knie. Dann legte sie den Kopf in den Nacken und genoss den Fahrtwind, der in ihren Haaren spielte und die Mittagshitze ein klein wenig erträglicher machte.

***

»Soll ich dir etwas zu trinken holen? Vielleicht doch mal einen Kaffee? Du siehst müde aus.«

Elin fühlte den mitleidigen Blick ihres Kollegen auf sich ruhen. Sie nickte. »Ja, gerne, du bist ein Schatz.«

Thees erhob sich und ließ Elin allein zurück. Wobei sie alles andere als allein war. Es herrschte ein reges Treiben auf dem Flur, der zum OP-Bereich der Uniklinik Hannover führte. Ärzte und Ärztinnen, Krankenpfleger und Krankenpflegerinnen eilten mit gestressten Gesichtern umher, und die leisen Gespräche, die sie miteinander führten, sorgten für eine stetige Geräuschkulisse. Elin sah auf die Uhr. Es war schon nach neunzehn Uhr. Seit einer gefühlten Ewigkeit warteten sie auf Neuigkeiten zum Zustand von Klaas Hemmer, der nun schon fast acht Stunden lang operiert wurde.

Elin gähnte. Thees hatte sich geirrt. Sie war nicht nur müde, sie war völlig erledigt. Fast so, als wenn ihr jemand einen Schlag mit einem Kantholz gegen die Stirn verpasst hätte. Der Aufenthalt auf Wangerooge, der überstürzte Aufbruch, die lange Autofahrt nach Hannover und nun die unendlich scheinende Warterei in der stickigen Luft des Krankenhauses. Das alles war ein bisschen viel gewesen, und sie sehnte sich nach einem Bett und nach ein bisschen Schlaf. Doch wie so oft in diesen Tagen musste das warten. Wenn sie heute noch die Chance bekämen, mit Klaas Hemmer zu sprechen, und seien es auch nur ein paar Worte, würden sie sie unbedingt nutzen müssen. Um der Aufklärung dieses verworrenen Falls endlich ein kleines Stück näher zu kommen.

Sie schreckte auf, als Thees sich wieder neben sie setzte.

»Wo warst du mit deinen Gedanken?«, fragte er und drückte ihr einen Becher in die Hand.

Elin stieg der bittere Geruch des dampfenden Kaffees sofort in die Nase, und sie bereute, dass sie nicht doch beim Kamillentee geblieben war.

»Ich habe an nichts gedacht«, antwortete sie. »Außer daran, dass ich gerne schlafen würde. Jetzt.« Sie nippte am Kaffee und verzog das Gesicht. Er schmeckte widerlich. Trotzdem nahm sie einen weiteren Schluck.

»Warum machst du dich nicht auf den Stühlen lang? Wenigstens für ein kurzes Nickerchen? Würde dir bestimmt guttun.«

»Wohl kaum. Das dürfte derart unbequem werden, dass ich am Ende immer noch platt bin und zudem Rückenschmerzen habe.«

»Okay, dann bekämpf deine Müdigkeit weiter mit dem Kaffee, den du ganz offensichtlich abscheulich findest.«

»Ja, aber in diesem Fall betrachte ich ihn als Medizin, und die schmeckt nun mal meistens nicht. Außerdem kann es doch jetzt nicht mehr lange dauern.«

Thees seufzte. »Hoffentlich liegst du richtig, denn so langsam ist auch mein Akku leer.«

»Seltsam, dass die Eltern von Klaas noch nicht hier sind, oder?«

»Sie werden ihre Gründe haben. Du hast den Vater gehört. Er sorgt sich darum, dass sein Kneipengeschäft unter den Taten seines Sohnes leiden könnte. Vielleicht bleiben er und seine Frau deswegen lieber auf Distanz.«

»Kann sein, aber am Ende ist er doch immer noch ihr Sohn, oder?«

»Ja, aber …« Thees verstummte, weil sich in diesem Moment die automatische Tür öffnete, die in den Trakt mit den Operationssälen führte.

Ein Mann in grüner OP-Kleidung lief direkt auf sie zu. »Sie sind von der Polizei, richtig?«, fragte er mit dunkler Stimme.

»Das stimmt.« Elin stand auf. »Kriminalhauptkommissarin Bertram und das ist der Kollege Kriminalhauptkommissar Conrads. Wir ermitteln in der Mordsache Jonna Eilers aus Carolinensiel. Klaas Hemmer ist einer der Hauptverdächtigen.«

»Und Sie sind hier, weil Sie ihn vermutlich sprechen wollen«, bemerkte der Mann. Sein Namensschild auf der linken

Brust besagte, dass sie es hier mit Dr. Carsten Brandt zu tun hatten.

Elin nickte. »Es müsste auch nicht lange sein. Nur ein paar Sätze, wenn das möglich ist.«

Dr. Brandt schüttelte den Kopf. »Tut mir leid, Sie enttäuschen zu müssen. Die Verletzung, die Herr Hemmer erlitten hat, war noch schwerer, als anfänglich befürchtet. Wir konnten die Kugel aufgrund ihrer exponierten Lage nur mit großen Problemen entfernen. Sie hat sowohl die linke Niere als auch die Leber touchiert, bevor sie im Gewebe stecken geblieben ist. Herr Hemmer hatte, als er eingeliefert wurde, bereits eine große Menge Blut verloren. Während der OP kam es zweimal zu einem kompletten Herz-Kreislauf-Versagen. Uns ist es zum Glück beide Male gelungen, Herrn Hemmer zu reanimieren, aber wir waren gezwungen, ihn nach Ende der Operation in ein künstliches Koma zu versetzen.«

»Ich verstehe. Können Sie uns denn sagen, wann es möglich sein wird, mit ihm zu reden?«

»Momentan weiß ich nicht mal, ob der junge Mann die Nacht überleben wird.«

»Das müssen wir dann wohl vorerst so hinnehmen«, räumte Elin ein. »Die entnommene Kugel übergeben Sie bitte zur kriminaltechnischen Untersuchung an die entsprechende Abteilung des Landeskriminalamts. Ebenso die Kleidung und alles, was Klaas Hemmer bei der Einlieferung bei sich hatte.« Sie zog ein Kärtchen aus ihrer Jackentasche. »Nehmen Sie die hier, Dr. Brandt. Wenn sich etwas am Zustand von Herrn Hemmer ändert, dann rufen Sie mich bitte sofort an. Die Nummer steht ganz unten.«

Der Arzt nahm die Visitenkarte entgegen, nickte ihnen noch mal kurz zu und lief dann mit großen Schritten zurück in den OP-Trakt.

»Das war dann wohl ein Satz mit X.« Thees machte ein langes Gesicht.

»In Anbetracht dessen, wie lange sie an dem Jungen herum-geschnipselt haben, ist es aber auch keine große Überra-schung.«

»Wollen wir los und uns ein Hotelzimmer suchen?«

»Was höre ich da?«, sagte eine Frau hinter ihnen. »Ihr wollt euch ein Zimmer nehmen?«

Elin und Thees fuhren herum und blickten in das grinsende Gesicht von Dr. Sina Mertens.

»Ja, aber jeder eines«, betonte Elin und zog eine Grimasse. »Hallo Sina, was für ein Zufall.«

»Ganz und gar kein Zufall, meine Liebe«, berichtigte sie die Ärztin. »Ich habe mir gedacht, dass ich euch hier finde.«

»Warum das denn?«

»Na, hör mal! Es ging durch alle Medien, dass einer der ge-suchten Jungen gefunden und hierher ins Klinikum gebracht wurde. Wo sollten die zuständigen Ermittler also sonst sein? Weil ich ohnehin gerade im Haus zu tun hatte, dachte ich mir, ich schau mal kurz vorbei.«

»Einfach nur so, oder gibt es einen speziellen Anlass?«

»Den gibt es in der Tat. Ich habe neue Infos für euch.«

Elin tippelte ungeduldig mit einem Fuß auf dem blitzblan-ken Linoleumboden des Krankenhausflurs. »Dann heraus da-mit.«

»Zum einen sind wir endgültig durch mit der Leichenschau von Jonna Eilers und würden sie gerne zur Beisetzung freige-ben.«

»Könnt ihr machen, aber bitte vorher den endgültigen Ob-duktionsbericht zu Thees und mir.«

»Versteht sich von selbst.«

»Fein. Was noch?«

»Ich kann euch endlich ein Ergebnis von der Untersuchung des Erbrochenen präsentieren, das in der Nähe der Hütte si-chergestellt werden konnte. Es ist uns gelungen, DNA-Material daraus zu separieren und abzugleichen. Mit einem Treffer.«

»Ja?«

»Es ist die DNA von Moritz Hoferland.«

Elin und Thees wechselten einen vielsagenden Blick.

»Bevor ihr fragt, ein Irrtum ist ausgeschlossen.«

»Das ist höchst interessant«, sagte Elin. »Danke, dass du Bescheid gegeben hast.«

»Gerne, aber das ist noch nicht alles. Ich gestehe es ungern ein, denn bei der Leichenschau ist es mir nicht aufgefallen. Erst jetzt, als ich für den abschließenden Bericht die Bilder noch mal gesichtet habe.«

»Du machst es wie immer spannend. Was ist dir aufgefallen?«

Dr. Mertens öffnete ihre Aktentasche und zog eine Fotografie im DIN A4-Format hervor. »Stark vergrößert, möglicherweise habe ich es deswegen erst jetzt gesehen.« Sie gab Elin das Bild. »Das ist das Tattoo auf Jonnas rechtem Schulterblatt.«

»Hm, ein Herz mit zwei Rosen. Was ist so besonders daran?«

»Schau mal genau hin. Zwischen den Blättern der Rosen befinden sich verschnörkelte Buchstaben. Vier an der Zahl. Erkennst du den Namen?«

»Oh ja«, meinte Elin nachdenklich. »Das tue ich.«

2 1

»Was zum Kuckuck tust du da?« Elin war gerade in den Frühstücksraum des Hotels gekommen, hatte sich Thees gegenüber auf einen Stuhl sinken lassen und schaute nun angeekelt auf den Teller ihres Kollegen.

»Ich esse einen Strammen Max«, erklärte Thees, nachdem er einen weiteren Bissen seiner Mahlzeit genüsslich vertilgt hatte. »Kennst du das etwa nicht? Das ist ein Spiegelei auf rohem Schinken und …«

»Ich weiß, was ein Strammer Max ist«, sagte Elin ungeduldig. »Das meine ich nicht. Hast du mal auf die Uhr geschaut? Es ist gerade mal acht Uhr. Ein bisschen deftig für die Zeit, findest du nicht?«

»Ganz und gar nicht. Wer bestimmt das denn? Jeder sollte das essen, was ihm schmeckt. Ich für meinen Teil könnte zum Bespiel so früh am Morgen kein Hühnerfutter zu mir nehmen, wie du es tust. Ehrlich gesagt, könnte ich es den Rest des Tages ebenso wenig.«

»Müsli ist auf jeden Fall gesünder als das, was du da zu dir nimmst.«

»Sagt die Frau, die Letzens noch Berge von ungesundem Essen in sich hineingestopft hat.«

»Du meine Güte, darauf wirst du noch in hundert Jahren herumreiten, oder? Ich war ausgehungert, und es war abends. Also eine ganz andere Situation als diese.«

»Ausgehungert bin ich ebenfalls. Also war ich zumindest bis eben.« Grinsend verdrückte Thees das letzte Stückchen Brot mit Spiegelei.

Elin konnte nicht verhindern, dass auch ihre Mundwinkel sich nach oben zogen. Die Wortgefechte mit ihrem Kollegen machten Spaß. Mehr, als sie jemals zugeben würde.

»Okay«, verkündete Thees und schob seinen Teller von sich. »Nach diesem äußerst belebenden Auftakt des Tages, und damit meine ich nicht mein Frühstück, sollten wir vielleicht doch noch besprechen, wie es jetzt weitergeht.«

»Wir können direkt nach dem Auschecken zurück nach Carolinensiel fahren. Gleich nach dem Aufstehen habe ich mit Dr. Brandt telefoniert. Klaas hat die Nacht überlebt, aber sein Zustand ist kritisch. Solange sich das nicht ändert, werden sie ihn nicht aus dem künstlichen Koma holen. Es macht also keinen Sinn, länger vor Ort zu bleiben.«

»Das sehe ich genauso. Zumal wir nun noch dringender dem Anfangsverdacht gegen Christian Rietmann nachgehen sollten.«

»Dann wertest du die Tatsache, dass das Erbrochene an der Hütte von Moritz Hoferland stammt, als weitere Entlastung für den Jungen?«

»Absolut. Wenn ich dich mal zitieren darf: Es passt einfach nicht. Also, dass Moritz der Mörder ist, meine ich. Er beobachtet, dass Klaas Jonna vergewaltigt, tötet das Mädchen im Anschluss, kotzt sich die Seele aus dem Leib, um dann die Spuren seiner Tat in aller Ruhe zu beseitigen? Nee, da fehlt selbst mir die Vorstellungskraft.«

»Ich muss gerade daran denken, was Astrid über Moritz gesagt hat. Dass er schon umfällt, wenn ein Mitschüler Nasenbluten hat. Überleg doch mal. Warum hat er sich übergeben? Vielleicht, weil er Jonnas Vergewaltigung beobachtet hat. Es wäre aber auch möglich, dass er …«

»… ihre Tötung gesehen hat?« Thees sah Elin mit großen Augen an.

»Ja. Das halte ich sogar für wahrscheinlich. Damit hätten wir einen unbeteiligten Augenzeugen. Allerdings kommt neben

Christian Rietmann erneut Klaas Hemmer als möglicher Mörder in Betracht.«

»Klaas Hemmer? Das verstehe ich gerade nicht.«

»Wir nehmen doch an, dass Klaas von Moritz den Tipp bekommen hat, dass Jonna sich mit einem Mann in der Hütte trifft. Wenn er also das Mädchen nicht nur vergewaltigt, sondern auch umgebracht hat, dürfte ihm klar gewesen sein, dass Moritz möglicherweise Augenzeuge des Verbrechens war. Vielleicht hat er ihn sogar im Wald gesehen. Ein guter Grund für Klaas, Moritz zu entführen und möglichweise ebenfalls Gewalt anzutun.«

»Es ist aber Klaas und nicht Moritz, der lebensgefährlich verletzt auf der Intensivstation liegt, schon vergessen?«

»Keinesfalls. Aber ich habe mit Dr. Brandt noch mal über die Schussverletzung gesprochen. Der Eintrittswinkel der Kugel und der Weg, den sie genommen hat, sprechen dafür, dass Klaas in liegender Position angeschossen wurde.«

»Du meinst, nachdem er von Moritz überwältigt worden ist?«

»Wäre möglich.«

»Dann hatte Klaas die Waffe, und Moritz hat sie ihm weggenommen?«

»Das gilt es herauszufinden. Wenn wir zurück in Carolinensiel sind, werden wir Anna Hoferland und die Eltern von Klaas Hemmer dazu befragen. Vielleicht können sie uns etwas über die Herkunft der Waffe sagen.«

»Und Christian Rietmann?«

»Der bleibt neben Klaas selbstverständlich auch auf unserem Radar. Er hat uns belogen, was sein Alibi betrifft, und jetzt ist da noch die Sache mit dem Tattoo.«

»Dass du dem so viel Bedeutung beimisst, ist mir ein Rätsel. Gut, Jonna hat sich den Namen ihres Cousins auf den Arm tätowieren lassen. Aber nach allem, was wir wissen, hat sie sehr an Sven gehangen. Ist es so verwunderlich, dass sie eine bleibende Erinnerung an ihn haben wollte?«

»Da steckt mehr dahinter. Sie hat sich ein Herz mit zwei Rosen tätowieren lassen und mittendrin seinen Namen. So gut versteckt, dass man ihn kaum lesen konnte. Weil Jonna das vielleicht nicht wollte.«

»Welchen Grund hätte sie dafür haben sollen?«

»Gott, Thees, auf deiner Leitung steht wohl gerade mal wieder eine ganze LKW-Kolonne, was? Es ist ganz offensichtlich ein Liebestattoo! Deswegen hat sie am Tod von Sven Rietmann so sehr zu knabbern gehabt. Nicht, weil er ihr Cousin gewesen ist, sondern weil sie viel mehr mit ihm verband. Falls Jonna eine romantische, oder noch deutlicher, eine körperliche Beziehung zu ihrem Cousin hatte, dann dürfte das nicht unproblematisch gewesen sein.«

»Warum? Selbst wenn, hätten sie sich nicht strafbar gemacht. Beziehungen zwischen Cousins und Cousinen ersten Grades sind seit einigen Jahren nicht mehr verboten.«

»Das ist die gesetzliche Ebene, aber was ist mit der moralischen? Sowohl das Ehepaar Eilers als auch die Rietmanns sind religiös, die Evangelische Kirche ist ihr Arbeitgeber. Das hätte doch für alle Beteiligten Konsequenzen nach sich ziehen können, oder nicht? Innerhalb der Gemeinde hätte man mit den Fingern auf sie zeigen können, möglicherweise wären sogar ihre Jobs in Gefahr gewesen.«

»Übertreibst du jetzt nicht ein bisschen? Nehmen wir aber mal an, du hast recht: Was soll diese Liebesbeziehung, wenn es denn eine war, mit dem Tod von Jonna zu tun haben? Sven ist immerhin seit zwei Jahren tot. Daraus jetzt noch ein Mordmotiv für Christian Rietmann zu stricken, halte ich, gelinde gesagt, für gewagt.«

»Davon bin ich meilenweit entfernt. Trotzdem müssen wir herausfinden, ob Jonna und Sven ein Paar gewesen sind.«

»Wäre es nicht viel wichtiger, ihren letzten Freund aufzuspüren?«

»Auch da bleiben wir dran. Vielleicht weiß Wilhelmsen inzwischen mehr.«

Thees schüttelte ratlos den Kopf. »Er hat heute Nacht noch eine SMS geschickt. Es gibt weiterhin keine Spur von diesem Mike. Wir sind also insgesamt nicht weiter als gestern. Im Gegenteil, es tauchen immer neue Fragen auf. Ist doch zum Verrücktwerden.«

Elin lächelte. »Mich würde es eher um den Verstand bringen, wenn es keinen Ansatz mehr gäbe. Also hör auf zu jammern, Conrads, und hol lieber das Auto. Ich zahle derweil unsere Zimmer und gebe den Personenschützern Bescheid, dass wir aufbrechen wollen. Ach ja, und meine Mutter muss ich auch noch kurz anrufen. Sonst bekomme ich wieder Ärger, dass ich mich so lange nicht gemeldet habe.«

»Sei froh, dass du dich noch bei ihr melden kannst«, erwiderte Thees mit ernster Miene.

Elin hörte den traurigen Unterton in seiner Stimme. »Du sagtest, dass deine Eltern bereits verstorben sind?«, fragte sie leise. »Was ist mit ihnen passiert?«

»Es war ein Brand«, sagte Thees heiser. »In unserem Haus in Aurich. Meine Eltern haben uns Kinder rechtzeitig ins Freie bringen können. Meine Mutter ist dann noch mal zurück, weil sie ein bestimmtes Fotoalbum retten wollte. Unser Vater ist ihr hinterher. Sie sind beide nicht zurückkommen.« Seine Stimme brach.

Elin spürte ebenfalls, wie ihr Hals sich zuschnürte. »Mein Gott, Thees«, flüsterte sie tief betroffen. »Ich weiß nicht, was ich sagen soll. Wie alt warst du da?«

»Sieben Jahre. Meine Schwestern und ich sind dann bei einer Tante aufgewachsen. Wir hatten es gut bei ihr, aber vermisst haben wir Mutter und Vater trotzdem immer.«

»Das kann ich mir vorstellen. Auch wenn meine Eltern mich manchmal mit ihrer Fürsorge nerven. Ich weiß nicht, was ich ohne sie täte.«

»Na siehst du. Und jetzt los mit dir, es gibt viel zu tun.«

Elin nickte und stand auf. »Wollen wir ein anderes Mal weiter darüber reden?«

»Können wir machen. Aber nur, wenn du dann auch ein wenig mehr über dich erzählst.«

»Glaub mir, da gibt es nicht viel Wissenswertes.«

»Lass mich das doch beurteilen. Aber jetzt geh, wir sehen uns am Auto.«

***

Als sie ein paar Stunden später das Haus von Schlüter in Carolinensiel betraten, kam dieser ihnen schon im Flur entgegen.

»Gut, dass Sie endlich da sind«, begrüßte er Elin und Thees erleichtert.

»Warum?«, wollte Elin wissen. »Ist etwas passiert?«

»Wenn Sie so wollen, ja. Es geht hier nämlich gerade zu wie in einem Taubenschlag. Mein Wohnzimmer ähnelt momentan dem Wartezimmer eines Landarztes, und fast alle wollen sie nur mit Ihnen sprechen.«

»Ich verstehe nur Bahnhof, Schlüter. Wer sind denn ›alle‹?«

»Als erstes kam Anna Hoferland. Die Arme ist völlig fertig und weint die ganze Zeit. Dann die Eltern von Klaas Hemmer, die etwas Wichtiges zu Protokoll geben möchten, aber wie gesagt nur Ihnen gegenüber. Tja, und dann ist auch noch Astrid Meier da. Die haben Wilhelmsen und ich allerdings herzitiert, weil wir mit der Suche nach Jonnas Freund Mike nicht weiterkommen und sie noch mal befragen wollten.«

Elin runzelte die Stirn. »Sollten Sie sich nicht mit der Vita von Christian Rietmann beschäftigen, Schlüter?«

»Das habe ich auch getan und einige interessante Details herausgefunden, über die wir uns später noch unterhalten müssen.«

»Das machen wir. Vorerst kümmern Kommissar Conrads und ich uns um die Eltern der Jungen. Bitte sagen Sie Astrid, sie möchte warten, wenn Sie und Wilhelmsen mit der Befragung durch sind. Wir wollen ebenfalls noch mal ihr sprechen.«

»Alles klar. Ich schicke dann Frau Hoferland zu Ihnen.«

»Tun Sie das.«

***

Anna Hoferland schien um Jahre gealtert, als sie das Zimmer betrat, das eigentlich das Büro von Polizeiobermeister Schlüter war und den Ermittlern schon seit Tagen als Hauptquartier diente. Dieser Eindruck entstand nicht nur durch die fahle, runzlige Haut ihres Gesichts, die einen krassen Kontrast zu den rotgeweinten Augen bildete. Es lag vor allem an ihrem Blick, der verzweifelter und hoffnungsloser nicht hätte sein können.

»Frau Hoferland, bitte setzen Sie sich«, forderte Elin die Frau auf.

»Nein danke, ich möchte lieber stehen«, wisperte Anna Hoferland. »Ich bin auch nur hier, um zu fragen, ob es etwas Neues von meinem Sohn gibt.«

»Leider nicht«, verneinte Thees. »Wir fahnden weiter mit Hochdruck nach Moritz, doch bislang ohne Erfolg.«

»Hat er es getan? Hat er auf Klaas geschossen?«

»Das können wir zum gegenwärtigen Zeitpunkt noch nicht sagen«, beantwortete Elin ihre Frage. »Wie kommen Sie überhaupt darauf?«

»Ist das nicht naheliegend? Die beiden Jungen sind fast zeitgleich verschwunden. Dann wird der eine von ihnen schwer verletzt aufgefunden. Das kann doch nur heißen, dass …«

»Nicht unbedingt.«

»Die Hemmers denken bestimmt, dass Moritz es war.«

»Haben sie das gesagt?«

»Nein, die haben gar nichts gesagt. Nur angestarrt haben sie mich, als wenn sie mir den Kopf abreißen wollten.« Tränen rannen aus ihren Augen. »Recht haben sie. Wenn Moritz geschossen hat, dann ist es letztendlich meine Verantwortung. Ich habe als seine Erziehungsberechtigte versagt. Ich habe als Mutter versagt.«

»Sie sollten nicht so hart mit sich ins Gericht gehen, Frau Hoferland«, sagte Elin. »Moritz ist kein kleines Kind mehr. Er ist siebzehn Jahre und damit strafmündig. Was heißt, dass er verantwortlich gemacht werden kann für Dinge, die er getan hat. Inwieweit, das haben dann die Gerichte zu entscheiden. Doch wie gesagt: Es ist bislang nicht mal erwiesen, wer geschossen hat, geschweige denn, mit welcher Waffe es geschehen ist.«

»Ihm gehörte die jedenfalls nicht. Woher hätte er eine Waffe haben sollen?«

»Das fragt man sich natürlich bei einem so jungen Mann. Gibt es vielleicht in Ihrem Umfeld jemanden, der eine Waffe besitzt? Eine Waffe, auf die Moritz Zugriff gehabt haben könnte?«

Anna Hoferland schüttelte den Kopf. »Nein, nicht, dass ich wüsste.«

»Das werden wir natürlich überprüfen müssen.«

»Natürlich.«

»Da ist noch etwas anderes, zu dem wir Sie befragen müssen, Frau Hoferland«, ergänzte Thees.

»Ja?«

»Stimmt es, dass Sie und Jonnas Vater, Timo Eilers, eine Affäre hatten?«

Anna Hoferland wirkte peinlich berührt, als sie antwortete. »Äh, ja, das ist korrekt. Allerdings nur ein paar Monate, und sie ist seit über einem Jahr beendet. Es war ein Fehler, den ich leider nicht mehr rückgängig machen kann.«

»Ist es denkbar für Sie, dass Moritz Jonna gestalkt hat, weil er sich dafür rächen wollte, dass Sie von Timo Eilers schlecht behandelt worden sind?«

»Nein. Denn Timo hat mich nicht schlecht behandelt. Sicher, er hat mich abserviert, nachdem er bekommen hatte, was er wollte, aber mein Ex-Mann hat mich noch viel schlechter behandelt. Das wusste Moritz auch.«

»Warum hat er Jonna dann auf Schritt und Tritt verfolgt?«

»Das habe ich Ihnen doch gesagt. Weil er in das Mädchen verliebt war. Nein, ›verliebt‹ ist nicht der richtige Ausdruck. Er war besessen von ihr.«

»So wie Klaas Hemmer anscheinend auch«, murmelte Thees nachdenklich.

»Apropos Klaas Hemmer«, rief Elin plötzlich und zeigte aus dem Fenster. »Da laufen seine Eltern. Wo wollen die denn jetzt hin?«

»Vielleicht gehst du Ihnen nach, um es herauszufinden?«, schlug Thees vor. »Ich bleibe bei Frau Hoferland.«

Elin hastete aus dem Raum und durch den Flur hinaus auf die Straße. Nach wenigen Sekunden hatte sie Detlef Hemmer und seine Frau eingeholt und stellte sich ihnen in den Weg.

»Was soll das?« fragte sie atemlos. »Erst wollen Sie uns unbedingt sprechen, und dann rennen Sie davon?«

»Wundert Sie das? Sie haben es immerhin vorgezogen, zuerst mit der Frau zu reden, deren Brut auf unseren Sohn geschossen hat«, erwiderte Frau Hemmer kühl.

»Halt den Mund, Regina«, fuhr ihr Mann sie an. »Du weißt nicht, ob es Moritz gewesen ist, und wenn, dann ist es auch meine Schuld.«

»Ihre Schuld?«, wiederholte Elin verständnislos. »Können Sie mir das erklären?«

»Ja. Ich vermute, dass es meine Waffe war, mit der Klaas angeschossen wurde. Die ist nämlich nicht mehr an ihrem Platz.

Seit letzten Mittwoch, also dem Tag, an dem Klaas verschwunden ist.«

»Das haben Sie gewusst? Warum haben Sie das nicht gesagt, als Sie zum Verhör im PK Wittmund waren?«

»Weil ich gehofft habe, dass Klaas sie nicht genommen hat, und dass es eine andere Erklärung gibt. Doch jetzt …«

»… sind Sie zu uns gekommen, um uns zu informieren, ich verstehe. Wieso laufen Sie nun davon?«

»Weil meine Frau plötzlich der Meinung war, es wäre Verrat an unserem Sohn.«

Elin verspürte Wut in sich aufsteigen. »Verrat?«, fragte sie mit grimmiger Miene und schaute die Mutter von Klaas dabei an. »Ist es nicht viel eher ein Verrat an Ihrem Sohn, dass Sie jetzt in diesem Moment nicht in Hannover sind und an seinem Bett sitzen? Der Junge hat allen Anschein nach Schuld auf sich geladen. Möglicherweise ist sie sogar größer als befürchtet. Doch im Augenblick ist es nicht mal sicher, ob er überleben wird. Sollte es nicht selbstverständlich sein, dass seine Eltern in einer Zeit wie dieser an seiner Seite sind? Ich finde schon. Letztendlich müssen Sie das aber mit Ihrem Gewissen vereinbaren.« Elin wandte sich wieder an Detlef Hemmer. »Danke, dass Sie uns wegen der Waffe benachrichtigt haben, auch wenn Sie das früher hätten tun müssen. Noch liegen die Ergebnisse aus der Ballistik nicht vor. Sobald das der Fall ist, werden wir Sie zwecks Abgleichs kontaktieren. Halten Sie bitte die Papiere der Waffe bereit.«

»Ich habe sie dabei«, antworte Detlef Hemmer und zog eine lederne Hülle aus seiner Jackentasche. »Sie können sie behalten, wenn Sie wollen.«

Elin nahm die Papiere entgegen. »Noch besser. Sie hören von uns, sobald wir mehr wissen.«

Ohne ein weiteres Wort machte Elin kehrt und ging zurück zu Schlüters Haus. Doch auf den letzten Metern musste sie erneut ihre Schritte beschleunigen. »Was ist das hier heute?«, schimpfte sie leise vor sich hin, als sie versuchte, zu Astrid Meier aufzuschließen, die sich in die andere Richtung entfernte. »Eine Art Zeugenflucht?« Sie lief noch schneller. »Astrid«, rief sie laut. »Nun warte doch mal!«

Das Mädchen blieb stehen und drehte sich um. »Hallo, Frau Bertram. Entschuldigung, ich weiß, dass Sie mich sprechen wollen. Aber ich habe in einer halben Stunde einen Arzttermin in Wittmund. Das wird so oder so schon knapp. Ich habe dem Schlüter gesagt, dass ich danach wiederkomme.«

»In Ordnung, aber vielleicht kannst du mir auf die Schnelle ein paar Fragen beantworten?«

»Okay, aber bitte machen Sie es kurz.«

»Du hast gesagt, dass Jonna sehr unter Svens Tod gelitten hat.«

»Ja, verständlicherweise.«

»Weil er ihr Cousin war?«

»Er war so viel mehr als das. Sven war ihre erste große Liebe.«

»Du wusstest davon?«

»Das wusste jeder.«

Elin verschlug es für einen Moment die Sprache. Damit hatte sie nicht gerechnet. »Wirklich? Auch ihre Eltern?«

»Natürlich.«

»Was ist mit Elke und Christian Rietmann?«

»Die ebenso.«

»Und weder Jonnas noch Svens Eltern hatten ein Problem damit?«

»Nein, warum auch?«

»Nun, weil sie verwandt waren. Sehr eng verwandt. Bis vor ein paar Jahren wäre eine solche Verbindung sogar noch strafbar gewesen.«

»Nein. Jonna und Sven waren zwar Cousin und Cousine, aber ja nicht blutsverwandt.«

Elin erstarrte. »Was sagst du da?«

»Das wussten Sie nicht? Christian Rietmann wurde adoptiert. Er und Jonnas Mutter sind keine leiblichen Geschwister.«

»Hast du vor, den Rest des Tages zu schweigen?« Thees sah Elin erwartungsvoll an. Seit Anna Hoferland gegangen war und Elin ihren Kollegen über die Neuigkeiten informiert hatte, lehnte sie nun schon minutenlang wortlos in Schlüters Büro an der Tischkante.

»Warum nicht?«, beantworte Elin seine Frage mit einer Gegenfrage.

»Weil das keine Lösung ist. Ich weiß, du ärgerst dich, dass wir erst jetzt erfahren haben, dass Christian Rietmann ein Adoptivkind ist.«

»Ärgern? Das trifft es nicht im Geringsten. Ich bin außer mir vor Wut. Nicht auf dich, Schlüter oder Wilhelmsen. Nein, ich bin sauer auf mich. Von Anfang an hatte ich das Gefühl, dass mit Rietmann etwas nicht stimmt. Hätte ich darauf gehört, hätten wir ihn viel früher durchleuchtet. Ebenso hätten wir sein Alibi genau unter die Lupe genommen, wenn wir gewusst hätten, dass er und Jonna nicht blutsverwandt sind. Stattdessen haben wir ihn von vorneherein als Täter ausgeschlossen.«

»Mach nicht so eine Welle, Elin. Ja, wir haben ausgeschlossen, dass Rietmann Jonna vergewaltigt haben könnte, da keine der beiden aufgefundenen DNA-Spuren die eines Verwandten war. Mittlerweile wissen wir aber, dass Klaas Hemmer das Mädchen vergewaltigt hat, und dass die andere Spermienspur wahrscheinlich Jonnas Freund Mike zuzuordnen ist. Es spielt also keine Rolle mehr, dass wir von Rietmanns Adoption nichts wussten.«

»Tut es doch. Zu Beginn haben wir angenommen, dass Jonnas Vergewaltiger auch ihr Mörder gewesen ist. Heißt, wir waren automatisch der Ansicht, dass, wenn Rietmann das eine nicht getan hat, er auch in der anderen Sache nicht schuldig sein könnte. Das war ein schwerer Fehler.«

»Sehe ich nicht so. Vergewaltiger und Mörder könnten immer noch die gleiche Person sein. Das hast du selbst gesagt. Nur weil Klaas Hemmer seinem Vater gegenüber abgestritten hat, dass er Jonna getötet hat, muss das nicht stimmen.«

»Das weiß ich sehr wohl. Doch je länger ich darüber nachdenke, glaube ich mehr und mehr, dass Klaas die Wahrheit gesagt hat. Nur können wir ihn aus den bekannten Gründen leider momentan nicht befragen. Moritz Hoferland bleibt weiter verschwunden, aber, da sind wir uns einig, er fällt als Täter aus. Jonnas Freund Mike ist unauffindbar, was mich langsam aber sicher zweifeln lässt, ob er überhaupt existiert. Was also haben wir noch, Thees? Da bleibt nur Christian Rietmann. Er hat kein Alibi, er hat uns angelogen und er ist nicht Jonnas Onkel, also dürfte seine Bindung an sie auch nicht so eng gewesen sein, wir er vorgibt.«

Thees schüttelte den Kopf. »Rietmann hat uns zwar über sein Alibi angelogen, was aber nicht bedeuten muss, dass er keines hat. Was, wenn er wie sein Schwager zu Auswärtsspielen neigt?«

»Wie bitte?«

»Er könnte wie Timo Eilers eine Affäre haben, die er um jeden Preis verheimlichen möchte.«

»Du meinst, er ist bei einer anderen Frau gewesen?«

»Oder bei einem Mann. Das würde erklären, warum er nicht die Wahrheit über seinen Aufenthalt am Tatabend gesagt hat. Und noch etwas: Nur weil er nicht mit Jonna verwandt ist, kannst du doch nicht schlussfolgern, dass er keine enge Beziehung zu ihr hatte!«

»Das war Blödsinn, ich weiß«, gestand Elin schuldbewusst ein. »Ich bin übers Ziel hinausgeprescht, sorry. Blutsverwandtschaft ist selbstverständlich keine Voraussetzung für ein gutes familiäres Miteinander.«

»In der Tat.«

»Wie auch immer, wir sollten keine weitere Zeit verlieren, und Christian Rietmann so schnell wie möglich vorladen.«

»Du meinst, zu einem offiziellen Verhör? Im Kommissariat in Wittmund?«

»Ja bitte. Ich hoffe, dass der förmliche Charakter der Befragung ihn maximal einschüchtert und er reden wird.«

»Hoffentlich wird uns dann auch sein Motiv klar. Mir ist es nämlich noch immer ein Rätsel, warum Rietmann Jonna hätte töten sollen.«

Elin nickte nachdenklich. »Mir leider auch, nachdem meine Theorie, er könnte sich an der Liebesbeziehung zwischen Jonna und seinem Sohn gestoßen haben, hinfällig ist. Wir werden den Grund schon noch herausfinden. Lass uns gleich nach Wittmund fahren und das Verhör vorbereiten, Schlüter soll Rietmann dann mit dem Streifenwagen von zu Hause abholen.«

»Maximale Einschüchterung, wie?«

»Sage ich doch.«

Thees rieb sich das raue Kinn. »Okay, ich werde Schlüter gleich Bescheid geben.«

»Worüber Bescheid geben?«, fragte der junge Polizist, der in diesem Moment mit einem weißen Kuvert in der Hand das Büro betrat.

»Dass Kommissarin Bertram und ich gleich nach Wittmund aufbrechen, und Sie bitte Christian Rietmann zum Verhör dorthin bringen.«

Schlüter machte große Augen. »Sie denken tatsächlich, er könnte es gewesen sein? Darum sollte ich zu ihm recherchieren? Ich weiß ja mittlerweile, dass Rietmann bezüglich seines Alibis gelogen hat, trotzdem fällt es mir schwer zu glauben, dass er zu einer Gewalttat fähig wäre. Er wirkte auf mich immer so … nett.«

»Mag sein«, meinte Elin. »Nur leider ist das kein Kriterium, das ihn von jedem Verdacht freispricht.«

»Natürlich nicht, Frau Bertram.«

»Sie sprachen vorhin von einigen Details, die Sie über Rietmann in Erfahrung gebracht haben?«

»Das stimmt. Ob sie letztendlich von Bedeutung sind, kann ich nicht sagen, aber ich fand zum Beispiel bemerkenswert, dass Christian Rietmann und Angelika Eilers gar keine biologischen Geschwister sind.«

Elin stöhnte auf. »Das haben wir gerade eben schon von Astrid Meier erfahren. Darauf hätten wir eher stoßen müssen, keine Frage. Was noch?«

»Ich habe Rietmanns Bankdaten durchleuchtet. Bis vor zwei Jahren konnte man die Familie durchaus als wohlhabend bezeichnen. Sie hatte ein beträchtliches Guthaben auf allen Konten. Danach wurden in regelmäßigen Abständen größere Summen in bar abgehoben, bis alles verbraucht war. Mehr noch, vor einigen Wochen waren alle Konten heillos überzogen, bis sie mit einer beträchtlichen Summe wieder ausgeglichen wurden. Und zwar von Angelika Eilers.«

Elin riss die Augen auf. »Schau mal einer an. Frau Eilers hilft ihrem Bruder aus der Patsche, obwohl das Verhältnis der beiden nicht zum Besten steht? Interessant.«

Thees räusperte sich. »Ich finde viel interessanter, was mit dem zuvor abgehobenen Bargeld passiert ist. Was hat Rietmann damit wohl gemacht?«

»Noch etwas, dass er uns erklären muss.« Elin wandte sich wieder an Schlüter: »Ich hätte eine Bitte an Sie, besser gesagt, einen weiteren Spezialauftrag für Sie.«

»Kein Problem, wir können sofort darüber sprechen. Zuvor sollte ich Ihnen mitteilen, dass Wilhelmsen einen Durchbruch bei der Suche nach Jonnas Freund Mike hat.«

»Was?«, rief Thees verblüfft. »Warum sagen Sie das nicht gleich?«

»Stimmt, das hätte ich tun sollen. Entschuldigen Sie bitte.«

»Geschenkt«, beruhigte Elin ihn. »Dann erzählen Sie mal.«

»Wilhelmsen hat die Social-Media-Seiten von Jonna Eilers noch mal akribisch gecheckt. Das hatten wir schon am vergangenen Dienstag gemacht, damals wussten wir allerdings noch nicht, dass speziell auf einen Mike achtgegeben werden sollte. Zum Glück ist es dem Kollegen eingefallen. Ein gewisser Michel Harmsen hat zweimal bei Instagram auf einen Post von Jonna reagiert und ihn kommentiert. Wilhelmsen hat daraufhin sein Profil gecheckt und dabei Erstaunliches festgestellt.«

»Nämlich?«

»Zum einen, dass dieser Michel näher mit Klaas Hemmer bekannt sein muss, denn es gibt mehrere Fotos auf ihren Accounts, die die beiden gemeinsam zeigen.«

»Und zum anderen?«, fragte Elin.

»Zum anderen hat er mehrere Bilder gepostet, die offensichtlich auf Wangerooge gemacht wurden.«

Thees strahlte. »Volltreffer.«

»Langsam, langsam«, sagte Elin. »Das ist eine heiße Spur, zweifelsohne, doch es muss sich erst noch erweisen, wohin sie führt.«

»Wilhelmsen ist dran«, führte Schlüter weiter aus. »Er telefoniert gerade mit den Meldeämtern der umliegenden Kommunen und Städte. Es wäre doch verhext, wenn wir den Mann nicht finden würden, jetzt, wo wir seinen Namen kennen.«

»Dass er noch auf Wangerooge lebt, schließen Sie aus?«, fragte Elin.

»Ja. Ich bezweifele sogar, dass er dort jemals einen festen Wohnsitz hatte. Wir haben alle auf der Insel lebenden Männer, deren Vornamen sich nur annähernd nach Mike oder Michael angehört haben, doppelt- und dreifach überprüft. Für die Gegenwart und rückwirkend für zwei Jahre. Ein Michel Harmsen war nicht dabei. Hundertprozentig nicht.«

»Dann war Wangerooge nur ein Treffpunkt für Jonna und ihn«, folgerte Thees. »Sie haben die Insel als Liebesnest genutzt.«

»Gut vorstellbar«, stimmte Schlüter ihm zu.

Elin streckte sich. »Super. Wilhelmsen kümmert sich bitte weiter um Harmsen, und wenn er den Mann heute noch ausfindig machen kann, dann soll er ihn ebenfalls ins PK Wittmund bringen. Wir drei halten wie abgesprochen an unseren Plänen fest, einverstanden?«

Beide Männer nickten.

»Ich informiere den Kollegen«, kündigte Schlüter an. »Danach gehe ich noch kurz für kleine Jungs und mache mich dann auf den Weg, um Christian Rietmann einzusammeln. Ich hoffe, dass er zu Hause ist.«

Elin lächelte. »Wenn nicht, werden Sie ihn schon finden, da bin ich mir sicher. Wir sehen uns später in Wittmund.«

Schlüter machte Anstalten zu gehen, dann stutzte er und sah auf den Umschlag in seinen Händen. »Den hätte ich jetzt beinahe vergessen. Ist für Sie, Frau Bertram. War im Briefkasten.«

Elin nahm das Kuvert entgegen und runzelte die Stirn. »Keine Frankierung?« Sie schaute auf die Adresse, die auf den Umschlag gedruckt worden war. »Hm, nur mein Name, nichts weiter.«

»Gibt es einen Absender?«, fragte Thees neugierig.

Elin drehte den Umschlag um und schüttelte den Kopf. »Nein, hier steht nichts.«

»Ist bestimmt nichts Wichtiges«, meinte Schlüter. »Ich mache mich mal auf die Socken.« Er hob die Hand zum Abschied und verließ den Raum.

»Wolltest du ihm nicht noch einen Spezialauftrag verpassen?«, fragte Thees.

»Was?«, antwortete Elin geistesabwesend. »Ach so, ja. Äh, das kann warten.«

»Verrätst du mir, worum es dabei geht?«

Elin ignorierte seine Frage. »Wieso sollte jemand für mich einen Brief hier einwerfen? Vielleicht ist das ein anonymer Hinweis.«

»Du meinst, auf den Mörder?« Thees klang angespannt. »Mach auf, dann wissen wir es.«

Elin öffnete den Umschlag und zog ein zusammengefaltetes Stück Papier heraus. Als sie es aufklappte, fiel ihr Blick auf eine Zeichnung, die über einigen Textzeilen zu sehen war.

»Was ist?«, fragte Thees besorgt. »Du machst ein Gesicht, als ob du ein Gespenst gesehen hättest.«

»Das kommt dem ziemlich nah. Das Schreiben ist nämlich von *ihm*, so wie es scheint.«

»Von ihm?«, wiederholte Thees ratlos.

»Vom Mondscheinmörder. Diesmal hat er keine Adlerkralle geschickt, er hat eine gezeichnet.« Sie drehte den Zettel so, dass Thees sehen konnte, was darauf war.

»Tatsächlich«, stöhnte Thees. »Die ist sogar richtig gut gezeichnet. Was hat der Mistkerl geschrieben?«

Hastig überflog sie das Geschriebene und reichte das Papier dann ihrem Kollegen. »Schau selbst!«

Thees nahm den Zettel und begann laut zu lesen:

»Aus den Tiefen rufe ich, Herr, zu dir:
Mein Herr, höre doch meine Stimme!
Lass deine Ohren achten auf mein Flehen um Gnade.
Würdest du, Herr, die Sünden beachten,
mein Herr, wer könnte bestehen?
Doch bei dir ist Vergebung,
damit man in Ehrfurcht dir dient.
Ich hoffe auf den Herrn, es hofft meine Seele,
ich warte auf sein Wort.
Ich kam, um eure Seelen zu retten, doch niemand rettete
meine Seele.
Meine Seele wartet auf meinen Herrn
mehr als Wächter auf den Morgen,
ja, mehr als Wächter auf den Morgen.
Israel, warte auf den Herrn,

denn beim Herrn ist die Huld,
bei ihm ist Erlösung in Fülle.
Ja, er wird Israel erlösen
aus all seinen Sünden.«

Thees verstummte und sah auf. »Was soll das?«

Elin zuckte mit den Schultern. »Wenn ich mich recht entsinne, ist das ein alttestamentarischer Psalm.«

»Ein Zitat aus der Bibel? Was will er uns damit sagen?«

Elin seufzte. »Frag mich mal, ich habe nicht die leiseste Ahnung. Wieder mal.«

»Erst die Stigmata und jetzt das. Schon mal daran gedacht, dass seine Taten religiös motiviert sein könnten?«

Elin lächelte müde. »Bitte nicht schon wieder eine neue Theorie. Momentan habe ich überhaupt keine Lust, mich mit diesem Irren auseinanderzusetzen. Das lenkt nur ab. Ich bereue es sogar, ehrlich gesagt, dass wir ihn gereizt und mit Jonnas Tod in Verbindung gebracht haben. Müsste ich mich hier nicht immer wieder mit ihm beschäftigen, hätten wir den Mord an Jonna vielleicht schon gelöst.«

»Das weißt du nicht. Ich finde die Vorgehensweise nach wie vor richtig, weil er jedes Mal, wenn er sich aus seiner Deckung begibt, einen Fehler machen könnte. Dieser Brief zum Beispiel geht unverzüglich in die KTU. Vielleicht können Fingerabdrücke sichergestellt werden. Und wenn Zeit ist, sollten wir unbedingt Schlüters Nachbarn befragen. Jemand könnte beobachtet haben, wer den Brief eingeworfen hat.«

Elin seufzte. »Wenn Zeit ist? Conrads, du beliebst zu spaßen. Wir werden in den nächsten Stunden überhaupt keine Zeit haben. Erst die Befragung von Rietmann, und danach, wenn er bis dahin ausfindig gemacht wurde, auch noch ein Gespräch mit Michel Harmsen. Nebenbei: Fingerabdrücke auf dem Umschlag kannst du getrost vergessen. So dumm ist der

Mondscheinmörder nicht. Also leg den Brief weg. Damit können wir uns beschäftigen, wenn hier alles vorbei ist.«

»Aye, aye, Captain! Dein Wort ist mir Befehl.«

»Hör doch mal auf mit dem Blödsinn«, fauchte sie ihn an.

Thees grinste. »Würde ich ja, aber es macht wahnsinnig Spaß, dich aufzuziehen.«

»Sehr witzig, Kollege. Lass uns jetzt fahren. Nicht, dass Schlüter eher mit Rietmann im Kommissariat ist als wir.«

Als sie das Büro verließen, stießen sie im Flur um Haaresbreite mit jemandem zusammen. »Schlüter, verdammt!«, rief Thees. »Was machen Sie denn noch hier? Sollten Sie nicht schon längst unterwegs sein?«

Elin musterte den jungen Kollegen. Er war kalkweiß und seine Hände zitterten. »Alles in Ordnung mit Ihnen?«, fragte sie alarmiert.

»Es kam gerade ein Anruf rein«, antwortete Schlüter, und seine Stimme zitterte ebenfalls.

»Ein Anruf?«, wiederholte Elin. »Okay, was ist passiert? Schon wieder schlechte Nachrichten?«

»Leider ja. Man hat nun auch Moritz Hoferland gefunden. Er ist …« Schlüter verstummte.

»Ja?«, ermunterte Elin ihn weiterzureden.

»Er ist tot. Die Auffindesituation deutet auf einen Suizid hin.«

»Selbstmord?«, stieß Elin erschüttert aus. »Wie furchtbar.« Sie sah Thees an. »Das ist vorrangig. Rietmann muss warten. Schlüter, wo hat man ihn gefunden?«

»In einem Schafstall in der Nähe des Feldwegs, auf dem Klaas Hemmer gelegen hat. Ich bringe Sie hin.«

Elin konnte den Blick nicht abwenden von dem toten Körper des jungen Mannes, der vor ihr gekrümmt auf dem sandigen Boden des Stalls lag. Moritz Hoferlands Gesicht war seltsam verzerrt, und Elin konnte mehrere blau verfärbte Hämatome erkennen, die deutlich von der fahlen Haut abstachen. Die Nase wirkte deformiert und war vermutlich gebrochen worden. An der Schläfe des Jungen war eine beträchtliche Menge Blut aus der Einschussstelle herausgesickert und mittlerweile geronnen. Die Leichenstarre war in einem fortgeschrittenen Stadium. Das konnte Elin auch ohne die Expertise eines Rechtsmediziners erkennen, zu viele Tote hatte sie schon gesehen. Sie nahm an, dass der Todeszeitpunkt mehr als vierundzwanzig Stunden zurücklag. Eine genauere Einschätzung würde sie Sina überlassen, die schon auf dem Weg hierher war.

»Entschuldigung, darf ich mal?«, bat ein Kollege der Spurensicherung und riss sie aus den Gedanken. Er schob sie sanft ein wenig zur Seite und kauerte sich zu dem toten Moritz auf den Boden.

Elin trat noch weiter zurück. Mit ernster Miene beobachtete sie, wie der Mann Moritz die Waffe aus seiner rechten Hand nahm und in einer verschließbaren Plastiktüte verstaute. Danach kratzte der Kollege die Lage und die Kontur des Körpers zunächst mit einem spitzen Utensil, das wie ein schmaler Meißel aussah, in den Sandboden, um den Umriss gleich danach mit Farbe aus einer Sprühdose nachzuzeichnen. Zeitgleich waren weitere Spurensicherer damit beschäftigt, Fingerabdrücke an den wenigen Gegenständen im Stall zu suchen.

Es waren an die zehn Personen, die hier ihre Arbeit verrichteten, und dennoch war kaum etwas zu hören. Es herrschte eine beinahe gespenstische Stille, die den Ort noch bedrückender machte, als er ohnehin schon war.

Elin sah über ihre Schulter. Thees saß etwa zwei Meter hinter ihr auf einem Strohballen, und auch er verfolgte mit angespannter Miene die Arbeit der Kollegen. Sie ging zu ihm.

»Haben wir falschgelegen?«, fragte er leise, als sie sich neben ihn setzte.

»Was meinst du?«

»Ist das nicht offensichtlich?« Er zeigte auf Moritz. »Das da ist doch ein Schuldeingeständnis, oder? Er schießt Klaas an und richtet sich dann selbst. Weil er Jonna umgebracht hat und keinen Ausweg aus dieser Situation mehr gesehen hat.«

Elin schüttelte den Kopf. »Es ist kein Schuldeingeständnis.«

»Warum hat er sich dann erschossen?«

»Moritz Hoferland hat keinen Suizid begangen. Er wurde eiskalt ermordet.«

Als der Kollege ihr nicht antwortete, blickte Elin ihn an. Thees wirkte geradezu entgeistert.

»Jetzt schau mich nicht so an, Thees.«

»Wie soll ich dich denn bitte sonst ansehen?«, fragte er ungläubig. »Es ist mir bewusst, dass der Suizid noch untersucht und offiziell bestätigt werden muss, aber ich denke, es spricht momentan alles für eine Selbsttötung.«

»Eben nicht.«

»Bist du auch so gütig, mir zu erklären, warum?«

»Moritz hatte die Waffe in der rechten Hand, richtig?«

»Stimmt.«

»Er war Linkshänder. Wieso hätte er die Waffe mit der rechten Hand führen sollen?«

»Woher willst du wissen, dass er Linkshänder gewesen ist?«

»Es ist mir aufgefallen, als ich seine handschriftlichen Notizen durchgesehen habe. Du weißt schon, die, die in seiner Mappe mit den Zeitungsartikeln über den Madsen-Mord waren.«

»Seit wann kann man an der Schrift erkennen, ob jemand links- oder rechtshändig ist?«

Elin zog die Augenbrauen hoch. »Wenn der Schreiber einen Tintenstift verwendet hat, ist das kein Kunststück. Weißt du, Katja, meine Freundin, war ebenfalls Linkshänderin und sie hat sehr oft Ärger mit den Lehrern gehabt, weil ihre Hausaufgaben immer ein wenig verschmiert waren. Weil Katja mit ihrem Handrücken über das Frischgeschriebene gerutscht ist und dadurch die Tinte verwischt hat. Moritz' Notizen sahen ähnlich ramponiert aus.«

»Es ist also lediglich eine Vermutung von dir.«

»Bislang ja, aber eine sehr fundierte, wie ich finde. Ich bin mir sicher, dass Frau Hoferland sie bestätigen wird. Es gibt noch einen weiteren Hinweis, dass Moritz sich nicht selbst getötet hat.«

»Und zwar?«

»Wenn du dich erschießen wolltest, wie würdest du es machen?«

»Darüber habe ich noch nie nachgedacht.«

»Tu es jetzt.«

Thees rieb sich den Nacken. »Keine Ahnung, die sicherste Variante ist wahrscheinlich, die Waffe in den Mund zu stecken und abzudrücken. Sicher im Sinne von erfolgversprechend, meine ich.«

»Also würdest du es auf diese Art tun?«

»Oder in die Schläfe, so wie er es gemacht hat.« Thees zeigte auf den toten Moritz.

»Mit einem Aufsetzschuss, meinst du?«

Thees nickte.

»Siehst du. Das ist der weitere Hinweis. Der Junge ist nämlich ganz sicher nicht durch einen Schuss getötet worden, bei dem die Mündung der Waffe auf der Haut lag. Bei Aufsetzschüssen bläst sich die Haut durch das explosive Eindringen von Gas und Partikeln auf. Sie dehnt sich dem Pistolenlauf

225

entgegen, schmiegt sich extrem an, klebt am Metall und es bleibt eine Druckstelle in Form der Waffenmündung. Die fehlt bei Moritz. Es sind auch keine Schmauchspuren vorhanden. Form und Aussehen der Eintrittswunde lassen darauf schließen, dass der Schuss aus der Nähe erfolgte, aber eben nicht aus nächster Nähe. Kein Mensch, der sich umbringen möchte, würde die Waffe mit einem Abstand von einem halben Meter auf sich richten, oder siehst du das anders?«

»Ich muss sagen, ich bin schwer beeindruckt, Frau Kriminalhauptkommissarin Bertram.«

Elin winkte ab. »Nicht erwähnenswert. Nach einigen Jahren in der Mordermittlung entwickelt man ein Auge für solche Details, ohne auf die Beurteilung der Rechtsmedizin warten zu müssen.«

»Ganz ohne die Kollegen geht es aber auch nicht.«

»Gott bewahre, das habe ich auch nicht andeuten wollen. Die Expertise von Sina oder von einem ihrer Kollegen hat so mancher meiner Ermittlungen zum Durchbruch verholfen.«

»Wäre schön, wenn es auch in diesem Fall so wäre. Wenn es kein Suizid war, was zum Teufel ist dann in dieser Scheune vorgefallen?«

Elin nagte nachdenklich an ihrer Unterlippe. »Die Waffe wird die von Detlef Hemmer sein.«

»Davon gehe ich auch aus. Aber dass Klaas erst Moritz getötet und sich dann selbst angeschossen hat, kann ich mir nicht vorstellen.«

»Das ist alleine schon deswegen undenkbar, weil Klaas sich seine Verletzung niemals selbst hätte beibringen können, so viel wissen wir. Diesen Einschusswinkel hätte er nicht hinbekommen.«

»Es muss also eine dritte Person beteiligt gewesen sein?«

»Das steht für mich außer Frage.«

»Jonnas Mörder?«

»Ja. Nur er kann es meiner Ansicht nach gewesen sein.«

»Weil Moritz ihn gesehen hat? In der Hütte?«

Elin nickte.

»Und Klaas war eine Art Kollateralschaden? Sorry für die Bezeichnung, aber mir fällt nichts Besseres ein.«

»Das trifft es. Leider.«

»Aber wie hat Jonnas Mörder die Jungen hier gefunden?«

»Das ist die Eine-Millionen-Dollar-Frage, die wir Christian Rietmann so schnell wie möglich stellen sollten.«

»Du bist zweifelsfrei überzeugt, dass er Jonna getötet hat?«

»Zweifelsfrei wäre zu viel gesagt, aber ich bin mir ziemlich sicher, dass er es war.«

»Und diese Tat hier ist geschehen, um Moritz als Zeugen aus dem Weg zu räumen?«

»Ergibt für mich absolut Sinn.«

»Was ist mit den Verletzungen, die Moritz Hoferland im Gesicht hat?«

»Die hat ihm wohl eher Klaas beigebracht, was er uns hoffentlich bald bestätigen kann. Leider scheint es ihm noch nicht besser zu gehen. Dr. Brandt hätte sich sonst sicherlich gemeldet.«

»Dann sollten wir als Nächstes Rietmann verhören. Damit wir mit ihm endlich mal weiterkommen.«

»Das machen wir. Lass uns aber erst warten, bis Sina hier eintrifft.«

»Verstehe. Du möchtest ihre Bestätigung für deine Vorabanalyse im Fall des toten Jungen.«

»Nein, darum geht es nicht. Es betrifft das mögliche Motiv von Rietmann.«

»Du hast eine Idee, *warum* er Jonna getötet haben könnte?«

»Habe ich. Aber es bedarf noch einiger Recherchen und eventuell auch einer Beurteilung durch Sina. Ich wollte sie vorwarnen, dass da etwas auf sie zukommen könnte.«

»Sag schon, was ist es. Ich platze vor Neugierde.«

Elin zog einen Strohhalm aus ihrem Haar, der sich unbemerkt dorthin verirrt hatte. »Nun, ich habe lange darüber nachgedacht und bin zu der Überzeugung gelangt, dass …« Sie wurde jäh unterbrochen, als draußen vor dem Schafstall jemand zu schreien begann. Es waren gellende und herzzerreißende Schreie einer Frau. Die Schreie einer Mutter, die begreifen muss, dass ihr Kind nicht mehr lebt.

»Das ist wohl Anna Hoferland«, sagte Thees, der offensichtlich den gleichen Gedanken hatte.

Elin nickte bedrückt und sprang auf. »Wie hat sie davon erfahren, verdammt? Das ist nicht gut. Sie sollte nicht hier sein.«

»Schlechte Nachrichten verbreiten sich immer wie ein Lauffeuer, und hier auf dem Land geht es sogar noch schneller.«

Die Schreie Anna Hoferlands hatten sich geändert. Noch immer klang ein grenzenloser Schmerz darin an, aber vor allem hörte man nun Wut.

»Lass uns rausgehen«, sagte Elin. »Bevor es noch weiter eskaliert.«

Doch ihr Vorschlag kam zu spät. Moritz' Mutter drängte mit aller Gewalt in die Scheune und ließ sich auch nicht von den beiden Streifenbeamten abhalten, die an ihren Armen zerrten.

Ohne zu zögern, trat Elin zu der Frau und den beiden Beamten. »Bitte lassen Sie Frau Hoferland los«, forderte sie die Kollegen ruhig, aber eindringlich auf. Elin rechnete damit, dass Anna Hoferland sich sofort zu ihrem Sohn auf den Boden knien würde, aber nichts dergleichen geschah. Plötzlich schien Moritz' Mutter wie versteinert. Wortlos und mit leerem Blick starrte sie auf den toten Jungen zu ihren Füßen.

»Frau Hoferland, es tut mir unsagbar leid«, sprach Elin sie vorsichtig an und legte eine Hand auf den Arm der Frau, die unter der Berührung leicht zusammenzuckte.

»Es … es kann nicht sein«, murmelte Anna Hoferland. Verzweiflung und Zorn kehrten in ihr Gesicht zurück.

Elin schluckte. »Ich kann mir vorstellen, dass es schwerfällt zu akzeptieren, dass Moritz tot ist, aber …«

»Das ist es nicht«, schnitt Anna Hoferland ihr das Wort ab. Tränen liefen über ihre Wangen. »Es kann nicht sein, dass er sich umgebracht hat … das wollte ich sagen. Nie und nimmer hätte er mir das angetan, ganz egal, was er zuvor verbrochen hat.«

Elin fing einen warnenden Blick von Thees auf, aber den hätte es nicht gebraucht. Sie wusste, dass sie Moritz' Mutter nichts von ihrer Vermutung sagen durfte.

»Ich … ich weiß, wer die Schuld an seinem Tod trägt«, fuhr Anna Hoferland schluchzend fort.

»Sie wissen es?«, wiederholte Elin atemlos.

»Sie sind es! Sie haben das zu verantworten. Sie und all die Polizisten da draußen, denen es in den letzten Tagen nicht gelungen ist, meinen Jungen zu finden. Hätten Sie Ihre verdammte Arbeit erledigt, dann würde mein Moritz jetzt nicht da liegen! Auf dem staubigen Boden eines stinkenden Stalls.«

Jedes einzelne Wort fühlte sich an wie ein Nadelstich. Hatte Anna Hoferland nicht recht? Eben erst hatte Elin sich eingestehen müssen, dass sie mit den Ermittlungen viel weiter hätten sein können, wenn sie Christian Rietmann nicht sofort aus dem Kreis der Verdächtigen ausgeschlossen hätten. Ein paar Tage hatte es gedauert, diesen Fehler zu korrigieren. Ein paar Tage, die Moritz Hoferland das Leben gekostet hatten, und im schlimmsten Fall auch Klaas Hemmer.

»Kann ich mich jetzt bitte von meinem Sohn verabschieden?«

»Frau Hoferland, ich fürchte, das wird nicht möglich sein«, antwortete Elin bedrückt. »Die Spurensicherung …«

»Das geht in Ordnung«, mischte Thees sich ein. »Die Kollegen sind fürs Erste durch.«

Elin trat beiseite, und Anna Hoferland kauerte sich zu Moritz auf den Boden. Mit bebenden Händen umfasste sie den

Kopf des toten Jungen und zog ihn an ihre Brust. Es wurde noch stiller in der Scheune. Nur hin und wieder war das Schluchzen der Frau zu vernehmen, die ihren Sohn sanft in ihren Armen wiegte.

Elin sah dem mit geballten Fäusten zu und konnte nicht verhindern, dass auch ihr Tränen über die Wangen liefen. Sie drehte sich auf dem Absatz um und rannte aus dem Stall. Draußen blieb sie schwer atmend stehen. Sie war so mit sich beschäftigt, dass sie nicht mal das Auto von Dr. Sina Mertens bemerkte, bis es vor der Scheune hielt.

Thees war ihr gefolgt und fasste sie sanft am Ellbogen. »Alles in Ordnung, Elin?«

»Nichts ist in Ordnung«, flüsterte sie mit erstickter Stimme. »An Tagen wie diesen würde ich meinen Job am liebsten hinwerfen.«

»An Tagen wie diesen«, widersprach Thees bestimmt, »wird eine Polizistin wie du ganz besonders gebraucht. Also hör auf zu hadern, Bertram, und lass uns arbeiten.«

Elin schloss die Augen und atmete ein paarmal tief durch. Dann öffnete sie sie wieder. »Okay, lass uns diesen Kerl endlich dingfest machen.«

24

Elin ließ kaltes Wasser über ihre Finger rieseln, während sie sich im Spiegel über dem Waschbecken betrachtete. Sie sah genauso erschöpft aus, wie sie sich fühlte. Dieses Befinden hielt nun schon seit Tagen an und hatte sich zu einem Dauerzustand gemausert. Dem Gegenüber stand eine innere Unruhe, die sie immer befiel, wenn die Aufklärung eines Falls in greifbare Nähe rückte. Eine Unruhe, die für ihren Körper und für ihren Geist eine Art Notstromaggregat war und dafür sorgte, dass sie durchhielten. Aber auch Thees' Zuspruch war ein weiterer Antrieb gewesen, nachdem sie für einen kurzen Moment am liebsten den Kopf in den Sand gesteckt und alles hingeworfen hätte. Es war von unschätzbarem Wert, einen solchen Partner an der Seite zu haben, und Elin dachte nicht zum ersten Mal daran, Thees zu fragen, ob er nicht zur Soko Mondschein wechseln wollte, wenn sie hier durch waren. Aber noch waren sie das ja nicht.

Die Tür zum Waschraum des PK Wittmunds wurde aufgerissen und Elin musste lächeln, als sie sah, wer hereingestürmt kam.

»Hier bist du!«, rief Thees. »Ich habe dich schon überall gesucht.« Er stutzte. »Was grinst du denn so?«

»Ich grinse nicht, ich lächle. Weil ich gerade an dich gedacht hatte, und zack, kommst du durch die Tür.«

Thees schaute sie verunsichert an. »Du hast an mich gedacht?«

Elin konnte den Blick und den Tonfall seiner Stimme erst nicht einordnen, doch dann begriff sie und brach in schallendes Gelächter aus, während sie den Hahn abdrehte und ein Papiertuch aus dem Spender neben dem Waschbecken zog. »Doch nicht auf eine romantische Art, du Clown«, brachte sie nur mit größter Anstrengung hervor.

»Nicht?«, erwiderte Thees und wirkte erleichtert, was Elin nur noch mehr lachen ließ. »Und warum dann?«

»Weil ich finde, dass wir gut zusammenarbeiten. Das habe ich dir schon mal gesagt, und ich denke es von Tag zu Tag mehr. Wenn du mich nicht gerade in einen Lachflash treibst, der lebensbedrohliche Ausmaße annimmt.«

»Du übertreibst maßlos«, brummte Thees. »Außerdem hätte es durchaus sein können, dass du …«

»Hätte es nicht. Und jetzt sag endlich, warum du mich so dringend suchst.«

»Schlüter ist mit den Rietmanns auf dem Weg hierher. Sie dürften in wenigen Minuten eintreffen.«

»Was heißt, mit den Rietmanns? Ist seine Frau etwa dabei?«

»Seine Frau und seine Tochter Maja, die für Jonnas Beisetzung aus Kanada eingetroffen ist. Beide haben darauf bestanden, Christian Rietmann aufs Revier zu begleiten.«

»Aber bei der Befragung möchte ich sie nicht dabeihaben, hörst du?«

»Das versteht sich von selbst.«

»Hast du die Hausdurchsuchung auf den Weg gebracht?«

»Ja. Die Papiere vom zuständigen Gericht dürften bald eingehen, dann legen die Kollegen sofort los.«

»Hervorragend. Und noch was: Ich möchte, dass Schlüter und du später einen Blick auf die Unfallakte von Sven Rietmann werft.«

Thees stutzte. »Was? Wieso das denn?«

»Ich wollte es dir schon im Schafstall erzählen. Ich könnte mir vorstellen, dass der Unfall etwas mit Jonnas Ermordung zu tun hat. Vielleicht liegt hier das Motiv von Christian Rietmann. Darum habe ich auch Sina, nachdem sie mit der ersten Untersuchung von Moritz' Leichnam fertig war, gebeten, sich den

Obduktionsbericht von Sven mal anzusehen. Sie macht das online von Schlüters Haus aus.«

»Aber wie kommst du nur darauf, dass der Unfall der Schlüssel sein könnte?«

»Wie ich dir heute Morgen schon sagte, es ist das Resultat einer langen Überlegung. Mir ging nicht aus dem Kopf, was Astrid Meier über Jonnas Verhalten nach Svens Tod gesagt hat. Dass sie unter starken Stimmungsschwankungen gelitten hat, meine ich. Gut möglich, dass die Trauer hierfür ursächlich war, aber ebenso denkbar wäre, dass es ein Ausdruck von schlechtem Gewissen war. Was, wenn sie für den Unfall verantwortlich war, und Christian Rietmann es herausgefunden hat?«

»Aber der Junge war doch allein in dem Auto.«

»So viel, wie wir augenblicklich wissen, ja. Aber sie könnte sich auch anders schuldig gemacht haben. Vielleicht haben die zwei vorher gestritten, oder Jonna hat Schluss gemacht mit Sven, woraufhin er unachtsam war.«

»Das könnten wir aber durch bloße Einsicht des Unfallberichts nicht feststellen.«

»Ich weiß, macht es trotzdem bitte. Vielleicht fällt euch etwas auf, was nicht schlüssig ist. Ich kann aber auch völlig falsch liegen, und der Unfall hat nichts mit Jonnas Ermordung zu tun.«

»Das wäre echt der Hammer, wenn da was dran ist. Schlüter und ich machen uns nach dem Verhör gleich an die Arbeit.«

»Sehr gut, danke. Wollen wir dann, oder gibt es noch etwas?«

Thees rieb sich nervös den Nacken. »Allerdings.«

»So wie du gerade guckst, wird mich das aufregen, was jetzt kommt, stimmt's?«

»Könnte gut sein.«

Elin stöhnte gequält auf. »Na toll. Aber nützt ja nichts. Heraus mit der Sprache.«

»Wilhelmsen hat die Adresse von Michel Harmsen ausfindig gemacht und zwar in Bensersiel. Ans Telefon hat er ihn nicht bekommen, also hat Wilhelmsen sich mit einem Kollegen auf den Weg zu Harmsen gemacht.«

»Und?«, fragte Elin angespannt.

»Nun, Harmsen war zu Hause, aber als er die Tür geöffnet und gesehen hat, wer davorsteht, ist er stiften gegangen. Hat die beiden zur Seite geschubst und ist auf und davon.«

Elin stöhnte nochmals auf. »Du nimmst mich auf den Arm, oder? Harmsen ist flüchtig? Das kann nicht wahr sein!«

»Leider doch. Was automatisch zu der Frage führt, warum er das macht. So verhält sich doch nur jemand, der etwas zu verbergen hat.«

»Stimmt, aber es muss nicht zwangsläufig bedeuten, dass er etwas mit Jonnas Tod zu tun hat. Vielleicht geht es auch nur um ein nicht bezahltes Strafmandat oder so.«

Thees schüttelte missbilligend den Kopf. »Jetzt nimmst *du* mich auf den Arm, nicht wahr? Ein nicht bezahltes Strafmandat? Ernsthaft?«

Elin vergrub für ein paar Sekunden ihr Gesicht in den Händen, dann sah sie wieder auf. »Ich kann nicht glauben, dass meine Theorie schon wieder ins Wanken gerät. Dabei war ich mir so sicher, dass wir mit Rietmann dem Täter auf der Spur sind. Es muss einen anderen Grund haben, warum Harmsen abgehauen ist. Es muss einfach so sein!«

Thees verschränkte die Arme vor der Brust. »Das hier ist kein Wunschkonzert, Bertram, das weißt du genauso gut wie ich. Wir können Harmsen nicht einfach ad acta legen, nur weil du aus irgendeinem Grund unbedingt Rietmann überführen willst.«

Elin rollte mit den Augen. »Dessen bin ich mir bewusst, Kollege. Hier wird niemand ad acta gelegt. Ich nehme an, Harmsen ist zur Fahndung ausgeschrieben?«

»Ja, das hat Wilhelmsen umgehend in die Wege geleitet.«

»Dann hoffen wir mal, dass der Mann schnellstens in Gewahrsam genommen wird. Bis dahin sollten wir alles über ihn in Erfahrung bringen. Jedes noch so kleine Detail.«

»Ist ebenfalls schon in Arbeit.«

»Fein, dann kümmern wir uns nun um Christian Rietmann, schlage ich vor.«

Sie verließen den Waschraum. Als sie den Flur hinuntergingen, sahen sie in einigen Metern Entfernung Schlüter wild gestikulierend mit zwei Frauen diskutieren. Die eine war Elke Rietmann, die andere, jüngere musste demnach Maja sein, ihre Tochter.

»Halleluja, da sind Sie ja endlich, Frau Bertram!«, stieß Schlüter genervt aus. »Bitte erklären Sie den Damen hier, dass sie nicht am Verhör teilnehmen können. Mir glauben sie es nämlich nicht.«

»Verhör?«, wiederholte Maja Rietmann wütend. Sie hatte deutlich mehr Ähnlichkeit mit ihrem hochgewachsenen Vater als mit ihrer Mutter. »Na bitte, habe ich es doch gewusst. Eben gerade haben Sie noch behauptet, es wäre nichts weiter als eine Routinebefragung. Nicht eine Sekunde haben wir Ihnen das abgenommen, sonst wäre mein Vater wohl kaum in den Streifenwagen verfrachtet worden, als ob er ein Schwerverbrecher wäre. Und nun das: Er soll also verhört werden! Auch noch an einem Sonntagabend. Ich fasse es nicht.«

»Ich kann mich meiner Tochter nur anschließen«, echauffierte sich Elke Rietmann. »Wie hier mit meinem Mann umgegangen wurde und immer noch wird, entbehrt jeglicher Grundlage.«

»Tut es nicht, Elke«, entgegnete Schlüter mit ernster Miene.

»Dann sag uns doch endlich, warum Christian verdächtigt wird. Das bist du mir schuldig, so lange, wie wir uns schon kennen.«

»An dieser Stelle muss ich mich einschalten«, sagte Elin bestimmt. »Polizeiobermeister Schlüter würde gegen

Dienstvorschriften verstoßen, wenn er Sie über Details unserer Ermittlungen in Kenntnis setzt. Das darf er so wenig, wie Kommissar Conrads oder ich. Ich kann Ihnen aber versichern, dass es gute Gründe gibt, weshalb wir mit Ihrem Mann sprechen müssen. Das Ergebnis dieser Befragung könnte dazu führen, dass wir uns auch mit Ihnen und Ihrer Tochter noch näher unterhalten müssen. Vorläufig ist das noch nicht der Fall. Ich würde Ihnen deswegen raten, nach Carolinensiel zurückzufahren. Es macht keinen Sinn für Sie, hier zu warten.«

»Das können Sie getrost Maja und mir überlassen«, widersprach Elke Rietmann kühl. »Wir bleiben auf jeden Fall hier.«

»Ihre Entscheidung«, sagte Elin achselzuckend. Sie wandte sich an Thees und Schlüter. »Wollen wir dann?« Die beiden Männer nickten.

»Warten Sie«, rief Maja Rietmann. »Egal, was Sie von meinem Vater denken mögen, egal, was Sie meinen, gegen ihn in der Hand zu haben: Er hätte Jonna niemals etwas antun können! So wie er überhaupt keiner Menschenseele, mehr noch, keinem Lebewesen jemals Leid zufügen könnte. Er ist ein herzensguter Mann.«

Elin sah die junge Frau mit ernster Miene an. »Es spricht für Sie, dass Sie Ihren Vater so vehement verteidigen. Doch leider sind auch herzensgute Menschen in manchen Situationen fehlbar. Ob das hier der Fall ist, vermag ich noch nicht zu sagen, aber es ist meine Aufgabe und die der Kollegen, das herauszufinden. Darum lassen Sie uns nun bitte unsere Arbeit tun. Wenn Sie recht behalten und Ihr Vater sich nichts zu Schulden hat kommen lassen, wird er schneller wieder auf freien Fuß sein, als Sie denken.«

Maja Rietmann nickte nur stumm, während ihre Mutter sich ebenso wortlos ein paar Tränen aus den Augenwinkeln wischte.

Elin ging weiter, und die Schritte in ihrem Rücken verrieten ihr, dass Thees und Schlüter ihr folgten.

Als sie die Klinke zum Raum, in dem Christian Rietmann auf sie wartete, in der Hand spürte, atmete sie noch mal tief durch. Dann öffnete sie die Tür.

»Herr Rietmann, ich wünsche Ihnen einen guten Tag«, begrüßte sie den Mann, der mit übereinandergeschlagenen Beinen am Tisch sitzend ihr und den Kollegen entgegensah.

»Können Sie sich vorstellen, wie ironisch Ihre Worte in meinen Ohren klingen?«, sagte Rietmann verärgert.

Elin musterte ihn mit prüfendem Blick und konnte keine Anzeichen von Nervosität bei ihm feststellen. Möglicherweise wurde diese aber auch nur von seiner Wut verdeckt.

Sie setzte sich wie Thees auf die andere Seite des Tisches, während Schlüter die Tür hinter sich schloss und stehen blieb.

»Ironie liegt uns in dieser Situation fern«, meinte Thees. »Das können Sie uns glauben.«

»Warum bin ich hier?«, fragte Christian Rietmann.

Elin räusperte sich. »Bevor wir darauf zu sprechen kommen, müssen wir Sie darauf hinweisen, dass Ihnen ein rechtlicher Beistand zusteht.«

»Das ist mir bekannt. Mein Anwalt ist bereits informiert und auf dem Weg hierher. Er muss von Bremerhaven anreisen. So lange möchte ich aber nicht warten. Bitte verraten Sie mir, was Sie von mir wollen.«

Elin nickte und legte ein Diktiergerät auf den Tisch. »Sind Sie mit der Aufzeichnung des Gesprächs einverstanden?«

»Nur zu«, brummte Rietmann.

»Gut.« Elin betätigte die Aufnahmetaste des Geräts, nannte das Datum, die Uhrzeit und die Gesprächsteilnehmer. Dann setzte sie sich aufrecht hin und suchte den Blick Christian Rietmanns.

»Herr Rietmann, Sie können sich nicht denken, warum Sie hier sind?«

»Wenn es so wäre, hätte ich nicht gefragt.«

»Bei unserer ersten Unterhaltung im Haus Ihrer Schwester, nachdem man nur Stunden zuvor Ihre Nichte Jonna Eilers tot aufgefunden hatte, fragten wir alle Familienangehörigen nach ihren Alibis. Auch Sie.«

Rietmann erblasste, was Elin mit Genugtuung zur Kenntnis nahm.

»Das ist richtig«, bestätigte er, und jetzt war nicht zu übersehen, dass er nervös war.

»Sie haben uns gesagt, dass Sie zum Zeitpunkt von Jonnas Tod, der vergangenen Montag etwa gegen zwanzig Uhr eingetreten sein muss, in der Kirche von Carolinensiel an der Orgel gesessen haben.«

»Auch das stimmt.«

»Es stimmt, dass Sie das gesagt haben, doch es stimmt nicht, dass Sie dort waren. Das wissen Sie und wir mittlerweile auch.«

Christian Rietmann senkte den Blick. »Ich habe keine Ahnung, wovon Sie reden.«

»Nun, dann muss ich deutlicher werden. Sie sind an jenem Abend in die Kirche gegangen, haben die Reinigungskräfte wie an jedem Montag begrüßt, und sind dann zur Orgelempore hinaufgestiegen. Dort blieben Sie einige Minuten, etwa zwölf, um genau zu sein. Dann haben sie eine Orgelaufnahme vom Band gestartet und einen passenden Moment genutzt, um die Kirche zu verlassen.«

»Das ist Blödsinn.«

»Wir können Ihnen gerne die Aufnahme der Überwachungskamera zeigen, die im Außenbereich der Kirche angebracht ist und die mit Datum und Uhrzeit dokumentiert hat, wie Sie gehen. Möchten Sie das?«

Rietmann, dessen Gesicht noch mehr Farbe verloren hatte, schüttelte nach einem Moment des Schweigens langsam den Kopf. »Nicht nötig.«

»Sie geben also zu, dass Sie uns getäuscht haben und Ihr Alibi somit keines ist?«

»Es bleibt mir wohl nichts anderes übrig.«

»Okay. Dann frage ich Sie jetzt noch mal, wo Sie sich am Abend des Tattags gegen zwanzig Uhr aufgehalten haben.«

Christian Rietmann schien für einen Moment mit sich zu ringen, dann versteinerte sich seine Miene. »Dazu möchte ich nichts sagen.«

»Ihnen ist bewusst, was es für einen Eindruck hinterlässt, wenn Sie bei dieser wichtigen Frage schweigen?«

Er nickte.

Elin stand auf und stellte sich seitlich an den Tisch. Sie ließ Christian Rietmann nicht aus den Augen. »Wenn Sie uns nicht sagen wollen, wo Sie waren, dann werde ich es tun. Sie haben die Kirche verlassen und sind wenig später zu der Hütte im Wald gegangen oder gefahren, das wird sich noch herausstellen. Dort sind Sie auf Jonna getroffen, die Sie vermutlich ans Bett gefesselt vorfanden, kurz nachdem sie von Klaas Hemmer vergewaltigt worden war. Was danach passiert ist, können wir zum gegenwärtigen Zeitpunkt nicht rekonstruieren. Dazu benötigen wir Ihre Hilfe. Denn was es auch gewesen ist, wir müssen leider annehmen, dass es zu Jonnas Tötung geführt hat. Durch Sie.«

Rietmann starrte Elin mit weitaufgerissenen Augen an. »Was sagen Sie da?«, schrie er zornig. »Sind Sie völlig irre? Ich habe Jonna nichts getan! Ich habe sie geliebt! Niemals hätte ich ihr ein Haar krümmen können. Nicht in hundert Jahren.«

»Dann sagen Sie uns, wo Sie an diesem Abend waren.«

»Das geht Sie nichts an. Aber noch mal: Ich habe Jonna nicht getötet. Das schwöre ich bei allem, was mir heilig ist.«

»Nur, dass das leider nicht ausreichend ist, Herr Rietmann«, sagte Thees.

»Für mich schon.«

Elin ging zurück zu ihrem Stuhl und setzte sich wieder. »Versuchen wir etwas anderes. Wenn Sie uns schon nicht sagen wollen, wo Sie sich aufgehalten haben, als Jonna starb, dann vielleicht, wo Sie vorgestern in den Abendstunden gewesen sind? Von etwa einundzwanzig Uhr bis Mitternacht?«

»Vorgestern? Was soll das denn jetzt?«

»Sie haben gehört, was mit Klaas Hemmer geschehen ist?«

Rietmann nickte.

»Er kämpft noch immer um sein Leben. Eine Chance, die Moritz Hoferland nicht mal hatte.«

»Ich fürchte, ich verstehe nicht«, erwiderte Rietmann verwirrt. »Was ist mit dem Hoferland-Jungen?«

»Moritz wurde am Vormittag tot aufgefunden. Auf den ersten Blick sieht es aus, als hätte er sich das Leben genommen, doch das zweifeln wir an. Wir gehen davon aus, dass er umgebracht wurde. Mit einem Schuss aus der Waffe, mit der auch Klaas Hemmer angeschossen wurde.«

»Mein Gott, wie furchtbar«, raunte Rietmann.

»Nach der vorläufigen Einschätzung der zuständigen Rechtsmedizinerin ist Moritz vorgestern Abend innerhalb der genannten Zeitspanne gestorben. Wir vermuten, dass Jonnas Mörder auch ihn auf dem Gewissen hat.«

»Also ich?«, stieß Christian Rietmann aufgebracht aus.

Elin nickte. »Waren Sie's?«

Rietmann schlug die geballte Faust mit aller Kraft auf den Tisch. »Selbstverständlich nicht! Warum hätte ich den Jungen töten sollen? Warum hätte ich Jonna töten sollen, verdammt?«

»Dazu haben wir eine Vermutung, der wir aber noch nicht nachgehen konnten.«

»Dann tun Sie das, und Sie werden sehen, dass sich Ihre Vermutung in Luft auflösen wird. Ich habe das alles nicht getan.«

Elin zuckte mit den Schultern. »Das werden wir noch sehen. Gehe ich recht in der Annahme, dass Sie uns also auch nicht sagen werden, wo Sie sich vor zwei Tagen abends aufgehalten haben?«

»Ich denke nicht daran.«

»Dann eine andere Frage: Warum haben Sie in den beiden vergangenen Jahren häufig hohe Bargeldsummen von Ihren Konten abgehoben?«

Christian Rietmann lehnte sich zurück. »Auch hierzu gibt es keine Aussage von mir. Aber ich werde Ihnen etwas anderes verraten.«

»Nämlich?«

»Dass ich gar nichts mehr sagen werde, bis mein Anwalt da ist.«

2 5

Die Flügel des Tischventilators, den Schlüter organisiert und auf dem Sideboard in ihrem Zimmer positioniert hatte, drehten sich unermüdlich und sorgten für einen leichten Luftzug in dem überhitzten Zimmer. Elin lag auf dem Bett und starrte an die Decke. Es war ein ereignisreicher Tag gewesen, der leider nicht den gewünschten Abschluss gefunden hatte.

Christian Rietmann hatte nichts preisgegeben. Nicht, als sein Anwalt endlich eingetroffen war, und auch nicht, als sie ihm am späten Abend mitgeteilt hatten, dass sie ihn für vierundzwanzig Stunden in Arrest nehmen würden.

Er hatte sich auch davon nicht beeindrucken lassen, und wenn doch, hatte man es ihm nicht anmerken können. Im Gegensatz zu seiner Frau und seiner Tochter, die erneut lautstark protestiert hatten, als sie erfahren hatten, dass er vorerst nicht freikommen würde. Erst als Elke Rietmann auf dem Flur des PK Wittmund von Angelika Eilers telefonisch erfuhr, dass die Polizei das Haus der Rietmanns durchsuchte, hatten die beiden Frauen aufgegeben und waren überstürzt aufgebrochen.

Elin hatte danach die weitere Vorgehensweise mit ihren Kollegen besprochen. Die Zeit drängte. Es blieb ihnen lediglich ein Tag, um ein mögliches Motiv zu präsentieren, das den zuständigen Richter hoffentlich überzeugte, eine Untersuchungshaft für Christian Rietmann anzuordnen. Elin war zuversichtlich, dass das gelingen könnte. Aus Hannover war die Nachricht eingetroffen, dass Klaas Hemmer nicht mehr in Lebensgefahr war und in den nächsten Stunden aus dem künstlichen Koma geholt werden würde. Vielleicht schon morgen. Spätestens dann hoffte Elin, die nötigen Beweise liefern zu können, um Rietmann zu verhaften.

Elin strich sich eine vom Schweiß klamme Haarsträhne aus der Stirn, während sie weiter einen Punkt an der weiß getünchten Zimmerdecke fixierte. Thees und Schlüter waren, nachdem Rietmann in eine Arrestzelle gebracht worden war, in Wittmund geblieben. Sie hingegen hatte sich von Zeus und Apollo nach Carolinensiel chauffieren lassen, um in Schlüters Haus ein ausführliches Gespräch mit Dr. Sina Mertens zu führen. Die Medizinerin hatte nach der Tatortuntersuchung im Fall Moritz Hoferland dort auf sie gewartet und ihr noch mal bestätigt, dass der Junge keinen Suizid begangen hatte. Das hatte Elin ein wenig Vertrauen in ihre Fähigkeiten zurückgegeben und sie bestärkt, ihrem Instinkt weiter zu folgen.

Elin sah auf ihre Armbanduhr. Es war bald Mitternacht. Sina war vor einer Stunde aufgebrochen. Wo blieben Thees und Schlüter nur? Ihre Augenlider fühlten sich an, als würden Bleigewichte daran hängen. Sie musste dringend aufstehen, sonst würde sie jeden Moment einschlafen, trotz der vielen Gedanken, die sich in ihrem Kopf tummelten.

Sekunden später trottete Elin die knarrende Treppe hinunter und ging in die Küche. Sie holte sich eine Flasche Wasser aus dem Kühlschrank und nahm sich ein Glas aus dem Regal neben dem Fenster. Dabei sah sie draußen das Auto ihrer beiden Personenschützer, das unter einer Straßenlaterne stand. Sie winkte den beiden Männern zu, befüllte ihr Glas und ging ins Wohnzimmer, wo sie den Fernseher einschaltete und sich in einen Sessel hockte. Doch schon nach kurzer Zeit spürte sie, dass das langweilige Programm ihre Müdigkeit noch weiter verstärkte, darum schaltete sie das Gerät wieder aus und trat durch die Schiebetür nach draußen ins Freie. Am linken Ende der Terrasse stand ein Strandkorb, in den Elin sich setzte. Sie nippte an ihrem Glas, das sie danach vor sich auf den gefliesten Boden stellte.

Elin sah nach oben. Es war eine sternenklare Nacht. Immer noch warm, ja, aber viel erträglicher als im Haus. Ein Weilchen betrachtete sie den Himmel, in der Hoffnung eine Stern-schnuppe zu sehen, aber vergeblich. Dann kam ihr plötzlich et-was in den Sinn und sie zog ihr Handy aus der linken Gesäßta-sche ihrer engen Jeans. Nach wenigen Augenblicken hatte sie das gefunden, was sie suchte: den Psalm 130, der nach Aus-kunft des Online-Lexikons auch nach seinen lateinischen An-fangsworten ›De profundis‹ genannt wurde. Elin las weiter und lernte, dass der Psalm den Bußpsalmen zugerechnet wurde und ein Teil der traditionellen Totengebete der Katholi-schen Kirche war. Unter anderen wurde er bei Begräbnisriten rezitiert.

»Du hast dir anscheinend richtig etwas gedacht bei dieser Botschaft«, sagte Elin, ohne zu merken, dass sie ihre Gedanken laut ausgesprochen hatte, während sie die Zeilen des Psalms überflog. Plötzlich stutzte sie und las noch mal von vorne. Um nach kurzer Zeit wieder abzubrechen. Sie hatte die Nachricht des Mondscheinmörders so oft gelesen, irgendetwas war hier anders. Aber was? Elin fasste in ihre rechte Gesäßtasche, in der sich seit dem Vormittag der Zettel aus dem Umschlag befand, den Schlüter im Briefkasten gefunden hatte. Sie zog ihn hervor und verglich die Worte hastig mit dem Online-Eintrag. Sie hatte sich nicht geirrt, es gab eine Abweichung im Text. Den Satz »*Ich kam, um eure Seelen zu retten, doch niemand rettete meine Seele*« gab es im Originaltext nicht.

»Interessant«, murmelte Elin. »Ein neuer Spielzug von dir, ein neues Rätsel.« Sie seufzte, während sie das Papier zurück in ihre Tasche schob und das Handy beiseitelegte. »Ich kümmere mich drum. Schon bald.«

Elin richtete den Blick erneut nach oben in die Sterne. Plötz-lich wurde ihre Aufmerksamkeit jedoch jäh auf etwas anderes gelenkt. Von der Vorderseite des Hauses hörte sie die Schreie mehrerer Männer. Elin erkannte die Stimmen ihrer Personen-schützer. Sie sprang auf und lief mit großen Schritten seitlich am Gebäude entlang. Als sie um die Hausecke bog, erblickte sie

Zeus und Apollo auf dem Bürgersteig vor ihrem Auto. Zwischen ihnen einen jungen Mann mit blondem, stoppeligem Haar, den sie festhielten, und der sich lauthals und mit größter körperlicher Anstrengung gegen die Behandlung der Polizisten wehrte.

»Was ist hier los?«, rief Elin und steuerte geradewegs auf das Trio zu.

»Der Bursche hat hier herumgestreunt«, wetterte Zeus.

»Und er wollte in das Haus eindringen«, ergänzte Apollo.

»Das ist nicht wahr«, widersprach der schlaksige junge Mann in Bermuda-Shorts und lässigem Tanktop. Er unternahm einen neuerlichen Versuch, dem Griff der beiden zu entkommen. Ohne Erfolg.

»Sie wollten also nicht in dieses Haus einbrechen?«, fragte Elin.

»Nein. Ich war gerade im Begriff zu klingeln.«

»Ist es nicht etwas spät für einen Besuch bei Herrn Schlüter?«

»Zu dem wollte ich nicht. Ich wollte zu Ihnen. Sie sind doch Frau Bertram, oder?«

»Zu mir?«, bemerkte Elin überrascht, und bevor sie darüber nachdenken konnte, rutschte ihr etwas heraus, was sie im selben Moment bereute. »Sie haben aber keine Adlerkralle dabei, oder?«

Der junge Mann sah sie irritiert an. »Äh, was?«

Elin winkte ab. »Vergessen Sie, was ich gesagt habe. Sie wollen also zu mir? Warum?«

»Weil in den Zeitungen stand, dass Sie die zuständige Ermittlerin im Fall Jonna Eilers sind.«

»Das stimmt. Eine der zuständigen Ermittler, um genau zu sein.«

»Wie auch immer. Jedenfalls muss ich Sie dringend sprechen.«

»Okay, ich bin hier. Nur zu.«

»Könnten die beiden Gorillas mich bitte loslassen?«

Elin machte eine kurze Kopfbewegung und Zeus und Apollo zogen sich zurück, aber nicht, ohne dem jungen Mann einen bitterbösen Blick zuzuwerfen.

»Jetzt schaut mich nicht so an, ich will wirklich nur reden. Und abhauen werde ich auch nicht wieder.«

Elin schwante plötzlich, wen sie da vor sich hatte. »Wer sind Sie?«, fragte sie, um sich Gewissheit zu verschaffen.

»Ich bin Michel Harmsen«, bestätigte der Mann mit einem zaghaften Lächeln ihren Verdacht. »Der, den Sie suchen.«

»Na, das nenne ich mal eine unerwartete Entwicklung«, meinte Elin überrascht und nach einer kurzen Pause: »Also, Michel Harmsen! Sie wissen schon, dass ich Sie jetzt auf der Stelle verhaften müsste? Sie haben sich einer Befragung meiner Kollegen zum Mordfall Jonna Eilers widersetzt und sind geflohen. Dadurch haben Sie sich automatisch verdächtig gemacht, an dem Verbrechen beteiligt gewesen zu sein oder etwas über die Vorkommnisse des betreffenden Abends zu wissen. Der Tatbestand der Verdunklungsgefahr ist demnach gegeben, das würde Ihre sofortige Inhaftierung rechtfertigen.«

Michel Harmsen schüttelte unwillig den Kopf. »Sie können mir von Ihrem Polizistenlatein so viel um die Ohren hauen, wie Sie wollen, aber das, was Sie sagen, entspricht nicht der Wahrheit.«

»Sie haben meine Kollegen also nicht zur Seite gestoßen und haben das Weite gesucht?«

»Doch. Aber nicht, weil ich etwas mit dem Mord an Jonna Eilers zu tun habe! Dass Sie das vermuten, habe ich erst aus den Nachrichten erfahren. Ich habe keine Idee, wie Sie darauf kommen. Ich mag zu vielem in der Lage sein, aber dazu ganz bestimmt nicht. Erst recht nicht, wenn es um Jonna geht. Sie war eine von den Guten.«

Elin musterte ihn nachdenklich. »Wir sollten uns weiter unterhalten, wie mir scheint, aber nicht hier auf der Straße. Bitte folgen Sie mir.« Sie warf den beiden Kollegen einen beruhigenden Blick zu, die sich daraufhin wieder in ihr Auto verzogen, und führte Michel Harmsen ums Haus herum auf Schlüters Terrasse.

»Setzen Sie sich«, forderte sie ihn auf, und er nahm auf einem der Gartenstühle Platz. Elin wählte wie zuvor den Strandkorb.

»Seit wann ging das zwischen Ihnen und Jonna?«, fragte sie.

»Zwischen Jonna und mir?«, wiederholte Harmsen verdutzt. »Ich weiß nicht, was Sie meinen. Da lief nichts. Wir haben uns ein paarmal gesehen, aber das war es auch schon.«

»Sie waren in keiner Beziehung mit dem Mädchen?« Elin war nicht minder verdutzt als der junge Mann. »Oder hatten eine Affäre mit ihr?«

Michel Harmsen lachte kurz auf. »Eine Affäre? Sie meinen, ob ich mit ihr gepoppt habe? Sicher nicht. Wie gesagt, es gab nur ein paar kurze Treffen, aber das war es auch schon.«

»Fanden diese Begegnungen auf Wangerooge statt?«

»Nein. In Bensersiel und in Carolinensiel. Warum ist das wichtig?«

»Auf Wangerooge waren Sie aber schon häufiger, nicht wahr? Sie haben viele Bilder von der Insel in den Sozialen Medien gepostet.«

»Ist das etwa verboten? Ich hatte dort öfter zu tun.«

»Weil Sie dort als Kellner gearbeitet haben?«

Michel Harmsen lachte erneut. »Ich? Als Kellner? Nein, nun wirklich nicht. Das wäre ungefähr das Letzte, was ich machen würde.«

»Mm, ich verstehe. Was ist mit Ihrem Namen?«

»Was soll damit sein?«

»Werden Sie Michel gerufen oder auch manchmal Mike?«

»Mike? Nein, so nennt mich niemand, und ich würde es auch keinem raten. Ich heiße Michel und basta. Was soll diese ganze Fragerei?«

»Jonna Eilers soll mit einem Jungen oder einem Mann namens Mike, der als Kellner auf Wangerooge gearbeitet hat, zusammen gewesen sein. Sie sind es nicht, wie mir scheint.«

»Ganz sicher nicht. Dass Jonna nach Sven Rietmann wieder einen Freund gehabt hat, ist mir auch neu.«

Elin hob die Augenbrauen. »Ich dachte, Sie hätten sie kaum gekannt?«

»Habe ich auch nicht. Dafür Klaas Hemmer umso besser. Wir sind seit Langem gut befreundet. Klaas war total verschossen in das Mädchen, doch irgendwie ist er nie zum Zug gekommen bei Jonna. Weil sie noch immer ihrer ersten großen Liebe nachtrauerte, hat er mir mal erzählt. Klaas wollte ihr die Zeit geben, die sie braucht. Ich glaube, wenn Jonna sich für jemand anderen entschieden hätte, das hätte ihn schwer getroffen. Ich weiß nicht, was er dann getan hätte.«

»Ich weiß es«, murmelte Elin. »Leider.«

»Bitte?«

Elin winkte ab. »Ach, nichts. Dann bleibt für mich nur noch ein letzter unklarer Punkt, was Sie betrifft, Herr Harmsen.«

»Ja?«

»Warum sind Sie geflüchtet, als meine Kollegen vor Ihrer Tür standen?«

Michel Harmsen senkte den Kopf. »Vermutlich sollte ich jetzt besser schweigen«, sagte er nach kurzem Zögern. »Weil ich mich mit der Antwort auf Ihre Frage selbst belaste. Ich habe mich strafbar gemacht. Schon mehrmals. Zurzeit bin ich auf Bewährung, deshalb habe ich Panik bekommen, als die Polizisten bei mir geklingelt haben.«

»Was haben Sie ausgefressen?«, fragte Elin.

»Ich habe mit Drogen gedealt. Seit meiner Schulzeit. Lange ist es gut gegangen, aber schließlich hat man mich erwischt.«

»Machen Sie das immer noch? Mit Drogen dealen?«

»Hin und wieder. Nicht oft, das müssen Sie mir glauben. Nur, wenn das Geld absolut nicht reicht.«

»Haben Sie auch Klaas Hemmer versorgt? Zum Beispiel mit Ecstasy-Tabletten?«

Harmsen nickte. »Deshalb haben Jonna und ich uns getroffen. Sie hat mir ins Gewissen geredet, dass ich Klaas nichts mehr verkaufen soll. Mit ziemlich überzeugenden Argumenten. Deshalb sage ich ja auch, dass sie eine von den Guten war. Genutzt hat es am Ende nichts, denn Klaas hat sich danach das Zeug bei einem anderen Dealer besorgt.«

Elin stand auf. »In Ordnung. Das war ein sehr informatives Gespräch, Herr Harmsen. Ich möchte Ihnen danken, dass Sie hergekommen sind. Ich kann Ihnen allerdings nicht ersparen, eine offizielle Aussage zu machen. Bitte kommen Sie doch morgen im Laufe des Tages ins Polizeikommissariat nach Wittmund, damit wir das zu Protokoll nehmen können.«

Auch Michel Harmsen erhob sich. »Geht klar. Wird es … wird es Konsequenzen für mich geben? Ich meine, was meine Bewährung betrifft?«

Elin schüttelte den Kopf. »Ich denke nicht, da Sie ja nicht auf frischer Tat beim Dealen ertappt worden sind. Es sei denn, Sie gestehen offiziell, dass Sie noch immer mit Drogen handeln, so wie Sie es mir eben erzählt haben. Da unser Gespräch inoffiziell war, hat es kein Gewicht. Ich lege Ihnen aber mit aller Schärfe nahe, Ihre Tätigkeiten auf diesem Geschäftsfeld, wenn ich es mal so nennen darf, sofort zu beenden. Der Drogenmissbrauch dürfte mit dafür verantwortlich sein, dass Klaas Hemmer etwas Schreckliches getan und sein Leben damit ruiniert hat. Möglicherweise zerstören Sie auch Ihr eigenes Leben, wenn Sie wieder einsitzen werden. Denn so viel ist sicher: Wenn Sie weitermachen, werden wir Sie über kurz oder lang kriegen. Ganz gewiss.«

»Ich habe verstanden«, sagte Michel Harmsen kleinlaut. »Kann ich dann gehen?«

»Ja. Sie kennen den Weg. Die beiden Kollegen werden Sie nicht weiter behelligen.«

Der junge Mann hob die Hand zum Abschied, dann drehte er sich um und verschwand im Dunkeln.

Elin sah ihm nach. Michel Harmsen konnte sie getrost von ihrer Liste streichen. Also war Christian Rietmann wieder der einzige Verdächtige. Elin richtete ihren Blick erneut in den Himmel. Wie hieß es noch gleich? Was geschehen wird, steht in den Sternen? Sie nickte grüblerisch. Wenn nur Thees und Schlüter endlich kämen. Dann wüsste sie vielleicht schon jetzt, was noch in den Sternen stand. Was morgen bei der nächsten Befragung passieren würde.

Etwas riss sie aus ihren Gedanken. Sie wusste zunächst nicht, was es gewesen war. Dann lähmte eine aufkeimende Angst ihren Körper. Es war deutlich zu hören: das Atmen eines anderen Menschen. Hinter ihr, in unmittelbarer Nähe. Kein Zweifel, da war jemand. Wer hätte einen Grund haben sollen, sich auf diese Art anzuschleichen, wenn nicht er? Mit aller Kraft überwand sie ihre Furcht und schnellte herum.

»Sie?« Elin hörte ihre eigene Stimme durch die Stille hallen, erleichtert und irritiert zugleich.

»So verschreckt, wie Sie ausschauen, könnte man meinen, Sie haben mit dem Leibhaftigen persönlich gerechnet.« Angelika Eilers stand seitlich hinter dem Strandkorb, und Elin meinte, ihrem Gesichtsausdruck vieles entnehmen zu können, nur keine Reue.

»Warum schleichen Sie sich an? Und wie sind Sie überhaupt aufs Grundstück gekommen? Vorne an der Straße …«

»… sind zwei Polizisten, die das Haus bewachen, ich weiß. Das habe ich gesehen, weil mein nächtlicher Spaziergang durch diese Straße führt. Ihre Kollegen waren allerdings während des Disputs mit dem jungen Mann kurzzeitig abgelenkt, und als Sie dann auch noch auf der Bildfläche erschienen sind, dachte ich, ich warte im Garten auf sie und nutze die Gunst der Stunde, um mit Ihnen reden zu können.«

Elin schüttelte aufgebracht den Kopf. »Sie hätten mich anrufen können, wahlweise auch vorne an der Tür klingeln. Aber so? Warum haben Sie sich versteckt? Wollten Sie mir etwa Angst einjagen?«

Angelika Eilers, die ein luftiges Sommerkleid und flache Sandalen trug, ging an ihr vorbei und setzte sich auf den Stuhl, auf dem Minuten zuvor noch Michel Harmsen Platz genommen hatte. »›Angst einjagen‹ ist ein bisschen zu viel gesagt, obwohl der Ausdruck in ihren Augen mich schon Genugtuung verspüren ließ, das gebe ich zu. Sie haben mich heute nämlich sehr verärgert.«

»Habe ich das?«, entgegnete Elin schnippisch und setzte sich auf einen der anderen Gartenstühle. »Inwiefern?«

»Das fragen Sie noch? Was soll das mit meinem Bruder? Sie führen ihn ab und buchten ihn ein? Und dann lassen Sie auch noch sein Haus durchsuchen? Sind Sie von allen guten Geistern verlassen?«

»Anstatt das zu kritisieren, sollten Sie lieber hinterfragen, warum es passiert ist. Es gibt dafür nämlich gute Gründe, und an und für sich sollte man meinen, dass Sie an der Aufklärung dieses Falls ganz besonders interessiert sind.«

»Sie bringen Christian in Verbindung mit dem Mord an meiner Tochter? Das ist lächerlich.« Angelika Eilers verschränkte die Arme vor der Brust.

»Ihr Bruder hat sein Alibi vorgetäuscht, und er will uns nicht sagen, wo er sich tatsächlich zum Todeszeitpunkt aufgehalten hat.«

»Und wenn schon. Das bedeutet doch nicht, dass er ein Mörder ist.«

Elin beugte sich vor und sah der anderen Frau direkt in die Augen. »Es wundert mich, dass Sie sich für Herrn Rietmann einsetzen. Dabei ist er nicht einmal Ihr Bruder.«

»Unsinn, natürlich ist er mein Bruder. Wir sind nicht blutsverwandt, das stimmt, aber ich könnte ihn nicht mehr lieben.«

»Komisch. Er selbst bezeichnet das Verhältnis zu Ihnen als schwierig.«

»Ich würde es anders beschreiben. Es stimmt, unsere Beziehung stand anfangs unter keinem guten Stern. Christian wurde von meinen Eltern adoptiert, weil sie glaubten, dass sie keine eigenen Kinder bekommen könnten. Doch dann wurde meine Mutter mit mir schwanger, und als ich da war, spielte mein Bruder plötzlich nur noch die zweite Geige. Sie haben ihn immer spüren lassen, dass er nicht ihr leibliches Kind war. Ich fand das falsch und grausam seit dem Zeitpunkt, als ich begriff, was vor sich ging. Christian hat meine Bevorzugung durch die Eltern immer mir angekreidet, obwohl ich keine Schuld daran trug. Darüber haben wir oft gestritten. Von klein auf sozusagen. Wenn er einmal ehrlich zu sich wäre, müsste er aber zugeben, dass ich stets an seiner Seite und für ihn da war. Sonst hätte ich doch auch nicht …« Sie verstummte abrupt.

»Sonst hätten Sie was nicht?«, fragte Elin.

Angelika Eilers schwieg.

»Sie wollen nicht antworten? Okay, dann werde ich es für Sie tun. Wollten Sie eventuell sagen, dass Sie Ihrem Bruder unlängst mit einem beträchtlichen Geldbetrag aus der Bredouille geholfen haben? Abstreiten ist zwecklos. Wir haben die Kontoauszüge.«

»Es geht Sie nichts an, ob ich meinem Bruder Geld gebe oder nicht.«

Elin merkte, wie ihr Blutdruck stieg. »Langsam, aber sicher werde ich richtig sauer«, schimpfte sie. »Da stirbt ein junges Mädchen, Ihre eigene Tochter, auf brutale Weise, und ich versuche alles, um den Schuldigen zu finden, wofür ich auf Ihre Unterstützung angewiesen bin. Und was tun Sie? Sie sagen mir, dass es mich nichts angehe. Übrigens die gleichen Worte, die Ihr Bruder benutzt hat, als ich ihn wegen des falschen Alibis befragt habe. Es ist zum Verzweifeln. Als ob alle in Ihrer Familie sich einen Dreck drum scheren würden, was mit Jonna geschehen ist.« Elin hatte den letzten Satz mit voller Absicht so formuliert. Sie wollte Jonnas Mutter provozieren. Sie musste es tun, um ihr die Wahrheit zu entlocken. Und wenn es nur ein kleines bisschen der Wahrheit wäre.

Jeglicher Tropfen Blut schien aus dem Gesicht von Angelika Eilers zu weichen. »Wie können Sie es wagen?«, flüsterte Jonnas Mutter mit erstickter Stimme. »Der Tod meines Mädchens ist das Schlimmste, was mir je passiert ist. In diesen Stunden sollte ich mich um die Beisetzung meiner Tochter kümmern, nachdem ihr Leichnam endlich freigegeben wurde. Doch was tue ich stattdessen? Ich finde mich hier wieder, um meinen Bruder zu verteidigen, der meinem Kind mit Sicherheit nichts angetan hat, dafür lege ich meine Hände ins Feuer. Ich muss mir von Ihnen anhören, dass ihm und auch mir Jonnas Tod egal ist, dabei beschäftigt uns Tag und Nacht, warum alles so kommen musste und wer dafür verantwortlich ist. Sie wollen wissen, warum ich meinem Bruder Geld geliehen habe? Gut, ich werde es Ihnen sagen: Christian hat Svens Unfalltod nicht verarbeiten können. Er begann zu spielen. Dazu ist er immer wieder auf die Inseln gefahren und hat dort in den Casinos seine und Elkes gesamten Ersparnisse verjubelt. Das allein war schon schlimm, doch dann habe ich in meiner Funktion als Rendantin entdeckt, dass er Kirchengelder veruntreut hat. Er hat Orgelreparaturen und Revisionen des Instruments in Rechnung gestellt, die nie stattgefunden haben. Ich musste einschreiten und habe nicht nur seine Konten, sondern auch die der Kirche ausgeglichen. Verstehen Sie jetzt, warum ich Ihnen nichts sagen wollte? Weil das, was Christian und ich getan haben, uns unsere Jobs kosten könnte, wenn es rauskommt. Wo mein Bruder sich aufgehalten hat, als Jonna starb, weiß ich nicht. Ich weiß nur, wo er ganz sicher nicht war. In der Hütte im Wald. Er war es nicht. Dann würde ich es eher meinem eigenen Mann zutrauen.«

Elins Kinnlade klappte nach unten. »Sie verdächtigen Ihren Mann?«

»Das habe ich nicht gesagt. Nur, dass ich es ihm eher zutrauen würde als meinem Bruder. Und ganz nebenbei, er hat auch kein astreines Alibi.«

»Pastor Meiners hat doch aber bestätigt, dass Sie und Ihr Mann in dieser Kirchenvorstandssitzung waren.«

»Stimmt, nur hat er unterschlagen, dass Timo eher gegangen ist. Timo hätte es locker bis um acht nach Carolinensiel geschafft.«

Elin wäre nur zu gerne aus der Haut gefahren. Das konnte doch alles nicht wahr sein. Sie atmete tief durch. »Warum haben Sie das nicht eher gesagt?«

»Ich habe dem keine Bedeutung beigemessen. Wer kann sich schon vorstellen, dass der Ehemann die eigene Tochter …? Doch je länger ich darüber nachgedacht habe, desto mehr Ungereimtheiten haben sich aufgetan. Timos aggressives Verhalten den Reportern gegenüber, sein Nervenzusammenbruch, das alles ist untypisch für ihn. Selbst in den traurigsten Momenten damals beim Tod unseres Neffen war er der Fels in der Brandung. Jemand, den nichts und niemand umhauen konnte.«

»Es ist etwas anderes, wenn das eigene Kind stirbt.«

»Sicher. Aber auch, wenn man mit dem eigenen Kind seit Monaten schlimm zerstritten war?«

»Ich habe bereits gehört, dass es Streit gab zwischen Jonna und ihrem Mann, und muss mich schon sehr wundern, dass Sie auch das nicht früher erwähnt haben. Was war der Grund für den Streit?«

»Zum einen die Affäre meines Mannes. Er ist über Monate hinweg fremdgegangen.«

»Mit Frau Hoferland, ich weiß.«

»Daran ist unsere Ehe fast zerbrochen. Das hat Jonna ihrem Vater sehr übelgenommen.«

»Verständlicherweise. Was war der andere Grund?«

»Kann ich Ihnen leider nicht sagen, aber ich weiß, dass da noch mehr war. Es muss etwas gewesen sein, was Jonna getan hat und mit dem mein Mann nicht klargekommen ist. Ich habe sie danach gefragt, aber keiner der beiden hat es mir erklärt.«

Elin schüttelte gedankenverloren den Kopf. »Das alles hätten Sie viel früher sagen müssen. Schon bei unserem ersten Gespräch.«

»Ich weiß«, pflichtete Angelika Eilers ihr bei. »Vielleicht hat mich die Nachricht vom Tod meiner Tochter doch mehr geschockt, als Sie offenbar glauben. Ich hatte das alles nicht auf dem Schirm in diesem furchtbaren Moment, auch wenn Sie das bezweifeln.«

»Frau Eilers, ich …«

»Nein, sparen Sie sich Ihre Worte, Frau Bertram. Ich habe von Beginn an gespürt, was Sie von mir halten, und heute haben Sie es ein weiteres Mal bestätigt.«

Elin schluckte und sah wortlos dabei zu, wie Jonnas Mutter sich von ihrem Stuhl erhob.

»Eins noch«, sagte Angelika Eilers. »Ich habe Sie gerade unfreiwillig belauscht, als Sie mit dem jungen Mann gesprochen haben. Woher haben Sie die Information, dass Jonna in einer Beziehung mit einem Mike gewesen sein soll?«

»Das hat uns Astrid Meier, ihre beste Freundin, erzählt. Jonna soll sehr in ihn verliebt gewesen sein.«

»Ach ja? Nun, Astrid wird enttäuscht sein, wenn sie begreift, dass Jonna sie diesbezüglich angeflunkert hat.«

»Warum hätte Jonna das tun sollen?«

»Das kann ich Ihnen nicht sagen. Aber ich weiß, dass es Mike nicht gibt.«

»Woher wollen Sie das wissen?«

»Jonna hat schon als kleines Mädchen immer wieder von einem Mike erzählt. Das ging im Kindergarten los. Eines Tages habe ich ihre Kindergärtnerin gefragt, wer dieser Junge ist, von dem Jonna so viel erzählt. Es stellte sich heraus, dass es keinen Mike in ihrer Gruppe gab. Später war es dann ein Mike aus der Schule, aus dem Sportverein oder aus der Tanzschule. Keiner dieser Jungen hat existiert, das wusste jeder in unserer Familie. Mit der Zeit hat sich das zu einer Art Spiel zwischen Jonna und uns entwickelt. Wir alle hatten unseren Spaß daran. Was hat Mike heute wieder angestellt, haben wir sie beim Abendessen gefragt. Oder: Wenn dir langweilig ist, dann triff dich doch mit Mike!«

»Wie merkwürdig. Aber noch mal: Warum hätte sie ihrer besten Freundin vorspielen sollen, dass sie wieder einen Freund hat? Nach Sven, dessen Beziehung zu Jonna Sie übrigens auch mit keinem Wort erwähnt haben.«

»Was hätte das für eine Rolle gespielt?«, wich Angelika Eilers achselzuckend aus. »Mein Neffe ist seit zwei Jahren tot. Möglich, dass Jonna ihre Freundin aus genau diesem Grund angeschwindelt hat.«

»Das verstehe ich nicht.«

»Nun, Jonna ist nach Svens Tod von allen sehr umhegt worden. Ganz besonders von Astrid. Ich weiß, dass meine Tochter dieses Betüdeln, wie sie es nannte, ab und an sehr genervt hat. Dann hat sie eben einen neuen Freund erfunden, und gut war es.«

»Astrid hat Jonna also betüdelt? Komisch, das Mädchen behauptet das Gleiche von Ihnen. Mehr noch, Astrid sagt, Sie hätten Jonna geradezu zwanghaft kontrolliert.«

»Das ist eine Lüge. Ich war in einer schweren Lebensphase für mein Kind da, nichts weiter.«

»Wenn Sie meinen«, entgegnete Elin geistesabwesend, weil sich die Gedanken in ihrem Kopf überschlugen.

»Wie auch immer, ich habe gesagt, was ich sagen wollte, und werde nun gehen. Ich hoffe, dass Sie meine Worte beherzigen und meinen Bruder bald wieder freilassen.«

»Ich denke, die nächsten Stunden werden zeigen, ob der Verdacht gegen Ihren Bruder berechtigt ist oder nicht. Sie werden es erfahren.«

»Davon gehe ich aus«, bemerkte Angelika Eilers eisig. Dann drehte sie sich um und ging.

»Nicht zu fassen«, schimpfte Elin leise vor sich hin. »Da wird einem erst das reinste Familienidyll aufgetischt, und nach und nach tut sich ein Abgrund nach dem anderen auf. Sie bringt ihren eigenen Mann ins Spiel? Was für eine Seifenoper.« Doch Elin war bewusst, dass sie diesen Hinweis nicht leichtfertig abtun durfte. Wenn der Vater ernsthafte Probleme mit seiner Tochter gehabt hatte, dann musste sie dem auf den Grund gehen. Ebenso musste sie herausfinden, ob sein Verhalten nach Jonnas Tod tatsächlich ungewöhnlich für ihn gewesen war.

Denn wenn es so wäre, könnte ein schlechtes Gewissen die Ursache dafür sein. Das schlechte Gewissen eines Mannes, der etwas Furchtbares getan hatte.

»Hey, nun mal langsam mit den Pferdchen, Bertram«, ermahnte sie sich selbst. »Man muss nicht auf jeden Zug aufspringen, der langsam durch den Bahnhof tuckert.«

»Glaubst du, dass sie verrückt wird?«, hörte sie die Stimme eines Mannes hinter sich. Sie fuhr herum und sah Schlüter, dessen Grinsen mindestens genauso breit war wie das von Thees, der neben ihm auftauchte.

»Ist zu befürchten«, bestätigte Thees. »Ich meine, sie sitzt hier mitten in der Nacht auf der Terrasse und führt Selbstgespräche über Pferdchen und Züge, was für mich absolut keinen Sinn ergibt. Für dich etwa?«

Schlüter schüttelte den Kopf. »Nicht im Geringsten. Vielleicht hat sie heute zu wenig getrunken. Das kann zu Halluzinationen führen, wie ich mal gelesen habe.«

»Könnt ihr mal aufhören mit dem Scheiß?«, knurrte Elin. »Seit wann duzt ihr euch überhaupt?«

»Seit heute«, antwortete Thees. »Ich habe es ihm angeboten, und Richard war einverstanden.«

»Richard?«, wiederholte Elin mit hochgezogenen Augenbrauen.

Schlüters Grinsen wurde noch breiter. »Ja. Nach Richard Gere. Meine Mutter liebt und verehrt ihn seit ewigen Zeiten. Manchmal denke ich sogar, dass sie mehr für ihn übrighat als für meinen Vater.«

Elin verdrehte die Augen. »Das ist schön für Ihre Mutter. Und schön für euch beide, wenn ihr euch gut versteht. Hat diese Verbrüderung einen Anlass, von dem ich wissen sollte?«

Thees' Grinsen verwandelte sich in ein Strahlen. »In der Tat. Du wirst dich freuen. Weil du recht hattest: Es war etwas faul an Svens Unfall damals. Richard und ich haben alles noch mal unter die Lupe genommen, und wir sind uns sicher.«

Elin rieb sich die pochenden Schläfen. »Okay, Jungs, dann lasst mal hören.«

Thees holt einen Aktenkoffer hervor und wollte ihn gerade auf den Tisch legen, als Schlüter seinen Arm festhielt.

»Nicht hier«, flehte der junge Polizist mit Leidensmiene. »Das würde kein gutes Ende nehmen.«

Elin knipste das Licht im Büro an und wartete, bis auch die beiden Kollegen den Raum betreten hatten. »Besser?« fragte sie amüsiert.

»Machen Sie sich ruhig lustig, Frau Kommissarin«, beschwerte Schlüter sich mit langem Gesicht. »Es liegt an dem Gartenteich, der noch zu Lebzeiten meiner Tante angelegt wurde. Deswegen tummeln sich in warmen Sommernächten Abermillionen Stechmücken auf diesem Grundstück. Auch auf der Terrasse. Wo sie es vorwiegend auf einen abgesehen haben.«

»Auf Sie, ich weiß, Schlüter«, gluckste Elin.

»Willst du jetzt endlich wissen, was wir herausgefunden haben?«, fragte Thees. »Oder möchtest du lieber weiter den armen Richard aufziehen?«

Elin hob abwehrend die Hände. »Wow, spring mir nicht an die Kehle. Ich hör ja schon auf.« Sie wandte sich an Schlüter. »Sorry, Kollege, nichts für ungut. Wir können uns übrigens auch gerne duzen. Nur würde ich Sie lieber weiter Schlüter nennen. Ich hatte mal einen Vorgesetzten, der Richard hieß, und den konnte ich auf den Tod nicht ausstehen.«

Schlüters beleidigte Miene wich einem Lächeln. »Gerne, Elin. Und Schlüter geht klar, ich mag Richard nämlich auch nicht besonders.«

»Davon hast du mir kein Wort gesagt«, meinte Thees.

»Wir können das später ausdiskutieren, Jungs«, schlug Elin vor und deutete auf den Aktenkoffer in Thees' Hand. »Erst mal Butter bei die Fische, würde ich sagen.«

Thees legte den Koffer auf dem Tisch ab und öffnete ihn. Er nahm eine schmale Dokumentenmappe heraus und gab sie E-lin.

»Das ist alles?«, fragte sie skeptisch.

»Ja. Es gab damals keine umfassenden Ermittlungen, weil die Sache eindeutig schien. Wobei es meiner Ansicht nach Ungereimtheiten gab, denen man auf den Grund hätte gehen sollen.«

»Von vorne bitte«, bat Elin.

Thees nickte. Er zog ein paar Fotos aus der Dokumentenmappe und reichte sie Schlüter. »Klebst du die bitte an die Tischtennisplatte?«

Während der junge Kollege die Bilder befestigte, trat Elin näher. Sie sah darauf das ausgebrannte Wrack eines Autos. Elin blickte Thees erwartungsvoll an.

»Zu sehen ist das Fahrzeug von Sven Rietmann«, begann dieser, hochkonzentriert zu sprechen. »Es handelte sich um einen älteren Renault Clio, Baujahr 2009. Sven Rietmann kam mit ihm ziemlich genau vor zwei Jahren, am späten Abend des 28.06.2021, mit höherer Geschwindigkeit von einer abgelegenen und nicht stark befahrenen Straße am westlichen Rand von Harlesiel ab. Der Wagen überschlug sich mehrere Male und blieb danach auf einer Wiese neben der Straße auf dem Dach liegen. Sven, der zum Zeitpunkt des Unfalls achtzehn Jahre und vier Monate alt gewesen ist, war nicht angeschnallt und wurde aus dem Auto herausgeschleudert. Der Wagen ging anschließend in Flammen auf und brannte vollständig aus.« Er machte eine Pause und nickte Schlüter zu.

»Der Sohn von Elke und Christian Rietmann«, fuhr Schlüter fort, »war laut Unfallbericht alleine unterwegs. Warum er von der Straße abkam, konnte nicht ermittelt werden. Die ermittelnden Kollegen vermuteten seinerzeit, dass ein Tier die Fahrbahn gekreuzt haben könnte. Ein Reh oder ein Wildschwein zum Beispiel, dem Sven ausgewichen ist.«

Thees übernahm erneut das Wort: »Der Junge war am besagten Abend auf der Geburtstagsfeier eines Freundes im Nachbarort Werdum. Dort hat er sich gegen zweiundzwanzig Uhr verabschiedet und gesagt, dass er noch ein Date mit seiner Freundin Jonna Eilers hätte. Bei der ist er allerdings laut offiziellem Bericht nie angekommen.«

»Um welche Uhrzeit kam es zu dem Unfall?«, fragte Elin.

»Genau konnte man das nicht ermitteln, da es keine unmittelbaren Augenzeugen gab«, führte Thees aus. »Der Notruf wurde um 23:45 von einem Anwohner in Harlesiel abgegeben, der den Autobrand vom Fenster seines Dachbodens aus bemerkt hatte. Die Löschfahrzeuge der Feuerwehr trafen fünfzehn Minuten später zeitgleich mit Polizei und Rettungswagen ein, die von der Leitstelle ebenfalls alarmiert worden waren. Das Feuer war schnell gelöscht, doch für Sven Rietmann konnte man nichts mehr tun. Wie sich bei der Obduktion später herausstellte, hatte er schwere innere Verletzungen erlitten, an denen er direkt verstorben sein muss. Die Todesnachricht wurde den Eltern um ein Uhr nachts überbracht. Sowohl der Vater als auch die Mutter wurden anschließend ins Krankenhaus nach Wittmund verbracht. Beide erlitten einen schweren Schock.«

Schlüter stöhnte leise auf und wischte sich über die Augen.

»Alles in Ordnung, Richard?«, fragte Thees besorgt.

»Ja. Ich musste gerade daran denken, wie meine Mutter und ich die Rietmanns ein paar Tage später besucht haben. Es war schrecklich. Die beiden standen völlig neben sich, und Maja, Svens Schwester, auch. Den Schmerz in ihren Gesichtern werde ich niemals vergessen. Als hätte man ihnen das Herz bei lebendigem Leib herausgerissen. Damals gingen wir von einem tragischen Unfall aus. Man konnte doch nicht ahnen …«

»Von einem Unfall gehen wir noch immer aus, Kollege«, ermahnte Thees ihn. »Nur von einem anderen Ablauf.« Er sah Elin an. »Soll ich weitermachen?«

»Bitte.«

»Gut, soweit die Einzelheiten der damaligen Unfalluntersuchung. Kommen wir nun zu dem, was Richard und ich auffällig fanden und noch mal näher betrachtet haben.« Er zeigte auf ein Foto am äußeren Rand der Tischtennisplatte. »Diese Aufnahme entstand am Morgen nach dem Unfall, nachdem das Auto von einem Kran gedreht worden war und nicht mehr auf dem Dach lag. Fällt dir etwas auf?«

Elin trat näher an die Platte. »Nicht wirklich«, sagte sie, nachdem sie das Bild ein paar Sekunden lang studiert hatte. »Ich sehe da nur ein ausgebranntes Wrack, nichts weiter.«

»Sieh in das Innere des Wagens«, forderte Thees sie auf.

Elin ging noch näher an das Foto heran. »Die Fetzen da, sind das die Reste der Airbags?«

»Ganz genau«, bestätigte Thees. »Heutzutage werden bei den neueren Automodellen alle vorhandenen Airbags im Fahrzeug ausgelöst, sobald es zu einer Erschütterung kommt. Das war bei älteren Modellen nicht der Fall. Hier wurden die Airbags nur über die Gurtkontrolle aktiviert. Heißt, wenn diese erkannt hat, dass sich eine Person auf dem Sitz befand, wurde bei einem Unfall auch der Airbag des entsprechenden Sitzes ausgelöst.«

»Man sieht die Reste von zwei Airbags.«

»Korrekt.«

»Es waren also zwei Personen in dem Auto?«

»Davon ist auszugehen.«

Elin nagte an ihrer Unterlippe. »Die Kollegen haben das damals genauso wenig erkannt wie ich, stimmt's?«

»Doch, sie haben es gesehen«, widersprach Schlüter. »Es wurde im Unfallbericht zwar nicht angeführt, aber ich habe einen der Beamten, die damals vor Ort waren, darauf angesprochen. Er konnte sich erinnern, dass es ihnen aufgefallen war. Aber der hinzugezogene Sachverständige war der Meinung, der zweite Airbag könnte aufgrund eines technischen Defekts ausgelöst worden sein, und deshalb ist man diesem Detail nicht weiter nachgegangen.«

»Könnte es tatsächlich so gewesen sein?«, fragte Elin. »Dass ein technischer Defekt ursächlich war?«

Thees nickte. »Wenn wir nicht noch weitere Anhaltspunkte gefunden hätten, dass eine weitere Person im Wagen saß.« Er zeigte auf ein anderes Bild an der Tischtennisplatte. »Hier sieht man den mit Fähnchen markierten Auffindeort von Sven Rietmann. In der Mappe sind weitere Bilder aus der Unfallnacht, die seine Leiche an dieser Stelle zeigen. Du kannst sie dir später anschauen, wenn du möchtest. Ich habe vorläufig keinen Bedarf mehr, das Gesicht des Jungen war übel zugerichtet. Nicht schön anzusehen. Was ich aber sagen wollte: Sein Leichnam lag in einer Entfernung von etwa vierzig Metern in einer vertikalen Linie zum Kofferraum des Fahrzeugs. Ich dachte zwar, dass das ein bisschen weit weg ist, aber aufgrund der hohen Geschwindigkeit, die das Auto gehabt haben muss, konnte ich auch nicht ausschließen, dass Sven dort hingeschleudert worden war. Doch dann kam Richards Kumpel vom ADAC ins Spiel.«

»Richards Kumpel vom ADAC?«, wiederholte Elin überrascht.

»Ein guter Kumpel sogar«, bestätigte Schlüter. »Den habe ich angerufen und ihm die Unfalldaten durchgegeben. Die haben da Simulationsprogramme, bei denen man mit den Ohren schlackert. Ich durfte es mir mal ansehen. Unglaublich. Jedenfalls hat er das Programm mit den Daten gefüttert: Geschwindigkeit, kein Anschnallgurt, Fahrbahnbelag der Straße, Bodenbeschaffenheit der Wiese und so weiter. Das hat er in seinen PC eingehackt und alle möglichen Szenarien durchlaufen lassen. Mit dem Ergebnis, dass Sven Rietmann überall mit einem Abstand von bis zu fünfzig Meter hätte liegen können. Überall rechts und überall links vom Wagen. Aber nicht in einer vertikalen Linie mit dem Kofferraum. Das ist physikalisch nicht möglich.«

Elin konnte ihr Staunen nicht verbergen. »Der Leichnam wurde demnach bewegt?«

»Ganz sicher sogar«, antwortete Thees. »Womit wir zu diesem Foto kommen.« Wieder deutete er auf einen anderen Punkt an der Tischtennisplatte. »Diese Aufnahme stammt ebenfalls vom Morgen nach dem Unfall. Man sieht den Koffer mit den Utensilien der Spurensicherer, die im Hellen noch mal gekommen sind, um die Unfallstelle ein weiteres Mal zu untersuchen. Wenn du ganz genau hinschaust, dann siehst du das plattgedrückte Gras auf der rechten Seite und eine Art Schleifspur, die von diesem Punkt wegführte. Diese Spuren sind bei der Unfalluntersuchung vor zwei Jahren leider unbemerkt geblieben, möglicherweise, weil durch Feuerwehr und Rettungskräfte das Gras auf der Wiese an vielen Stellen zertreten war. Mithilfe anderer Bilder konnten wir rekonstruieren, wo der Koffer genau stand, und zwar auf der rechten hinteren Seite des Autos in einem Abstand von etwa zwanzig Meter. Mit dieser Erkenntnis haben wir erneut den Mann vom ADAC kontaktiert, der uns bestätigt hat, dass die Leiche ursprünglich dort gelegen haben könnte, dass die Person dann aber aller Wahrscheinlichkeit nicht am Steuer gesessen hat, sondern Beifahrer gewesen ist.«

Elin riss die Augen auf. »Sven hat das Fahrzeug nicht gesteuert?«

Thees nickte. »Sieht so aus. Und sein Körper wurde von jemandem vom Autowrack weggezogen, vermutlich nachdem dieses in Brand geraten war.«

Elin atmete tief durch. »Wow, das hätte ich nicht gedacht. Meine Theorie war eine andere.«

»Womit wir den Stab an dich weitergeben«, meinte Thess. »Was gibt es Neues bei dir?«

»Zunächst mal vielen Dank für eure Arbeit. Das ist wirklich beeindruckend.«

Thees strahlte. »Danke fürs Lob, aber beeindruckend bist wohl eher du. Du warst es, die das richtige Gespür hatte.«

»Ich würde es eher als einen hartnäckigen Gedanken bezeichnen, der in meinem Kopf herumspukte. Ich gebe allerdings zu, dass die These, hier könnte das Motiv liegen, das Christian Rietmann zum Mörder hat werden lassen, nach heute Abend ins Wanken geraten ist.«

»Wie das?«, fragte Thees überrascht.

»Nun ich hatte gleich zweimal Besuch und habe interessante Gespräche geführt, die erstaunlicherweise Hinweise auf einen anderen Täter als Rietmann mit sich gebracht haben. Ich erzähle euch später genauer davon.«

»Darum dein Selbstgespräch über Pferde und Züge?«

»Erinnere mich nicht daran, Conrads. Ich sollte mir angewöhnen, meine Gedanken niemals laut auszusprechen. Das würde mir solche Peinlichkeiten wie diese ersparen. Zurück zum Thema: Ich hatte Dr. Mertens heute Morgen ja gebeten, den Obduktionsbericht von Sven Rietmann zu prüfen. Als ich aus Wittmund zurück war, habe ich mich ausführlich mit ihr unterhalten. Leider konnte sie in dem Bericht keine Unregelmäßigkeiten oder Auffälligkeiten feststellen. Daraufhin habe ich Astrid Meier angerufen und sie detailliert über den Unfalltag und die Zeit danach befragt. Sie hat mir erzählt, ähnlich wie Schlüter gerade, wie sehr die ganze Familie gelitten hätte. Ganz besonders natürlich die Eltern, aber auch Angelika und Timo Eilers und natürlich Jonna. Sie bestätigte noch einmal die starken Stimmungsschwankungen ihrer Freundin. Jonna hätte der Tod des jungen Rietmann aber nicht nur psychisch, sondern auch körperlich extrem mitgenommen. Ich habe nachgehakt, was genau sie damit meint, und Astrid hat mir erklärt, dass Jonna über Tage mit furchtbaren Kopfschmerzen im Bett gelegen hat und sich immer wieder hätte übergeben müssen. Deshalb habe sie nur an der Beisetzung von Sven teilnehmen können, aber nicht am anschließenden Leichenschmaus.

Furchtbares Wort übrigens, aber das nur am Rande. Jedenfalls läuteten bei ›Kopfschmerzen und Übelkeit‹ nicht nur bei mir, sondern auch bei Sina Mertens die Alarmglocken. Wir hatten den gleichen Gedanken, nämlich, dass Jonnas Symptome auf eine Gehirnerschütterung zurückzuführen sein könnten. Sina hat dann auf gut Glück sämtliche Krankenhäuser in einem Umkreis von hundert Kilometern abtelefoniert und recherchiert, ob in der Unfallnacht oder am Tag danach eine Jonna Eilers in der Notaufnahme vorstellig geworden ist.«

»Ist sie fündig geworden?«, fragte Thees aufgeregt.

»Ja. Im Nordwest-Krankenhaus Sanderbusch, 25 Kilometer von Carolinensiel in der Gemeinde Sande gelegen. Dort ist eine Angelika Eilers am frühen Morgen, nur Stunden nachdem die Todesnachricht überbracht worden ist, mit ihrer Tochter Jonna in der Notaufnahme erschienen. Angeblich, weil das Mädchen zuvor eine Treppe heruntergefallen war.«

»So könnte es doch aber gewesen sein«, bemerkte Schlüter.

»Warum dann die Fahrt nach Sande? In Wittmund gibt es auch ein Krankenhaus, und dorthin wäre der Weg nur halb so weit gewesen. Außerdem hätte Astrid von diesem Treppensturz gewusst, oder? Dass Jonna ihrer besten Freundin von ihren Kopfschmerzen und der Übelkeit, aber nicht von einem Treppensturz erzählt hat, wird daran liegen, dass es nie einen gegeben hat. In der Klinik in Sande hat man festgestellt, dass Jonna tatsächlich eine Gehirnerschütterung hatte. Man wollte sie stationär aufnehmen, aber das hat ihre Mutter vehement abgelehnt. Stattdessen wurde dem Mädchen dann Bettruhe verordnet und Medikamente mitgegeben. Dann sind Mutter und Tochter wieder gegangen.«

»Das alles hat Dr. Mertens erfahren?«, fragte Thees. »Trotz der ärztlichen Schweigepflicht?«

»Sina hat sehr gute Kontakte. Außerdem hat sie der Kollegin, die Jonna damals behandelt hat, quasi in den Mund gelegt, welche Art von Verletzung das Mädchen erlitten hatte.«

»Okay, aber findest du es nicht seltsam, dass die behandelnde Ärztin sich so gut an diesen Vorfall erinnern konnte? Das Ganze ist schließlich zwei Jahre her und gerade in der Notaufnahme geht es doch meistens sehr chaotisch zu.«

»Einiges stand in der Krankenakte. Aber die Ärztin meinte, sie könne sich auch deshalb erinnern, weil Jonna in einem absolut erbärmlichen Zustand gewesen ist. Sie hat ununterbrochen geweint und gezittert wie Espenlaub. Deswegen dachte die Ärztin, dass mehr dahinterstecken könne als ein häuslicher Unfall. Sie hat Jonna auch darauf angesprochen, doch die hat darauf nicht geantwortet, und die Mutter hat weitere Fragen kurzerhand unterbunden.«

»Ich hätte den Vorfall an ihrer Stelle der Polizei gemeldet«, konstatierte Thees. »Immerhin haben Frau Eilers und ihre Tochter sich sehr auffällig benommen.«

Elin zuckte mit den Schultern. »Du weißt doch: Hätte, hätte, Fahrradkette. Sina und ich waren uns jedenfalls nach dem Gespräch mit der Ärztin einig, dass Jonna mit Sven im Auto gesessen haben muss. Und da es verheimlicht worden ist, bin ich davon ausgegangen, dass sie den Unfall tatsächlich verschuldet hat. Weil sie Sven möglicherweise abgelenkt hat oder dergleichen. Dass Jonna sogar am Steuer gesessen hat, hätte ich nicht gedacht. Sie war doch erst fünfzehn Jahre alt zu der Zeit.«

Schlüter verschränkte die Arme vor der Brust. »Und damit nicht im Besitz einer Fahrerlaubnis. Sie hätte einen Riesenproblem gehabt, wenn das rausgekommen wäre. Ein zweiter guter Grund, ihre Beteiligung an dem Unfall unter den Teppich zu kehren.«

»Das hat sie aber nicht alleine getan«, fügte Elin an. »Angelika Eilers hat offensichtlich davon gewusst. Ihr Mann eventuell auch.«

Thees nickte aufgeregt. »Und Christian Rietmann hat es herausgefunden. Dass Jonna den Unfalltod seines Sohnes verschuldet hat, und dass seine Schwester ihr geholfen hat, es zu vertuschen. Ein astreines Motiv für ihn.«

Elin sah ihn nachdenklich an: »Vielleicht. Vielleicht aber auch nicht.«

»Warum kommst du nicht endlich rein?«, rief Elin laut, während sie im Wasser auf der Stelle trat und amüsiert auf den Mann schaute, der im hellen Sand des Strandes von Harlesiel saß.

»Kein Bedarf!« Thees zog eine Grimasse.

»Warum denn nicht? Es ist herrlich erfrischend.«

»Glaube ich gerne. Ich möchte trotzdem lieber hier sitzen bleiben, wenn's recht ist.«

»Meinetwegen. Du weißt nicht, was du verpasst.« Elin drehte sich auf den Rücken und ließ sich einfach treiben. Über ihr am strahlenden Sommerhimmel war nicht eine einzige Wolke zu sehen. Das intensive Blau wurde lediglich durch das aufgeregte Flattern der Möwen unterbrochen, die den frühen Tag, der noch nicht einmal sieben Stunden zählte, offenbar genauso genossen, wie Elin es tat.

Die Nacht war wieder kurz gewesen. Bis weit nach Mitternacht hatte sie noch mit Thees und Schlüter zusammengesessen. Hatte ihnen vom Besuch Michel Harmsens erzählt und sie auch davon unterrichtet, was Angelika Eilers zu sagen gehabt hatte. Die Kollegen hatten darauf ähnlich wie sie reagiert. Zuerst überrascht, dann schockiert. Sie waren sich einig geworden, vorerst an Christian Rietmann als Hauptverdächtigen festzuhalten und ihn am heutigen Morgen um neun Uhr im Polizeikommissariat Wittmund mit den neuen Erkenntnissen zum Unfalltod seines Sohns zu konfrontieren, in der Hoffnung, dass er eine eindeutige Reaktion zeigen würde. Das war die einzige Möglichkeit. Denn auch wenn sie ein schlüssiges Motiv gefunden hatten, mangelte es letztendlich an handfesten Beweisen. Das fehlende Alibi des Mannes war ein starkes Indiz, aber ob das und der Verdacht, dass Rietmann sich für den Tod seines Sohnes rächen wollte, reichen würden, ihn als Jonnas Mörder zu überführen, daran zweifelte Elin. Zu dumm, dass auch die Hausdurchsuchung bis auf ein paar zu hinterfragende Parktickets so gut wie nichts ergeben hatte. Auch auf Rietmanns elektronischen Geräte hatte sich nichts gefunden. Elin ärgerte das maßlos, weil sie sich noch immer nicht erklären konnte, woher Rietmann wusste, dass Jonna in der Hütte war. Sie hatte so sehr gehofft, dass auf seinem Handy eine Nachricht des Mädchens zu finden war. Vielleicht eine Art Hilferuf, den Jonna nach der Vergewaltigung hatte abgeben können. Und dass Rietmann dann die furchtbare Situation genutzt hatte, um seine Rachegedanken zu Ende zu führen. Um dem Vergewaltiger seiner Nichte auch deren Ermordung in die Schuhe zu schieben. Doch Jonna hatte Rietmann nicht angerufen und nicht geschrieben. Nicht an jenem Tag und auch nicht in den Wochen zuvor.

Es war zum Haare raufen. Gestern Nachmittag noch war Elin sich sicher gewesen, dass die Aufklärung des Falles unmittelbar bevorstand. Doch im Grunde genommen gab es zu viele Schwachstellen in ihrer Theorie. Dazu kam, dass die Besucher des gestrigen Abends, ob nun gewollt oder ungewollt, neue Überlegungen in ihr ausgelöst hatten. Und diese kollidierten stark mit ihrem Bauchgefühl, das von Beginn an Christian Rietmann als Verdächtigen ausgemacht hatte.

Das laute Schiffshorn der Fähre, die in diesem Moment den nahegelegenen Anleger in Richtung Wangerooge verließ, holte Elin in die Gegenwart zurück. Sie drehte sich wieder auf den Bauch und machte ein paar Schwimmzüge, bevor sie in der Bewegung erstarrte.

»Thees?«, rief sie verunsichert, denn ihr Kollege, der gerade noch im Sand gesessen hatte, lag nun dort der Länge nach ausgestreckt. Völlig regungslos. Noch einmal rief sie ihn, aber er rührte sich nicht einen Zentimeter.

Suchend sah sie sich um, doch um die frühe Tageszeit hatte sich noch kein Mensch außer ihnen an den Strand verirrt. Elin schwamm nun mit langen Zügen auf das Ufer zu, während sie sich gleichzeitig verfluchte. Zeus und Apollo, ihre Personenschützer, waren heute Morgen kurz vor dem Schichtwechsel gewesen, als Elin den Plan gefasst hatte, vor dem alles entscheidenden Verhör mit Rietmann noch ein Bad in der Nordsee zu nehmen. Die beiden Kollegen, die die Männer ablösen sollten, waren noch nicht da gewesen. Elin hatte beschlossen, ohne sie an den Strand zu gehen, weil sie ihren Bewachern den Dienstschluss nicht verderben wollte. Damit waren die zwei nicht einverstanden gewesen, und die lautstarken Diskussionen hatten dazu geführt, dass Thees wach geworden war. Er hatte sich sofort angeboten, sie an den Strand zu begleiten.

Und nun lag er dort wie tot. Elins Herz klopfte wild in ihrer Brust, ihre Arme schmerzten, als sie weiter durchs Wasser pflügte. Thees war ganz allein gewesen, während sie sich im Wasser hatte treibenlassen. Allein und unbeobachtet, was *ihm* Gelegenheit gegeben haben könnte, Thees anzugreifen. Elin betete, dass das nicht passiert war. Dass der Mondscheinmörder nicht ein weiteres Zeichen hatte setzen wollen, indem er Thees …

Sie war jetzt so weit geschwommen, dass sie sich im Wasser aufrichten und die restlichen Meter an Land waten konnte. Erneut rief sie den Namen ihres Kollegen, doch er reagierte immer noch nicht. Angsterfüllt rannte sie durch den Sand und ging neben Thees auf die Knie, auf das Schlimmste gefasst. Doch als sie sich über ihn beugte und Tropfen aus ihrem nassen Haar auf sein Gesicht fielen, zuckte er zusammen und schnellte hoch. Ihre Köpfe stießen mit einem unschönen Geräusch zusammen, und sie schrien vor Schmerz auf.

»Verdammt, Bertram, bist du irre?«, fluchte Thees laut und rieb sich die Stirn.

Elin, die für einen Augenblick Sterne gesehen hatte, ließ sich neben ihn in den Sand fallen. »Ob ich irre bin?«, schimpfte sie in der gleichen Lautstärke. »Die Frage sollte dir gestellt werden. Herrgott noch mal, du hast dagelegen wie tot. Ich dachte …«

»Was hast du gedacht? Dass mich ein plötzlicher Herztod ereilt hat? Ja, hätte es beinahe. Als du dich nämlich heimtückisch angeschlichen und eiskaltes Wasser auf mir verteilt hast.«

»Ich habe mehrfach gerufen, aber es kam keine Reaktion! Deswegen habe ich befürchtet, dass *er* vielleicht …?«

»Er?« Die finstere Miene von Thees verwandelte sich schlagartig, und er sah sie besorgt an. »Hast du wieder eine Nachricht bekommen?«

Elin schüttelte den Kopf, der immer noch schmerzte. »Nein, keine neue Nachricht. Aber ich kann einfach nicht einschätzen, was als Nächstes von ihm kommt, was er tun wird.«

Thees zog die Augenbrauen hoch. »Du hast wirklich geglaubt, er wäre mir ans Leder gegangen?«

Elin nickte.

»Dabei bin ich nur weg gepennt, sorry. Das hätte auf keinen Fall passieren dürfen. Ich bin schließlich mitgefahren, um auf dich Acht zu geben, und nicht umgekehrt.«

Elin lächelte ihn an, doch so schnell wie das Lächeln gekommen war, verschwand es auch wieder aus ihrem Gesicht. Sie wandte den Kopf ab und starrte gedankenverloren aufs Meer. »Ich kam, um eure Seelen zu retten, doch niemand rettete meine Seele«, flüsterte sie.

»Was hast du gesagt?«, fragte Thees irritiert.

Elin sah ihn wieder an. »Das hatte ich dir noch gar nicht erzählt. In dem Psalm, den er mir geschickt hat, gibt es eine Zeile, die dort nicht hineingehört. Und zwar: ›Ich kam, um eure Seelen zu retten, doch niemand rettete meine Seele‹. Ich denke, dass nicht der Psalm, sondern dieser Satz seine eigentliche Botschaft an uns ist.«

»Das ist …, wow, wie bist du darauf gekommen?«

»Ich habe nach dem Psalm gegoogelt, und es sprang mir ins Auge, dass die Texte nicht zu hundert Prozent übereinstimmen.«

Thees schenkte ihr einen bewundernden Blick. »Gut gemacht, Kollegin.«

»Das nutzt mir bloß nichts, weil ich trotzdem nicht verstehe, was seine Nachricht zu bedeuten hat.«

»Mag sein, aber es ist ein weiterer Schritt in die richtige Richtung.«

»Verflixt«, rief Elin, sprang auf und griff nach ihrem Handtuch. »Wir sollten unsere Schritte vorerst dringend in eine andere Richtung lenken. Komm jetzt, lass uns zurückfahren nach Carolinensiel. Ich möchte noch unter die Dusche, bevor wir nach Wittmund aufbrechen.«

***

Christian Rietmann sah blass und übernächtigt aus, als Elin und Thees keine zwei Stunden später im kargen Büro im Polizeikommissariat Wittmund auf ihn und seinen Anwalt trafen.

»Sie sind spät dran«, murrte er mit verbissenem Gesichtsausdruck.

»Lediglich ein paar Minuten«, sagte Elin und setzte sich Rietmann gegenüber an den Tisch. »Sie können es wohl kaum erwarten, dass wir unser Gespräch fortführen, was? Wobei Sie gestern zuletzt nichts mehr dazu beigetragen haben.«

»Aus gutem Grund. Wollen wir anfangen? Wenn Sie keine stichhaltigen Beweise vorbringen können, müssen Sie mich freilassen. Das hat mein Anwalt mir gesagt. Dr. Enslin kennen Sie ja bereits von gestern.«

Elin und Thees nickten dem Anwalt zu.

»Wir denken, dass unsere Unterhaltung zu einem anderen Ergebnis führen wird«, meinte Thees.

Rietmann sah ihn verächtlich an. »Das kann nicht sein. Ich habe nichts getan, ergo haben Sie auch nichts gegen mich in der Hand.«

»Falsch!«, entgegnete Thees. »Seit gestern Abend wissen wir, dass Sie ein Motiv hatten, Ihre Nichte zu töten.«

Rietmann klappte die Kinnlade nach unten. »Was sagen Sie da? Haben Sie völlig den Verstand verloren? Ganz sicher gab es keinen Grund für mich, Jonna umzubringen. Wie kommen Sie auf diese absurde Idee?«

»Ich nehme an, dass Sie wieder mit einer Aufnahme des Gesprächs einverstanden sind?«, fragte Elin.

»Nur zu.«

Elin startete das Diktiergerät, wartete kurz und musterte ihr Gegenüber eindringlich. Rietmann erwiderte ihren Blick mit weit aufgerissenen Augen. Er wirkte, als wüsste er wirklich nicht, was auf ihn zukam, doch das konnte auch vorgetäuscht sein. Die nächsten Minuten würden es zeigen.

»Herr Rietmann«, begann sie konzentriert. »Es wurde uns immer wieder berichtet, auch von Ihnen, dass Jonna sehr unter dem Tod Ihres Sohnes Sven gelitten hat. Ist Ihnen …«

»Das hat sie«, fiel Rietmann ihr rüde ins Wort. »Was hat das mit Ihren Anschuldigungen zu tun?«

»Lassen Sie mich ausreden, dann bekommen Sie eine Antwort auf Ihre Frage.«

An Rietmanns Hals pulsierte eine Ader, und Elin rechnete damit, dass er jeden Moment herumschreien würde, doch er nickte nur kurz.

»Ist Ihnen jemals in den Sinn gekommen«, sprach sie weiter, »dass Jonnas große Trauer nicht nur von ihrer Liebe zu Sven herrührte, sondern auch von einem schlechten Gewissen?«

Rietmann sah sie nur an und schwieg.

»Wollen Sie mir keine Antwort darauf geben?«

»Haben Sie nicht gerade von mir verlangt, dass ich Sie ausreden lassen soll? Aber wenn Sie mich so nett bitten: Nein, das ist mir niemals in den Sinn gekommen. Weil es lächerlich ist. Warum hätte Jonna ein schlechtes Gewissen haben sollen? Sie war total verliebt in Sven, und er in sie. Wenn man die beiden beobachtete, ging einem das Herz auf. Mehr kann ich dazu nicht sagen, außer, dass ich Sie warne. Wenn Sie mir jetzt irgendeinen Dreck über meine Nichte auftischen, dann lernen Sie mich richtig kennen, das schwöre ich Ihnen. Fassen Sie es gerne als Drohung auf, denn es ist eine.«

»Mit dieser Gefahr werden wir leben müssen«, sagte Elin mit ernster Miene. »Weil wir Ihnen leider ein paar Fakten nicht ersparen können.« Sie sah Thees an. »Machst du bitte weiter?«

Ruhig und sachlich übernahm Thees: »Herr Rietmann, im Zuge unserer Ermittlungen haben wir die Umstände des Unfalltods Ihres Sohnes erneut geprüft. Wir sind dabei auf Ungereimtheiten gestoßen. Gegenwärtig gehen wir davon aus, dass Sven zum Zeitpunkt des Unfalls nicht am Steuer gesessen hat.«

Christian Rietmann starrte Thees fassungslos an. »Er … saß … nicht am Steuer?«, stammelte er. »Aber wer dann? Er war doch allein. Wer sonst soll das Auto gefahren haben?«

»Erübrigt sich diese Frage nicht für Sie? Wir denken, dass Sie von den Vorgängen in dieser Nacht sehr wohl wissen.«

Rietmann schluckte. »Was denn? Was soll ich wissen?«

»Dass Jonna es war, die das Auto gelenkt hat. Der letzte Beweis dafür fehlt uns derzeit noch, aber die Indizien sprechen für sich.«

Das Gesicht von Christian Rietmann verfärbte sich nach und nach dunkelrot, und er atmete schwer und unregelmäßig. »Das kann nicht sein. Meine Nichte war damals erst fünfzehn Jahre alt und nicht in der Lage, ein Fahrzeug zu führen. Außerdem war sie in der Nacht zu Hause. Als die Polizei uns informiert hat, war sie definitiv bei ihren Eltern.«

Thees nickte. »Das ist uns bekannt. Ein paar Stunden später ist Jonna in Begleitung ihrer Mutter in die Notaufnahme des Krankenhauses von Sande gefahren. Wussten Sie das?«

Rietmann schüttelte wortlos den Kopf.

»Bei Ihrer Nichte wurde eine Gehirnerschütterung diagnostiziert. Außerdem spricht einiges dafür, dass sie unter einem Schock litt. Das untermauert unseren Verdacht, dass Jonna Unfallbeteiligte war, wenn nicht sogar Unfallverursacherin.«

Christian Rietmann knetete unruhig seine Hände und seine Augen flackerten, aber er blieb stumm.

»Haben Sie verstanden, was ich gesagt habe, Herr Rietmann?«, fragte Thees.

»Ja, ich habe verstanden«, bestätigte er leise. »Meine Schwester hat es gewusst?«

»Wir glauben, ja.«

»Und Jonna hat uns die ganze Zeit etwas vorgemacht, meinen Sie?«

»Vorgemacht oder verschwiegen, nennen Sie es, wie Sie wollen.«

Rietmann schüttelte ungläubig den Kopf, und in seiner Mimik spiegelte sich grenzenlose Enttäuschung wider. Elin war verunsichert, das war nicht die Emotion, die sie erwartet hatte. Zorn, Verachtung, Hass, das alles wäre logisch gewesen, aber nicht diese Reaktion. Thees sprach weiter.

»Nicht nur wir haben das herausgefunden, Herr Rietmann, nicht wahr? Auch Sie sind zu der Erkenntnis erlangt, dass Jonna den Tod Ihres Sohnes zu verantworten hatte. Wie Sie das in Erfahrung gebracht haben, erschließt sich uns nicht, doch vielleicht werden Sie es uns erzählen. Und auch, dass das der Grund war, warum Sie Ihre Nichte Jonna Eilers erdrosselt haben. Um Rache für Ihren toten Sohn zu nehmen. Ist es so gewesen? Reden Sie!«

Dr. Enslin, der das Gespräch bis zu diesem Zeitpunkt stumm verfolgt hatte, meldete sich zu Wort: »Mein Mandant wird Ihre haltlosen Anschuldigungen ganz sicher nicht kommentieren. Wie Sie selbst gesagt haben, fehlen Ihnen Beweise für Ihre Behauptungen. Aus den sogenannten Indizien ein Tatmotiv für einen Mord herzuleiten, ist absurd. Wenn Sie nichts weiter vorlegen können als das, müssen Sie Herrn Rietmann gehen lassen. Sofort!«

Christian Rietmann wirkte abwesend. Die Farbe seines Gesichts hatte sich normalisiert und seine Atmung flachte wieder ab. In seinem Kopf schien es zu arbeiten und dann, plötzlich, blitzte für den Bruchteil einer Sekunde etwas in seinen Augen auf, das Elin nicht einordnen konnte. War es Resignation, oder war es Entschlossenheit?

»Sie haben recht«, gestand er mit fester Stimme ein und zog die ungläubigen Blicke aller Anwesenden auf sich. »Mit allem, was Sie gesagt haben, lagen Sie richtig. Ich habe Jonna getötet, weil sie meinen Sohn auf dem Gewissen hatte. Zufrieden?«

Dr. Enslin schnappte nach Luft und wollte etwas sagen, doch Thees kam ihm zuvor.

»Das kommt überraschend. Wir alle hier im Raum haben es gehört, und es ist auf dem Tonband aufgezeichnet: Sie geben zu, Ihre eigene Nichte in einem Akt der Rache ermordet zu haben.« Er hielt inne und schaute kurz anerkennend zu Elin. »Die Ermittlungen der letzten Tage waren erfolgreich. Wir wollten Gerechtigkeit für Jonna, und Ihr Geständnis ist der erste Schritt dahin. Wir haben natürlich viele weitere Fragen und wir raten Ihnen, auch weiterhin zu kooperieren. Das kann im Gerichtsprozess strafmildernd wirken, auch wenn es Ihnen die Haftstrafe nicht ersparen wird. Woher wussten Sie zum Beispiel, dass Jonna sich an diesem Nachmittag in der Hütte aufhielt? Warum haben Sie am Tatort die Spuren des Mondscheinmörders nachgestellt? Was haben Sie mit den Schüssen auf Moritz Hoferland und Klaas Hemmer zu tun?«

Christian Rietmann öffnete den Mund, doch bevor er etwas sagen konnte, wurde er von seinem Anwalt ausgebremst. »Wenn diese Unterredung weitergeführt werden soll, fordere ich zuvor ein Vieraugengespräch mit meinem Mandanten ein«, verlangte Dr. Enslin bestimmt.

»Muss das wirklich sein?«, fragte Thees stirnrunzelnd.

»Ja, und Sie wissen, das ist sein gutes Recht.«

In Elins Kopf hatte in den letzten Sekunden ein regelrechtes Gedankenchaos geherrscht. Doch plötzlich legte sich das Durcheinander, und sie sah klar. »Geht in Ordnung«, stimmte sie zu. »Wir gehen vor die Tür, Thees, ich muss dir ohnehin etwas sagen.«

Der Kollege folgte ihr in den Flur. Als er die Tür hinter sich geschlossen hatte, sprudelte es nur so aus ihm heraus. »Wahnsinn! Hättest du gedacht, dass er so schnell einknickt? Wir haben ihn, Bertram! Ich kann es nicht glauben.«

Elin zuckte zusammen, als das Handy in ihrer Hosentasche vibrierte und den Eingang einer Kurznachricht vermeldete. Sie zog es hervor, las die Nachricht, die von Wilhelmsen stammte, und nickte gefasst. Es war der Beweis, der zweifelsfrei belegte, dass sie sich geirrt hatten.

»Jetzt steck doch mal das Handy weg!«, rief Thees und riss sie aus ihren Gedanken. »Und zieh vor allem nicht so ein Gesicht. Freu dich lieber über unseren Erfolg. Wir haben Jonnas Mörder gefasst.«

»Ich will dir deine Euphorie nicht nehmen«, sagte Elin, »aber ich fürchte, sie ist fehl am …«

»Mist«, fluchte Thees.

»Was denn?«

Er zeigte den langen Flur hinunter, wo etwa zwanzig Meter entfernt Angelika und Timo Eilers sowie Elke und Maja Rietmann saßen. »Was wollen die denn alle hier? Wahrscheinlich Terror machen, wie Rietmanns Frau und Tochter gestern schon. Zum Glück haben sie uns noch nicht bemerkt.«

»Gut, dass sie da sind«, murmelte Elin.

»Warum? Noch haben wir die Sache nicht vollständig eingetütet. Da können wir keine Ablenkung gebrauchen.«

Elin sah ihn an. »Hör mal, Thees, es gibt da etwas …«

Aus einem der angrenzenden Büros kam Schlüter gestürmt, und sein Gesichtsausdruck sprach Bände.

»Was gibt es denn schon wieder?«, fragte Elin beunruhigt.

»Neuigkeiten aus Hannover«, informierte Schlüter sie. »Klaas Hemmer ist wach und wurde bereits von den Kollegen vor Ort vernommen. Er hat zu Protokoll gegeben, wer Jonna umgebracht hat. Es ist nicht Christian Rietmann, Leute. Er war es nicht.«

Elin seufzte. »Ich weiß, Schlüter«, sagte sie leise.

»Was?«, fragte Thees schockiert. »Du hast doch gehört, was Rietmann eben gesagt hat. Er hat gestanden! Was willst du also noch mehr?«

»Die Wahrheit, Thees«, antwortete Elin. »Es ist unsere Aufgabe, sie ans Tageslicht zu bringen, und genau das werden wir jetzt tun. Ich hätte dir gerne vorab alles erklärt, doch ich fürchte, dazu gibt es keine Gelegenheit mehr.«

Die Familien Eilers und Rietmann hatten sie entdeckt und kamen auf sie zu. Es dauerte keine zwei Sekunden, bis ein lautstarker Tumult sie umfing.

»Wie können Sie meinen Vater verdächtigen? Er hat Jonna geliebt, er ist kein Monster!«, rief Maja Rietmann.

»Lassen Sie meinen Schwager sofort gehen! Was bilden Sie sich ein, ihn hier festzuhalten.« Timo Eilers sah aus, als ob er Elin gleich an die Kehle springen würde.

»Schluss jetzt!«, rief Elin in einer Stimmlage, die keinen Widerspruch duldete. »Ich kann Ihre Aufregung verstehen, liebe Familien Eilers und Rietmann. Aber wir sind hier nicht im Zirkus, sondern in einem Polizeikommissariat. Bitte respektieren Sie das. Ich mache Ihnen einen Vorschlag zur Güte: Wir gehen jetzt alle zusammen in dieses Büro und werden die Unterredung mit Ihrem Angehörigen forstsetzen. Vielleicht gelingt es uns, gemeinsam herauszufinden, ob er schuldig oder unschuldig ist, was meinen Sie?«

Elin schaute in die Runde und sah in lauter verdutzte Gesichter, einschließlich der ihrer Kollegen.

»Bist du verrückt? Was hast du vor? Wir sind mitten in einer Befragung«, flüsterte Thees ihr ins Ohr.

»Wirst du dann schon sehen«, teilte sie ihm ebenso leise mit. »Vertrau mir.«

Sie öffnete die Tür und bedeutete den Verwandten Rietmanns einzutreten.

Christian Rietmann und sein Anwalt waren sichtlich irritiert. »Was soll das denn jetzt?«, fragte Dr. Enslin.

»Ich habe die Verwandten von Herrn Rietmann dazu gebeten, weil ich der Meinung bin, dass es einer schnellen Aufklärung des Falls dienlich sein dürfte. Bitte nehmen Sie Platz, meine Herrschaften. Ich hoffe, es sind genügend Stühle da, ansonsten wird der Kollege Schlüter weitere herbeiholen.«

Es war eine merkwürdige Runde, die sich in dem kleinen Raum zusammendrängte. Die Neuankömmlinge wirkten eingeschüchtert, sie nickten Christian Rietmann kurz zu und schauten dann erwartungsvoll zu Elin.

Sie räusperte sich. »Zunächst muss ich Sie, liebe Angehörige von Herrn Rietmann, davon in Kenntnis setzen, dass er soeben gestanden hat, Jonna getötet zu haben.«

Ihre Worte hatten den Effekt eines gewaltigen Donnerschlages und die Stille, die ihnen folgte, war beängstigend. Dann sprang Timo Eilers auf und wollte sich auf seinen Schwager stürzen. Thees und Schlüter hielten ihn zurück.

»Du Drecksschwein«, brüllte Timo Eilers völlig außer sich. »Warum hast du das gemacht? Ich bringe dich um, ich schwöre es.«

»Herr Eilers, bitte beruhigen Sie sich«, ermahnte Elin ihn scharf. »Ansonsten muss ich Sie des Raumes verweisen. Wie ich sehe, hat der Kurzaufenthalt im Krankenhaus Ihr Befinden nicht wesentlich verbessert?«

»Mein Befinden verbessert?«, wiederholte Jonnas Vater schmerzerfüllt und ließ sich widerstandslos von Thees und Schlüter auf seinen Stuhl zurückdrücken. »Nichts und niemand wird jemals wieder mein Befinden verbessern können. Mein

Mädchen ist tot. Sie wurde mir für immer genommen. Dass Christian das zu verantworten hat, ist … ist furchtbar.«

Elins Blick verengte sich. »Schon erstaunlich, wie schnell Sie die Meinung über Ihren Schwager geändert haben. Gerade eben auf dem Flur haben Sie ihn noch vehement verteidigt. Und nun ist er plötzlich schuldig? Einfach so?«

»Aber Sie haben doch gesagt, dass er … dass er gestanden hat«, stammelte Timo Eilers verwirrt.

»Das habe ich. Aber glauben Sie auch daran?«

»Ich nicht«, mischte Angelika Eilers sich ein. »Mein Bruder wäre nicht in der Lage, so etwas zu tun. Du bist ein sanfter und liebenswerter Mensch, Christian, und hast Jonna geliebt. Außerdem hättest du so etwas mir, deiner Schwester, niemals angetan, das weiß ich einfach, egal, was du sagst. Du kannst es also nicht gewesen sein.«

»Nicht?«, entgegnete Rietmann, und in seinem Blick erkannte Elin nun das, was sie zuvor vermisst hatte: Wut. »Vielleicht hast du recht, und ich habe Jonna nicht getötet. Aber was ist mit dir? Willst du mir nicht endlich gestehen, was du zu verbergen hast? Was du mir, deinem Bruder, angetan hast?«

»Ich … ich weiß nicht, was du meinst«, antwortete Angelika Eilers zögerlich.

»Ich meine den Tod meines Sohnes. Was ist damals wirklich geschehen, als er starb?«

Angelika Eilers zuckte kaum merklich zusammen. »Du weißt, was passiert ist.«

»Das dachte ich, ja. Aber eben erst haben diese Polizisten mich darüber informiert, dass nicht Sven, sondern Jonna am Steuer des Wagens gesessen hat. Sie war schuld an dem Unfall, und du hast ihr geholfen, das zu vertuschen!«

»Wie bitte?«, rief Maja Rietmann erschüttert. »Das kann nicht sein.«

»Angelika«, meldete sich auch Timo Eilers aufgebracht zu Wort. »Was redet dein Bruder da für einen Unsinn? Jonna war doch in der Nacht zu Hause, als der Unfall passiert ist. Das hast du gesagt.«

Seine Frau senkte den Kopf. »Ich habe gelogen«, sagte sie leise.

Elin räusperte sich. »Wollen Sie uns nicht erzählen, Frau Eilers, was damals wirklich geschehen ist?«

Jonnas Mutter sah wieder auf, und in ihren Augen schimmerten Tränen. »Das werde ich. Aber bevor ich das tue, müssen Sie wissen, dass ich für das, was passiert ist, genauso viel Verantwortung trage wie Jonna. Vielleicht sogar mehr. Wäre ich daheimgeblieben in dieser verfluchten Nacht, wäre Sven vermutlich noch am Leben.«

»Von vorne bitte, Frau Eilers«, bat Elin sie.

Sie nickte und sprach langsam weiter. »Dass die erste große Liebe meiner Tochter mein Neffe war, hat mich damals unsagbar gefreut. Sven war ein guter Junge, und er hatte viele Eigenschaften seines Vaters geerbt. Seine Warmherzigkeit, seine Güte. Ich hoffte damals, dass Jonnas Verbindung mit Sven auch für eine Annäherung zwischen Christian und mir sorgen könnte. Das war auch so, wofür ich nicht dankbarer hätte sein können. Alles war perfekt in dieser Zeit. Irgendwann fand ich dann aber heraus, dass Sven Jonna heimlich Fahrstunden gab. Ich muss den Jungen in Schutz nehmen, es war nicht seine Idee, sondern die meiner Tochter, und jeder in unserer Familie weiß, wie beharrlich sie sein konnte. Dennoch habe ich meinen Neffen beschworen, dass er Jonna nicht mehr ans Steuer lässt. Sie war noch viel zu jung, zu ungestüm dafür, ganz zu schweigen davon, dass es gegen das Gesetz verstieß. Sven hat mir damals versprochen, dass es nicht wieder vorkommen wird.«

»Doch er hat sich nicht an sein Versprechen gehalten?«, fragte Elin.

»Das habe ich vermutet. Als er sie am späten Abend dieses furchtbaren Tages abgeholt hat, wollte ich Gewissheit haben. Mein Mann war nicht da, also habe ich mich in unser Auto gesetzt und bin den beiden gefolgt. Als sie in Richtung Harlesiel fuhren, fühlte ich mich bestätigt. Einige der nicht so befahrenen Straßen am Ortsrand sind dafür bekannt, dass dort Fahranfänger üben. Irgendwann hielt Sven. Ich ebenfalls, mit sicherem Abstand und ausgeschaltetem Licht, damit sie mich nicht entdeckten. Was ich dann beobachtet habe, machte mich unsagbar wütend. Sie wechselten die Plätze. Kurz danach fuhr der Wagen mit quietschenden Reifen und hoher Geschwindigkeit los. Jonna hat mir später erzählt, dass sie unser Auto, wir fuhren damals einen schneeweißen SUV, im Rückspiegel gesehen hat, obwohl ich, wie gesagt, mit deutlichem Abstand angehalten hatte. Sie bekam Panik und hat Gas gegeben, obwohl Sven sich noch nicht angeschnallt hatte. Ich fuhr ebenfalls los und musste dann mitansehen, wie das Auto nach einigen Hundert Metern von der Straße abkam.«

»Oh, mein Gott«, wisperte Maja Rietmann und schlug die Hände vors Gesicht.

»Es ging alles so furchtbar schnell«, fuhr Angelika Eilers fort und Tränen rannen über ihr Gesicht. »Der Wagen überschlug sich vor meinen Augen mehrfach, und ich dachte, dass beide tot wären. Ich hielt an und bin hingerannt. Jonna war noch im Auto. Sie schien wie durch ein Wunder unverletzt, aber sie konnte sich nicht selbst aus dem Gurt befreien. Ich half ihr und zog sie aus dem Wagen. Dann lief ich zu Sven, der herausgeschleudert worden war, doch ich konnte nichts mehr für ihn tun. Er war tot.« Sie schluchzte und verstummte.

»Was geschah dann, Frau Eilers?«, fragte Elin sanft.

»Plötzlich waren überall Qualm und Feuer. Svens Auto brannte. Ich zog den Jungen einige Meter weiter weg, sodass die Flammen ihn nicht erreichen konnten. Dann packte ich Jonna, verfrachtete sie in unser Auto und fuhr mit ihr nach Hause.«

»Es war ein Unfall, Frau Eilers«, merkte Thees an. »Warum haben Sie nicht den Notruf gewählt, und gewartet, bis Polizei und Rettungswagen eintreffen? Jonna hätte vielleicht eine Jugendstrafe bekommen, weil sie ohne Führerschein gefahren ist, aber das wäre doch zu verkraften gewesen.«

»Ich hatte Angst«, antwortete Angelika Eilers bedrückt. »Mag sein, dass die rechtlichen Konsequenzen für Jonna erträglich gewesen wären, aber unsere Familie wäre durch die Wahrheit unwiderruflich zerstört worden. Das Verhältnis zu meinem Bruder hatte sich zu der Zeit endlich verbessert. Und dann war da noch Elke. Wir hatten immer ein sehr inniges Verhältnis zueinander und Jonna war wie eine Tochter für sie und meinen Bruder. Sie hätten sie gehasst, hätten uns beide gehasst, weil ich, wie eben schon gesagt, auch nicht schuldlos an dem Unfall war. Das konnte ich nicht riskieren. Was hätte es auch genutzt? Sven war tot. Ich weiß, man darf nicht lügen. Aber tief in meinem Inneren ahnte ich, dass Gott unsere Familie schon längst verlassen hatte. Schon in der Nacht, als Sven starb. Und nun hat er uns auch noch Jonna genommen…«

Elke Rietmann, die bis dahin still auf ihrem Stuhl gesessen hatte, sprang mit einem erstickten Laut auf und lief zum Fenster. Sie riss es auf und schnappte nach Luft.

Ihre Tochter Maja trat neben sie. »Geht's, Mama?«, fragte sie besorgt.

»Ja«, krächzte Elke Rietmann. »Ich hatte nur kurz das Gefühl, keine Luft zu bekommen. Was Angelika da getan hat, dass sie so lange gelogen hat… ich kann kaum atmen.«

»Verständlicherweise. Komm, setz dich wieder. Das Fenster kann bestimmt aufbleiben.«

»Natürlich«, sagte Elin, bevor sie sich wieder Jonnas Mutter zuwandte. »Was passierte weiter in der Unfallnacht? Bitte fahren Sie fort, Frau Eilers.«

»Es gibt nicht mehr viel zu berichten«, schluchzte Angelika Eilers. Sie hatte das Gesicht in den Händen vergraben. »Als mein Mann nach Hause kam, lagen Jonna und ich schon in unseren Betten. Ich hatte ihr eingeschärft, dass sie das, was geschehen war, unbedingt für sich behalten muss. Weil sonst unser aller Leben ruiniert sei und sie dann ins Gefängnis müsse. Jonna hat niemals wieder ein Wort über den wahren Unfallhergang verloren. Nicht, als die Polizei in jener Nacht die Todesnachricht überbracht hat, und auch nicht in den ganzen zwei Jahren, die seitdem vergangen sind. Sie hat dieses Geheimnis mit in den Tod genommen.«

»Was war mit dem Besuch in der Notaufnahme im Krankenhaus von Sande?«, fragte Thees.

Angelika Eilers hob den Kopf und sah ihn bestürzt an. »Sie wissen auch davon?«

»Ja. Aber wir möchten es aus Ihrem Mund hören.«

»Nun gut.« Sie senkte den Kopf wieder und sprach schnell und leise weiter. »Nach dem Unfall dachte ich, dass Jonna unverletzt geblieben sei. Doch nachdem die Polizei das Haus meines Bruders wieder verlassen hatte, begann sie über Kopfschmerzen zu klagen und erbrach sich mehrere Male. Mein Mann war mit dem Auto von Christian und Elke auf dem Weg in die Gerichtsmedizin, um Sven offiziell zu identifizieren, weil die beiden mit einem Schock ins Krankenhaus von Wittmund gebracht worden waren. Maja hatte sie dorthin begleitet. Deshalb hat niemand mitbekommen, dass Jonna und ich noch mal weggefahren sind. In Sande stellte man fest, dass sie eine Gehirnerschütterung hatte. Wir bekamen Medikamente und fuhren dann wieder heim. Mein Mann kam erst über eine Stunde später zurück. Jonna ging es in den Tagen danach gar nicht gut, aber jeder, auch Timo, schob das auf den Verlust, den sie erlitten hatte.«

»Wie konntest du mich nur so belügen?«, stieß Timo Eilers zornig aus.

Angelika Eilers verzog das Gesicht. »Sagt der, der mir Monate lang eine Lüge nach der anderen aufgetischt hat. Die Ehe ist etwas Heiliges und du hast es beschmutzt.«

»Fang nicht schon wieder mit Anna Hoferland an. Du willst doch nur von dir ablenken«, beschwerte sich ihr Mann. »Die Geschichte mit Anna ist längst durch und sollte hier auch nicht Thema sein.«

»Das sehe ich genauso«, bekräftigte Elin. »Wir sind hier, um zu klären, was heute vor einer Woche mit Jonna geschehen ist. Ich möchte Ihnen nun meine aktuellen Überlegungen zum Tathergang schildern. Sie basieren auf Erkenntnissen, die ich erst jüngst gewonnen habe. Nicht einmal meine Kollegen konnte ich davon unterrichten. An der einen oder anderen Stelle mag meine Rekonstruktion noch auf wackligen Füßen stehen, aber vielleicht schaffen wir es ja gemeinsam, sie in ein festes Fundament zu bringen.«

Elin erhob sich und stellte sich neben den Tisch, wo alle sie gut sehen konnten. Sie zögerte kurz, dann straffte sie ihre Schultern und begann: »Wir haben Christian Rietmann schon seit einigen Tagen ins Visier genommen. Das lag vorrangig daran, dass er uns ein falsches Alibi für die Tatzeit gegeben hat. Als er uns partout keine Auskunft geben wollte, wo er sich tatsächlich am letzten Montag aufgehalten hat, machte ihn das noch verdächtiger. Doch sowohl gestern als auch in der ersten Phase des Verhörs am heutigen Morgen hat er vehement bestritten, seine Nichte ermordet zu haben. Das änderte sich überraschend an einem gewissen Punkt der Befragung, kurz bevor er das Verbrechen eingestanden hat.«

Timo Eilers rutschte unruhig auf seinem Stuhl hin und her. Elin war schon auf einen neuerlichen Ausbruch gefasst, doch zum Glück passierte nichts.

Elin fuhr fort. »Das Geständnis Ihres Angehörigen sollte der krönende Abschluss unserer Ermittlungsarbeiten sein, doch ich hatte sofort massive Bedenken, was den Wahrheitsgehalt seiner Aussage betraf. Eine Nachricht, die ich vor wenigen Minuten von einem Kollegen bekommen habe, bestätigt, dass ich recht hatte.« Elin suchte den Blick Christian Rietmanns. »Sie waren es nicht, der Jonna umgebracht hat, Herr Rietmann. Sie können es gar nicht gewesen sein, denn Sie hielten sich zum Zeitpunkt von Jonnas Tod im Löwen Play Casino in Wilhelmshaven auf. Wir wissen das, weil wir bei der Hausdurchsuchung ein paar Parktickets gefunden haben, die aus jüngerer Zeit stammen und jeweils an einem Montag ausgestellt wurden. Die Parkzeit war immer identisch, nämlich von neunzehn bis einundzwanzig Uhr. Ein Ticket vom Montag letzter Woche war zwar nicht dabei, dennoch habe ich einen Kollegen gebeten, sich das näher anzuschauen. Die Tickets stammen aus einer Tiefgarage, die ganz in der Nähe des Casinos liegt. Wir wissen, dass Sie, Herr Rietmann, nach dem Tod ihres Sohnes zu spielen begonnen und dadurch hohe Schulden angehäuft haben. Der Kollege hat Kontakt zu dem Casino aufgenommen, und die Überwachungskameras haben bewiesen, dass Sie dort Stammkunde sind. Beinahe jeden Montagabend der vergangenen Monate waren Sie dort. Auch letzte Woche. Wir wissen, dass Jonna gegen zwanzig Uhr ermordet wurde, daher ist Ihre Täterschaft im Mordfall Jonna Eilers eindeutig auszuschließen.«

»Mensch, Papa, warum hast du das den Beamten nicht gesagt?«, rief Maja Rietmann. »Stattdessen gestehst du lieber ein schreckliches Verbrechen, dass du gar nicht begangen hast? Das ist doch verrückt.«

»Ich kann Ihnen sagen, warum er es getan hat, Maja«, sagte Elin. »Ich darf doch Maja sagen, oder?«

Die junge Frau nickte.

»Ihr Vater hat, wie erwähnt, viel Geld verspielt, das er sich teilweise auf nicht ganz legale Weise verschafft hat. Seine Schwester, Frau Eilers, hat ihm unter die Arme gegriffen, und nicht nur das, sie hat seine Verfehlungen auch vertuscht. Die Einzelheiten hierzu spare ich mir für den Moment, das können Sie später untereinander klären, doch ich denke, dass es einen Deal zwischen ihm und seiner Schwester gab, dass sie ihm nur hilft, wenn er die Spielerei sofort beendet. War es so, Herr Rietmann?«

Christian Rietmann senkte schuldbewusst den Kopf.

»Sie haben die Vereinbarung gebrochen, und aus lauter Angst vor den Konsequenzen haben Sie lieber geschwiegen, was Ihr wahres Alibi betrifft. Ist das zutreffend?«

Er reagierte nicht auf ihre Frage.

Elin ging einen Schritt zurück und lehnte sich an den Sims des geöffneten Fensters. »Keine Antwort ist auch eine Antwort, würde ich meinen. Das also hätten wir geklärt. Sie sind nicht der Mörder von Jonna. Das bedeutet aber nicht, dass Sie in der Geschichte keine Rolle mehr spielen. Im Gegenteil, ich denke sogar, dass Sie weiterhin eine der Hauptrollen besetzen.«

Rietmann sah auf, und Elin erkannte in seinen Augen, dass sie auch hier richtig lag mit ihrem Verdacht.

»Warum ich das denke, werde ich Ihnen erklären: Astrid Meier, Jonnas beste Freundin, hat uns von einem Mann namens Mike erzählt, in den Jonna sehr verliebt gewesen sein soll und mit dem sie sich immer auf Wangerooge getroffen habe. Von Frau Eilers haben wir erfahren, dass ihre Tochter seit Jahren immer wieder Personen erfand, die sie Mike nannte, und dass das innerhalb der Familie zu einer Art Spiel geworden war, dieser imaginäre Mike. Doch warum hätte Jonna ihrer Freundin eine Verliebtheit vorspielen sollen? Um sie neidisch zu machen? Ich glaube nicht daran. In diesem Zusammenhang kann ich Ihnen einige bittere Details nicht ersparen.« Elin atmete tief durch, bevor sie weitersprach. »Die forensische Untersuchung von Jonnas Leichnam hat ergeben, dass sie vor ihrem Tod brutal vergewaltigt worden ist.«

Elin hörte, wie Jonnas Eltern schmerzerfüllt aufstöhnten. Sie hatten bereits von der Vergewaltigung gewusst, doch erneut damit konfrontiert zu werden, musste grausam sein. Es war dennoch nötig.

Elin sprach ruhig weiter: »Es wurden Spermaspuren von zwei verschiedenen Männern festgestellt. Zunächst konnten wir nicht ausschließen, dass beide dem Mädchen Gewalt angetan haben, aber im Zuge der Ermittlungen kristallisierte sich heraus, dass Jonna mit einem der Männer freiwillig intim geworden sein könnte. Dazu passt die Aussage von Astrid, dass Jonna verliebt gewesen ist. Doch warum konnte sie den Mann nicht bei seinem richtigen Namen nennen? Wovor hatte sie Angst? Hierzu möchte ich einige Fragen stellen. Und zwar Ihnen, Herr Eilers.«

Timo Eilers zuckte zusammen und starrte sie entsetzt an. »Mir? Sie denken doch nicht etwa, dass ich mit meiner eigenen Tochter …?«

Elin winkte ab. »Keineswegs, beruhigen Sie sich. Trotzdem möchte ich von Ihnen wissen, warum auch Sie bezüglich Ihres Alibis nicht ganz die Wahrheit gesagt haben. Wie ich hörte, haben Sie die Dienstbesprechung in Wittmund vorzeitig verlassen?«

»Ja, aber das können nur ein paar Minuten gewesen sein. Wir waren praktisch am Ende.«

»Warum sind Sie eher gegangen?«

»Weil ich vor Ladenschluss noch eine Besorgung tätigen wollte. Für meine Frau. Sie hat nächste Woche Geburtstag. Wir haben schlechte Zeiten hinter uns, wie Sie mitbekommen haben, da sollte es etwas ganz Besonderes sein.«

»Aha, ich verstehe. Bitte geben Sie später noch zu Protokoll, wo Sie das Geschenk gekauft haben. Der Vollständigkeit halber. Kommen wir dann zu einer weiteren Frage: Ich weiß, dass Sie in letzter Zeit häufiger Streit mit Ihrer Tochter hatten. Ihrer Frau wollten Sie nicht sagen, worum es in diesen Auseinandersetzungen ging. Würden Sie mir verraten, was dahintersteckte?«

Angelika Eilers verschränkte die Arme vor der Brust, als würde sie sich wappnen.

Jonnas Vater wurde blass. »Muss das sein? Ich würde dazu lieber nichts sagen, es ist privat.«

»Wenn Sie wollen, dass der Mord an Ihrer Tochter aufgeklärt wird, sollte alles offengelegt werden, finden Sie nicht?«,

Timo Eilers zögerte noch immer, doch dann gab er sich einen Ruck. »Also gut. Ich habe Angelika nichts davon gesagt, weil ich wusste, dass sie sich darüber unglaublich aufregen würde. In Jonnas Bad in ihrer Wohnung war vor ein paar Wochen eine Leitung verstopft. Als ich mich darum gekümmert habe, verletzte ich mich an der Hand. Ich habe in einem der Schränke nach Verbandsmaterial gesucht und fand allerhand anderes Zeugs.«

»Anderes Zeugs?«, fragte Elin. »Was genau meinen Sie damit?«

Timo Eilers ballte die Fäuste. »Sexspielzeuge, wenn Sie es genau wissen wollen. Vibratoren, Lustkugeln, Handschellen und so weiter. Ich möchte mich gar nicht näher erinnern, es war ein Schock für mich. Unsere Tochter war doch erst siebzehn.«

Elin erwartete eine Reaktion von Jonnas Mutter, doch als sie Angelika Eilers ansah, war diese offensichtlich sprachlos. Darum fuhr Elin mit der Befragung fort. »Sie haben Jonna deswegen zur Rede gestellt, Herr Eilers?«

»Oh ja, mehrfach. Doch sie wollte mir einfach nicht sagen, was sie da trieb. Und schon gar nicht, mit wem. Ich hatte mehr und mehr den Verdacht, dass sie es verheimlichte, weil es sich um einen älteren Mann …«

Er verstummte abrupt. Seinem Gesichtsausdruck nach zu urteilen, zählte er eins und eins zusammen. »Jetzt hau ich dir endgültig in die Fresse«, schrie er, sprang auf und versuchte erneut, sich auf Christian Rietmann zu stürzen. Doch Thees und Schlüter waren auch diesmal zur Stelle und bändigten den Mann.

Angelika Eilers hatte die Hände vor den Mund geschlagen, und Maja Rietmann brach in Tränen aus. Elke Rietmann sah merkwürdig abwesend aus.

»Hat Ihr Schwager recht?«, wandte sich Elin an Rietmann, der mit blassem Gesicht zusammengesunken auf seinem Stuhl saß. »Hatten Sie eine Affäre mit Ihrer Nichte?«

Der zögerte, bevor er Antwort gab: »Nein«, meinte er schließlich niedergeschlagen. »Es war so viel mehr als das. Ich habe Jonna geliebt.«

»Dass Sie Jonna lieben, haben Sie uns auch zuvor bereits gesagt«, sagte Elin ruhig. »Verständlicherweise haben wir es jedoch für eine andere Art von Liebe gehalten. Für die eines Onkels zu seiner Nichte.«

»So ist es auch gewesen. Über lange Zeit. Doch dann, nach dem Tod von Sven, entstand in unserer gemeinsamen Trauer eine andere Art von Verbundenheit, ein sehr viel tieferes Gefühl. Wir konnten nichts dagegen tun. Die Zeit, die wir miteinander verbracht haben, war wunderschön. Aufregend. Intensiv. Wenn wir zusammen waren, fühlten wir uns frei. Frei von der Vergangenheit, frei von der Gegenwart. Es war, als wäre ich plötzlich wieder jung und ungebunden. Als wäre ich das erste Mal verliebt.«

Elke Rietmann stöhnte laut auf und verbarg das Gesicht in den Händen. Elin ließ sich nicht davon beirren.

»Als wären Sie das erste Mal verliebt, Herr Rietmann? Mit allem Drum und Dran? Ich frage deswegen, weil an Jonnas Hals ein Knutschfleck festgestellt wurde. Stammt der von Ihnen?«

Rietmann nickte beschämt.

»Sie geben ebenfalls zu, dass besagtes Sexspielzeug, welches Ihr Schwager in Jonnas Wohnung gefunden hat, von Ihnen und Ihrer Nichte benutzt wurde?«

Rietmann schluckte schwer. »Muss das wirklich sein?«

»Ja, tut mir leid.«

Er senkte den Kopf »Es stimmt, wir haben es benutzt. Aber es war einvernehmlich. Jonna wollte es genauso wie ich.«

»Und die Treffen mit dem Mädchen fanden regelmäßig in der Hütte statt, und nicht etwa auf Wangerooge, stimmt's? Das hatte Jonna sich wahrscheinlich nur als weiteres Ablenkungsmanöver ausgedacht.«

»Ich hatte keine Ahnung, dass sie ihrer Freundin Astrid überhaupt etwas von uns erzählt hat.«

»Du verdammtes, gottloses Schwein«, flüsterte Angelika Eilers.

Elke Rietmann stierte nun nur noch stumm vor sich her und ihre Tochter Maja wirkte derart schockiert, dass Elin befürchtete, sie könne jeden Moment kollabieren. Sie gab Thees unauffällig ein Zeichen, und er legte Maja beruhigend eine Hand auf die Schulter.

»Jonna und ich wussten, dass jeder mit Abscheu auf diese Beziehung reagieren würde«, erklärte Christian Rietmann. »Das war einer der Gründe, warum wir sie geheim gehalten haben.«

Elin zog die Augenbrauen hoch. »Dazu kam wohl, dass Jonna noch minderjährig war.«

»Sie wäre in ein paar Wochen achtzehn Jahre alt geworden«, raunte Rietmann.

»Das macht es nicht besser, Papa!«, schrie Maja ihn an. »Wie konntest du nur? Mir wird schlecht, wenn ich daran denke. Jonna war wie eine Schwester für mich, und sie war Svens Freundin, verdammt! Du hättest sie niemals anrühren dürfen.«

Rietmann schüttelte den Kopf. »Wir waren nicht blutsverwandt, und Sven ist tot. Zumindest, was das betrifft, haben wir nichts Unrechtes getan.«

Maja Rietmann schüttelte angeekelt den Kopf. »Das hast du dir ja schön zurechtgelegt. Du widerst mich an. Was wäre als Nächstes gekommen? Hättest du Mama für sie verlassen?«

»Niemals«, sagte ihr Vater bestimmt. »Das hätte ich nie getan, dafür habe ich Elke zu viel zu verdanken. Und trotz allem liebe ich auch sie. Immer noch. Das mag sich seltsam anhören, aber es ist so. Nur leider hat Svens Tod etwas mit uns gemacht. Wir haben uns voneinander entfernt, und oft schweigen wir uns an. Du bist weit weg, Maja, und ich bin so schrecklich einsam. Dann hat das mit Jonna vor ziemlich genau einem Jahr begonnen, und ich habe wieder gespürt, dass ich lebe. Sie hat mir gutgetan und mir Hoffnung gegeben, dass ich eines Tages mit der Spielerei aufhören könnte.«

»Was Ihnen nicht gelungen ist?«, fragte Elin.

»Nein, leider nicht. Sonst wäre ich an diesem verdammten Abend wahrscheinlich noch ein wenig länger bei ihr geblieben. Vielleicht wäre dann alles anders gekommen, vielleicht wäre sie dann noch am Leben.«

»Wann hatten Sie sich mit Jonna verabredet?«

»Um sechzehn Uhr. Gegangen bin ich um viertel vor sechs.«

Elin nickte. »Okay. Wir wissen, dass Moritz Hoferland Jonna über einen längeren Zeitpunkt gestalkt hat, und können davon ausgehen, dass er auch die intimen Zusammenkünfte zwischen Jonna und ihrem Onkel beobachtet hat. Vermutlich hat er seinem Klassenkameraden Klaas Hemmer davon erzählt, der daraufhin am Montag letzter Woche unter Drogeneinfluss zur Hütte kam. Er hat Jonna und ihren Onkel gesehen, und als Christian Rietmann gegangen war, ist er in die Hütte eingedrungen, setzte das Mädchen unter Drogen und vergewaltigte es. Weiter gehen wir davon aus, dass Klaas Hemmer nach seiner Gewalttat die Hütte fluchtartig verlassen hat, Moritz Hoferland sich jedoch weiter in der Nähe aufhielt und gesehen hat, was danach passiert ist.«

»Und was genau ist passiert?«, fragte Timo Eilers aufgewühlt. »Ich halte das alles im Kopf nicht aus. Jonna, was haben die nur mit dir gemacht…«

Elin nahm all ihren Mut zusammen, denn jetzt ging es ums Ganze. »Ich denke, dass es eine Person in diesem Raum gibt, die uns dazu Auskunft geben kann. Jonna stand unter Drogen und nach der Vergewaltigung ziemlich sicher auch unter Schock. Vermutlich war sie zu diesem Zeitpunkt mit Handschellen an das Bett gefesselt. Deshalb glaube ich nicht, dass sie in der Lage gewesen ist, zu telefonieren und Hilfe herbeizuholen. Das muss jemand anders für sie gemacht haben. Wahrscheinlich Moritz Hoferland. Und er hat eine Person angerufen, mit der Jonna sehr vertraut war. Ohne zu ahnen, dass dieser Anruf dem Mädchen das Leben kosten würde.«

Christian Rietmann gab einen undefinierbaren Laut von sich und ballte seine Hände zu Fäusten.

»Sie haben es erkannt, nicht wahr, Herr Rietmann?«, stellte Elin fest. »Oder vielleicht ahnen Sie es auch nur. Deswegen haben Sie den Mord an Jonna gestanden, obwohl Sie ihn gar nicht begangen haben. Sie taten es, um sie zu schützen.«

»Um wen zu schützen?«, fragte Angelika Eilers mit zitternder Stimme.

»Mich«, antwortete Elke Rietmann mit undurchdringlicher Miene. »Ich bin es, die er schützen wollte.«

Elin pochte das Herz bis zum Hals. »Würden Sie mir Ihr Handy geben, Frau Rietmann?«

Die Frau, die plötzlich um Jahre gealtert schien, nahm wortlos ihre Handtasche, öffnete sie und holte ihr Mobiltelefon heraus. Sie hielt es Elin hin.

»Entsperren, bitte.«

Auch dieser Aufforderung kam Elke Rietmann widerstandslos nach und übergab das Smartphone dann an Elin.

Diese brauchte keine zehn Sekunden, um in der Anrufliste das zu finden, was sie suchte. »Das überrascht mich jetzt doch«, sagte Elin und legte das Smartphone neben sich auf die Fensterbank. »Ich war davon ausgegangen, dass Moritz Hoferland Sie kontaktiert hat, aber es war Klaas Hemmer, der Sie an diesem Abend um neunzehn Uhr dreißig angerufen hat.«

»Was hast du meinem Mädchen angetan, Elke?«, flüsterte Angelika Eilers, die mittlerweile am ganzen Körper zitterte.

Ihre Schwägerin schenkte ihr einen hasserfüllten Blick, aber sie antwortete nicht.

»Wäre es nicht besser, Sie würden uns den Rest selbst erzählen, Frau Rietmann?«, fragte Elin. »Ich könnte meine Theorie selbstverständlich weiterführen, aber…«

»Warum fordern Sie mich nicht einfach auf, ein Geständnis abzulegen?«, fiel Elke Rietmann ihr harsch ins Wort. Es war merkwürdig, ihre Stimme zu hören, nachdem sie so lange geschwiegen hatte. »Das ist es doch, was Sie wollen.«

»Nicht nur«, erwiderte Elin leise. »Ich würde gerne Ihre Version hören. Um begreifen zu können, was in Ihnen vorgegangen ist.«

Dr. Enslin räusperte sich. »Sollten wir uns nicht zuvor unterhalten, Frau Rietmann? Ich bin zwar wegen Ihres Mannes hier, aber ich kann auch Ihnen Rechtsbeistand geben.«

Elke Rietmann winkte ab. »Das wird nicht nötig sein. Es würde nichts ändern.« Sie schloss die Augen und verharrte für eine Weile. Plötzlich sah sie wieder auf und begann ohne Umschweife zu reden: »Es ist richtig, Klaas hat mich um halb acht an diesem Abend angerufen. Ich war auf meiner täglichen Joggingtour, hatte mein Handy aber wie immer dabei. Er gestand mir, dass er, ich zitiere ›Scheiße gebaut‹ hatte, und dass ich Jonna helfen müsse. Dann beschrieb er mir, wo ich sie finden würde, und legte wieder auf.«

»Darf ich kurz unterbrechen, Frau Rietmann?«, fragte Elin.

»Das dürfen Sie, aber ich ahne, was Sie wissen wollen. Der Anruf hat mich erreicht, als ich in der Nähe des Museumshafens war. Dort ist es durch die Touristen zu dieser Jahreszeit immer belebt, und die Geschäfte haben lange geöffnet. So war es nicht überraschend, dass sich viele Zeugen gefunden haben, die bestätigten, dass ich dort joggen war. Ich wundere mich, dass dieses Alibi standgehalten hat, denn die Entfernungen in Carolinensiel sind überschaubar. Man kann die meisten Ziele auch zu Fuß in wenigen Minuten erreichen. Wenn man rennt, logischerweise noch schneller. Doch das hatten Sie augenscheinlich nicht auf dem Schirm, wohl auch, weil Sie davon ausgegangen sind, dass ein Mann Jonna ermordet hat.«

Für Elin fühlten sich ihre Worte wie Dornen an, die langsam durch die Schichten ihrer Haut drangen. Sie warf einen kurzen Blick auf Jonnas Eltern. Timo Eilers schien jetzt wie erstarrt und Angelika Eilers weinte lautlos vor sich hin. Ihr Blick wanderte weiter, und sie sah, dass Thees immer noch bei Maja stand und seine Hand beruhigend auf ihrer Schulter ruhte. Die junge Frau war leichenblass, und auch ihr liefen Tränen über die Wangen.

Elke Rietmann riss sie aus ihren Gedanken. »Beantwortet das Ihre Frage, Frau Kommissarin Bertram?«

Elin nickte. »Ja. Bitte fahren Sie fort.«

»Ich bin auf direktem Weg zur Hütte gelaufen und war schockiert über das, was mich dort erwartete. Jonna lag nackt auf dem Bett, mit Handschellen ans Gestell gefesselt, und hat herzzerreißend gewimmert. Es brauchte nicht viel, um zu begreifen, was mit ihr geschehen war. Ich konnte nicht fassen, dass Klaas ihr das angetan hat. Die Schlüssel der Handschellen lagen neben dem Bett auf einem Beistelltischchen. Ich habe sie genommen und meine Nichte befreit. Für Minuten hielt ich sie nur in meinen Armen und habe sie getröstet. Sie war völlig durcheinander und schien seltsam benebelt, als wäre sie gar nicht richtig bei Bewusstsein. Ich machte mir die allergrößten Sorgen und wollte einen Notruf absetzen.«

»Doch das taten Sie nicht«, sagte Thees. »Warum nicht?«

»Weil Jonna mich daran hinderte. Sie stammelte, dass sie zuerst noch etwas loswerden müsste. Ich habe versucht, Sie zu überzeugen, dass dafür später noch Zeit genug sein würde, aber sie gab keine Ruhe. Dann hat sie mich gebeten, ihr zu vergeben.« Elke Rietmann brach ab und bedeckte erneut für ein paar Sekunden ihr Gesicht mit den Händen. Ihr Körper bebte, doch dann sprach sie weiter. »Sie gestand mir, dass sie und Christian eine Liebesbeziehung miteinander hatten. Ich war wie vor den Kopf gestoßen. Ich hatte schon länger den Verdacht gehegt, mein Mann könnte eine andere haben. Er hat sich ein zweites Handy angeschafft, das er so gut versteckte, dass es selbst die Polizei bei der Hausdurchsuchung nicht gefunden hat. Ich hingegen wusste, wo er es aufbewahrte, mir ist nur leider nie gelungen, den Sperrcode zu entschlüsseln. Aber ich war mir sicher, dass er damit mit einer anderen Frau kommunizierte. Seit Monaten war er wie ausgewechselt. An manchen Tagen war er fast wie vor Svens Unfall. Sicher, er hat die ganze Zeit über weitergespielt, was er nicht vor mir verbergen konnte, aber ansonsten schien er sich immer mehr von dem furchtbaren Schicksalsschlag zu erholen, der uns getroffen hatte. Ich gönnte es ihm irgendwie und war nur manchmal neidisch, dass er es aus diesem schwarzen Loch geschafft hatte, das mich noch immer gefangen hielt. Auch wenn eine Andere dahintersteckte. Ich nahm es stillschweigend in Kauf. Wie hätte ich auch ahnen sollen, dass es Jonna war? Ein blutjunges Mädchen, sie war wie unser eigenes Kind. Ich war so entsetzt und angeekelt in dem Moment, als Jonna mir alles gestand.«

»Was geschah weiter in der Hütte?«, fragte Elin.

»Bitte? Oh ja, natürlich, die Hütte.« Elke Rietmann schluckte. »Ihre Worte hatten mich schwer getroffen, doch Jonna war noch nicht fertig mit ihrer Beichte. Was sie mir dann erzählte, hat mir endgültig den Boden unter den Füßen weggezogen. Es waren nur ein paar Sätze, aber sie trafen mich bis ins Mark. Ein paar Sätze, die mich endgültig vernichteten und den grausamsten Schmerz, den ich in meinem Leben je aushalten musste, aus meinem tiefsten Inneren brutal an die Oberfläche zurückzerrten.« Sie wandte sich zu ihrer Schwägerin. »Du hattest unrecht, Angelika, als du sagtest, Jonna hätte das Geheimnis mit in den Tod genommen. Das hat sie nicht. Sie hat mir alles gestanden. Hat mir gesagt, wie mein Junge wirklich zu Tode gekommen ist, und wer dafür gesorgt hat, dass das alles vertuscht wurde. Weißt du, wie sich das angefühlt hat, Angelika? Als ob du mir direkt ins Gesicht gespuckt hättest. Wir waren so eng miteinander, du warst meine beste Freundin. In all der Zeit, in der ich Teil dieser Familie war, haben uns tiefe Zuneigung und grenzenloses Vertrauen verbunden. Nach Svens Tod hast du dich pausenlos um uns gekümmert, wofür ich dir so dankbar gewesen bin. Wie selbstlos du bist, habe ich gedacht, dabei hast du es nur getan, um dein schlechtes Gewissen zu beruhigen, oder? Die ganze Zeit über hast du uns dreist ins Gesicht gelogen. Hast alles, was wir hatten, mit Füßen getreten. Fast hättest du es sogar geschafft, dass ich meinen Glauben zu Gott verloren hätte. Seine Liebe war mein ganzes Leben lang eine Stütze, ein Pfeiler für mich. Aber du hast immer darauf beharrt, dass niemand die

Schuld an Svens Unfall tragen würde, dass es Gottes Wille war und seine Wege nun mal unergründlich seien. Wie viele Nächte habe ich deswegen gehadert, habe ihn angeklagt, nichtsahnend, dass alles ganz anders gewesen ist.«

Angelika Eilers schluchzte auf.

»Spar dir die Tränen«, schleuderte Elke Rietmann ihr hasserfüllt entgegen.

»Du … hast auch geweint«, stammelte ihre Schwägerin. »Um Jonna. Bei dem Gedenkgottesdienst. War das alles nur Theater?«

»Ich habe nicht um Jonna, sondern um Sven geweint. Um das, was ihm widerfahren ist. Wie er von den Menschen, die ihm mit am nächsten standen, gnadenlos im Stich gelassen wurde. Weißt du, was das wirklich Tragische an dieser Geschichte ist, Angelika? Ich hätte Jonna vergeben, dass Sie etwas mit meinem Mann angefangen hat. Schweren Herzens, aber ich hätte es getan. Ich hätte euch auch den Unfall vergeben. Es wäre nicht leicht geworden, aber ich hätte es geschafft. Aber so? Nicht nur eure gotteslästerlichen Lügen waren unerträglich für mich. Es war der Gedanke, dass ihr meinen toten Sohn dort habt liegen lassen. Allein, im Dunkel der Nacht. Das hat niemand verdient, und ist unverzeihlich.«

»Darum haben Sie Jonna getötet?«, fragte Elin.

»Ja, aber in erster Linie, weil ich wollte, dass meine Schwägerin leidet. Sie sollte am eigenen Leib erfahren, wie es ist, durch die Hölle zu gehen. Und das wird sie, spätestens jetzt, wenn sie erfährt, wie und durch wen ihre Tochter gestorben ist.«

Angelika Eilers schüttelte den Kopf. »Ich will das nicht hören«, flüsterte sie kraftlos.

»Kann ich mir vorstellen«, sagte Elke Rietmann mit klirrender Kälte in der Stimme. »Aber du sollst wissen, wie ich Jonna wieder mit den Handschellen ans Bett gefesselt habe, als sie noch immer völlig neben sich stand. Du sollst wissen, wie ich ihr Tuch genommen und es um ihren Hals gewickelt habe. Wie ich es zuzog, immer weiter und weiter. Wie Jonna sich quälte und wand in ihrem Todeskampf, bis es vorbei war. Endgültig vorbei war.«

Angelika Eilers sprang auf und fing an zu schreien. Es hörte sich an wie die Laute eines schwer verwundeten Tiers. Sie hob die Fäuste, als wollte sie ihre Schwägerin schlagen, doch dann sank sie wieder auf ihren Stuhl zusammen und weinte bitterlich.

»Gut so«, kommentierte Elke Rietmann diesen Ausbruch mit Genugtuung. »Ich hoffe, nein, ich weiß, dass du dich für den Rest deines Lebens von diesem Schlag nicht erholen wirst. Das ist alles, was ich wollte.«

»Großer Gott, Elke«, entfuhr es Schlüter, der bis dahin stumm die Ausführungen seines ehemaligen Kindermädchens verfolgt hatte. »Ich kann nicht glauben, dass du das getan hast. Du hast ein junges Mädchen ermordet. Jonna war erst siebzehn Jahre alt, und sie war für dich wie eine Tochter, das hast du selbst gesagt. Wie konntest du nur?«

Elke schüttelte unwillig den Kopf. »Du kannst das nicht verstehen, Richard. Nicht, bis dir vielleicht eines Tages ein Kind genommen wird, was ich niemandem, und schon gar nicht dir, wünsche. Was Jonna betrifft: Ja, ich hatte sie lieb, darum hat ihr doppelter Verrat umso mehr geschmerzt. Sterben musste sie aber, weil ich wusste, wie sehr ihr Tod ihre Mutter treffen würde.«

»Das ist krank«, murmelte Schlüter mit Abscheu im Gesicht.

»Wir sind noch nicht ganz fertig«, ergriff Elin erneut das Wort. Sie wandte sich an Angelika und Timo Eilers. »Wenn Sie lieber den Raum verlassen möchten, verstehe ich das gut.«

»Wir bleiben«, flüsterte Timo Eilers. »Wir müssen die ganze Wahrheit hören.« Seine Frau nickte schwach.

»In Ordnung.« Elin schaute wieder Elke Rietmann an. »Was geschah, nachdem Sie Ihre Nichte …«

»Ich war wie in Trance. Einige Tage zuvor hatte ich im Fernsehen eine Reportage über den Mondscheinmörder gesehen ...
ich wusste, dass ich auf Dauer nicht ungeschoren davonkommen würde, aber ich dachte, es würde die Polizei ein Weilchen ablenken. Ich habe die Handschellen gelöst und Jonna vor dem Bett drapiert, so wie es der Serienmörder mit seinen Opfern getan hatte. Dann habe ich aus ihrem Rucksack eine Nagelpfeile ...« Sie hielt inne. »Kann ich die Einzelheiten vielleicht überspringen? Ich möchte nicht, dass meine Tochter ...«

»Du willst mich schonen, Mama?«, fauchte Maja sie an. »Ernsthaft? Ich glaube, ich muss mich gleich übergeben. Der Polizist hat recht, du bist total krank. Du bist noch schlimmer als Papa.«

Elin hob beruhigend die Hände. »Schon gut, wir nehmen die Details später auf. Nur kurz noch: Sie haben Jonnas Kleidung, ihr Handy und die Handschellen an sich genommen?«

»Ja«, antwortete Elke Rietmann.

»Ebenso den Schal, mit dem Sie Ihre Nichte getötet haben?«

»Ja. Ich habe alles in einer Tüte mitgenommen und es in einem Müllcontainer in Harlesiel entsorgt.«

»Was war mit den Ecstasy-Tabletten?«

»Die habe ich unter dem Bett gefunden und sie in Jonnas Rucksack deponiert.«

»Okay. Bevor Sie gegangen sind, haben Sie noch Möbel und Gegenstände abgewischt?«

»Wegen der Fingerabdrücke, ja. An die Sperma-Spuren auf dem Bettlaken habe ich nicht gedacht. Aber das war ja eher ein Vorteil für mich.«

»Bis heute jedenfalls«, bestätigte Elin mit säuerlicher Miene.

»Wir sollten an dieser Stelle unterbrechen« meinte Thees und deutete auf Jonnas Eltern, die beide erbärmlich aussahen. »Die beiden klappen uns gleich zusammen.«

Elin nickte. »Nur eins noch: Was ist mit Moritz Hoferland und Klaas Hemmer? Waren Sie es, die auf die Jungen geschossen hat, Frau Rietmann?«

»Wer sonst?«, antwortete diese achselzuckend. »Klaas dachte, dass Jonna von Moritz erdrosselt worden ist, darum hat er ihn verschleppt, um mit Schlägen ein Geständnis von ihm zu erzwingen. Genaues weiß ich dazu nicht, das müssen Sie Klaas fragen, wenn er denn überlebt.« Sie lachte kurz hysterisch auf. »Irgendwann hat Klaas mich wieder angerufen. Sie können gerne auf mein Handy schauen, wenn Sie es nicht glauben. Er hat mir erzählt, dass Moritz behauptet hätte, ich wäre es gewesen. Ich konnte Klaas beruhigen, und er hat mir verraten, wo die beiden sich befanden. Ich hatte keine Wahl, darum bin ich hin, und den Rest können Sie sich denken.«

»Den Rest können wir uns denken«, wiederholte Elin, »oder von Klaas Hemmer erfahren. Er hat nicht nur überlebt, sondern ist auch schon aus dem Koma erwacht. Er hat Sie bereits schwer belastet, Frau Rietmann.«

»Na, das ist doch schön für Sie«, höhnte die Frau.

»Als wir uns auf der Fähre nach Wangerooge getroffen haben, sagten Sie, dass Sie Abstand vom Geschehenen bräuchten. Wenn ich richtig rechne, war das nur ein paar Stunden, nachdem Sie auf die Jungen geschossen haben, korrekt?«

»Korrekt. Mir tat es ja leid um die Jungen, doch wie gesagt, ich hatte keine Wahl.«

Elin sah in den Gesichtern derer, die Elke Rietmann schon lange kannten, wie fassungslos sie über die Taten der Frau waren. Über die Veränderung ihres Wesens. Elin hingegen begegnete eine solche Wandlung nicht zum ersten Mal. Sie hatte viel zu oft erleben müssen, dass die Guten plötzlich die Bösen waren.

»Eine letzte Frage: Ist es Ihnen nicht schwergefallen, nachdem, was Sie getan haben, zur Normalität überzugehen, als ob nichts gewesen wäre? Die liebende Schwägerin und trauernde

Tante zu spielen? Ich verstehe nicht, wie Sie das fertigbringen konnten.«

»Fragen Sie das lieber Angelika, Frau Bertram. Sie war mir in dieser Beziehung ein leuchtendes Beispiel.«

»Das kannst du doch überhaupt nicht miteinander vergleichen, Mama!«, schrie Maja sie erneut an. »Es war nicht in Ordnung, was Angelika und Jonna getan haben. Aber sie haben Sven nicht umgebracht. Du hingegen bist eine Mörderin. Eine eiskalte Mörderin. Ich hasse dich.«

Für einen kurzen Augenblick dachte Elin, Maja Rietmann hätte ihre Mutter mit ihren Worten erreicht, doch dann war die Emotion auf dem Gesicht der Frau bereits wieder verschwunden. Sie wirkte wieder so, wie ihre Tochter sie beschrieben hatte: eiskalt.

»In Ordnung«, sagte Elin, weil sie genug von ihr, genug von allem hier hatte. »Das reicht für den Moment. Ich denke, es versteht sich von selbst, Frau Rietmann, dass Sie mit sofortiger Wirkung festgenommen sind. Schlüter, würdest du Frau Rietmann bitte in die Arrestzelle bringen? Später kannst du mit einem Kollegen des Kommissariats ihre Aussage offiziell protokollieren. Ihr Anwalt ist ja bereits vor Ort. Thees, kümmerst du dich um die Angehörigen? Sie sollten einen Arzt konsultieren und eventuell durch einen Notfallseelsorger betreut werden. Ich werde derweil in der Uniklinik in Hannover anfragen, wann wir mit Klaas Hemmer sprechen können. Seine Aussage wird hoffentlich das letzte Puzzlestück sein, das noch fehlt.«

»Willst du denn heute noch zu ihm fahren?«, fragte Thees.

»Ja, je früher desto besser. Ich möchte hier endlich abschließen.«

»Abschließen«, wiederholte Christian Rietmann bedrückt. »Das wird für uns wohl niemals möglich sein.«

»Das ist zu befürchten«, stimmte Elin ihm zu. »Entschuldigen Sie bitte meine Wortwahl.«

Er nickte nur und wollte dann den anderen aus dem Raum folgen, doch Elin hielt ihn auf.

»Ach, Herr Rietmann?«

Er drehte sich um. »Ja?«

»Woher wussten Sie, dass Ihre Frau es war?«

Er zuckte mit den Schultern. »Die Erkenntnis war plötzlich da. Nach Svens Tod konnte Elke sein Zimmer nicht betreten. Sie hat darauf beharrt, dass sie ihn nicht loslassen könne, und immer gemeint, dass da noch etwas wäre. Dass es doch nicht Gottes Wille gewesen sei, dass unser Junge so jung habe sterben müssen. Sie sagte, dass es eines Tages einen Schuldigen geben würde, der zur Rechenschaft gezogen würde. Ich habe ihre Worte nicht ernst genommen, habe aber auch nicht widersprochen, weil ich dachte, dass das ihre Art zu trauern ist. So wie ich meine Trauer am Spieltisch des Casinos ausgelebt habe. Nicht mal ansatzweise habe ich geahnt, wie ernst es ihr damit ist. Einen Tag nach Jonnas Tod begann Elke plötzlich, die Sachen aus Svens Zimmer auszuräumen. Wieder habe ich mir nichts gedacht, wir standen ja alle unter Schock. Doch als Sie und Ihr Kollege mich aufklärten, was damals bei dem Unfall wirklich passiert ist, wurde mir schlagartig bewusst, dass Elke es ebenfalls herausgefunden hat und sie es gewesen sein muss. Dass sie Jonna … und dann dachte ich, dass ich Elke vor der Strafe schützen muss. Ich liebe sie ja, trotz allem. Das muss verrückt klingen. Vielleicht werde ich wirklich verrückt…« Seine Stimme brach.

»Es tut mir sehr leid, Herr Rietmann«, sagte Elin. »Auch, dass wir Sie zunächst verdächtigt haben. Ich hatte da von Beginn an ein Bauchgefühl …«

»… das sich ja nicht als ganz falsch erwiesen hat. Leider.«

»Was ist mit Ihnen? Hassen Sie Ihre Schwester jetzt auch?«

Er lächelte müde. »Sie meinen, noch mehr als bisher? Nein, entschuldigen Sie, das war nicht ernst gemeint. Zwischen Angelika und mir war es immer schwierig, und das wird es wohl auch bleiben. Trotzdem hasse ich sie nicht. Sie und Jonna haben damals einen schrecklichen Fehler gemacht, aber was nun passiert ist, haben beide nicht verdient. Wir stehen alle zusammen vor den Trümmern unserer Familie. Mein Sohn ist tot. Meine Nichte auch. Meine Frau geht ins Gefängnis. Meine Tochter verachtet mich, genau wie mein Schwager. Falls meine Schwester bereit ist, mir die Hand zu reichen, dann nehme ich sie. Ich denke, wenn wir überhaupt noch etwas retten wollen, müssen Angelika und ich künftig zusammenhalten.«

Elin gab ihm die Hand. »Das ist eine gute Einstellung. Ich wünsche Ihnen nur das Beste, Herr Rietmann.«

»Das wünsche ich Ihnen auch, Frau Bertram.«

»Ich hoffe, Sie halten sich kurz.« Dr. Brandt schaute Elin ernst an. »Der Junge wurde bereits von Ihren Kollegen des Landeskriminalamts Niedersachsen ausführlich verhört. Man sollte nicht vergessen, dass er gerade noch um sein Leben gekämpft hat. Er braucht Ruhe.«

»Dessen sind wir uns bewusst, Dr. Brandt«, antwortete Elin. »Es wird nicht lange dauern, versprochen. Wir müssen lediglich noch ein paar Lücken zur endgültigen Aufklärung des Falls schließen.«

»In Ordnung. Nur einen Moment noch. Ich möchte mich zuvor persönlich vergewissern, dass Klaas dazu bereit ist.«

»Natürlich. Der Kollege und ich werden hier warten.« Elin und Thees setzten sich auf die Stühle, die im langen Korridor der Krankenstation standen, während Dr. Brandt in einem der Zimmer verschwand.

»Ein ereignisreicher Tag«, seufzte Thees.

»Und er ist noch nicht zu Ende. Bist du müde?«

»Nein, nicht mehr. Ich habe doch den ganzen Weg hierher geschlafen.«

»Das stimmt. Hat mich gewundert, dass du die Ruhe dazu hattest, obwohl ich am Steuer deines Autos gesessen habe.«

»Da kannst du mal sehen, wie erledigt ich war.« Er zwinkerte Elin zu, doch dann wurde er wieder ernst. »Echt krass, dass die Rietmann es war. Gerade noch war sie ein ganz normaler Mensch wie du und ich, und dann tötet sie zwei junge Menschen, Kinder fasst noch, und einen weiteren verletzt sie schwer. Eine Tragödie.«

»Hat Sina Mertens auch gemeint, als ich vorhin mit ihr telefoniert habe. Mir tun die verbleibenden Mitglieder der Familien

Eilers und Rietmann leid. Wie Christian Rietmann ganz richtig gesagt hat, sie stehen vor einem Trümmerhaufen. Ich weiß nicht, ob ich an ihrer Stelle einfach so weitermachen könnte.«

»Es wird schwer werden für sie, keine Frage. Aber wer weiß, vielleicht hilft ihnen ja doch wieder ihr Glaube.«

Elin schmunzelte. »Hört sich seltsam an, wenn das aus dem Mund eines Heidenkindchens kommt.«

»Was hast du gesagt?« Thees zog eine Grimasse. »Ich soll ein was sein?«

»Ach nichts. Vergiss es einfach.«

»Okay, aber nur unter eine Bedingung.«

»Die da wäre?«

»Verrat es mir. Warum der plötzliche Schwenk? Wieso bist du davon abgerückt, dass Christian Rietmann der Täter ist? Ich verstehe es noch nicht: Du wusstest, dass es Elke Rietmann war, noch bevor Klaas Hemmer die Augen und den Mund aufgemacht hat, um sie ins Spiel zu bringen.«

»›Wissen‹ ist zu viel gesagt, Thees. Es war nur ein Verdacht, der nach dem nächtlichen Besuch von Angelika Eilers aufkam. Du weißt schon, sie hat mich aufgeklärt, dass der gesuchte Mike wahrscheinlich nur in der Fantasie Jonnas existiert. Frau Eilers hat mir gesagt, dass jeder in der Familie von diesen Mike-Spielchen, wenn ich es mal so nennen darf, wüsste.«

»Ja, und?«

»Nun, ich hatte Elke Rietmann auf den von uns gesuchten Mike angesprochen, als ich sie auf der Fähre nach Wangerooge getroffen habe. Sie hätte es auflösen können. Aber das hat sie nicht getan, und ich habe mich natürlich gefragt, warum. Hinzu kam, dass wir sicher wussten, dass ein weiterer Mann in der Hütte gewesen sein *musste*. Einer, mit dem Jonna wahrscheinlich eine Liebesbeziehung geführt hatte, die sie aber unter allen Umständen geheim halten wollte. Plötzlich hatte ich den Gedanken, dass Christian Rietmann nicht der Mörder, sondern Jonnas Liebhaber gewesen sein könnte. Mir fiel wieder ein, dass

Klaas Hemmer seinem Vater gesagt hatte, Jonna mit ihrem Geliebten zu sehen, wäre eklig gewesen. Christian Rietmann war fast dreimal so alt wie das Mädchen, außerdem war er ihr Onkel, wenn auch nicht blutsverwandt. Für mich war es schlüssig, dass Klaas eine solche Konstellation abstoßend gefunden hätte. Dann habt ihr den wahren Hergang von Sven Rietmanns Unfall aufgedeckt. Das hätte ein Motiv für Christian Rietmann sein können, aber es gab jemanden, dessen Motiv noch viel stärker war, nämlich Elke Rietmann. Weil Jonna nicht nur schuld am Tode ihres Sohnes war, sondern weil sie auch eine Affäre mit ihrem Mann hatte. Als Rietmann dann wie aus dem Nichts den Mord gestanden hat, den er zuvor so vehement abgestritten hatte, gab es keinen Zweifel mehr für mich. Es musste seine Frau gewesen sein, die er durch sein Geständnis schützen wollte.«

»Also mir war das nicht klar«, brummte Thees. »Du hättest ja auch mal was sagen können.«

»Das wollte ich. Bevor Schlüter mit der Nachricht um die Ecke kam, dass Klaas wach ist und die erste Aussage gemacht hat. Danach war der Zug abgefahren und die Ereignisse überschlugen sich. Kannst du mir noch mal verzeihen?« Elin klimperte etwas übertrieben mit den Wimpern.

»Muss ich mir noch überlegen.« Thees sah sie mit finsterer Miene an, aber seine Mundwinkel zuckten verdächtig.

Ein Räuspern unterbrach sie. Als sie aufschauten, sahen sie in das Gesicht von Dr. Brandt, der mit verschränkten Armen vor ihnen stand. »Wenn Sie dann so weit wären, meine Herrschaften? Klaas geht es den Umständen entsprechend gut. Sie können jetzt zu ihm.«

Als Elin und Thees das Krankzimmer betraten, umfing sie eine bedrückende Atmosphäre. Klaas Hemmer, eigentlich ein kräftiger junger Mann, lag wie ein Häufchen Elend im Bett. Blass, aber mit roten Rändern um die Augen, die verrieten, dass er schwere Stunden hinter sich hatte.

»Hallo, Klaas«, begrüßte Elin ihn vorsichtig.

»Es war Elke Rietmann«, sagte er leise, ohne auf ihren Gruß einzugehen.

Elin nickte, nahm sich einen Stuhl und setzte sich zu dem Jungen ans Bett, während Thees hinter ihr stehen blieb.

»Das wissen wir«, sagte Elin. »Sie hat bereits gestanden.«

»Und jetzt sind Sie hier, um mein Geständnis einzuholen?«

»Wenn du so willst, ja.«

Klaas schloss die Augen und stöhnte gequält auf.

Mitleid regte sich in Elin, das der junge Mann ganz sicher nicht verdient hatte. »Hast du Schmerzen?«, fragte sie dennoch.

Er öffnete die Augen wieder. »Es geht schon.«

»Deine Eltern sind nicht hier?«

»Sie haben fast vierundzwanzig Stunden am Stück ununterbrochen an meinem Bett gesessen. Jetzt sind sie im Hotel, um sich ein wenig auszuruhen.«

»Magst du uns auch ohne ihr Beisein erzählen, was passiert ist? Nur, was du und Moritz Hoferland mit dieser ganzen Sache zu tun haben, über alles andere sind wir bereits im Bilde.«

Er schluckte. »Dass ich Jonna vergewaltigt habe, wissen Sie?«

»Ja. Dein Vater hat es uns gesagt.«

Wieder stöhnte er auf. »Ich war wie ein Tier. Verdammt, ich schäme mich so.«

»Das solltest du auch, Klaas. Es ist widerlich, was du dem Mädchen angetan hast, und dafür wirst du bestraft werden. Zu recht. Du kannst dieses Verbrechen nicht rückgängig machen. Aber du kannst dabei helfen, zwei andere Verbrechen aufzuklären, nämlich die Tötung von Jonna Eilers und die von Moritz Hoferland. Aber vielleicht fängst du einfach von vorne an.«

»Ich will es versuchen«, stimmte er kaum hörbar zu und sprach gleich weiter, als ob er fürchtete, dass ihn der Mut verlassen könnte. »Ich mochte Jonna schon, als sie noch mit Sven zusammen war. Sie war so hübsch und hatte immer ein liebes

Wort für jeden. Dann starb Sven, und wir freundeten uns an. Das war wirklich so. Wir teilten unsere Sorgen und Ängste miteinander, waren immer füreinander da. Als sie zum Beispiel mitbekam, dass ich nicht nur ab und zu einen Joint rauchte, sondern manchmal auch etwas Härteres einwarf, hat sie nicht nur mir ins Gewissen geredet, sondern meinem Dealer gleich mit. So war Jonna, ein erstaunlicher Mensch. Im Gegenzug konnte ich ihr ein bisschen helfen in ihrer Trauer um Sven. Das dachte ich jedenfalls. Nach und nach habe ich dann gemerkt, dass ich mich in sie verliebt habe.«

»Du wolltest sie nicht einfach nur ins Bett bekommen?«, fragte Elin.

»Wer sagt das?«, rief Klaas aufgebracht, und er lief rot an. »Etwa Astrid Meier, diese Bitch? Doch nur, weil ich sie mal habe abblitzen lassen.«

»Letztendlich spielt das keine Rolle mehr. Bitte erzähl weiter, und reg dich nicht so auf, ansonsten müssen wir das Gespräch beenden.«

Klaas atmete tief durch. »Wie gesagt, ich hatte Gefühle für Jonna, aber sie wollte nichts von einer Beziehung wissen. Weil sie noch nicht so weit war, das hat sie gesagt. Wegen Sven. Das habe ich verstanden und mich mit dem zufrieden gegeben, was wir hatten. Unsere Freundschaft. Dann ging dieser Scheiß mit Hoferland los.«

»Du meinst, dass er Jonna gestalkt hat?«

Klaas nickte. »Er hat sie auf Schritt und Tritt verfolgt, setzte diese schlimmen Gerüchte über sie in Umlauf, machte ihr das Leben zur Hölle. Ich habe ihn mir mehr als einmal vorgeknöpft, aber das war ihm egal. Und ehrlich gesagt, wollte ich nicht mehr mit ihm zu tun haben als unbedingt nötig. Der Typ war echt krank. Hatte die ekelhaftesten Fantasien.«

»Doch dann hat er dir erzählt, dass Jonna einen anderen hat, richtig?«

»Ja. Ich habe ihm kein Wort geglaubt. Trotzdem bin ich zu der Hütte. Moritz hat behauptet, Jonna würde sich dort jeden Montag zur gleichen Zeit mit ihrem Lover treffen. Ich wollte meinen Augen nicht trauen. Zu sehen, wie Jonna mit ihrem eigenen Onkel … mit diesem alten Mann … es war widerlich. Ich war so dermaßen wütend und wäre dort am liebsten hineingestürmt, um diesem Typen eins aufs Maul zu hauen.«

»Doch stattdessen hast du was getan?«

Klaas wich ihrem Blick aus. »Ich habe was genommen. Crystal Meth. Das war Mist, ich wusste, dass das Zeug mich noch aggressiver macht.«

»Drogen zu konsumieren, ist immer eine schlechte Idee«, warf Thees ein.

»Das weiß ich. Aber ein anderer Stoff hätte eine andere Wirkung gehabt. Ich wäre nicht zu diesem Monster geworden.«

Elin schüttelte verärgert den Kopf. »Ich weiß nicht, ob ich es gutheißen kann. Obwohl du noch nicht mal vor Gericht stehst, plädierst du schon jetzt auf Unzurechnungsfähigkeit.«

»Das wollte ich damit nicht gesagt haben. Ich meine nur, …«

»Schon gut. Was ist passiert, als du das Crystal Meth genommen hast?«

»Ist es wirklich nötig, dass ich das bis ins Detail erzähle? Es ist nichts, worauf ich stolz bin, das können Sie mir glauben.«

»Dann die Kurzversion. Vorerst. Bis du ganz wieder auf dem Damm bist.«

Klaas nickte. »Einverstanden. Ich habe gewartet, bis Rietmann weg war. Dann bin ich reingegangen und habe Jonna zur Rede gestellt. Sie war gerade dabei, sich wieder anzuziehen, und war total erschrocken, mich zu sehen, aber dann hat sie gesagt, dass mich das alles nichts anginge. Ich habe zwei Cola für uns aus dem Kühlschrank geholt und …«

»Und du hast ihr etwas untergemischt. Ecstasy?«

»Ja.«

»Hast du das schon öfter gemacht? Ich meine, bei anderen Mädchen?«

Klaas gab keine Antwort.

Elin spürte, wie sich ihr der Magen umdrehte. Aber es nutzte nichts, sie musste die Befragung professionell zu Ende führen. Einen kleinen Seitenhieb konnte sie sich dennoch nicht verkneifen: »Dann ist Astrid Meier doch wohl nicht so eine Bitch, wie du behauptest. Denn genau das hat sie uns gesagt. Dass du Mädchen etwas unterjubelst, um an dein Ziel zu gelangen.«

»Ich habe das nur ein paarmal gemacht.«

»Darauf sage ich lieber nichts, sonst vergesse ich mich. Weiter! Was dann?«

»Als sie high war, wollte ich sie küssen. Sie hat mich abgewehrt, worauf ich sie mit den Handschellen, die dort rumlagen, ans Bett gefesselt habe. Dann habe ich sie …«

»… vergewaltigt, sprich es ruhig aus.«

»Ja. Ich habe sie vergewaltigt«, schrie Klaas aufgebracht. »Zufrieden? Vielleicht freut es Sie zu hören, dass ich seitdem keine ruhige Minute mehr hatte. Es hätte niemals geschehen dürfen. Ich habe Jonna doch geliebt.«

»Auch einem Mädchen, das man nicht liebt, darf man keine Gewalt antun.«

»Ich weiß«, sagte Klaas wieder etwas ruhiger, aber mit undurchdringlicher Miene.

»Als du von Jonna abgelassen hast, was ist dann passiert?«

»Ich bin abgehauen. Ich war so angewidert von mir selbst und wollte nur noch weg. Unterwegs fiel mir ein, dass Jonna Hilfe brauchen würde, weil sie noch am Bett gefesselt war. Darum rief ich Elke an.«

»Warum Frau Rietmann? Die Frau des Mannes, mit dem Jonna eine Beziehung hatte?«

»Weil sie Jonna sehr nahestand, und weil ich sie gut kannte. Ich ahnte doch nicht, was sie mit Jonna machen würde!«

»Du bist also weggelaufen. Wann hast du erfahren, dass Jonna tot ist?«

»Am nächsten Tag, wie alle in Carolinensiel. Für mich war klar, dass es nur Hoferland gewesen sein konnte. Dieser Irre mit seinen kranken Wahnvorstellungen hat sich doch ständig im Wald rumgetrieben.«

»Dass Frau Rietmann Jonna getötet hat, kam dir nicht in den Sinn? Schließlich hattest du sie zur Hütte geschickt.«

»Nicht eine Sekunde habe ich das gedacht. Ich schwöre es. Sonst hätte ich ihr doch niemals verraten, dass wir beim Schafstall waren.«

»Okay, aber jetzt hast du etwas übersprungen.«

»Das stimmt, sorry. Ich hatte, wie gesagt, Moritz in Verdacht, und wollte ihn zur Rede stellen. Am Dienstagnachmittag hatte ich ihn aufgespürt und habe ihn verfolgt. Bis in den Abend, bis in die Nacht hinein. Als er in Jonnas Wohnung eingedrungen ist, während es draußen vor Pressefuzzis nur so wimmelte, habe ich ihn mir geschnappt.«

»Was wollte er in Jonnas Wohnung?«

»Ihren Laptop einkassieren. Weil er darauf Material vermutete, das ihn belastet hätte. Er hat sie, wie gesagt, ewig lange gestalkt.«

»Du bist dann vermutlich mit ihm zum Schafstall gegangen. Freiwillig wird er nicht mitgekommen sein, oder?«

»Ich hatte überzeugende Argumente.«

»Du meinst, die Waffe deines Vaters.«

Klaas senkte den Kopf, was Elin Antwort genug war.

»Was dann?«

»Ich habe ihn an einen Stuhl gefesselt, der im Stall stand. Dann bin ich nach Hause gegangen. Am nächsten Morgen, nach dem Gespräch mit Ihnen im Gemeindehaus, bin ich wieder zurück zu ihm.«

»Du wolltest ein Geständnis von ihm erzwingen, nehme ich an. Das Gesicht von Moritz wies starke Blessuren auf, warst du das?«

»Er wollte einfach nicht zugeben, dass er Jonna gekillt hat, verdammt.«

»Weil er es nicht gewesen ist.«

»Das hat er auch gesagt. Immer und immer wieder. Er hat behauptet, dass er erst später zur Hütte gekommen ist. Dass er weder Christian Rietmann noch mich gesehen hat, dafür Elke Rietmann. Sie hätte Jonna erdrosselt, hat er gesagt. Wie hätte ich ihm das glauben sollen? Das war doch völlig abwegig.«

»Gar nicht mal so sehr«, widersprach Thees. »Woher hätte Moritz denn von Elke Rietmann wissen sollen, wenn er sie nicht gesehen hat? Schon mal drüber nachgedacht?«

»Ja, jetzt. Doch in diesem scheiß Stall habe ich das einfach nicht begriffen. Ich dachte, der Typ will mich verarschen. Zwei ganze Tage habe ich mir das angehört. Dann hatte ich die Schnauze voll und habe Elke angerufen, um ihr von diesem krassen Vorwurf zu erzählen, und sie erneut um Hilfe zu bitten. Ich wusste einfach nicht mehr weiter. Moritz wollte den Mord an Jonna nicht gestehen, egal, wie sehr ich ihn auch unter Druck gesetzt habe.«

Thees sah ihn stirnrunzelnd an. »Was hast du überhaupt mit dieser Aktion bezwecken wollen? Wenn du so überzeugt davon warst, dass Moritz der Mörder ist, hätte doch auch ein Anruf bei der Polizei genügt.«

»Das hatte ich zunächst vor, doch dann dachte ich, dass …« Er stockte.

»… dass es für dich strafmildernd sein könnte, wenn du uns Moritz auf dem silbernen Tablett servierst?«, erriet Elin die Gedanken des Jungen.

Thees verzog das Gesicht. »Der Vergewaltiger liefert den Killer ans Messer. Super Schlagzeile.«

»So weit ist es ja nicht gekommen«, meinte Elin. »Was geschah dann, Klaas?«

»Ich habe, wie gesagt, Elke erneut um Hilfe gebeten und ihr gesteckt, wo sie uns finden kann. Meine größte Furcht ist gewesen, dass sie gleich die Polizei mitbringt, damit die Moritz und mich einbuchten. Doch was dann passiert ist, war so viel schlimmer. Elke hat sich in aller Seelenruhe angehört, was Moritz ihr an den Kopf warf. Er hat sie angeschrien, dass er alles gesehen habe und es der Polizei sagen würde. Ich habe damit gerechnet, dass sie das als Blödsinn abtun würde, doch dann lachte sie. Ein seltsames Lachen, so, als ob sie den Verstand verloren hätte. Dann hat sie meine Waffe verlangt. In dem Moment begriff ich, dass Moritz die ganze Zeit über die Wahrheit gesagt hat. Ich habe mich geweigert, ihr die Pistole zu geben. Doch das hat sie nicht beeindruckt. Sie kam auf mich zu, hat mir die Waffe aus der Hand gerissen und ohne zu zögern auf Hoferland geschossen. In seinen Kopf. Es war wie eine Hinrichtung. Sie hat ihn eiskalt abgeknallt. Ich wurde panisch und wollte weglaufen, doch sie hat mir ein Bein gestellt. Als ich hingefallen bin, habe ich einen weiteren Schuss gehört, und dann war da nur noch Schmerz. Ein grausamer Schmerz. Bis ich das Bewusstsein verloren habe. Sie muss gedacht haben, dass ich tot bin, denn als ich wieder zu mir kam, war sie weg. Ich habe mich irgendwie aufgerafft und bin zu Moritz, aber da war nichts mehr zu machen. Sie hatte ihm die Waffe in die Hand gelegt. Warum, darauf konnte ich mir in dem Moment keinen Reim machen, dafür ging es mir zu schlecht. Erst jetzt begreife ich, dass es so aussehen sollte, als hätte Moritz mich und dann sich selbst erschossen. Ist ja zum Glück nicht aufgegangen, ihr Plan. Ich bin dann rausgekrochen aus dem Stall und habe mich so weit geschleppt, wie es ging, aber irgendwann konnte ich nicht mehr. Den Rest kennen Sie.«

Elin nickte bedrückt.

»Ich verstehe nur eins nicht«, fuhr Klaas fort.

»Ja?«

»Warum hat Elke das gemacht? Etwa, weil ihr Alter etwas mit Jonna hatte? Oder was hat Jonna ihr sonst getan?«

»Was hat Jonna dir denn getan?«, hielt Elin ihm mit ernster Miene entgegen. »Es ist unmöglich, schwere Verbrechen rational zu begründen. Besonders, wenn verletzte Gefühle im Spiel sind, wie eine unerfüllte Liebe oder ein schwerer Vertrauensbruch. Jeder Mensch reagiert unterschiedlich auf solche Situationen, und manche verlieren die Kontrolle. Leider.«

»Sie wollen mir also nicht sagen, was genau der Grund war?«

»Dazu bin ich nicht befugt, aber ich bin sicher, dass du es bald erfahren wirst.«

Klaas ließ sich zu einem müden Lächeln hinreißen. »Sie meinen, den Landfunk?«

»Genau den meine ich. Wie auch immer, ich würde sagen, wir sind fürs Erste durch. Du wirst sicherlich noch eine ausführliche Aussage zu Protokoll geben müssen, wenn du aus dem Krankenhaus entlassen wirst.«

»Das ist kein Problem.«

Elin stand auf und schob den Stuhl zur Seite. »Wir werden jetzt gehen. Ich wünschte, ich hätte die richtigen Worte zum Abschied, aber diese zu finden, fällt mir, ehrlich gesagt, schwer.«

»Auch das ist kein Problem«, versicherte Klaas bedrückt. »Ich weiß ja, was Sie sagen wollen.«

Elin nickte, dann folgte sie Thees wortlos.

»Gib's zu, du hättest ihm liebend gerne den Kopf gewaschen«, meinte ihr Kollege, als sie den Korridor entlanggingen.

»Das trifft es nicht mal annähernd. Aber im besten Fall wäscht er sich den selber. Wenn nicht, wird es jemanden geben, der dafür besser geeignet ist als ich. Ich hoffe nur, dass er die Kurve kriegt. Im Gegensatz zu Jonna und Moritz hat er noch eine Chance, um etwas seinem Leben zu machen.«

»Das stimmt, er hat es selbst in der Hand.« Sie erreichten die Schwingtür, die ins Treppenhaus führte. Thees öffnete sie und ließ Elin durch. »Und wir zwei? Wollen wir wieder ins Hotel?«

Elin kicherte. »Boah, Conrads, wie sich das anhört. Nein, ich möchte nicht ins Hotel. Wenn es dir nichts ausmacht, würde ich gerne zurück nach Carolinensiel. Ich weiß, es ist eine lange Fahrt, aber ich will nach diesem anstrengenden Tag noch ein bisschen Seeluft schnuppern.«

»Aye, aye, Captain«, rief Thees grinsend, worauf Elin nur die Augen verdrehte.

***

»Bertram? Hallo? Bist du eingeschlafen?« Thees' vertraute Stimme drang an ihr Ohr.

Sie blinzelte träge. »Was? Nein, natürlich nicht. Warum fragst du?«

»Vielleicht deswegen, weil du seit Ewigkeiten nichts mehr gesagt hast?«

Elin setzte sich auf und schaute auf ihre Uhr. Unglaublich, sie lagen nun schon beinahe zwei Stunden am Strand von Harlesiel. Das leise, aber stetige Gebrabbel der Touristen, das sanfte Rauschen der Wellen und der warme Sand hatten ihr Übriges getan, und sie war tatsächlich eingenickt.

»Was ich dich noch fragen wollte«, wich sie aus, um abzulenken.

»Ja?«

»Könntest du dir vorstellen, in die Soko zu wechseln?«

»In welche Soko?«

»Echt jetzt? Das fragst du nicht wirklich, oder?«

Erst jetzt schien Thees zu verstehen. »In die Soko Mondschein, meinst du? Nach Hamburg?«

»Ja. Wobei nicht sicher ist, wo uns der nächste Fall hinführen wird.«

»Elin, ich weiß nicht, was ich sagen soll. Das kommt … überraschend.«

»Denk in Ruhe darüber nach. Ich finde aber, weil wir ein gutes Team sind, und da meine Kollegin Corinna bald aus der Soko ausscheiden wird, solltest du ja sagen.«

»So? Sollte ich das?«, fragte Thees trocken.

»Ja, unbedingt. Zusammen haben wir diesen Fall gelöst. Wir haben Jonnas Mörderin überführt und dafür gesorgt, dass ein grausames Verbrechen nicht ungesühnt bleibt, so wie wir es versprochen haben. Ich wäre unendlich froh, wenn du mir nun hilfst, ein weiteres Versprechen einzulösen. Nämlich jenes, dass ich nach Katjas Tod gegeben habe. Das Versprechen, ihren Mörder aufzuspüren und dafür zu sorgen, dass er bestraft wird.«

»Dein Angebot ehrt mich, trotzdem muss ich darüber nachdenken. Ich bin doch gerade erst zur Auricher Mordkommission versetzt worden.«

»Nimm dir die Zeit, die du brauchst.«

»Das werde ich.«

Elin lächelte. »Es dämmert schon«, sagte sie schließlich und verdrückte sich ein Gähnen.

»Könnte auch an den dicken Gewitterwolken liegen, die sich da hinten über dem Wasser auftürmen. Hat doch was, so eine Meeresdämmerung.«

»Ich habe es lieber, wenn es hell ist. In der Dämmerung wirkt die See immer so bedrohlich.«

»Sind das etwa die Worte eines Hasenfußes?«

»Überhaupt nicht. Nur folgt auf die Abenddämmerung die Nacht. Und die bringt böse Geister mit sich. Das weiß doch jedes Kind.«

»Wow, abergläubisch ist die Dame auch noch. Dann trifft es sich ja gut, dass du noch immer deine private Schutzengelarmee um dich versammelt hast. Kevin und Costner da hinten lassen dich keine Sekunde aus den Augen, und ich werde dich ebenfalls verteidigen, wenn dir jemand an den Kragen will. A-propos: Hat der Irre sich noch mal gemeldet?«

Elin schüttelte den Kopf. »Nein, zum Glück nicht. Mit dem will ich mich auch frühestens morgen wieder beschäftigen.« Plötzlich vibrierte es in ihrer Hosentasche. Als sie ihr Handy hervorzog und schaute, wer ihr eine Nachricht geschickt hat, erblasste sie.

»Was ist los?«, fragte Thees beunruhigt.

»Zu früh gefreut«, meinte Elin aufgewühlt und gab ihm das Smartphone. »Lies selbst.«

Sie beobachtete, wie sich sein Gesichtsausdruck veränderte. Seine Lippen bewegten sich lautlos, doch sie konnte jedes Wort ablesen. Jedes Wort, das sich wie eine Drohung und zugleich wie ein Versprechen anhörte:

DIESMAL GANZ OHNE KRALLE, ELIN, ABER ICH DENKE DU WEISST, VON WEM DIE NACHRICHT IST. AUF BALD, FRAU KOMMISSARIN. ES HAT FREUDE GE-MACHT, DAS KLEINE SPIELCHEN. NICHT MEHR LANGE, UND ES WIRD IN DIE NÄCHSTE RUNDE GE-HEN. UND ES WIRD DER ANFANG VOM ENDE SEIN …

Carina Lund
Meeresnacht
Band 2 der Meerestrilogie

Elin Bertram und Thees Conrads von der Soko Mondschein wissen noch immer nicht, wer hinter dem grausamen Ritual steckt, dem bislang fünf Frauen zum Opfer gefallen sind. Eine Woche vor der Frist erreicht sie plötzlich eine unerwartete Nachricht: In Bremerhaven ist ein junger Mann verschwunden und die dortige Polizei hat Hinweise, dass der Serientäter verantwortlich ist. Elin Bertram vermutet, dass es sich um einen Nachahmungstäter handelt. Doch am Tatort finden sich Hinweise, die die Handschrift des Mondscheinmörders tragen. Dann verschwindet eine junge Frau. Und während Elin und Thees die Zeit zwischen den Fingern zerrinnt, müssen sie sich fragen, wieviel sie überhaupt verstehen in diesem tödlichen Spiel …

Carina Lund
Meeresgrauen
Band 3 der Meerestrilogie

Eigentlich sind Elin Bertram und ihr Kollege Thees Conrads auf die Insel Juist gefahren, um sich von ihrer Arbeit in der Soko Mondschein zu erholen. Die beiden jagen immer noch den Mann, der entlang der Nordseeküste mehrere junge Frauen brutal ermordet hat – aus Rache für etwas, das vor Jahrzehnten geschehen ist, wie Elin inzwischen weiß. Kurz nach ihrer Ankunft auf Juist werden ein ehemaliger Justizvollzugsbeamte und ein pensionierter Richter tot aufgefunden. Elin ist sicher, dass der Mondscheinmörder sich an den beiden gerächt hat. Sie ist ihm so nah wie nie zuvor, doch bevor sie ihm von Angesicht zu Angesicht gegenübersteht, müssen weitere Menschen sterben, und plötzlich geht es auch für Elin selbst um Leben und Tod…